BIRGIT
JASMUND

Das LIED *des*
SCHWANEN
RITTERS

atb aufbau taschenbuch

BIRGIT JASMUND, geboren 1967, stammt aus der Nähe von Hamburg. Sie hat Rechtswissenschaften in Kiel studiert und lebt in Dresden.

Im Aufbau Taschenbuch Verlag sind ihre Romane »Die Tochter von Rungholt«, »Luther und der Pesttote«, »Der Duft des Teufels«, »Das Geheimnis der Porzellanmalerin«, »Das Geheimnis der Zuckerbäckerin«, »Das Erbe der Porzellanmalerin«, »Die Maitresse. Aufstieg und Fall der Gräfin Cosel«, »Das Geheimnis der Baumeisterin« und »Die Elbflut« lieferbar.

Elsa von Brabant tritt die Nachfolge ihres Vaters auf dem herzoglichen Thron an. Doch Graf Telramund hält sich nicht an seinen Treuschwur, den er dem Herzog am Krankenbett geleistet hat. Er begehrt Elsa zur Frau und behauptet, der Herzog hätte ihm die Hand seiner Tochter und das Herzogtum versprochen. Elsa widerspricht. Doch Telramund ist in Brabant nicht ohne Anhänger und überzieht das Land mit einer Fehde. Der König ordnet einen Zweikampf an, um die Entscheidung herbeizuführen. Gegen den kampferprobten Grafen hat Elsa keine Chance, aber sie will ihren Schwur erfüllen. Die beiden stehen sich schon mit den Waffen in der Hand gegenüber, als ein unbekannter Ritter mit heruntergeklapptem Visier auftaucht und sich als ihr Kämpfer anbietet …

BIRGIT JASMUND

Das LIED *des* SCHWANEN RITTERS

HISTORISCHER ROMAN

ISBN 978-3-7466-4114-0

Aufbau Taschenbuch ist eine Marke
der Aufbau Verlage GmbH & Co. KG

1. Auflage 2024
© Aufbau Verlage GmbH & Co. KG, Berlin 2024
www.aufbau-verlage.de
10969 Berlin, Prinzenstraße 85
Der Verlag behält sich das Text- und Data-Mining nach § 44b UrhG vor,
was hiermit Dritten ohne Zustimmung des Verlages untersagt ist.
Umschlaggestaltung und Motiv www.buerosued.de, München
Satz Greiner & Reichel, Köln
Druck und Binden CPI books GmbH, Leck, Germany

Printed in Germany

TEIL I

Die HERZOGIN

von Brabant

in den Jahren 925
und 926 nach Christus

KAPITEL I

s gibt Herrscherinnen, und es gab sie stets. Das weiß ich aus den Lektionen mit Pater Clement. In einem Land namens Ägypten herrschte eine Königin Kleopatra, in Connacht in Irland regierte Königin Medb mit starker Hand, sie führte Krieg gegen Ulster und raubte Rinder bei ihren Nachbarn, um ihren Reichtum zu mehren. Furcht kannte sie nicht. Diese Frauen will ich mir zum Vorbild nehmen.«

Elsa stürmte aus dem Gemach ihres Vaters. Er traute ihr nicht zu, seine Nachfolgerin zu werden. Er traute ihr nicht zu, über Brabant zu herrschen. Weil sie eine Frau war. Dabei gab es niemanden, der klüger war als sie. Das hatte er selbst gesagt. Und trotzdem wollte er sie schnellstmöglich verheiraten. Und noch dazu mit Graf Telramund. Elsas Gedanken überschlugen sich. Fast hätte sie auch noch die Tür hinter sich zugeknallt, aber sie hatte sich in letzter Sekunde zusammengerissen. Ihrer Wut hätte es gutgetan, aber hätte es nicht die Ansicht ihres Vaters über sie und über Frauen im Allgemeinen untermauert? Wofür hatte sie jahrelang alles an Wissen aufgesaugt, nicht nur Lesen, Schreiben und Latein gelernt, die Bibel, Werke der Kirchenväter und römische Klassiker gelesen, um dann in Spinnstube und Wochenbett verbannt zu werden? Dabei hatte sie gehofft, er wollte etwas Ernsthaftes mit ihr besprechen, als er sie vorhin fragte, ob sie etwas Zeit für einen alten Mann habe.

Sie hatte den Korb mit dem Nähzeug beiseitegesetzt und ein Lächeln auf ihr Gesicht gebracht. Schlug ihr Vater diesen freundlich gelassenen Ton an, duldete er kein Nein. Gleichzeitig brachte er sie dazu, sich wieder wie ein Kind zu fühlen, obwohl sie bereits mehr als zwei Jahrzehnte auf Gottes Erde weilte. Seine ausgestreckte Hand ignorierend, angelte sie mit dem Fuß einen Schemel herbei und ließ sich darauf nieder.

»Für Euch immer, Vater. Ihr seid kein alter Mann, sondern steht in der Blüte Eurer Jahre.« Es kam nicht infrage, etwas anderes zu sagen, gleichzeitig fragte sie sich, was er besprechen wollte. Das Brabanter Hauswesen, dem sie vorstand, funktionierte reibungslos. Sie wusste nicht, wo sie sich etwas hatte zuschulden kommen lassen.

Der Herzog strich ihr über den Kopf. Einen Augenblick verweilte seine Hand auf ihrer linken Wange. Eine kräftige Hand, die es immer noch gewohnt war, ein Schwert zu führen. Sie spürte Geschmeidigkeit und Gesundheit im Leib ihres Vaters, der von keinerlei Leiden bedroht schien. Dieses Gefühl überfiel sie mit einer Plötzlichkeit … Elsa musste sich zusammenreißen, um nicht zurückzuzucken. Nicht nur, weil es schon wieder etwas war, das ein Vater mit seiner kleinen Tochter machte, sondern weil sie seit etwa einem Jahr bei Berührungen oft spürte, was im Körper eines Menschen vor sich ging. Schwäche, Stärke, Gesundheit oder Krankheit. Besonders schlimm war es, wenn sie bei der Berührung eines Kindes spürte, dass es den Tod in sich trug. Es war unmöglich, diesen Begegnungen auszuweichen, regelmäßig wurden ihr kleine Kinder entgegengestreckt, damit sie sie berührte und etwas von ihrem Heil als Tochter Herzog Gottfrieds auf sie überging. Eine Weigerung hätte die Leute vor den Kopf gestoßen.

Dieses Empfinden machte ihr Angst, und sie fühlte sich hilflos. Sprechen konnte sie mit niemandem darüber, denn für eine gute christliche Frau gehörte es sich nicht, Derartiges zu fühlen.

Während sie ihren Gedanken nachgehangen hatte, hatte ihr Vater offenbar weitergesprochen, denn nun blickte er sie ungeduldig an.

»Verzeiht, Vater«, murmelte sie. »Was habt Ihr gesagt?«

»Pater Clement hat dich gelobt. Er hat noch niemanden unterrichtet, der seine Lektionen schneller lernt als du«, wiederholte der Herzog und nahm seine Hand von ihrer Wange. »Dafür bin ich stolz auf dich.«

»Er übertreibt.«

»Am Hof gibt es niemanden, der weniger übertreibt als Pater Clement. Es gibt bald nichts mehr, was er dir noch beibringen kann, sagt er.«

Der Geistliche war nicht nur der Kaplan und Beichtvater des Hofes, sondern auch der Berater ihres Vaters, sein Verwalter und der Vorsteher der herzoglichen Kanzlei. Zu all diesen Aufgaben hatte er es noch übernommen, Elsa als einziges Kind des Herzogs zu unterrichten. Er hatte sie Schreiben und Lesen gelehrt, auch Rechnen und Latein, sogar ein wenig Griechisch hatte er ihr beigebracht. Sie lasen zusammen die Bibel und römische Klassiker wie Cicero oder Senecas Lehrbriefe an seinen imaginären Zögling Lucius. In der letzten Zeit führten sie viele Gespräche über theologische oder moralische Themen. Trotzdem war sie der Meinung, ein derartiges Lob nicht verdient zu haben. Es gab viele Dinge zwischen Himmel und Erde, von denen sie keine Ahnung hatte. Je mehr sie lernte, desto mehr wurde ihr das bewusst.

»Doch, Elsa. Du hast ein umfassendes Wissen erworben. Bereits jetzt bist du mir eine Stütze bei den Gerichtstagen oder gegenüber den einfachen Menschen.«

»Vater, ich bitte Euch. Es ist selbstverständlich für mich, Euch zu helfen, wo ich kann.«

»Dennoch wäre es mir die größte Beruhigung, einen Ehemann an deiner Seite zu wissen. Die Linie der Brabanter Herzöge muss fortgeführt werden, dazu ist es nun einmal nötig, dass du dir einen Gatten nimmst und Kinder bekommst. Einen guten Mann, der mit dir zusammen über Brabant herrscht. Ein Mann wie Graf Telramund aus dem Valkengau.«

Darum ging es also. Sie hätte gleich daran denken sollen. Ihr Vater hatte mehrfach mit ihr darüber gesprochen, welche Beruhigung es für ihn wäre, Graf Telramund als Ehemann an ihrer Seite zu wissen. Auch Pater Clement und Simona von Kleve und Margot, aus der Sippe der Ewouldinger, beide leisteten ihr bei Hofe Gesellschaft und waren seit Kindertagen bei ihr, hielten es für ihre Pflicht, Graf Telramund zu ehelichen. Besonders Margot schilderte ihr dessen Vorzüge in den glühendsten Farben.

Der Graf war mächtig, reich, der Valkengau eine blühende Landschaft, niemand überflügelte ihn an den Waffen, nicht in Brabant und nicht sonst wo in der Christenheit. Er war hochgewachsen und der stattlichste Herr, den sich eine Edelfrau ausmalen konnte. Und ob sie sich noch nie gewünscht habe, von seinen Lippen geküsst zu werden, hatte Margot gefragt. Das hatte Elsa nicht; wenn sie von den Küssen eines Mannes träumte, war es immer ein Unbekannter, dessen Gesicht sie nicht genau erkennen konnte. Es war alles richtig, was über den Grafen gesagt wurde, aber ihr wurde kalt, wenn sie an ihn dachte. Sein Blick kam ihr stets vor, als sehe er nicht die Frau in ihr, sondern nur ein Herzogtum.

»Vater …« Sie schüttelte den Kopf.

»Du wirst eines Tages heiraten müssen.«

»Das weiß ich, und das will ich auch.«

»Also warum nicht Graf Telramund?«

»Es ist … ist …« Elsa geriet ins Stottern, weil sie nicht wusste, wie sie ihre Gefühle ausdrücken konnte, damit ihr Vater sie verstand. »Es ist nicht gerecht, dass ich nur wegen Brabants Zukunft heiraten soll und es um mich dabei gar nicht geht. Warum muss es unbedingt ein Herzog sein, wenn Brabant doch auch von einer Herzogin regiert werden könnte? Ihr habt gesagt, dass ich Euch eine Stütze bin, ich kann alles wie Ihr tun«, platzte sie schließlich heraus.

»Dir mag es nicht gerecht vorkommen, aber Gottes Wege sind für uns unerforschlich, und seine Gerechtigkeit ist mit unserem Verstand nicht zu ermessen. Fürstentümer werden von Männern regiert, das ist nun einmal so. Sie fechten auf dem Schlachtfeld, die Frauen in der Gebärstube. Meine Augen könnte ich beruhigt schließen, wüsste ich einen guten Mann an deiner Seite.«

»Vater, Ihr werdet die Augen nicht schließen, noch lange nicht.«

»Unsere Tage auf Erden sind gezählt. Alle unsere Tage. Graf Telramund hat mit mir gesprochen. Er ist bereit. Du wirst niemanden finden, der besser geeignet wäre, an deiner Seite zu regieren.«

»Vater …«

»Als dein Herzog und als dein Vater kann ich dir die Ehe befehlen. Das Recht dazu habe ich.«

Tut es doch, wollte Elsa rufen. Dann könnte ich schreien und toben, bis ich keine Kraft mehr habe und weinend auf dem Boden liege – soll es dann immer noch Graf Telramund sein, ist es so und mein Leben vorbei. Aber diese quälende Situation hätte ein Ende. Gleichzeitig fürchtete sie, dass ihr Vater genau diese Entscheidung treffen könnte, und schwieg.

»Ich will es nicht tun, weil deine Mutter und ich uns so sehr geliebt haben und ich dich dieses Glücks unter Eheleuten nicht berauben will. Hast du eine Neigung zu einem anderen Mann gefasst?«

Diese Frage hatte er ihr noch nie gestellt.

»Da gibt es niemand«, antwortete Elsa. »Darf ich mich zurückziehen, oder habt Ihr mir noch mehr zu sagen?«

»Geh, aber denke über meine Worte nach. Ich will nichts weiter als das Beste für dich und die Zukunft.«

Bevor der Herzog den Satz beendet hatte, war Elsa schon von ihrem Schemel aufgesprungen. Das Sitzmöbel polterte hinter ihr zu Boden. Sie raffte den Nähkorb an sich und verließ das Gemach.

Sie stand jetzt mit dem Rücken an die Wand gelehnt, und ihre Brust hob und senkte sich unter heftigen Atemzügen. Wut und Enttäuschung fochten eine endlose Schlacht in ihrem Inneren. Bisher hatte sie Gesprächen über eine Heirat mit Desinteresse und Schweigen begegnen können, aber das würde nicht mehr funktionieren. Ihr Vater würde es ihr nicht mehr lange durchgehen lassen. Die irische Königin Medb wäre wahrscheinlich losgeritten und hätte sich einen Mann nach ihrem Geschmack geraubt. Die Zeiten waren nicht mehr danach, und sie war nicht so wild, wie Medb es in ihrer Vorstellung gewesen sein musste. Am meisten enttäuscht war sie aber, dass ihr Vater ihr erst Hoffnungen auf eine Herzogin in Brabant gemacht hatte und sie nun meistbietend verschachern wollte. Sie würde noch anfangen zu heulen, wenn sie hier noch länger herumstand. Entschlossen stieß Elsa sich von der Wand ab und packte ihren Nähkorb fester. Eine Frau konnte nähen und Herzogin sein, und sie würde einen Weg finden, das zu beweisen.

* * *

Graf Telramund ballte die Hände zu Fäusten. Die Fingernägel schnitten in die Handballen. Er trat von der hölzernen Rückseite eines Wandschrankes zurück. Jedes Wort war durch die dünne Barriere zu hören gewesen.

Zunächst hatte er nur Gemurmel vernommen und war näher herangetreten, hatte das Ohr gegen das Holz gepresst. Er erkannte Elsas Stimme und die des Herzogs. Er hatte den Lauschposten schon wieder verlassen wollen, als er seinen Namen hörte. Deshalb drückte er das Ohr dichter ans Holz. Elsa sagte klar und deutlich, dass sie ihn nicht zum Manne nehmen wollte – er fühlte seine Ohren heiß werden, als hätte ihn jemand geohrfeigt. Was seit Jahren ausgemacht schien, sollte wegen der Launen eines Weibes nicht mehr gelten? Vater und Tochter sprachen über die weibliche Erbfolge; der Lauscher hörte den Namen einer Königin, die ihm nichts sagte. Nur mit Mühe unterdrückte er einen Aufschrei der Wut. Herzog Gottfried war ein schwacher Herrscher, er hatte es immer geahnt, aber nun wusste er es sicher. Dieser Mann verdiente kein Herzogtum wie Brabant, und Elsa verdiente es noch weniger.

In Gedanken sah er sie vor ihm knien und ihn anflehen, sie zu heiraten. Er hörte sie winseln und sich nach seiner Aufmerksamkeit verzehren. Brabant war längst sein, und sie wäre nichts als die Frau des Herzogs. Wenn sie regierte, dann weil er es ihr erlaubte, nicht weil es eine weibliche Erbfolge gab.

Schwierigkeiten waren dazu da, um überwunden zu werden. Nun galt es erst recht, die Hand der schönen Elsa zu erobern und sie dann spüren zu lassen, wer das Sagen hatte. Weibliche Erbfolge – lachhaft. Sie würden es bei König Heinrich versuchen, aber das konnte er auch, und dann würde sich zeigen, wessen Einfluss größer war. Er lächelte grimmig.

Leise verließ er die Kammer. Die Scham über das Gehörte brannte heiß in seinem Gemächt. Es drängte gegen die Hose und spannte den Stoff. Er brauchte ein Weib, das ihm Erleichterung verschaffte.

Kaum war dieser Gedanke in ihm aufgekeimt, kam ihm eine Magd entgegen. Ein graubrauner Kittel schlotterte um ihren mageren Leib, und sie schleppte schwer an einem Eimer. Dem Inhalt entstieg ein durchdringender Geruch. Die Magd machte ihm Platz und knickste. Im Eimer schwappte es hin und her. Telramund blieb stehen, sie schaute zu ihm auf. Ein dümmlicher Ausdruck im Gesicht, aber darauf kam es nicht an.

»Komm mit!«, verlangte er.

Sie griff wieder nach dem Eimer, den sie zuvor abgestellt hatte. Etwas vom Inhalt floss über den Rand. Einige Spritzer landeten auf ihren Holzpantinen.

»Edler Herr? Ihr wünscht?«

Der stinkende Unrat im Eimer und dass etwas davon auf ihren Schuhen gelandet war ... Wer weiß, was davon an ihren Händen klebte. Sehr sauber sah sie ihm nicht aus. Graf Telramund schüttelte den Kopf.

»Mach einfach weiter deine Arbeit.« Das Verlangen nach einem Weib war ihm vergangen.

KAPITEL II

Wo willst du hin?«

»Ich muss fort. Es geht nicht anders.«

»Aber warum?« Gräfin Ingalisa von Nevers lehnte den Oberkörper zurück und brachte ihren Busen zur Geltung. »Niemand hat mich in der letzten Zeit so gut unterhalten wie du. Du bist nicht nur ein begabter Erzähler aller Mären und Sagen, sondern hast dazu noch eine angenehme Stimme und ein ebensolches Äußeres.«

»Gerade deshalb muss ich fort.« Der junge Mann senkte den Kopf, bis sein blondes Haar nach vorne fiel. Seine Hände glitten leicht über die Seiten der Leier in seinem Schoß. Es waren kräftige Hände, die nicht nur ein Instrument zu spielen, sondern auch ein Schwert zu führen wussten.

»Willst du eine Jungfrau retten? Ihr edlen Herren wollt doch immer Jungfrauen retten.« Ingalisa blickte nun neckisch. Sie hatte bei dem jungen Mann ein kurzes Zusammenzucken bemerkt und wusste, dass sie mit ihrer Vermutung richtiglag. »Du kannst mich retten.«

»Wovor müsst Ihr gerettet werden, edle Dame?«

»Zum Beispiel vor einem unerträglich langweiligen Ehemann. Wenn mich seine groben Hände packen, schreie ich nur deshalb nicht, weil ich an deine geschickten Finger denke. Dass sie auf meinem Körper spielen, wie sie die Saiten der Leier zupfen.«

Er schaute weiter auf sein Instrument, aber zufrieden bemerkte sie, dass sich seine Ohren röteten.

»Ihr dürft das nicht sagen. Der Graf von Nevers ist ein guter Herr.«

»In deinen unschuldigen Augen ist jeder ein guter Herr, der einen Habenichts an seinem Tisch speisen lässt und ihm einen Strohsack zum Schlafen überlässt. Köstliche Unschuld, aber eine hochgeborene Frau wie ich ist nicht derart anspruchslos.«

»Der Graf legt Euch zu Füßen, was Euer Herz begehrt. Kleider, kostbare Geschmeide, hochblütige Zelter …«

»Er gibt mir nicht, was ich am meisten begehre: Jugend und Schönheit.«

Der Graf war mehr als zehn Jahre älter als seine Frau, und man konnte ihm vieles nachsagen, aber mit einer Narbe quer über einem Auge und zotteligem Haar war er sicherlich kein schöner Mann. Nicht einmal schamlose Schmeichler hatten das je behauptet.

»Ich kann Euch nicht helfen, edle Frau.«

»Du musst nur wollen.«

»Das ist nicht mein Weg.«

»Woher willst du das wissen?«

»Der Allmächtige …«

»Der hat nichts damit zu tun. Ich sage dir, dass er nicht einmal weiß, dass wir existieren«, fuhr Ingalisa auf. Sie wusste, dass sie ihn verloren hatte. Bereits zu Beginn des Gespräches hatte sie es geahnt, nun wusste sie es sicher. Der schönste Gefolgsmann ihres Gatten, und all ihre Künste konnten ihn nicht halten. Wäre es nicht so tragisch, sie hätte darüber lachen mögen.

Der Blonde legte die Leier weg und erhob sich von dem dreibeinigen Schemel, auf dem er bisher mehr gehockt als gesessen hatte. Er warf ihr einen kurzen Blick zu. »Ihr entschuldigt mich, edle Frau. Ich will mich von Eurem Gatten verabschieden. Er hat es mir gegenüber an nichts fehlen lassen.«

Kaum hatte sich die Tür hinter ihm geschlossen, schleuderte Ingalisa einen mit rotem Wein gefüllten Zinnpokal dagegen. Dabei stieß sie einen Schrei der Enttäuschung aus. Der Wein spritzte wie Blut überall hin, und der Pokal rollte zerbeult über den Boden.

Von Nevers hatte er sich nach Norden gewandt. Das Königreich Burgund seinen Schätzungen nach bereits hinter sich gelassen. Unterkunft und Verpflegung der letzten Tage hatten in den Beutel mit kleinen Münzen, den der Graf von Nevers ihn zum Abschied gab, ein Loch gefressen. Kaum noch der Boden war bedeckt. Er hatte Silbermünzen, vielleicht sogar goldene erwartet, aber seine Dienste waren mit Kupfer abgespeist worden.

Der letzte Kanten Brot war verzehrt, bevor die Sonne den höchsten Stand erreichte. Auf dem Bauerngut, wo er die vergangene Nacht verbrachte, hatten sie ihm geraten, immer nach Norden zu reiten, er würde vor Einbruch der Dunkelheit eine Unterkunft in einem Dorf finden, er könne es gar nicht verfehlen. Bisher aber fand er keine Anzeichen einer Ortschaft, dafür tropfte ihm Schneeregen in den Kragen und in die Stiefel. Er hätte den Helm aufsetzen sollen, statt ihn hinter sich an den Sattel zu hängen. Der hätte seinen Kopf vor dem Regen geschützt. Nun war es zu spät dafür, und den ganzen Tag am Nasenschutz des Helms vorbeizuschielen war auch nicht angenehm.

Die verschwommen blasse Sonnenscheibe kratzte am Horizont, und noch immer war keine Ortschaft in Sicht. Was hätte er für ein wärmendes Herdfeuer und für eine heiße Suppe mit gepökeltem

Fleisch und ordentlich Fettaugen obendrauf gegeben. Ein Brei täte es auch. Ihm lief das Wasser im Mund zusammen.

Der Hengst unter ihm schnaubte unwillig und schüttelte die graue Mähne. Er klopfte dem Tier den Hals. Dieser Freund war ihm geblieben. Seine Treue war bedingungslos und unerschütterlich. Die rasch herabsinkende Dunkelheit hielten solche Gedanken nicht auf. Er musste zusehen, dass er einen Unterschlupf für die Nacht fand. Eine Höhle, es täte auch ein überstehender Fels oder die Krone eines dichten Baumes. Er richtete sich im Sattel auf und schaute sich um.

Wald, Wald und wieder Wald.

Die kahlen Bäume boten keinen Schutz gegen die Nässe von oben. Er könnte sein Schwert nehmen, Äste herunterhacken, sich daraus einen Unterschlupf flechten und seinen Schild als Windschutz benutzen. Neben dem Hengst waren Schwert und Schild sein kostbarster Besitz, und nach einer solchen Misshandlung wäre die Schneide unweigerlich verdorben. Ein Krieger mit einem schartigen Schwert war nur noch eine traurige Gestalt.

Schließlich hielt er unter einem Baum an, sattelte den Hengst ab und band ihn fest. Der senkte sofort den Kopf und suchte zwischen den heruntergefallenen Blättern nach etwas Schmackhaftem. Bald mahlten seine Zähne herzhaft. Das Pferd hatte es eindeutig besser als er, es konnte überall etwas zu fressen finden. Er musste sich in seinem Hunger einrichten.

Der nächste Tag unterschied sich vom vorangegangenen nur dadurch, dass das Loch in seinem Magen größer geworden war.

Etwas raschelte, und der blonde Ritter richtete sich im Sattel auf. Er spähte umher, konnte aber nichts entdecken. Der Wind war es nicht gewesen, der bewegte gerade einmal die dünnsten Zweiglein.

Das Rascheln erklang erneut. Diesmal wurde dem Ritter klar, woher das Geräusch kam. Von der anderen Seite eines Busches. Dort bewegte sich etwas, als reckte sich ein Tier.

Er griff nach einem Jagdspeer, der an seinem Sattel befestigt war. Er schwang ihn in der Hand, balancierte dessen Gewicht aus. Durch das Gebüsch hindurch war nicht genau auszumachen, was sich dort aufhielt. Ein Fasan vielleicht oder ein Reh. Der Ritter nahm Maß und schleuderte den Speer. Der durchschlug den Busch.

Ein Schrei ertönte.

KAPITEL III

*D*ie Ländereien, die Elsa von ihrer Mutter geerbt hatte, waren das Peelland im Nordosten Brabants. Eine wald- und wildreiche Gegend, streckenweise morastig. Die Bewohner waren Bauern, Holzfäller und Köhler. An den Flüssen gab es Fischer. Der Reichtum des Landes wurde in Schweinen und Rindern berechnet, und fast überall gab es Gerber, die die Rinder- und Schweinehäute zu Leder verarbeiteten. Als einziger Ort verdiente Helmont die Bezeichnung Stadt. Elsa trug Überlegungen mit sich herum, den Peelländern mit der Herstellung von Pergament mehr Reichtum zu verschaffen. Ihre Idee war bisher überall auf Misstrauen gestoßen – auch bei den Peelländern selbst.

Zwei- bis dreimal im Jahr besuchte Elsa das Peelland, sprach Recht und kümmerte sich um die Menschen, ganz so wie es als Herzogin ihre Aufgabe für ganz Brabant wäre und wie sie es seit Jahren tat, ohne dass Pater Clement ihr als Berater zur Seite stand. Das erste Mal kam sie im zeitigen Frühjahr, um sich davon zu überzeugen, dass ihre Peelländer den Winter gut überstanden hatten. Es war ihr hauptsächlich darum zu tun, Kranken und Hungernden Linderung zu verschaffen.

Diesmal begleitete sie Graf Telramund. Er hatte sich angeboten, mit seinen Männern für ihren Schutz zu sorgen, und ihr Vater hatte freudig zugestimmt. Sie war nicht mehr gefragt worden. Beim Aufbruch hatte sie deshalb keine Szene machen wollen, aber unterwegs gab sie ihm meist einsilbige Antworten und trachtete danach, immer einen gewissen Abstand zwischen ihm und sich zu halten. Letzteres war nicht einfach, denn Graf Telramund drängte sein Pferd immer wieder neben ihres und plauderte ungewöhnlich redselig über das Wetter und andere Nichtigkeiten. Sie nahm sich fest vor, sich auf ihrer nächsten Reise von Herrn Lothar aus der herzoglichen Leibwache begleiten zu lassen und dies mit ihm rechtzeitig vorher abzusprechen. Ihr Vater sollte sie nicht noch einmal mit Graf Telramund als Begleiter überraschen können.

In Helmont war vor einem Haus eine Frau an einen Pfahl gebunden. Zwei lange Zöpfe verrieten die Slawin. Ihr Gewand lag zerrissen zu ihren Füßen, und auf ihrem Rücken überkreuzten sich blutige Striemen. Blut lief auch an ihren Beinen hinunter.

Elsa zügelte ihr Pferd. Bevor jemand etwas sagen konnte, war sie abgesessen und stürmte auf das Haus zu. Dem äußeren Anschein nach handelte es sich bei dem aus Lehm und Holz errichteten Gebäude um das eines wohlhabenden Bauern oder Handwerkers. Ohne anzuklopfen, riss sie Tür auf. Die quietschte in ihren Lederangeln.

Ein magerer Mann, einen Kopf größer als sie, erschien vor Elsa. Er sah erschrocken aus. Sie kannte ihn, auch wenn ihr sein Name im Moment nicht einfiel, aber er war kein Bauer, sondern ein Lederhändler.

»Frau Elsa«, sagte er völlig überrumpelt und verneigte sich linkisch. »Ich fühle mich geehrt, Euch in meinem Haus begrüßen zu dürfen. Darf ich Euch eine Erfrischung anbieten oder eine warme Suppe?«

»Nichts davon. Ich verlange zu erfahren, was mit der Frau an dem Pfahl draußen ist. Das ist doch deine Sklavin?«

»Sie hat eine Bestrafung verdient.«

»Was hat sie sich zuschulden kommen lassen?«

Inzwischen standen sie neben dem Pfahl. Die Haut der Slawin schimmerte fahl im Winterlicht, ihre Lippen waren blau angelaufen. Sie musste frieren und Schmerzen leiden, aber ihr Augen funkelten wie die eines in die Enge getriebenen Tieres.

»Das Heidenweib.« Der Händler spuckte aus.

In diesem Moment fiel Elsa ein, dass der Mann Hunold hieß. Er war mehrfach bei Hofe gewesen, hatte mit Leder gehandelt und die Gerichtstage besucht. Vor Jahren hatte er einen Prozess gegen einen anderen Händler geführt, aber welches Urteil gesprochen worden war, erinnerte sie nicht mehr. Sie war damals noch ein Mädchen gewesen, das mit Puppen spielte, die Gerichtsbarkeit im Peelland hatte ihr Vater für sie ausgeübt.

»Ich bin Christin«, widersprach die Slawin in Elsas Gedanken hinein.

Die meisten slawischen Sklaven, die den Glauben ihrer Herren annahmen, hofften, damit ihr Los zu erleichtern. Bei einigen mochte sich das bewahrheiten, bei dieser Frau offensichtlich nicht.

»Ich kann das Credo und das Paternoster aufsagen«, beharrte die Frau. »Auch kenne ich die zehn Gebote und die Geschichte des Herrn Jesus.«

Ob sie nun aus Überzeugung oder aus Opportunismus Christin geworden war, auf jeden Fall beeindruckte ihre stolze Haltung Elsa. Sie hob das zerrissene Gewand auf und wollte die Blöße der Slawin bedecken, so gut es sich bewerkstelligen ließ. Der Fetzen taugte jedoch nur noch als Putzlumpen, deshalb nahm Elsa ihren eigenen

Umhang und legte ihn der Gefesselten um die Schultern. Sofort biss sie kalter Wind in Schultern und Leib.

»Auf deren Lug und Trug falle ich nicht herein«, geiferte Hunold. »Sie verdirbt mir die Kinder.«

»Was hat sie getan?«

»Erzählt ihnen Geschichten von einem Schwanenkämpfer. Ein unbesiegbarer Krieger, auf dessen Schild das Abbild eines Schwanes prangt. Er steht edlen Jungfrauen in Nöten bei und eilt dazu auf einem von Schwänen gezogenen Nachen herbei. So ein Quatsch.«

Elsa kannte die Geschichten auch. Sie wurden landauf und landab erzählt, und manchmal wurde das Boot des Schwanenritters von den Tieren auch durch die Lüfte gezogen.

»Die Jungen sollen bei meinen Geschäften helfen, der Älteste sie einst übernehmen, aber jetzt stehlen sie sich zu jeder Tageszeit weg, um im Wald mit Stöcken herumzufuchteln, von denen sie behaupten, es wären ihre Schwerter. Die Mädchen kämmen den ganzen Tag ihr Haar und wollen gerettet werden«, pestete Hunold. »Das ist alles die Schuld von der da.«

Hinter Elsa erklang ein Schnauben von Graf Telramund, und auch sie musste an sich halten, um nicht zu grinsen. Es war nichts als Unfug, den Hunold da von sich gab, aber für die Slawin war es bitterernst.

»Die Kinder wollen diese Geschichte hören«, verteidigte sie sich. »Ich erzähle sie den Mädchen beim Kochen oder Spinnen. Die Jungen haben sie nur deshalb gehört, weil sie um die Zeit der längsten Nacht alle mit Fieber darniederlagen.«

»Stimmt das?«, wollte Elsa streng wissen.

»Die Jungen waren um das Weihnachtsfest herum krank.«

»Keiner von ihnen ist gestorben, weil ich mich gut um sie gekümmert habe«, warf die Slawin ein.

»Das Leben deiner Söhne dankst du ihr auf diese Weise? Mach sie endlich los«, verlangte Elsa. »Du hörst doch, dass sie keinerlei Schuld trifft.«

»Sie gehört mir, und sie hat Strafe verdient.« Hunold schaute zu Graf Telramund, der immer noch im Sattel saß und nun mit den Schultern zuckte, als wollte er sich auf keinen Fall einmischen.

»Mein Name ist Rhuna«, sagte die Slawin so leise, dass nur Elsa sie hören konnte. »Lasst mich nicht bei diesem Menschen, ich bitte Euch. Ich stand hier schon einmal.«

»Das Weib hat keine Seele und verdient jeden Schlag und noch viel mehr.« Hunold stand in einer Mischung aus Aufmüpfigkeit und Unterwürfigkeit vor Elsa.

»Du schlägst sie oft?«

»Das muss so sein bei diesen Weibern, sonst gehorchen sie nicht.«

»Hast du noch andere Sklavinnen?«

»Nur diese.«

»Und eine Frau?«

»Die schlägt mich auch«, flüsterte Rhuna.

Jeder freie Mann konnte mit seinem Besitz verfahren, wie es ihm gutdünkte. Darunter fielen auch seine Sklaven, dennoch missfiel es Elsa, wenn eine Frau ausgepeitscht wurde und dann in winterlicher Kälte ausharren musste.

»Ich nehme sie dir ab, da du keine echte Verwendung für sie hast. Dann bist du das Problem los. Kochen, spinnen und weben kann auch deine Frau.«

Hunold und Telramund wirkten beide gleichermaßen erstaunt. Auf das Gesicht des Händlers trat ein gieriger Ausdruck.

»Sie ist mir trotz allem teuer«, beharrte er.

»In ihrem jetzigen Zustand ist sie nicht viel wert«, widersprach

Elsa. »Sie wird noch tagelang keine einzige Arbeit verrichten können.«

»Das schafft sie schon.«

Es schloss sich ein erbittertes Feilschen an, an dessen Ende eine Handvoll Münzen den Besitzer wechselte und Hunold Rhuna vom Pfahl schnitt. Ihre Hände waren immer noch zusammengebunden, den Strick reichte er Elsa und verschwand nach einer erneuten Verneigung im Haus.

Elsa befreite Rhunas Hände. Die machte Anstalten, vor ihr auf die Knie zu fallen. Elsa hinderte sie daran. Der Schmerz der Slawin fuhr in ihren Leib, aber sie spürte, dass deren Lebensfaden kräftig pulsierte.

»Danke mir nicht. Du wirst dein Leben bei mir verdienen müssen«, sagte sie steif.

»Ihr werdet mit mir zufrieden sein, Herrin.« Rhuna sammelte ihr Gewand vom Boden auf und wickelte es sich unter dem Umhang um ihren spindeldürren Leib.

Auf dem Anwesen in Helmont, auf dem ihre Mutter aufgewachsen war, scherte sich Elsa nicht darum, dass Graf Telramund allein in der Halle saß und Bier trank. Sie hatte im Frauengemach einheizen lassen und wusch nun das Blut von Rhunas Rücken. Die Striemen waren zum Teil tief und mussten der Slawin heftige Schmerzen verursachen, aber sie verzog keine Miene. Unter den Wunden bemerkte Elsa ältere Narben.

Rhuna hatte also recht gehabt, dass dieser Hunold mit der Peitsche nicht sparte. Bei jeder Berührung spürte Elsa wieder den starken Lebensfaden im Leib der Slawin. Es fühlte sich so an, als wären die Wunden nicht mehr als ein Ärgernis, das schon bald vergessen wäre.

Der Salbe aus Schweineschmalz, Flussschlamm und Eisenkraut bedurfte es nicht, aber Elsa rieb die Striemen trotzdem damit ein. Der Lebensfunken schien danach noch einmal heller zu werden.

Rhuna richtete sich halb auf und schaute Elsa forschend an. Die verbarg hastig die Hände im Schoß.

»Ihr seid mit einer Gabe gesegnet, Herrin.« Elsa wollte den Kopf schütteln, aber die Slawin sprach schnell weiter: »Leugnet es nicht. Bei meinem Volk war ich eine Priesterin der Makusha. Ich spüre etwas in Euch, das Euch von anderen Menschen unterscheidet.«

»Es ist ein Fluch.«

»Eine Gabe.« Rhuna ergriff Elsas Hände und küsste die Fingerspitzen. Einzeln. »Ihr seid von der Göttin berührt«, sagte sie dazu. »Aber Ihr müsst lernen, Eure Gabe zu kontrollieren, dass sie Euch nicht jedes Mal hinterrücks überfällt. Es wird schlimmer werden, wenn es Euch nicht gelingt, und eines Tages wird es Euch ganz und gar beherrschen. Dann verliert Ihr den Verstand.«

»Das ist heidnisches Zauberzeug. Davon darf eine gute Christin nichts wissen. Ich will davon nichts mehr hören.«

»Die Gabe ist in Euch, und sie ist ein Geschenk der Göttin. Ob Ihr sie wollt oder nicht«, sagte Rhuna eindringlich.

»Es gibt nur einen Gott, und du sollst keine anderen Götzen haben neben ihm«, zitierte Elsa das erste Gebot.

»Die Mutter unseres Herrn Jesus war eine Jungfrau, und trotzdem hat sie ihn geboren. Ein Zeichen ungezügelter Fruchtbarkeit. Mutter Maria, oder wie Ihr sie nennen wollt. Die Götter haben vielerlei Namen und Gestalt. Ihr habt mir Gutes getan, und ich möchte etwas zurückgeben. Ihr solltet unter Eurer Gabe nicht leiden, aber ich werde Euch dienen, wie Ihr es verlangt.« Rhuna erhob sich vollends von dem Lager, auf dem sie zuerst bäuchlings und dann halb aufgerichtet gelegen hatte.

Die Bewegungen mussten ihr Schmerzen bereiten, aber sie zeigte es nicht, sondern schlüpfte in das Gewand, das Elsa für sie herausgesucht hatte. Das älteste und einfachste Kleid, das sie für diese Reise ins Peelland mitgenommen hatte. Rhuna griff nach der Schüssel mit dem blutigen Wasser und trug sie hinaus.

An diesem Abend bekam Elsa ihre neue Sklavin nicht mehr zu Gesicht, aber am nächsten Morgen brachte Rhuna ihr eine Schale Grütze mit getrockneten Apfelschnitzen und einen Becher kuhwarme Milch ans Bett. Sie meldete, alles sei zum Aufbruch bereit, wenn die Herrin mit dem Frühstück fertig sei.

KAPITEL IV

*N*ach dem unmenschlichen Todesschrei war ein Zischen zu hören gewesen. Dem blonden Mann rieselte es kalt den Nacken herunter. Er brach durch den Busch, um zu sehen, was er getroffen hatte. Dornen kratzten über sein Gesicht, rissen an seiner Kleidung. Auf der anderen Seite zitterte der Spieß noch von der Wucht, mit der er in den Körper eingeschlagen war.

Blutverschmierte weiße Federn. Ein schlanker Hals, ein geöffneter Schnabel im Schlamm und das Auge gebrochen. Sein Jagdspieß steckte in einem Schwan.

Er zog den Speer heraus und schleuderte ihn fort. Er sank auf die Knie und streichelte die schmutzigen Federn. »Das habe ich nicht gewusst. Herr im Himmel, verzeih mir. Wenn ich das geahnt hätte ...«, murmelte er mit tränenreicher Stimme.

Der Schwan war sein Wappentier. Seine Reinheit und Majestät sollten ihm Vorbild und Mahnung sein, die ritterlichen Tugenden nicht nur in Worten, sondern auch in Taten zu führen. Beschützer der Witwen und Waisen zu sein und sich jeder Ungerechtigkeit entgegenzustellen. Dessen Bildnis war auf seinen Schild gemalt. Er war der Ritter vom Schwan. Er hatte das Tier getötet, das seinem Herzen am nächsten stand, weil er die Bedürfnisse seines Körpers nicht beherrschen konnte. Weil er hungrig auf fleischliche Nahrung gewesen war. Er war seines Wappens und seines Namens nicht mehr würdig. Die Tränen strömten ungehindert über seine Wangen. Unterdessen saugten sich die Federn mit Schlamm voll, und der Schwan sah schon gar nicht mehr aus, als hätte er vor weniger als einer Stunde noch gelebt.

Ein Fauchen ließ den Trauernden herumfahren. Ein zweiter Schwan kam flügelschlagend auf ihn zu. Sein Kopf zuckte vor, der Mann wich zurück, die Arme abwehrend erhoben. Neben seinem toten Partner blieb der Schwan stehen, fuhr mit dem Schnabel zärtlich durch das Gefieder und zischte, als wollte er ihn bitten, doch wieder aufzustehen. Dem Blonden schossen erneut Tränen in die Augen, und er schämte sich ihrer nicht. Der zweite Schwan stocherte mit dem Schnabel im stumpfen Gefieder seines toten Gefährten herum.

»Jesus, Maria und Joseph.« Er faltete die Hände.

Der Tag neigte sich dem Ende zu, und der blonde Krieger kniete immer noch auf der Erde. Die Feuchtigkeit hatte längst seine Hosen durchdrungen. Es war der letzte Dienst, den er seinem Wappentier noch erweisen konnte: Eine Nacht neben dem toten Leib zu wachen. Tiere hatten keine Seele, nicht wie die Menschen, aber er war überzeugt, dass es auch etwas an ihnen gab, dass unsterblich war und in den Himmel kam. Nicht umsonst hatte Noah auf seiner Arche von jedem Tier ein Paar gerettet.

Der zweite Schwan stand einer Statue gleich neben seinem toten Partner. Er hatte sich nicht einmal gerührt, als der Mann näher getreten war. Sie wachten zusammen. Seit Stunden, und sie hatten noch Stunden vor sich.

Langsam senkte sich die Nacht herab. Die Stille des Waldes wurde nur unterbrochen von den Geräuschen kleiner Nachttiere. Der Mann spürte seine Beine nicht mehr, die Kälte auch nicht. Es war, als hätte er keinen Körper. Nur sein Geist existierte und weinte. Kein Mondlicht drang herab, nicht einmal mehr die Schwäne waren als verschwommene weiße Flecken erkennbar.

Erst die Morgendämmerung änderte das wieder. Der Schwan, den er erlegt hatte, sah aus, als wollte er langsam in die Erde einsinken. Daneben lag der andere, die Hälse übereinander und die Köpfe dicht nebeneinander.

»Nein!« Der Schrei hallte durch den morgendunstigen Wald.

Er hatte nicht nur einen Schwan getötet, sondern zwei. Weil der andere nicht ohne seinen Partner zurückbleiben wollte. Aus Kummer war er gestorben. Der Mann rutschte über den Boden, bis er neben beiden Schwänen kniete. Alle Gebete hatte er bereits gesprochen, sein Kopf war leer.

»Bei Gott, dem Allmächtigen, Jesus und dem Heiligen Geist schwöre ich, niemals wieder werde ich zur Jagd gehen oder einen Spieß auch nur berühren. Ich bin nicht länger würdig, den Schwan in meinem Wappen und meinem Namen zu führen. Auf meinem Schild und meiner Kleidung soll er nicht mehr zu sehen sein. Niemand soll meine Herkunft und meinen wahren Namen erfahren. Von jetzt an werde ich mich Lohengrin nennen, der Lothringer. Das soll mich immer an meine Schande erinnern. Ich will willig der geringste unter den Kriegern sein. So soll es sein bis an das Ende meiner Tage. Das gelobe ich, so wahr mir der Herr helfe. Sollte ich gezwungen sein, meine Tat und Abstammung preiszugeben, werde ich noch am selben Tage fortgehen und nie zurückkehren.« Er legte die Hände auf die beiden Schwanenköpfe.

Um sich immer an seinen Schwur zu erinnern, nahm er von jedem Schwan eine Feder aus dem Flügel und steckte sie unter seinen Kittel. Mit dem Dolch kratzte er die Farbe von seinem Schild, bis der Schwan nicht mehr zu sehen war, und verdeckte die Spuren mit einer Schicht feuchter Erde, bis er Farbe fand, um sie zu übermalen. Aus der Satteldecke schnitt er das Stück heraus, wo das Wappen eingestickt war. Die toten Tiere bedeckte er mit Zweigen und beschwerte sie mit Steinen. Nach einem letzten Gebet verließ er diesen Ort.

KAPITEL V

*W*as tut Ihr da?«, wollte Elsa wissen. Sie hatte bereits eine Weile vor der halb offenen Tür gestanden und Gudmund, den jungen Gehilfen Pater Clements, beobachtet. Er hatte vor einer geöffneten Truhe gekniet und in den Papieren gesucht, die darin lagen.

Bei ihrer Frage wirbelte er herum, richtete sich auf und fuchtelte mit den Armen, als hätte ihn eine Biene gestochen. Hektische rote Flecken erschienen auf seinem Hals. Gudmund war ein Mensch, der den leiblichen Genüssen nicht abgeneigt war, und sein ohnehin rundes Gesicht wirkte feist – in wenigen Jahren wird er Hängebacken bekommen, dachte Elsa.

»Warum wühlt Ihr in Brabants Papieren herum?«, wiederholte sie ihre Frage.

»Ich habe etwas gesucht«, verteidigte sich Gudmund. Seine Stimme klang höher als gewöhnlich. Als Pater Clements Gehilfe war es nicht nur seine Pflicht, die Kapelle auszufegen, sich um die Kerzen zu kümmern und während der Messe die Liturgie zu singen, sondern auch dem Pater in der Schreibkanzlei zu helfen. Sein Tun war nicht verdächtig, aber die roten Flecken an seinem Hals und dass er vor ihr stand wie ertappt machten Elsa misstrauisch.

»Das ist offensichtlich«, erwiderte sie streng.

»Pater Clement bat mich, etwas für ihn zu holen.«

»Dann wird er Euch auch gesagt haben, wo es zu finden ist.«

Gudmund nickte. »Da war es jedoch nicht.«

»Was sollt Ihr Pater Clement bringen?«

»Die Liste mit den Bauern und der Höhe ihrer Abgaben.«

Elsa trat an ein Regal heran und nahm ein ledernes Futteral heraus. Sie hielt es Gudmund hin. »Seit eh und je wird die Liste hier drin aufbewahrt. Das hat Pater Clement sicher so gesagt.«

»Ich habe gedacht, er meint eine Ledermappe. Wahrscheinlich habe ich ihn nicht richtig verstanden. Ich danke Euch.« Er nahm das Futteral und huschte auf leisen Sohlen aus dem Raum hinaus.

Zurück blieb ein Geruch nach Schweiß und Schuldbewusstsein. Elsa trat an die offene Truhe heran. Die Unterlagen darin befanden sich in großer Unordnung. Für sie erhärtete sich der Verdacht, dass Gudmund etwas gesucht hatte, das ihn nichts anging. Die Frage war nur, worauf er es abgesehen hatte. Sie entdeckte aufgeklappte Wachstafeln, auf denen Pater Clement Entwürfe für einen Antrag an König Heinrich zur Anerkennung der weiblichen Erbfolge in Brabant festgehalten hatte. Sollte es das gewesen sein? Sie grub die Zähne in die Unterlippe, während sie die Ordnung in der Truhe wiederherstellte. Es war kein Geheimnis, dass Gudmund es streng mit den Geboten der Bibel hielt, wenn es darum ging, dass das Weib dem Manne untertan sei, weil der Herr Eva aus Adams Rippe geformt hatte. Eine Frau konnte niemals die Aufgaben eines Mannes übernehmen und über ein Herzogtum herrschen. Konnte er einen Antrag an König Heinrich hintertreiben? Elsa nahm sich vor, wachsam zu sein. Gegenwind durfte sie nicht nur aus Telramunds Richtung erwarten, sondern sie musste auf alles gefasst sein.

»Dieser Mensch ist nicht gut.« Rhuna stand in der Tür und schüttelte den Kopf.

»Wo kommst du her?«

»Von hier und dort. Wohin der Wind ein Samenkorn weht.«

Aus der Slawin wurde Elsa nicht schlau, aber über deren Arbeitseifer konnte sie sich nicht beklagen. Deshalb sagte sie nichts weiter.

»Habt Ihr über meine Worte nachgedacht? Niemand muss davon erfahren.«

»Behalte dein Heidenzeug für dich.«

Rhuna zuckte mit den Achseln, drehte sich um und verschwand. Sie besuchte regelmäßig die Messe. Konnte ihre Gebete fehlerfrei aufsagen, aber in ihrem Herzen war sie die Priesterin eines Götzen geblieben. Elsa fühlte sich von ihr angezogen und abgestoßen zur gleichen Zeit. Sie behielt Rhuna in ihrer Nähe, hatte ihr die Sorge über ihre Garderobe übertragen. Aber auf ihre Zauberei würde sie niemals hereinfallen.

* * *

Lohengrin ließ seinen Hengst den Weg allein suchen. Es kam ihm nicht darauf an, ob er irgendwohin gelangte und wo das war. Nicht mit dieser auf seinen Schultern lastenden Schuld. Kälte, Regen, Wind kümmerten ihn nur noch, indem er diese Unbill begrüßte. Die beiden Schwanenfedern steckten unter seinem Kettenhemd, immer wieder zog er sie heraus, strich mit den Fingern darüber. Die harten Schäfte, die der Feder Stabilität verliehen, und die fein verzahnten Fahnen auf beiden Seiten. Er hatte sie sich dicht vor die Augen gehalten und betrachtet. Das Gebilde wirkte fragil und war doch in der

Lage, die Schwäne durch die Lüfte zu tragen. Bis er zwei von ihnen das Leben genommen hatte.

Der Graue hob den Kopf und schnaubte. Augenblicklich schüttelte Lohengrin seine Versunkenheit ab, er packte die Zügel fester und schaute sich aufmerksam um. Der Hengst hatte eine Witterung aufgenommen, und das konnten nur andere Pferde sein. Sie konnten Freund oder Feind bedeuten. Vorsichtiger und aufmerksamer setzte er seinen Weg fort.

Auch an seine Nase wehte jetzt der Geruch nach Pferd. Gleich darauf erblickte er einen Zaun aus in die Erde gesteckten und miteinander verflochtenen Ästen. Dahinter taten sich ein halbes Dutzend oder mehr Stuten am ersten Gras des Frühlings gütlich. Sie waren unschwer an ihren trächtigen Leibern zu erkennen. Bewacht wurden sie von einem schmalen Jungen, der für diese Jahreszeit viel zu dünn gekleidet schien. Die Stuten grasten friedlich weiter, aber eine hatte den Kopf gehoben und spähte ihm entgegen. Der Junge war ebenfalls aufmerksam geworden. Er nagte an seiner Unterlippe und wusste offenkundig nicht, ob er fliehen oder die Stuten verteidigen sollte.

»Hab keine Furcht«, rief Lohengrin ihm zu. »Ich will dir nichts tun.«

»Das schafft Ihr auch nicht, guter Herr.« Offenbar hatte der kleine Kerl sich fürs Frechsein entschieden. Er schwang einen Stecken gegen Lohengrin, der erheblich länger war als er selber.

»Sei vorsichtig damit, sonst tust du dir selbst weh«, warnte Lohengrin ihn vom Sattel herab.

»Ich kann kämpfen.«

»Das sehe ich, aber ich will mich nicht mit dir anlegen.« Ein schnelles Lächeln huschte über Lohengrins Gesicht. »Wem gehören diese Pferde?«

Der Junge setzte seinen Stab auf die Erde und stützte sich darauf. »Mir.«

»Bestimmt nicht. Jemand wie du besitzt keine solchen Pferde.«

»Meinem Herrn.«

»Wer ist das?«

»Der edle Graf Telramund, Herr über den Valkengau. Ihr befindet Euch auf seinem Land.«

»Wo ist die Burg des Grafen?«

»Weiß nicht. Ich war immer nur hier.« Der Junge zuckte mit den Schultern.

»Ist ein Eigengut des edlen Grafen in der Nähe?«

»Ein Hof. Reitet immer nur weiter, dann könnt Ihr ihn gar nicht verfehlen.«

»Ist der Graf da?«, fragte Lohengrin.

»Der kommt nur selten. Vielleicht ein Mal im Sommer.«

»Ich danke dir. Solange du die Stuten bewachst, braucht sich der Graf nicht um sie zu sorgen.«

Der Junge reckte die magere Brust stolz heraus, und Lohengrin ritt nach einem letzten Blick auf ihn weiter. Es dauerte nicht lange, bis der Hof sichtbar wurde. Er war von einer Holzpalisade umgeben, aber das Tor stand einladend offen. Dahinter herrschte geschäftiges Treiben. Unter einem Vordach hingen zwei geschlachtete Schweine und wurden ausgenommen, jemand rührte Blut in einem Kessel, Holz wurde ins Haus geschleppt, im Stall wieherte ein Pferd. Es gab keine Anzeichen des Schlendrians, der sich in Nevers eingeschlichen hatte, sobald der Graf abwesend war. Dieser Graf Telramund hatte entweder einen fähigen Verwalter oder war ein strenger Herr oder beides. Lohengrin holte tief Luft und legte eine Hand auf die Stelle, wo die Schwanenfedern ruhten.

Ein Mann kam auf ihn zu. Besser gekleidet als der Junge und auch besser genährt. Er verneigte sich vor Lohengrin und sprach ihn höflich an, fragte nach seinem Begehr und seinem Namen, mit Kennerblick betrachtete er das Pferd und lobte dessen Güte. Sich selbst stellte er als Verweser dieses Gutes dar und nannte sich Gernwardt.

Lohengrin dachte nicht daran, auf die Frage zu antworten. »Der Hof gehört Graf Telramund, hörte ich. Wo befindet sich der Valkengau, in dem der Graf der Herr ist?«

»Wir gehören zu Brabant.«

»Brabant?«, fragte Lohengrin mit gerunzelter Stirn.

»Ihr kommt hin, wenn Ihr immer weiter nach Norden reitet. Herzog Gottfried herrscht dort mit weiser Hand und Gottes Hilfe. Graf Telramund ist sein edelster Gefolgsmann.« Gernwardt klang stolz.

»Ist der Graf ein strenger Herr?«

»Er ist gerecht gegen jedermann.«

Also war er ein strenger Herr, übersetzte Lohengrin das Gesagte. »Dann ist es sicher gut, in seinen Diensten zu stehen?«, fragte er weiter.

»Er verlangt Fleiß und Gehorsam, dann ist das Leben in seinem Dienst angenehm. Seid Ihr auf der Suche nach einem Herrn?«

»Ein Quartier für die Nacht reicht mir.«

»Das könnt Ihr haben.« Gernwardt neigte den Kopf. »Für einen vornehmen Herrn auf Wanderschaft stehen Graf Telramunds Türen stets offen. Wie war noch einmal Euer Name?«

Wieder antwortete Lohengrin nicht auf diese Frage, sondern saß ab. »Ich bin mit einem einfachen Lager in der Halle zufrieden.«

»Alles, wie es Euch angemessen ist.«

Der Grauschimmel erhielt einen Platz im Stall und Lohengrin eine hastig hergerichtete Kammer für sich allein. In den Ecken lag noch

Staub, aber auf dem Bett türmte sich ein halbes Dutzend Decken. Die strohgestopfte Matratze roch frisch und war weich. Es war das bequemste Quartier seit Langem. Lohengrin schlief auf dem Boden vor dem Bett. Mit der auf ihm lastenden Schuld hielt er sich nicht für würdig, in einem weichen Bett zu nächtigen.

KAPITEL VI

Elsas Blick verfolgte den Flug ihres Gerfalken am Himmel. Sie erfreute sich an seinen eleganten Bewegungen. Es war ein kleineres Männchen, und sie hatte ihn Severus getauft und sich nicht daran gestört, dass ihre Freundin Margot, aus der Sippe der Ewouldinger, gesagt hatte, dann könne sie ihn auch gleich Pompeius Magnus nennen. Es bedeutete streng oder auch ernst und passte gut zu einem Falken, dem nie eine Gefühlsregung anzusehen war. Er zog seine Kreise am Himmel, und für Elsa war es auch nach Jahren noch erstaunlich, dass er immer zu ihr zurückkehrte, obwohl er nur einige Flügelschläge von der Freiheit entfernt war.

Severus legte die Flügel an und schoss im Sturzflug herab.

»Er hat etwas erspäht.« Elsa war aufgeregt. Sie saß auf einer Schimmelstute im gleichen Sitz wie die Herren, und sie trug auch eine Hose und Stiefel. Darin ließ es sich besser reiten als im Rock.

»Vielleicht ein Kaninchen?«, sagte Simona von Kleve.

»Zu groß, es wird eine Maus sein«, wies Margot sie zurecht.

Beide waren in Elsas Alter, und sie waren die einzigen Frauen der Jagdgesellschaft. Seit Jahren lebten Margot und Simona am Brabanter Hof, waren mit ihr zusammen aufgewachsen und leisteten ihr Gesellschaft.

Nachdem Severus dicht über dem Boden abgebremst hatte, stieg er wieder auf. Seine Fänge waren leer, die Beute entkommen. Er kreiste erneut.

»Er hat versagt.« Graf Telramund lenkte sein Pferd neben Elsas. Auf seiner Hand saß ein weiblicher Gerfalke und schaute sich hochmütig um. Die Weibchen waren deutlich größer als die Männchen und schwerer. Sein Arm zitterte leicht. »Bei den Falken ist es umgekehrt wie bei den Menschen. Da sind die Weibchen die besseren Jäger, weil sie Junge zu versorgen haben.«

»Bei den Menschen versorgen die Männer die Kinder?«, fragte Elsa mit Schärfe in der Stimme. Sie lenkte ihr Pferd ein paar Schritte zur Seite und benutzte eine Pfeife, um Severus zurückzurufen. Ein hoher Ton stieg auf. Elsa streckte den rechten Arm aus, ein dicker Lederschutz bedeckte die Hand und den Unterarm.

Severus stutzte im Flug, und Elsa pfiff erneut. Er kam herabgestürzt und landete auf dem Lederschutz. Ein Diener reichte ihr ein Stück Fleisch, das sie Severus zwischen die Fänge legte. Gierig riss er daran.

»Warum soll er sich etwas erjagen, wenn er nach einem Misserfolg gefüttert wird? Bei meiner ist das anders: Wenn sie keine Beute schlägt, kehrt sie hungrig in ihren Verschlag zurück.«

»Das ist der Unterschied zwischen uns.«

»Sind es nicht gerade die Unterschiede zwischen Männern und Frauen, die den Reiz ausmachen?« Telramund grinste breit und neigte sich zu ihr. »Ich will es Euch gern beweisen, Ihr müsst es nur zulassen. Jeder in Brabant erwartet unsere Verbindung.«

Elsa erstarrte. Solche Dreistigkeit hatte sich Graf Telramund bisher nicht herausgenommen. War er sich einig geworden mit ihrem Vater? Wie passte es dazu, dass er mit Pater Clement einen

Antrag an König Heinrich zur Anerkennung der weiblichen Erbfolge vorbereitete? Sollte sie in Sicherheit gewiegt werden, derweil hinter ihrem Rücken … Ärger stieg in ihr auf, und sie warf einen schnellen Blick auf ihren Vater, der zufrieden herschaute. Elsa musste zunächst einmal mit Telramund fertigwerden. »Die Zukunft wird zeigen, was das Beste für Brabant ist«, antwortete sie schmallippig.

»Zögert nicht zu lange. Es kann schneller zu spät sein, als Ihr denkt.« Die Worte klangen wie eine Drohung, obwohl sie mit einem Lächeln im Gesicht hervorgestoßen worden waren.

Elsa hätte ihn gerne mit einer passenden Antwort auf seinen Platz verwiesen, aber ihr war ein Schreck in die Glieder gefahren und verschloss ihre Lippen.

»Willst du ihn noch mal aufsteigen lassen?«, rief ihr Vater herüber. Die übrige Jagdgesellschaft hatte sich etwas zurückgezogen, damit der Falke bei der Jagd nicht gestört wurde. Der Herzog hatte seinen Falken vor sich auf dem Sattelhorn sitzen – so wie auch noch ein halbes Dutzend anderer Edelinge.

»Ich lasse es für heute gut sein.« Sie ließ Severus auf den Arm des Knechts klettern und gab ihm auch den Lederschutz.

Die Jäger ritten weiter zu einer Stelle, wo die Tiere noch nicht durch die Anwesenheit der Falken gewarnt waren. Im zügigen Trab ging es voran. Elsa mochte die weichen Bewegungen ihrer Stute, und am besten gefiel es ihr, im Galopp über die Wege zu fliegen und sich die Haare vom Wind zerzausen zu lassen.

Sie erreichten das Ufer des Flusses Aa, und das Wasser schäumte neben ihnen mit starker Strömung. Simona von Kleve kam mit ihrer Fuchsstute an Elsas Seite geritten.

»Severus ist ein wunderbarer Falke«, sagte sie. »Er ist so viel zahmer als alle anderen.«

»Sie sind zum Jagen da und nicht, um zahm zu sein. Du hast es gehört.«

»Gib nichts darauf. Ich beneide dich jedenfalls um deinen Severus und wünschte, mein eigener Falke wäre so zahm.« Simona gehörte seit einem Jahr ein Wanderfalkenweibchen. Eine zierliche Vertreterin ihrer Art, die noch nicht mit auf die Jagd kam, sondern nur kurze Strecken frei flog, von einer Atzung zur anderen.

In einer Flusskehre ließ der Herzog anhalten. Als Erstes stieg sein eigener Falke auf und schlug nach kurzer Zeit eine Ente. Graf Telramund zwinkerte Elsa zu. »So muss das gehen.«

Elsa drängte ihre Stute zurück.

»Gebt acht, edle Frau.« Der Graf gestikulierte.

Die Schimmelstute knickte mit der Hinterhand weg. Die Uferkante brach ab, und sie rutschte ins Wasser. Vor Schreck keilte sie aus. Elsa wurde im Sattel erst nach hinten und dann nach vorn geschleudert, sie konnte sich gerade noch am Sattelhorn festhalten. Die Zügel entglitten ihren Händen. Die Stute wollte ans Ufer zurückklettern, aber es war nun steil, und sie kam nicht hoch. Dafür erfasste sie die Strömung.

Telramunds Ruf hatte alle aufmerksam werden lassen, und nun standen sie am Ufer, während Elsa versuchte, im Sattel zu bleiben. Sie war inzwischen nass bis zur Hüfte, aber sie war auch eine gute Reiterin und wusste, dass sie ihrer Angst nicht nachgeben, noch ihr Pferd in seinem Kampf gegen das Wasser behindern durfte.

»Jemand muss etwas tun!«, rief Herzog Gottfried. Er fuchtelte mit den Armen, und der Falke auf seiner Hand hielt sich nur mit Mühe. Wahrscheinlich nur deshalb, weil das Gebinde um seinen Fuß am Handschuh angebunden war.

Elsas Stute wurde vollends von der Strömung erfasst und verlor den Boden unter den Hufen. Am Ufer rührte sich niemand. Das kalte Wasser biss in ihren Leib, dass es schmerzte. Sie klammerte sich weiter am Sattel fest, obwohl sie nicht länger darin saß, sondern mitgezogen wurde. Pferde waren keine gewandten Schwimmer, und die Stute kam gegen die Strömung nicht an.

»Es muss sie jemand retten!«, rief wieder ihr Vater. »Mein einziges Kind.«

Sehen konnte sie es nicht genau, aber es fühlte sich für Elsa an, als wagte sich niemand zu ihrer Rettung in den Fluss.

»Edle Frau, haltet durch! Ich komme!« Die Stimme kam von der anderen Flussseite.

Dort entdeckte Elsa einen Reiter auf einem Grauschimmel. Er hielt etwas, was sie nicht richtig erkennen konnte. Im Galopp preschte er am Ufer entlang und überholte sie. Er zügelte sein Pferd und zwang es mit entschlossenem Schenkeldruck ins Wasser. Bis zum Bauch stand es im Fluss. Der Reiter hielt ihr einen langen Ast entgegen.

»Haltet Euch daran fest! Dann ziehe ich Euch raus!«

Elsa wollte den Kopf schütteln, aber vor Kälte war sie wie gelähmt.

»Habt Mut, dann wird alles gut«, rief wieder der Reiter.

Dann hatte sie den Stock erreicht. Elsa dachte nicht länger über das Schicksal nach, sondern griff nach dem Stecken. Sie bekam ihn zu fassen. Aber ihr Griff war schwach, lange würde sie sich nicht halten können. Der Fremde zog sie mit einem Ruck zu sich heran. Er schlang die Arme um sie, hob sie hoch, und sie lag sicher vor ihm über dem Sattel. Vom anderen Ufer klangen Rufe herüber. Er trieb den Grauschimmel ans Land zurück.

Hier setzte er Elsa vorsichtig auf den Boden, ehe er aus dem Sattel stieg. Elsa konnte sich kaum auf den Beinen halten, sie musste sich auf seinen Arm stützen. Er schlang einen Umhang um sie, dessen unteres Drittel vor Nässe schwer herunterhing.

»Mein Pferd ...« Elsas Stimme zitterte.

»Weiter vorn gibt es eine Furt. Dort kann es sich aus dem Fluss retten.« Er strich ihr eine nasse Haarsträhne aus dem Gesicht.

»Da hätte auch ich mich retten können.«

»So lange konnte ich Euch nicht in der Gefahr lassen. Ihr müsst etwas trinken, aber ich habe nur schales Dünnbier in einer Schweinsblase. Das ist nicht das Richtige für eine edle Dame. Es sollte ein heißer Würzwein sein.«

»Ich nehme auch das Bier.«

Elsa trank gierig aus der Blase, die er ihr reichte, und ließ sich dann von ihm in den Sattel zurückheben. Er führte den Grauschimmel am Zügel zur Furt. Der Umhang spendete ihr eine erste Ahnung von Wärme.

KAPITEL VII

An der Furt überquerten Elsa und ihr unbekannter Retter den Fluss. Ihre Stute hatte sich bereits ans Ufer gerettet. Elsa wurde von ihrem Vater in Empfang genommen. Er herzte und küsste sie.

»Mein Kind, mein einziges Kind.« Tränen tropften in seinen Bart.

Jemand entzündete ein Feuer, ein Klappstuhl wurde aufgestellt, und Graf Telramund hüllte sie in seinen wollenen, pelzverbrämten Umhang. Er führte sie zu dem Stuhl, wo sie dankbar niedersank. Dann war Margot da, umgab sie mit Fürsorglichkeit und scheuchte die Männer fort.

»Nein, lass sie … Der fremde Ritter, er hat …« Elsas Zähne klapperten so sehr, dass sie kaum ein Wort herausbrachte.

»Sie müssen trotzdem nicht alle hier herumstehen und auf dich niederstarren, als wärst du ein Wesen zwischen Engel und Teufel.«

Das entlockte Elsa ein schmales Lächeln. Aber dann war es ihr sehr recht, dass Margot und Simona sich um sie kümmerten. Sie halfen ihr, die nassen Kleidungsstücke abzulegen, und häuften noch mehr Umhänge um sie, bis Elsa unter deren Gewicht beinahe niedergedrückt wurde. Simona versorgte sie mit einem Becher heißen Weins, der ihre Kehle und ihre Hände wärmte. Das Getränk stieg ihr zu

Kopf, und ihr wurde leichter ums Herz. Außer dass ihr kalt war, hatte sie weiter keinen Schaden davongetragen.

»Du kannst mein Pferd nehmen«, bot Margot an. »Ich finde schon jemanden, der mich hinter sich aufsitzen lässt.«

Daran hatte Elsa keinen Zweifel, aber sie verbot sich diesen gehässigen Gedanken sofort. Margot war eine fröhliche und angenehme Gesellschafterin, und natürlich wussten das auch die Herren. Sie spähte unter den Schichten aus Umhängen hervor zu ihrem Vater, der inmitten seiner Gefolgsleute ein Stück entfernt stand. Er unterhielt sich mit ihrem Retter. Der hatte seinen Helm abgesetzt, und blondes Haar hing ihm verschwitzt ins Gesicht. Beide hielten Becher mit Wein in den Händen.

»Ich will Euch danken für die Rettung meiner einzigen Tochter. Sie ist mein Augenstern. Die Zierde meines Herzogtums«, sagte Gottfried von Brabant erleichtert. »Wie kann ich Euch belohnen?«

»Ich verlange keine Belohnung für die Rettung einer edlen Frau. Ich habe nur meine Pflicht getan. Jeder andere wäre ebenfalls herbeigeeilt, da bin ich sicher, aber das Glück war auf meiner Seite.«

Keiner hatte auch nur einen Versuch gemacht, sein Pferd in den reißenden Fluss zu treiben. Elsa fühlte sich zu erschöpft, um auf diese Worte zu reagieren. Sie sah aber an Simonas Miene, dass dieser ähnliche Gedanken durch den Kopf gingen. Margots Gesichtsausdruck war unergründlich.

»Ich möchte Euch Euren Dienst lohnen. Das ist etwas anderes, als wenn Ihr es verlangt hättet. Sagt mir, womit ich Euch erfreuen kann, und es soll Euer sein. Ein Pferd? Eine Rüstung oder ein Diener? Ein Beutel Münzen?«

»Nichts davon«, verneinte der Blondschopf.

»Sagt mir wenigstens Euren Namen, damit ich weiß, wem ich

Dank schulde. Meine Tochter wird für Euer Wohlergehen beten wollen.«

»Man nennt mich Lohengrin.«

»Aus Lothringen?«

Der Ritter zuckte mit den Schultern.

»Zögert nicht, an meinen Hof zu kommen und Eure Belohnung zu fordern, wenn Ihr eines Tages anderen Sinnes werdet.«

»Ich verkaufe nicht, was meine Pflicht ist.«

»Herr Jesus im Himmel, ist dieser Mensch dämlich«, flüsterte Margot.

»Ich nenne es ehrenhaft«, widersprach Simona.

»Übertrieben ehrenhaft.«

Elsa mahnte ihre Freundinnen zur Ruhe und schlürfte den Rest ihres Weines, ehe er kalt wurde.

»Dient Ihr einem Herrn?«, fragte Herzog Gottfried weiter.

»Ich diene nur einem Herrn.« Lohengrin zeigte dabei gen Himmel, und Margot verdrehte die Augen.

»Tretet in meinen Dienst. Für einen mutigen Mann habe ich immer Platz.« Der Stimme des Herzogs war jetzt ein Lächeln anzuhören. »Das ist keine Belohnung. Ihr werdet hart ranmüssen. Wachen, Botengänge, der Schutz meiner Bauern und Bürger, jeden Tag Leibesübungen. Fragt nur herum.«

Die anderen nickten.

»Was denkt Ihr darüber? Heimatlos umherzuziehen ist kein Leben für einen Mann wie Euch.«

Lohengrin ließ seinen Blick über das herzogliche Gefolge schweifen, betrachtete die Knechte, die in einer eigenen Gruppe die Pferde und Falken hüteten. Zuletzt glitt sein Blick über die Frauen am Feuer. Für Elsa fühlte es sich an, als bohrten sich seine Augen bis in die Tiefe ihres Geistes, ja bis in ihre Seele. Sie richtete sich gerade auf. Seit ihr Vater das letzte Mal einen fremden Herrn in Dienst genommen hatte, waren etliche Jahre vergangen. Und natürlich nicht jemanden, von dem er nicht mehr als den Namen wusste. Sie hatte aber auch noch nie von einem Fremden gerettet werden müssen.

»Ich nehme an und trete in Euren Dienst, edler Herzog von Brabant. Ich muss allerdings zwei Bedingungen stellen.«

»Nennt sie.«

»Belasst es bei dem Namen Lohengrin. Fragt mich niemals nach meiner Sippe oder meiner Herkunft. Als Zweites erwartet nicht von mir, dass ich jemals auf die Jagd reite. Diese Gelübde habe ich geschworen, und sie sind mir heilig.«

Jetzt war es an ihrem Vater, das Angebot zu überdenken. »Ihr werdet mit mir in den Krieg reiten? Gegen die Ungarn, die immer wieder den Okzident heimsuchen und wie ein Sturm durch die Gaue ziehen. Wie ein Sturmwind brausen sie heran, rauben, morden und brandschatzen und sind wieder verschwunden, bevor sich ein Heer auch nur gesammelt hat.«

»Ich habe von den Ungarn gehört. Ihre Grausamkeit schreckt mich nicht. Als Euer Gefolgsmann erachte ich es als meine Pflicht, an Eurer Seite in den Krieg zu ziehen.«

»Dann sind wir uns einig. Ihr werdet eine angemessene Unterkunft und einen persönlichen Diener erhalten, der sich um Euer Pferd, Eure Rüstung und Eure Waffen kümmert.«

Der Vater und Lohengrin umarmten einander.

KAPITEL VIII

*N*ach der Rückkehr auf die Burg bei Breda wurde Elsa von Rhuna in ein angewärmtes Bett gesteckt. Sie verschwand beinahe in dem Berg von Kissen und Decken, aber es war auch wunderbar weich, und langsam fühlte sie wieder Wärme in ihren Leib dringen. Sie trank heißen Tee und löffelte Hühnerbrühe. Danach wurde sie schläfrig.

Als sie wieder aufwachte, saß Margot neben ihrem Bett und nähte. Sie gab zumindest vor, es zu tun, denn in Wahrheit war sie in diesen Künsten nicht begabt. Kaum bemerkte sie, dass Elsa die Augen aufgeschlagen hatte, ließ sie den Stoff fallen und beugte sich über die Freundin, legte ihr eine Hand auf die Stirn.

»Fühlt sich an wie immer. Du scheinst kein Fieber zu haben. Was für ein Glück.«

Elsa kuschelte sich unter den Decken zusammen. »Wäre es dafür nicht zu früh?«

»Du hast den gestrigen Nachmittag und die ganze Nacht verschlafen. Der neue Tag ist etliche Stunden alt. Also sage mir nicht, dass es für Fieber zu früh wäre.«

»So lange?« Es kam ihr gerade einmal vor wie drei oder vier Stunden. »Hast du die ganze Zeit bei mir gesessen?«

»Nicht ganz. Ich habe mir aber hier ein Lager bereiten lassen, damit ich es sofort merke, wenn du Hilfe brauchst.«

»Simona und Rhuna haben dich nicht unterstützt?«

»Das edle Fräulein von Kleve lag die ganze Nacht betend auf den Knien, dass du kein Fieber bekommst und dein Abenteuer keine anderen schlimmen Folgen zeigt. Dabei kann ich sie definitiv nicht unterstützen. Wahrscheinlich hat unser Herr im Himmel sie erhört. Die Sklavin Rhuna wollte mich zuerst nicht zu dir lassen, aber ich habe sie vertrieben. Wer weiß, was so eine in den Tee gibt.«

Gegen ihren Willen war Elsa gerührt. Es sah der kapriziösen Margot aus der Sippe der Ewouldinger nicht ähnlich, sich so in die Krankenpflege zu stürzen. Gewöhnlich hielt sie sich für diese typisch weiblichen Tätigkeiten für ungeeignet, aber ihre Gegenwart war stets herzerfrischend. Elsas Vater hatte Simona und Margot vor Jahren an den Hof geholt, damit sie seiner einzigen Tochter Gesellschaft leisteten. Aus dieser Pflicht war längst Freundschaft geworden. Sie griff nach Margots Hand und drückte sie fest.

»Es war auch nicht leicht, deinen Vater von hier fernzuhalten. Er hätte am liebsten an deinem Bett gewacht und dich wahrscheinlich alle Minute aufgeweckt, um dich zu fragen, wie es dir geht. Du weißt, wie er ist.« Margot lachte. »Männer. Ich habe ihn nicht hereingelassen, aber ihm stündlich die Nachricht gesandt, dass du so friedlich schläfst wie ein Windelkind. Im Laufe der Nacht hat ihn das beruhigt.«

Elsa lächelte. Sie konnte sich gut vorstellen, wie ihr Vater Einlass begehrte und wie Margot ihn schmeichelnd überredet hatte, einer Beschäftigung für Männer nachzugehen. Nachträglich war ihr das recht, mit ihrem Vater an der Seite hätte sie kaum Ruhe gefunden.

»Graf Telramund hat das für dich abgegeben.« Margot griff hinter sich und holte einen Teller mit in Honig getränkten Küchlein hervor. Von der Sorte, die Elsa liebte, wie der Graf sehr gut wusste. Die Kuchen konnten nichts für ihren Schenker, und Elsa verspürte Hunger. Sie ließ sie sich schmecken.

Auch Margot griff zu, steckte eines der Küchlein in den Mund. Der Honig floss süß über ihre Zunge. Sie leckte auch die klebrigen Finger ab. »Nimm dir noch eines«, bot sie Margot an.

Die ließ es sich nicht zweimal sagen. Kauend erzählte sie: »Herr Lohengrin hat auch nach dir gefragt. Er wollte für deine Gesundheit beten.«

»Ich hätte mich um eine angemessene Unterkunft für ihn kümmern sollen. Das ist das Mindeste, was ich ihm schuldig bin.« Elsa stemmte sich im Bett hoch und machte Anstalten, die Beine über den Rand zu schwingen.

Margot hinderte sie daran. »Für seine Unterkunft ist bestens gesorgt.«

»Wenn ich dich und Simona nicht hätte.«

»Ausnahmsweise haben wir einmal nichts damit zu tun. Dein Vater persönlich hat ihm eine Kammer zugewiesen. Er wollte ihm auch einen Knecht andienen, aber Herr Lohengrin hat das abgelehnt. Er ist ein merkwürdiger Geselle. Die anderen werden ihn schon zurechtstutzen.« Margot steckte sich ungefragt ein weiteres Honigküchlein in den Mund und lachte.

»Ich halte Herrn Lohengrin für einen tugendhaften Mann. Was soll daran merkwürdig sein?«

»Genau das. Hältst du einen der anderen Krieger deines Vaters für so tugendhaft, dass er auf einen Diener verzichten würde und sich lieber allein um seine Waffen und seine Rüstung kümmert?«

Elsa fiel niemand ein, und sie schwieg.

Die Honigkuchen hatten sie verputzt, zuletzt tupften sie noch die klebrige Süße vom Teller.

* * *

Drei Knochenwürfel rollten über den zerkratzten Tisch, gespannt beobachtet von acht Augenpaaren, als hätte der Herrgott persönlich sie geworfen. Ein neuntes Augenpaar, das Lohengrin gehörte, war gedankenverloren ins Nirgendwo gerichtet. Er hatte sich auf der Bank zurückgelehnt, bis Kopf und Schultern die Wand berührten, die Beine vorgestreckt und an den Knöcheln gekreuzt. In den Händen hielt er einen Becher Wein.

Die Halle war größer als die des Grafen von Nevers, behaglicher und auch wärmer. Der Wein weniger sauer und die beiden Mahlzeiten am Tag reichhaltig. Er hatte es gut getroffen mit dem Dienst bei Herzog Gottfried. Stand ihm dieses bequeme Leben wirklich zu? Tatsächlich überlegte er, ob sein Bleiben an diesem Hof nicht bereits gegen seine Gelübde verstieß. Mit der Tochter des Herzogs hatte er einer Jungfrau beigestanden, wie er es geschworen hatte, bevor das mit seinem Wappentier … In seinem Inneren sagte ihm jedoch etwas, dass er hier noch gebraucht wurde, auch wenn der Herr im Himmel den Grund bisher vor ihm verbarg.

»He, du!« Einer der Spieler hielt ihm die Knochenwürfel hin. Ein kräftig gebauter Kerl mit zerraufter Frisur, nachdem er mehrfach mit den Händen hindurchgefahren war. Er schien bisher kein Glück gehabt zu haben. »Tu mit bei unserem Spiel.«

»Lieber nicht«, wehrte Lohengrin ab. Er glaubte, dass der Glücklose Sigibert hieß, aus der Westbrabanter Sippe der Rembertinger stammte und leicht aufbrauste.

»Was bist du für einer?«

»Ein Gefolgsmann Herzog Gottfrieds wie ihr alle hier.«

»Was soll das für ein Krieger sein, der die Einladung zu einem Kräftemessen ablehnt?«

Das Spiel war inzwischen unterbrochen, und alle schauten auf Lohengrin. Acht Mienen, und in den meisten las er Trunkenheit und die Vorfreude auf einen Streit. Er wäre besser in seine Kammer gegangen, statt seinem schwachen Fleisch nachzugeben und die Wärme in der Halle zu suchen. Das würde ihm eine Lehre sein.

»Einer, der sein weniges beisammenhalten will.«

»Ein Geizling, der seinem Kameraden einen Sieg nicht gönnt.« Sigibert hatte die Stimme erhoben und schaute sich Beifall heischend um.

Am Tisch wurde mit den Weinbechern auf die Platte geklopft.

»Ich habe kein Interesse an einem Spiel, bei dem es lediglich auf Glück und nicht auf Können und Strategie ankommt.« Lohengrin drehte sich halb um, aber er glaubte nicht daran, dass der andere sich so leicht abwimmeln ließe.

»Wenn du keine Münzen hast, nehmen wir auch was anderes. Deinen Schild etwa, der scheint mir stabil und gut ausbalanciert zu sein.« Sigibert sah sich um. Die anderen Männer in der Halle nickten.

»Meinen Schild nicht.«

»Weil du ihn zu Unrecht trägst? Dein Schwert vielleicht auch? Du hast kein Wappen, keine Herkunft, keinen richtigen Namen.«

»Ich trage beides mit dem gleichen Recht wie alle hier. Ob ich mich ihrer würdig erweisen werde, wird an höherer Stelle entschieden.«

»Kein Streit«, sagte jemand mit einer braunen Lockenpracht, von dem Lohengrin glaubte, dass er Junius hieß und aus der Gegend um Antwerpen stammte. »Herzog Gottfried hat ihn für würdig erachtet, unter uns einen Platz zu haben. Trinken wir lieber noch was und erfreuen uns an einer Geschichte. Wozu haben wir einen Barden hier?«

Der wandernde Barde stammte aus dem Westfrankenreich und hatte bisher unbeachtet in einer Ecke gesessen, aber nun erhob er sich und verbeugte sich, als stände er in einem römischen Amphitheater vor einem jubelnden Publikum. »Eine Ballade vom Ritter vom Schwan«, bot er an.

Die anderen schlugen mit ihren Bechern auf den Tisch, und niemand bemerkte, wie Lohengrin zusammenzuckte. Er umklammerte seinen Weinbecher, während der Barde begann, in ungelenken Versen von einem Mann zu erzählen, der sich einst im fernen Königreich East Anglia für den besten aller Krieger hielt. Unbesiegbar. Also zog er aus, um in den benachbarten Königreichen jemanden zu finden, der ihn besiegte.

Er stieg gegen jeden in den Ring, der sich ihm entgegenstellte, egal ob von edler oder niedriger Abkunft. Er besiegte alle. Nicht wenige blieben mit blutigen Wunden zurück, verloren Gliedmaßen oder sogar das Leben. Ihm brachte niemand in allen Königreichen Englands auch nur einen Kratzer bei.

»Eines muss ich noch hinzufügen.« Der Barde hob einen Zeigefinger. »Unser Kämpfer führte damals noch keinen Schwan in seinem Wappen. Sein Schild war nackt und bloß wie der unseres Lothringer Freundes.«

Der musste an sich halten, um keine Regung zu zeigen. Dieses Detail der Geschichte stimmte bisher als Einziges.

»Unter den englischen Königen …«, fuhr der Barde fort und reimte über einen Streit, der unter ihnen entbrannte, denn jeder wollte diesen unvergleichlichen Kämpfer zu seinen Gefolgsleuten zählen. Nicht wenige hegten den Hintergedanken, sich mit seiner

Hilfe über die anderen Könige zu erheben und Herrscher über ganz England zu werden.

»Wann kommen endlich die Weiber?«, rief jemand dazwischen.

»Wann heiratet dieser unvergleichliche Kämpfer die reinste aller Jungfrauen, die sich noch vor der Hochzeitsnacht in einen Schwan verwandelt und davonfliegt? Seitdem jagt dieser Mensch den Schwänen nach, damit sein Weib ihm nicht länger verweigert, was sein Recht ist.« Der Rembertinger Sigibert kratzte sich zwischen den Beinen.

Einen Augenblick sagte niemand etwas, aber dann brachen die Herren in Gelächter aus, weil das Sigibert ähnlich sah. Lohengrin und der Barde lachten als Einzige nicht mit. Der Lothringer bemerkte dafür eine Bewegung in den Schatten am anderen Ende der Halle. Der helle Ärmel eines Kleides blitzte für einen Moment auf, als halte sich dort eine Frau verborgen. Hoffentlich nicht die edle Frau Elsa, es wäre ihm gar nicht recht, wenn sie eine derartige Lügengeschichte hörte.

Sigibert schwieg jetzt, und die Männer verlangten, das richtige Ende der Geschichte zu hören.

Der Barde plusterte sich auf. »Die Könige Englands boten dem Kämpfer viel: Waffen, Pferde, Geschmeide, Ländereien oder ihre Töchter und manch einer auch mehr, als er sich eigentlich leisten konnte. Der herausragende Kämpfer überlegte, und an einem Tag erschienen ihm die einen Ländereien schöner und fruchtbarer, dann wieder andere, mal reizten ihn die Gaben des einen Königs mehr als die der anderen, an anderen Tagen war es genau umgekehrt. Mal glaubte er in die eine Königstochter verliebt zu sein und dann wieder in eine andere. Er konnte sich einfach nicht entscheiden, welchem König er Gefolgschaft geloben sollte.«

Sein Finger schoss in die Höhe. »Wer glaubt, dass es sich bei dem besten aller Kämpfer um einen beneidenswerten Mann handeln müsse, weil er zwischen unendlichen Reichtümern wählen könne, so lasst Euch gesagt sein, dass er selbst als bettelarmer Mann umherzog. Ihm gehörten nicht mehr als seine Waffen und sein Pferd. Seine Kleidung wurde immer fadenscheiniger, und in seinem Geldbeutel führte die Ebbe ein bequemes Leben. Unter den englischen Königen verschärften sich Neid und Missgunst, jeder traute den anderen nur das Schlechteste zu. Sie zogen ihre Heere zusammen und waren bereit, gegeneinander Krieg zu führen. Wie es so weit kommen konnte, wusste niemand zu sagen.«

Der Barde befeuchtete seine Kehle, indem er Sigibert den Bierbecher aus der Hand nahm und den Inhalt in einem Zug leerte. Es war ein großer Becher, und der Barde hatte einen gewaltigen Zug. Sigibert schaute verdutzt, aber die anderen johlten. Lohengrin war sich inzwischen sicher, dass in der Dunkelheit eine Frau saß und lauschte. Er hatte ein Gesicht aufblitzen sehen und Zöpfe. Dann war es wohl die Sklavin Rhuna, die so besorgt um Frau Elsa gewesen war, nachdem er sie aus der Aa gerettet hatte.

Die Mär ging damit weiter, dass der unbesiegbare Kämpfer von einem weiteren Königreich in England träumte, dessen Krieger er noch nicht herausgefordert hatte und die von allen die besten sein sollten. Der König hieß Shwantho und sein Reich das Shwannland. Der Traum war dem Kämpfer so realistisch vorgekommen, dass er nicht daran zweifelte, der Herr im Himmel habe ihn geschickt, um ihm einen Weg zu weisen. Er machte sich auf die Suche, aber wo er auch nach den Shwannland und seinem König fragte, wusste ihm niemand den Weg dorthin zu weisen. Er suchte im Norden, Süden, Osten, Westen, bis er schließlich wieder an der Wegkreuzung stand, an der er seine Suche begonnen hatte. In der Nähe schimmerte das Wasser eines Sees. An dessen Ufer saß er ab, um sein erschöpftes Pferd trinken zu lassen.

Ein Schwan kam herangeschwommen, das Gefieder weißer als Schnee.

»Was suchst du in meinem Reich?«, fragte der Schwan.

Der Kämpfer wunderte sich gar nicht darüber, den Schwan zu verstehen, sondern grüßte lässig und fragte nach dem Shwannland und dessen König.

»Ich bin der Gesuchte.«

»Ein Schwan?«

»Warum kein Schwan? Wäre dir ein Einhorn lieber gewesen?«

»Ich suche einen König, gegen dessen Gefolgsmänner ich im ehrlichen Zweikampf antreten kann, um sie zu besiegen. So wie ich bisher alle besiegt habe«, antwortete der Kämpfer.

»Du bist derjenige, der Zwietracht im ganzen Land sät und die Könige dazu gebracht hat, ihre Heere zusammenzurufen? Du siehst mir gar nicht aus wie einer, der alle anderen besiegt hat.«

»Das täuscht.« Der Krieger reckte sich. »Rufe deine Gefolgsmänner zusammen, auf dass ich gegen sie kämpfe. Und vielleicht hast du auch eine Tochter, die ich freien kann, und andere Reichtümer, mit denen du mich belohnen kannst, wenn ich gesiegt habe.«

»Ich habe viele Töchter, aber freien wirst du keine von ihnen. Für dich habe ich dies …« Der Schwanenkönig erhob sich unvermittelt auf dem See und kam mit ausgebreiteten Schwingen auf den Mann zu. Er schlug ihm die Flügel rechts und links gegen den Kopf, die Arme, den Leib.

Den ersten Schlägen hielt der unbesiegbare Krieger noch stand, aber er kam nicht dazu, sein Schwert zu ziehen, und dann sank er auf die Knie. Hinter seiner Stirn explodierten Blitze. Und als er glaubte, ihm schwänden gleich die Sinne, hörten die Schläge so unvermittelt auf, wie sie begonnen hatten.

»Wer hat wen besiegt?«, schnarrte der Schwanenkönig.

Der Kämpfer brauchte noch ein paar Augenblicke, um sich zu sammeln und wieder zu Atem zu kommen. »Das war kein fairer Zweikampf.«

»Es waren auch nicht meine Gefolgsschwäne, die dir gegenüberstanden.« Der Schwanenkönig sah aus, als grinste er. »Jemand musste Verstand in dein kirschgroßes Hirn prügeln.«

»Was? Was!«

»Für den kostbaren Ruf, ein unbesiegbarer Krieger zu sein, bringst du ein ganzes Land in Aufruhr und rennst ärmlicher rum als ein Bettler. Bist du erst zufrieden, wenn alles im Blut versinkt?«

»Ich … ich …«

»Der Herr hat dir eine Gabe verliehen, benutze auch den Verstand, den er dazugegeben hat.«

»Der Herr hat dich geschickt?«

»Wenn du es so sehen willst.« Der Schwanenkönig reckte den Hals und schlug noch einmal mit den Flügeln.

Im flachen Uferwasser sank der Kämpfer auf die Knie. »Meine Hoffärtigkeit hat ein halbes Dutzend und mehr Königreiche an den Rand des Krieges gebracht, aber du hast mich Demut gelehrt. Ich werde dein Gefolgsmann werden und verlange nichts dafür.«

»Gefolgsleute benötige ich nicht, mein Königreich ist nicht von dieser Welt.«

»Dann werde ich dein Abbild auf meinem Schild anbringen, um mich immer an deine Lektion zu erinnern. Danach verlasse ich England und stelle mich in den Dienst eines christlichen Fürsten, ohne auf die Güter zu schielen, die er mir verspricht. Ich werde der Kämpfer vom Schwan sein, jeder Jungfrau in Not beistehen und eine gerechte Sache niemals aufgeben.«

Als der frischgebackene Kämpfer des Schwans sich umschaute, stand nur noch sein Streithengst am Ufer und schaute interessiert zu ihm herüber. Vom Schwanenkönig war nichts mehr zu sehen. So kam es, dass der Schwanenkämpfer England verließ und sein Ruhm sich auch in der übrigen Christenheit verbreitete.

»Damit endet die Geschichte, wie der Schwanenritter zu seinem Wappen kam«, schloss der Barde. Sich verbeugend nahm der den Beifall seiner Zuhörer entgegen.

Ob einer verstanden hat, dass sich aus dieser Geschichte auch lernen lässt, mit dem zufrieden zu sein, was der Herr einem schenkt, und nicht immer nach mehr und mehr zu streben, fragte sich Lohengrin, während er mit seinem Becher auf die Tischplatte klopfte. Dazu eignete sich diese Geschichte besser als dazu, die Wahrheit über den Kämpfer mit dem Schwanenwappen zu erfahren.

Verstohlen schaute er zum anderen Ende der Halle, aber in den Schatten rührte sich nichts mehr. Er war sich sicher, dass die Lauscherin die Halle verlassen hatte.

* * *

Bereits vor dem Ende der Mär hatte Rhuna die Halle verlassen. Das war wieder eine von den Geschichten, wie Christen sie liebten. Demut, Jungfrauen und weißes Gefieder. Ein unbesiegbarer Kämpfer – nicht zu vergessen.

Ihr war aber auch aufgefallen, dass nicht alle Zuhörer gleichermaßen von der Mär begeistert gewesen waren: Herr Lohengrin hatte die ganze Zeit gewirkt, als wäre ihm jedes Wort unangenehm. Er verbarg etwas, das war nicht schwer zu erraten. Die Männer in der Halle vermuteten es auch, aber im Gegensatz zu ihnen kannte sie Mittel, die Wahrheit zu ergründen.

Aus der Halle hatte sie zwei kleine Becher mitgenommen, einen mit Wasser, in dem anderen befand sich ein Schluck Wein. Außerdem klebten ihr einige Krümel Salz unter dem rechten Daumennagel, und ein Kerzenstumpen steckte in ihrem Beutel. Sie huschte über den Hof und verschwand hinter der kleinen Kapelle, in der die Angehörigen des Hofes die Messe hören konnten, wenn sie es nicht vorzogen, die Basilika in der Stadt zu besuchen.

Die christlichen Herrscher errichteten ihre Wohnsitze bevorzugt an Orten, an denen zuvor den alten Göttern gehuldigt worden war, und ihre Kirchen befanden sich immer genau dort, wo die alten Tempel gestanden hatten. Als spürten sie, dass hier die Schleier zwischen den Welten besonders dünn waren. Rhuna hockte sich hin und breitete ihre Schätze aus. Die Kerze entzündete sie mit der Hilfe von zwei Feuersteinen und steckte das untere Ende in die Erde. Die Becher ordnete sie davor an, wie es der heiligen Mutter gefiel, das Salz kratzte sie unter dem Nagel hervor und ließ es in das Wasser rieseln. Eigentlich hätte sie vier Gefäße mit Wasser gebraucht, eines für jede Himmelsrichtung. Makusha war eine großzügige Göttin und verstand sicherlich ihre Not. Zuletzt holte sie unter ihrem Rock einen Dolch hervor, zog die Klinge durch das Kerzenlicht und sprach die ersten Worte des Rituals, um Frau Elsa der Göttin vorzustellen und deren Schutz zu erbitten.

Es war nicht gut, dass die Tochter des Herzogs nach einem Bad im Fluss – wie kalt es auch gewesen sein mochte – tagelang im Bett lag, nicht richtig krank war, sich aber auch zu schwach fühlte, um am

Leben des Hofes teilzunehmen. Rhuna glaubte den Grund dafür zu kennen: Frau Elsa trug Makusha in sich, aber weil sie davon nichts wissen wollte, kämpften zwei Götter um ihre Seele, und das machte die junge Frau krank. Besser wäre es natürlich, dieses Ritual in Frau Elsas Anwesenheit durchzuführen, aber über die wachte die Edelfrau Margot, als hütete sie die Pforte zum Paradies. Rhuna konnte nur hoffen, dass es trotzdem gelang, die Große Mutter und Frau Elsa miteinander auszusöhnen. Sie hatte immerhin noch ein Haar der Herzogstochter bei sich, um es in der heiligen Flamme vergehen zu lassen.

Vor den heiligen Gegenständen hockend, öffnete Rhuna ihren Geist für die Große Mutter und spürte, wie eine tiefe Ruhe über sie kam. Sie nippte an dem Wein und sprengte die restlichen Tropfen in die vier Himmelsrichtungen.

»Was tust du da?«

Die Stimme gehörte Frau Simona, aber noch bevor Rhuna dies bewusst wurde, fuhr sie herum. Sie trat die Kerze um, dass diese erlosch, und hoffte, dass ihr langer Rock den Rest verbarg. Einen der Becher hatte sie auch in den Schmutz getreten, sie spürte ihn unter ihrem linken Fuß.

»Ich will wissen, was du da tust«, wiederholte Frau Simona scharf. Sie trug ein Binsenlicht, dessen flackernder Schein ihre empörte Miene enthüllte.

Frau Simona war dem Gott der Christen besonders zugetan und durfte auf keinen Fall entdecken, was Rhuna getan hatte. »Ich ... ich musste austreten«, stotterte die das Erste heraus, was ihr einfiel.

»Hinter einem Gotteshaus?«

»Das ist die Kapelle? Das wusste ich nicht. Es ist mir alles noch fremd, und im Dunkeln ...«

»Du hattest ein Licht.«

»Bestimmt nicht, Herrin.«

»Ich habe es doch gesehen.«

Rhuna schüttelte den Kopf. »Das muss eine Täuschung von Eurem eigenen Licht gewesen sein.«

»Für deine Bedürfnisse ist der Abtritt da. Auch in der Nacht. So tun es zivilisierte Menschen, nur Barbaren hocken sich dahin, wo es sie überkommt«, sagte Frau Simona streng. »Ich will dich nicht noch einmal bei so etwas erwischen. Auf dein Lager mit dir.«

Sie machte Anstalten, Rhuna vor sich hertreiben zu wollen. Das durfte auf keinen Fall geschehen. Zunächst einmal verneigte sie sich vor der edlen Frau. »Ich danke, dass Ihr mich auf meinen Fehler aufmerksam machtet. Bevor ich Euch folge, will ich doch meine … äh, Hinterlassenschaften wegräumen.«

»Danach gehst du sofort auf dein Lager.«

Frau Simona entfernte sich, und Rhuna wartete, bis das Licht nicht mehr zu sehen war. Sie tastete in der Dunkelheit herum, bis sie die Becher und die Kerze fand. Wein und Wasser waren verschüttet, der Kerzendocht im Wachs ertränkt. Alles war verdorben, und sie konnte nur hoffen, dass sie es für Frau Elsa nicht schlimmer gemacht hatte. Eine Möglichkeit gab es noch, das Ritual zu retten. Rhuna griff nach dem Dolch, setzte die Klinge auf ihren Handballen. Wenn sie ihr Blut opferte …

Dann spürte sie, wie ihre Hände zitterten. Sie hatte keine Angst vor dem Schmerz, scharf und kurz, das hatte sie in ihrem Leben oft erlebt. Die Begegnung mit Frau Simona hatte ihr die Ruhe geraubt. Rhuna ließ das Messer wieder sinken. In dieser Nacht war Makusha nicht mit ihr, und es hätte keinen Zweck, noch ein Blutritual zu versuchen.

KAPITEL IX

Morgendlicher Nebel lag über Breda, er hing über den Flüssen Mark und Aa. Alle Geräusche trugen unheimlich weit. Ein Feind könnte sich ungesehen nähern, müsste dabei aber sehr leise sein. Lohengrin saß vor dem bereits geöffneten Tor der Burg auf einem umgedrehten Fass. Ein ganzer Stapel wartete darauf, von einem Kaufmann abgeholt und wieder mit Wein gefüllt zu werden. Sein Schild lehnte neben ihm, und auf den Oberschenkeln hielt er sein Schwert und fuhr mit einem Wetzstein über die Klinge. Gelegentlich prüfte er die Schärfe mit dem Daumen.

Dann hielt er auf einmal inne und lauschte. Da war etwas gewesen, von seinen Schleifgeräuschen überlagert, aber nicht unhörbar. Er schaute sich zum Tor um. Im Hof dahinter waberte nichts als Nebel. Sogar die Torwachen auf den Türmen rechts und links ahnte er mehr, als dass er sie sah. Hatten sie das Geräusch verursacht? Es hatte sich eigentlich nicht so angehört, als käme es von den Türmen. Wahrscheinlich hatte er sich geirrt, im Nebel konnte das leicht passieren. Er zog wieder den Wetzstein über die Klinge.

Neben ihm bewegte sich sein Schild. Wie auf unsichtbaren Beinen rückte er Stück für Stück zur Seite. Einen kurzen Augenblick schaute Lohengrin fasziniert zu, ehe ihm klar wurde, was da geschah. Mit einem Schrei sprang er auf, trat den Schild um und zerrte denjenigen, der sich zwischen den Fässern versteckt hatte, hervor. Sein Schwert hatte er drohend erhoben.

Der blonde Rembertinger Sigibert.

»Was soll das?« Lohengrin stieß ihn von sich.

Der andere zog ebenfalls sein Schwert. »Ich will sehen, welches Wappen sich auf Eurem Schild verbirgt. Ob Ihr es überhaupt wert seid, einer der Unseren zu sein.«

»Genügt dafür nicht ein Treueschwur vor Herzog Gottfried?«, knurrte Lohengrin. Er stand breitbeinig neben seinem Schild und ließ den anderen nicht aus den Augen. Bückte er sich danach, würde er sofort angegriffen werden, das wusste Lohengrin.

Sie umkreisten einander, bis Sigibert plötzlich vorsprang. Lohengrin parierte die kraftvolle Parade. Die Schwerter schlugen aufeinander, und im Nebel war es bestimmt weithin zu hören, trotzdem schien sich niemand darum zu kümmern. Sigibert focht kraftvoll, aber nicht sehr geschickt. Lohengrin hätte ihm mit Leichtigkeit das Schwert aus den Händen schlagen können, aber er verzichtete darauf, seinen Gegner zu demütigen. Er wollte seine Lage nicht komplizierter machen, als sie ohnehin war. Nach kurzer Zeit keuchten sie beide. Das Schwert wurde schwerer in Lohengrins Händen. Es war nicht leicht, seine Fähigkeiten zurückzuhalten, dabei nicht ins Hintertreffen zu geraten und es so wirken zu lassen, als kämpfte er mit aller Finesse.

Sein Schild lag inzwischen ein Stück entfernt, und aus dem Augenwinkel bemerkte er, wie sich ihm jemand näherte. Lohengrin gab alle Zurückhaltung auf. Erstaunt wich Sigibert zurück und stolperte dabei. Wenig ritterlich trat Lohengrin ihn gegen ein Knie, um sich Luft zu verschaffen. Sigibert heulte auf, ob vor Schmerz oder Empörung, war nicht zu entscheiden.

Lohengrin griff den an, der sich an seinem Schild zu schaffen machen wollte. Erst nachdem die Schwerter das erste Mal aufeinandergetroffen waren, erkannte er in seinem Gegenüber Junius von den Mamlingern. Das hätte er sich denken können. Dieser Unruhestifter hatte ihn in den vergangenen Tagen komisch angeschaut und mit Sigibert getuschelt.

Sie kämpften verbissen und schweigend. Außer den metallischen Geräuschen der Schwerter und ihren keuchenden Atemzügen war nichts zu hören. Sigibert hatte sich wieder aufgerappelt und beobachtete den Kampf. Er schien keinen Schaden davongetragen zu haben, und Lohengrin war klar, dass er übernehmen würde, sobald Junius eine Schwäche zeigte. Der war allerdings der bessere Kämpfer der beiden. Gegen ihn konnte Lohengrin sich nicht erlauben, hinter seinen Möglichkeiten zu bleiben. Sie würden ihn ermüden und besiegen, wenn ihm nicht schnell etwas einfiel.

Ihm lief der Schweiß über das Gesicht, seine Arm- und Beinmuskeln protestierten. Lange durfte es nicht mehr dauern. Junius war siegesgewiss, und das ließ ihn leichtsinnig werden. Er öffnete seine Deckung, nur für Wimpernschläge, und vielleicht bemerkte er es nicht einmal, aber Lohengrin erkannte seine Möglichkeit. Er stieß das Schwert vor, fand die Lücke in der Deckung. Die Klinge durchschnitt Junius' Wams, das Hemd und fuhr über seinen Leib. Lohengrin wusste, dass er den anderen verletzt hatte, obwohl er die Waffe sofort zurückgezogen hatte. Er wollte diesen Kampf gewinnen, aber er wollte niemanden ernsthaft verletzen oder gar töten.

Junius senkte das Schwert und schaute an sich herab, beobachtete, wie sich das Hemd auf dem Bauch blutrot färbte. Er musste beträchtliche Schmerzen leiden, aber gefährlich war die Wunde nicht – hoffentlich nicht, dachte Lohengrin.

»Hundsfott!«, schrie Junius und hob die Waffe wieder. Seine Bewegung war kraftloser als zuvor.

»Lass!«, mischte sich Sigibert ein und stellte sich auf, um den Kampf fortzusetzen.

Lohengrin wandte sich diesem Gegner zu.

»Brabanter Getreue des Herzogs kämpfen nicht gegeneinander!« Die Stimme schnitt durch den Nebel wie ein Messer durch Dickmilch.

Gesprochen hatte Graf Telramund. Er war gemeinsam mit Margot auf dem Weg erschienen, der zur Burg hinaufführte. Es sah aus, als wären sie im Dorf gewesen und nun auf dem Weg zurück. Margot trug einen Korb. Sigibert und Lohengrin richteten die Schwertspitzen zu Boden und keuchten.

»Es wird nur auf dem Übungsplatz mit Holzschwertern gekämpft. Es geht darum, sich miteinander zu messen und etwas zu lernen, die eigenen Fähigkeiten zu verbessern. Nicht darum, jemanden zu verletzen«, erläuterte Telramund, als spreche er zu Jungen, die den langen Weg zum Ritter noch vor sich hatten. »Hier sehe ich Junius verletzt und Lohengrin mit einem Streich auf der Wange.«

Lohengrin fuhr sich mit der Linken über das Gesicht. Es war blutig. Als er genauer nachtastete, spürte er einen Schnitt auf der Wange, nicht tief und vielleicht fingerlang. Wann und wie er diesen empfangen hatte, wusste er nicht. Bisher hatte er nichts davon bemerkt, aber jetzt kam der Schmerz.

Telramund sprach weiter: »Mir scheint, dass der Streit um einen gewissen Schild entbrannt ist. Weil darauf ein Wappen fehlt oder vielleicht unter schwarzer Farbe verborgen ist.«

Er hob den Schild auf, und Lohengrins Inneres gefror zu Eis. Den Grafen anzugreifen, kam nicht infrage, wenn er den Kopf auf seinen Schultern behalten wollte. Er fragte sich auch, wie lange der Graf und Frau Margot ihrer Auseinandersetzung schon unbemerkt beigewohnt hatten. Telramund drehte den Schild in den Händen, betrachtete ihn genau. Er kratzte auch mit einem Fingernagel an der schwarzen Farbe herum.

»Was verbirgt sich darunter?«, fragte er. »Wenn die Farbe fort ist, werden wir ein Wappen finden, das die Ehrhaftigkeit des Trägers verkündet, oder das Signum eines Schurken?« Er kratzte noch mehr Farbe ab. »Herr Lohengrin?«

Der stand da und konnte keinen Muskel bewegen, geschweige denn eine Antwort geben. Telramund trat vor ihn und hielt ihm den Schild hin. Wie in Trance griff Lohengrin zu.

»Lasst Eure Wunden versorgen. Brabant kann es sich nicht leisten, wegen Eurer Kindereien tapfere Kämpfer zu verlieren«, sagte der Graf noch und wandte sich wieder Frau Margot zu: »Verzeiht, edle Frau, dass Ihr dies mit ansehen musstet.«

Er bot ihr den Arm, und gemeinsam gingen sie davon.

KAPITEL X

Im dichten Nebel war im Hof kaum etwas zu erkennen. Margot stolperte über einen Stein. Der Graf packte fester zu und bewahrte sie vor einem Sturz. Seine Hand lag um ihren Oberarm wie eine eiserne Klammer.

»Vorsicht, Fräulein Margot«, mahnte er.

»Als ob die Welt den Vorsichtigen gehört.«

»Die Welt gehört den Mutigen.«

Margot warf dem Mann an ihrer Seite einen Blick zu. In seinen Augen glomm ein Feuer, das kein Nebel aufhalten konnte. Als Antwort schoss Hitze durch ihren Leib. Telramund steuerte mit ihr auf den Stall zu. Pferde schnaubten. Es roch nach Staub, Heu und Pferdeschweiß.

Hinter einer halbhohen Wand lagerten Heu und Stroh. Dorthin stieß der Graf Margot. Sie ließ sich in die duftenden Halme fallen, dabei zog sie ihre Röcke höher. Telramund nestelte an den Schnüren, die seine Hosen hielten. Sein aufgerichtetes Glied ragte ihr entgegen. Er kniete sich zwischen ihre Beine.

Margot nahm ihn tief in sich auf, presste den Leib gegen seinen. Sie stöhnte vor Wollust, passte sich seinen Bewegungen an. Telramund stieß hart in sie hinein. Wellen der Lust fluteten durch ihren Leib. Sie spürte, wie sie dem Gipfel der Lust entgegenstrebte. Im Laufschritt. Die Hände in Telramunds Schultern gekrallt bog sie den Leib durch. Mit einem Aufschrei erreichte sie, was für sie das höchste Glück und für andere die schwärzeste Sünde darstellte. Wie jedes Mal gelang es ihr nicht, diese köstlichen Gefühle länger als einen Moment festzuhalten. Gleich darauf erleichterte sich Telramund mit einem gewaltigen Stoß in ihren Leib.

Sie wollte ihn festhalten, aber er schob ihre Hände fort und erhob sich. Seine bis zu den Knien heruntergerutschten Hosen waren voller Halme, sein Glied noch halb erigiert. Margot betrachtete es gierig, aber er tat, als bemerkte er es nicht.

»Kommt«, lockte sie. »Ich bin bereit für Euch, und ich sehe, dass Ihr noch Kraft habt.«

»Hört auf, Weib!«, fuhr er auf.

Es war wie immer zwischen ihnen, mehr als einmal kamen sie nicht zusammen. Telramund weigerte sich, ihr zweimal hintereinander Lust zu schenken, obwohl offensichtlich war, dass seine Kraft längst nicht erschöpft war. Einen Grund dafür hatte er ihr nie genannt, und Margot bettelte nicht mehr. Sie zog ihre Röcke herunter, blieb aber im Heu liegen. Ein Brennen zwischen ihren Beinen zeugte noch von ihrer Lust. Sie stützte sich auf einen Ellenbogen und beobachtete Telramund.

Er war ein starker, schöner Mann, an dem sie sich nicht sattsehen konnte. Seit ihr Monatsblut floss, war sie in ihn verliebt. Erst war es nur eine Schwärmerei gewesen, und sie hatte die Blicke gezählt, die er ihr zuwarf. Richtete er zufällig einmal das Wort an sie, brach sie in haltloses Kichern aus. Er war ihr erster Mann gewesen, und bisher hatte sie keinen anderen erhört. Alles gäbe sie dafür, die Frau an seiner Seite zu werden, aber zu hoch stand er über ihr. Sie war nur die

Tochter eines niederen Edlen, ihr Vater besaß eine Burg, die nur mit gutem Willen als solche bezeichnet werden konnte. Graf Telramund erwartete, dass seine zukünftige Frau seinem Stand entstammte, dass sie nicht nur eine stattliche Mitgift, sondern auch Macht und Einfluss mitbrachte.

Es war bittersüß zwischen ihnen, und Margot war nicht so verblendet, um nicht zu erkennen, dass genau das einen großen Teil des Reizes ausmachte.

»Du kannst etwas für mich tun.« Telramund sammelte Heuhalme von seinem Gewand und schnipste sie auf den Boden.

»Was denn?«, fragte Margot eifrig, wie ein Hündchen, das schwanzwedelnd vor seinem Herrn stand.

»Dieser neue Ritter, Herr Lohengrin …«

»Er ist ein guter Kämpfer, nicht wahr?«, unterbrach sie ihn. Bevor Telramund den Kampf mit Sigibert und Junius unterbrochen hatte, standen sie geraume Zeit im Nebel verborgen und hatten zugesehen. Selbst sie hatte erkannt, dass er seinen Gegnern weit überlegen war und sein Können gar nicht ausgespielt hatte.

»Das stimmt.«

»Besser als Ihr?«

»So gut ist niemand in Brabant.« Der Graf schaute auf sie herab, als wäre sie eine Schabe, die er gleich zu zertreten gedachte, und in ihrem Unterleib begann schon wieder das Ziehen. »Seine Beinarbeit ist ausgezeichnet, sein Umgang mit dem Schwert ebenso. Er war zu keinem Zeitpunkt wirklich in Gefahr. So zu kämpfen lernt niemand irgendwo. Er muss einen erstklassigen Lehrmeister gehabt haben. Dennoch will er uns weismachen, unter den Edlen nur ein geringer zu sein und kein Wappen zu führen. Ich will wissen, was dahintersteckt.«

»Ihr vermutet einen Spion?«

»Oder jemanden, der sich bei Herzog Gottfried einschmeicheln will für seinen persönlichen Vorteil – und meinen Nachteil.«

»So ein Niemand kann Euch nicht schaden.«

Telramund trat ihr verärgert gegen den Knöchel. Es tat nicht wirklich weh, aber Margot war gewarnt, dass sie weniger kindisch sein sollte. Nur fiel ihr das nicht leicht, wenn sie an nichts anderes denken konnte, als wie er auf ihr gelegen hatte.

»Was soll ich dabei tun?«

»Was die Weiber immer tun«, knurrte er. »Hauptsache, du entlockst ihm, was ich wissen will, und wenn du dafür die Röcke heben musst, soll es mir auch recht sein.«

Die Worte stachen ihr ins Fleisch, aber sie lächelte tapfer weiter. »Ihr könnt nicht wollen, dass ich Herrn Lohengrin zu Willen bin, nachdem Ihr gerade mit mir im Heu …«

»Was bedeutet das schon? Ihr solltet nicht so tun, als hättet Ihr Rechte an mir.« Er schaute mit nach unten gezogenen Mundwinkeln auf sie herab. »Richtet Euch her, sonst sieht jeder, was Ihr getan habt.« Damit verließ er den Stall.

Margot blieb zurück und schaute drein, wie sie es getan hatte, wenn ihr Vater sie als Kind für Widerworte schlug. Sie wischte sich mit dem Ärmel über das Gesicht, und erst als sie die nassen Flecken auf dem Stoff sah, bemerkte sie ihre Tränen. Trotzdem wusste sie, dass sie genau das machen würde, was der Graf ihr aufgetragen hatte. Er konnte alles von ihr verlangen. Dagegen kam sie nicht an, obwohl sie bereits darüber nachgedacht hatte, ihren Vater zu bitten, ihr irgendjemanden zum Manne zu geben, damit sie aus der Nähe Graf Telramunds fortkam. Gleichzeitig wusste sie, dass sie es nie ertragen könnte, einem Mann anzugehören, der nicht der Graf war.

Schwerfällig wie eine alte Frau kam sie auf die Füße, zupfte sich Halme vom Gewand und aus dem Haar, richtete ihre Röcke. Von Telramund war nichts zu sehen, als sie wenig später über den Hof ging.

KAPITEL XI

In der Kapelle auf der Burg Breda kreuzten sich mehrere Lichtfinger, in denen der Staub tanzte. Knapp außerhalb davon kniete Lohengrin. Im Sonnenschein durfte er nicht baden mit der Last auf seinen Schultern, aber er hatte den Blick zum Altar erhoben und die Hände gefaltet. Die Schwanenfedern lagen vor ihm im Licht. Er bekannte seine Schuld, erneuerte sein Gelübde und verbot sich sogar, an seinen Namen und seine Abstammung auch nur zu denken. In der Nacht hatte er geträumt, viel war ihm davon nicht mehr in Erinnerung, beim Aufwachen war das meiste aus seinen Gedanken entschwunden, aber er wusste noch, dass er seinen Namen und den seiner Sippe geträumt hatte. Er war zu … Lohengrin presste die Lippen aufeinander. Das war vorbei.

Die Tür der Kapelle wurde leise geöffnet. Jemand kam herein. Lohengrin wollte nicht entdeckt werden, er raffte hastig die Schwanenfedern an sich und rutschte auf den Knien in den Schatten. Sein Herz hämmerte gegen die Rippen, die Federn in seinen Händen zitterten.

Es war die edle Frau Elsa, die vor den Altar trat. Über dem Arm trug sie ein Tuch, das sie darauf ausbreitete. Das Licht brachte eine Stickerei zum Glänzen. Rot, Gold, Gelb und Blau erstrahlten. Der gütige Herr Jesus mit segnend ausgebreiteten Händen. Zu seinen Füßen ein Löwe, ein Lamm und ein Schwan. Über allen schien eine goldene Sonne. Lohengrin wischte sich verstohlen eine Träne aus dem Augenwinkel.

Am Altar hielt Elsa inne, die Falten aus dem Tuch zu streichen. Nach einem Schreckmoment schaute sie sich um. »Ist jemand da?« Sie klang wachsam.

Lohengrin rutschte noch ein Stück zurück, stieß dann aber an die Wand. Seine Kleidung raschelte, die Stiefel hatten ein Geräusch auf dem Steinboden verursacht.

»Zeig dich. Es ist nicht verboten, in die Kapelle zu kommen und Trost in der Nähe des Herrn zu suchen«, sagte Elsa.

Er erhob sich und trat ins Licht. »Edle Frau, erschreckt nicht, ich bin es nur. Der Geringste unter den Gefolgsleuten Eures Vaters.«

»Herr Lohengrin, Ihr? Verzeiht.«

»Es gibt nichts zu verzeihen.«

»Doch. Ich hätte nicht so geredet, wenn ich gewusst hätte, dass Ihr es seid. Was haltet Ihr in Händen, sind das …?«

»Das ist nichts«, widersprach er hastig und stopfte die Federn unter seinen Kittel. Sie hätte sie nicht sehen dürfen. »Fragt nicht, ich bitte Euch.«

»Es hat mit Eurem Gelübde zu tun?«

Er schüttelte den Kopf.

»Ich werde nicht in Euch dringen. Eure Eide sind mir heilig«, versprach sie. Dabei betrachtete sie kritisch das Tuch, das sie über dem Altar ausgebreitet hatte.

Lohengrin stellte sich an ihre Seite. »Stammt dies aus Euren geschickten Händen?«

»Meine Freundinnen Simona von Kleve und Margot haben mir

geholfen. Sie haben das Motiv entworfen, ich bin nur dazu in der Lage, die Nadel durch den Stoff zu stechen.«

»Der Herr blickt mit Wohlwollen darauf. Davon bin ich überzeugt. Pater Clement wird Euch auch dankbar sein. Die Kapelle erstrahlt gleich in einem ganz anderen Glanz.«

»Alle Kirchen und Kapellen sollten diesen bescheidenen Schmuck erhalten. Von silbernen Leuchtern und Kelchen will ich nicht träumen.«

»Sie werden es, davon bin ich überzeugt.« Was hätte er auch anderes sagen sollen?

»Es gibt viele geschickte Stickerinnen in Brabant, aber die meisten können sich den Stoff und das Garn nicht leisten.« Elsa seufzte. »Ich stifte ihnen etwas, und auf diese Weise ist bereits ein halbes Dutzend Kirchen mit Altartüchern ausgestattet worden. Es geht aber nur langsam voran.«

»Ich bin sicher, Gott erkennt Eure Bemühungen. Kann ich dabei behilflich sein?«

»Beim Sticken?« Sie schaute ihn an, ein Lächeln auf dem Gesicht. Es brachte ihre Augen zum Strahlen.

»Ich dachte an Stoff und Garn.«

»Das ist sehr aufmerksam von Euch, Herr Lohengrin. Nicht viele Herren kümmern sich um diese Dinge. Die Gebete überlassen sie den Frauen und Priestern. Oft besitzen sie außer ihren Waffen und dem Pferd kaum etwas, das sie geben könnten«, fügte sie hinzu.

»Ich besitze auch nicht viel, aber das gebe ich gern.« Er dachte an die wenigen Münzen in seinem Beutel, die eine schäbige Gabe wären. »Euer Vater sorgt gut für mich, ich brauche weiter nicht viel.«

»Ihr seid wirklich freundlich. Dafür danke ich Euch und auch für die Rettung meines Lebens, das habe ich auch noch nicht …«

»Nein, nicht dafür«, wehrte Lohengrin ab. »Das hat Euer Vater ausgiebig übernommen. Er hat mich an seine Tafel gebeten, um mir seine Gunst zu erweisen.«

»Daran hat er recht getan.« Immer noch lächelte Elsa. »Ich bin einfach hereingeplatzt und habe Euch in Euren Gebeten gestört. Das tut mir leid, aber ich sah Euch zunächst nicht, und dann war es zu spät. Ich dachte zuerst, es wäre vielleicht eine Katze oder ein verletzter Vogel hätte sich verirrt.« Sie unterbrach sich und atmete tief ein. »Und jetzt beginne ich zu plappern, bis Ihr mich für einfachen Gemüts haltet. Ich überlasse Euch am besten wieder Eurer Zwiesprache mit Gott.«

Kaum hatte sie das gesagt, eilte sie auf die Tür zu und schlüpfte hinaus.

Vor der Kapelle lehnte sich Elsa an die Wand. Sie war aufgewühlt wie schon lange nicht mehr. Dabei war gar nicht mehr passiert, als dass Herr Lohengrin sich als ein angenehmer Partner für ein Gespräch herausgestellt hatte. Sie fühlte sich von ihm nicht nur verstanden, sondern auch ernst genommen. Hätte sie sich nach einer Unterhaltung mit Graf Telramund nur einmal so gefühlt, vielleicht hätte sie eingewilligt, seine Frau zu werden?

Nach seinen Worten kam sie sich jedoch immer schmutzig vor, als hätte er ihr die Kleider vom Leib gerissen und sich an ihr vergangen, ehe er sie liegen ließ. Ob es an der Art lag, wie er sie anschaute, oder an dem Tonfall, mit dem er ihr zu verstehen gab, dass sie nur ein Weib war und sich seinem Willen beugen musste? Sie schüttelte sich, aber an ihrem Unbehagen änderte das nichts. In der Ferne entdeckte sie den Grafen. Er führte sein Pferd am Zügel, und Margot ging neben ihm. Die beiden sprachen angeregt miteinander. Margot verfügte über das seltene Talent, sich mit jedem unterhalten zu können, zu jeder Meinung wusste sie etwas beizutragen. Elsa floh hinter die Kapelle, damit die beiden sie nicht entdeckten. Sie spähte hinter der Ecke hervor, bis sie vorüber waren. Dann kehrte sie in die Frauengemächer zurück.

KAPITEL XII

Wenn der Herzog von Brabant von einer Burg zur anderen reiste, machten die Leute eilig den Weg frei und starrten. Auf den Feldern unterbrachen die Bauern ihre Arbeit und starrten. Vögel verstummten, und anderes Getier nahm Reißaus.

Eine Handvoll seiner treuen Wachen bildeten die Vorhut, sie trugen ihre Waffen, Harnische und Helme, als ritten sie in die Schlacht. Der Ranghöchste unter ihnen führte die herzogliche Standarte, die im Wind über seinem Kopf flatterte. Die anderen trugen ihre eigenen Banner, aber keines ragte höher in die Luft als das herzogliche. Dahinter ritt Gottfried von Brabant. Helm und Harnisch funkelten im Sonnenlicht, sie waren so blank poliert, dass man sich darin spiegelte, und außerdem mit dem goldenen Brabanter Löwen verziert. Für den Kampf taugte diese Rüstung nicht, aber sie unterstrich die Bedeutung ihres Trägers.

Eine halbe Pferdelänge hinter dem Herzog ritt Graf Telramund und überstrahlte diesen womöglich noch. Ein blauer Umhang wehte von seinen Schultern über die Pferdekruppe. Er trug keinen Helm, sondern ließ jedermann sein dunkles Haar sehen. Sein Standartenträger hielt sich neben ihm. Elsa und ihre Damen ritten im Seitsitz auf prächtig aufgezäumten Zeltern. Sie trugen Kleider aus reich bestickten, steifen Stoffen, die sich für alles andere besser eigneten, als damit im Sattel zu sitzen.

Es folgten wieder Krieger, das herzogliche Gefolge mit Pater Clement und seinem Gehilfen Gudmund und ein Wagen für die Damen, wenn sie nicht länger reiten wollten. Elsa, Simona und Margot setzten jedoch einigen Ehrgeiz darein, ihn so selten wie möglich zu benutzen.

Die Reise von einer Burg zur anderen diente nicht nur dazu, in einem neuen Zuhause anzukommen, sondern sich gleichzeitig den Untertanen in aller Pracht zu zeigen. Es mussten jedoch nicht nur der gesamte Hof mit allen Gefolgsleuten, Knechten und Mägden, sondern auch alle Möbel, Gerätschaften und Vorräte mitreisen. Alle Falken, Hunde und Katzen, Geflügel und sogar Schweine wurden mitgenommen. Elsa hatte erlebt, dass eine Rinderherde von einer Burg zur anderen getrieben wurde. Die Kolonne zog sich über viele Ruten hin, wirbelte enorm viel Staub auf, und Elsa war mehr als froh, an der Spitze und nicht am Ende zu reiten.

Sie erreichten einen Kreuzweg, und der Zug kam zum Stehen. Graf Telramund drückte in einer eleganten Wendung die Hinterhand seines Hengstes herum. An dieser Wegkreuzung würde er sich verabschieden und in den Valkengau reisen. Er sprach eine Weile mit dem Herzog, dann beugte er sich im Sattel vor, und die Männer schlugen einander auf die Schultern. Das gräfliche Gefolge löste sich aus dem Tross und schlug den nach Süden führenden Weg ein. Telramund ließ sein Pferd mehrere Schritte rückwärtsgehen, ehe er wendete. Statt seinen Männern nach Süden zu folgen, drängte er sein Pferd neben Elsas.

»Edle Frau, der Zeitpunkt des Abschieds ist gekommen. Gewährt Ihr mir eine Gunst?«

»Welche?« Elsa saß steif im Sattel. Ihr fiel selbst auf, wie unfreundlich ihre Frage geklungen hatte, und sie versuchte, die Wirkung mit einem Lächeln abzumildern.

»Ich möchte Euch etwas schenken und erbitte eine Gabe von Euch.«

»Sind das nicht zwei Gefallen?«

»Gewährt sie mir trotzdem.« Der Graf wartete keine Antwort ab, sondern zog ein klein zusammengefaltetes Tuch aus einer Tasche an seinem Waffengurt.

Er drückte es Elsa in die Hand. Ihre Finger berührten weiche Seide, darin ertastete sie etwas Hartes. Die Seide war also nicht das Geschenk. Elsa wollte es am liebsten wieder zurückgeben, aber sie fühlte die Blicke aller Umstehenden auf sich gerichtet. Gleichzeitig überlegte sie krampfhaft, mit welcher Gabe sie diese Gunst erwidern konnte. Sie war nicht darauf vorbereitet und trug nichts bei sich. Natürlich könnte sie sich einen Ring vom Finger ziehen, aber das schien ihr ein zu intimes Geschenk.

»Wollt Ihr nicht nachschauen?«, unterbrach der Graf ihre Gedanken.

»Später, wenn mehr Muße dazu ist.«

»Ich werde dann nicht da sein, um zu erfahren, ob Euch meine Gabe zusagt.«

Telramund hatte leise gesprochen, aber in seiner Stimme hörte sie Eisen wie ein scharf geschliffenes Messer – er würde es nicht hinnehmen, dass sie das kleine Päckchen unausgewickelt verstaute. Elsa fühlte sich überrumpelt, während sie langsam die Seide abwickelte. Es lag ihr nichts daran, den Grafen vor dem gesamten Hof zu brüskieren, und am Ende stand sie als diejenige da, die sich angestellt hatte, denn ganz sicher hatte der Graf die Erlaubnis ihres Vaters für dieses Geschenk eingeholt. Die Seide verbarg eine Fibel aus Silber.

Sie war schlicht gestaltet, gerade auf die richtige Art, um Wertschätzung auszudrücken. Das vergrößerte ihr Problem mit einer Gabe. Sie musste ihm etwas Vergleichbares zurückgeben. Telramund sah erwartungsvoll drein.

»Eine Locke Eures Haares wäre mir unendlich kostbar«, raunte er. Eine Hand lag dabei am Griff seines Dolches.

Das kam auf keinen Fall infrage. Eine Locke ihres Haares gab ihm Macht über sie. Sie drehte an einem schlichten goldenen Ring an ihrem Finger. Simona drängte ihre braune Stute neben sie und hielt Elsa ein rotes mit Schwarz und Silber besticktes Band hin.

»Wäre das eine angemessene Gabe? Du hast es mit eigener Hand genäht und bestickt.«

Elsa nahm das schmale Stoffstück und überreichte es Graf Telramund. Sie spürte, dass ihm diese Entwicklung nicht gefiel, aber er konnte nichts anderes tun, als das Band in guter Manier anzunehmen.

»Ihr werdet mir noch eine Locke geben«, sagte er leise. Es klang wie eine Drohung.

Telramund wand sich das Band ums Handgelenk und verknotete es. Er neigte das Haupt vor ihr, wendete sein Pferd und galoppierte seinem Gefolge hinterher. Sie hatten sich bereits mehrere Hundert Pferdelängen nach Süden entfernt.

»Ich danke dir«, sagte Elsa leise zu Simona und drückte deren Hand. »Ich ersetze dir das Band.«

»Nicht nötig.«

»Du hast viel Zeit und Mühe darauf verwandt.«

Die beiden Frauen lächelten einander zu.

Der verkleinerte herzogliche Hofstaat setzte seinen Weg nach Nordwesten fort. Elsa schaute sich um und betrachtete jeden Mann, der sich noch im Gefolge ihres Vaters befand. Telramund hatte ungefähr die Hälfte mitgenommen, das verdeutlichte seine Machtfülle. Es schien ihr nicht angemessen, einem Grafen als Herr über einen Gau so viel Macht zuzugestehen. Ihr Vater hätte im Valkengau die Zügel straffer in der Hand halten sollen, statt alle Gewalt in Telramunds Hände zu legen. Sogar Abgabenfreiheit hatte er zugestanden. Es gab andere Grafen und Barone in Brabant, aber keiner konnte sich an Reichtum und Gefolgsleuten mit Telramund messen. Ihr Vater stützte sich auf ihn wie nie zuvor auf jemand anderen. Pater Clement vielleicht ausgenommen. Ihre Hand krampfte sich um die Fibel. Die war ein bitteres Geschenk, mit dem der Graf Ansprüche geltend machte, die sie ihm nicht zugestehen wollte. Sie stieß ihrem Pferd die Ferse in die Flanke, härter als es nötig gewesen wäre, um es anzutreiben. Die Stute warf den Kopf hoch und machte einen Sprung zur Seite. Elsa brachte sie eilig wieder in ihre Gewalt.

Sie fühlte einen Stich in der Brust, weil sie dem Pferd unnötig Unbehagen bereitet hatte. Ihr Blick kreuzte sich mit dem Lohengrins, auf seiner Wange zeichnete sich rot die Narbe ab, die er bei einem dummen Kräftemessen der Männer davongetragen hatte. An einem nebligen Morgen waren er und der schwarzhaarige Junius gekommen, und sie hatte ihre Wunden mit Wein ausgewaschen, die Schnitte mit Garn aus Schafdarm genäht und mit einer Paste aus Schmalz und Kamille bestrichen. Den genauen Grund für ihren Streit hatten beide nicht angeben wollen.

»Maria, hilf«, stöhnte sie kaum hörbar. Er schien sie genau beobachtet zu haben.

Auf dem weiteren Weg schaute sie sich immer wieder unauffällig nach dem geheimnisvollen Ritter um. Sie fühlte den Drang, ein paar Worte mit ihm zu wechseln. Ihr Gespräch in der Kirche kam ihr wieder in den Sinn und wie angenehm es verlaufen war, weil Herr Lohengrin an ihrer Meinung interessiert gewesen war, statt ihr seine aufzudrängen. Aber ein Mann ohne Abstammung, ohne Sippe ... Es hatte keinen Sinn, dass ihre Gedanken sich überhaupt in diese Richtung aufmachten, dennoch breitete sich ein warmes Gefühl in ihrem Leib aus. Alles, was jemals zwischen ihr und Herrn Lohengrin sein könnte, wäre ein freundliches Gespräch. Dazu ergab sich auf der Reise keine Gelegenheit, aber sie beobachtete, dass er für sich blieb. Die anderen scherzten miteinander oder prahlten mit echten oder eingebildeten Heldentaten. Er ritt allein, sein wacher Blick richtete sich hierhin und dorthin, als ritten sie nicht durch ein frühlingsgrünes Brabant, sondern durch Feindesland. Ihm entging nichts, was rechts und links passierte.

Aber dann sah Elsa, wie einer der anderen Reiter das stumpfe Ende eines Jagdspießes zwischen die Hinterbacken von Lohengrins Hengst steckte. Der keilte aus und hätte seinen Reiter beinahe aus dem Sattel katapultiert. Die anderen lachten, der Übeltäter am lautesten. Lohengrin beruhigte sein Pferd und ritt weiter, als wäre nichts geschehen. Elsa war empört. Sie trieb ihre Stute zu einem kurzen Trab und schloss zu ihrem Vater auf.

Ein Lächeln huschte über sein Gesicht, aber er sah auch müde aus. Ihr Vater war nicht mehr jung, und ein im Sattel verbrachter Tag strengte ihn deutlich mehr an als noch vor ein paar Jahren. Dieser Gedanke besorgte Elsa, aber sie schob ihn einstweilen beiseite.

»Was treibt dich um, Tochter?«, fragte Herzog Gottfried.

»Wie kommt Ihr darauf?«

»Wenn du so entschlossen aussiehst und andere beiseitedrängst, um neben mir zu reiten, muss dir etwas auf der Seele liegen.«

»Ich habe niemanden beiseitegedrängt.«

»Weil sie dir eilig Platz gemacht haben.« Der Herzog lächelte, aber die Müdigkeit vertrieb das nicht aus seinem Gesicht.

Elsa fühlte das Blut heiß in den Wangen. War sie so leicht zu durchschauen? Sie redete nicht länger drum herum, sondern berichtete, wie die anderen Ritter Herrn Lohengrin piesackten. »Ihr müsst einschreiten«, verlangte sie zum Schluss.

»Wie stellst du dir das vor?«, fragte der Herzog leise.

»Ihr seid der Herzog und könnt verlangen, dass Herrn Lohengrin die Achtung entgegengebracht wird, die ihm als einem Mitglied Eurer Wache zusteht. Respektlosigkeiten ihm gegenüber sind gleichbedeutend mit welchen Euch gegenüber. Vielleicht bleibt es nicht bei einer harmlosen Verletzung an der Wange?«

»Die er wohl erwidert hat, wenn ich recht unterrichtet bin. Ich könnte tun, was du verlangst, gegenüber Personen niederen Standes, aber nicht bei meinen eingeschworenen Wachen untereinander. Ich kann Respekt mir gegenüber verlangen, weil ich der Herzog bin, aber die Freundschaft von seinesgleichen muss Herr Lohengrin sich verdienen. Und ehrlich gesagt tut er nichts dafür.«

Elsa wusste nicht, was sie darauf erwidern sollte, und schwieg.

Dafür sprach der Herzog weiter: »Ich sehe sehr genau, dass Herr Lohengrin sich von den anderen absondert. Er trinkt nicht mit ihnen in der Halle, er reitet nicht zur Jagd, er spricht nicht über seine Familie und sein Leben, bevor er in Brabants Dienste trat. Das ist sein gutes Recht, aber wenn er sich den anderen nicht anpasst, fordert er sie heraus.«

»Könnt Ihr gar nichts machen? Es kommt mir so kindisch vor.«

»Das ist es, aber wenn ich befehle, damit aufzuhören, machen sie es hinter meinem Rücken umso schlimmer. Ich bin sicher, Herr Lohengrin weiß das alles und nimmt es hin, weil er vor Gott Eide geschworen hat. Wir müssen das respektieren.«

»Er ist fromm und ehrfürchtig, die anderen sollten sich ein Beispiel daran nehmen, wenn einer nicht trinkt, bis ihm der Kopf auf der Tischplatte sitzt, und seine Habe beim Würfeln verschlägt.«

»Andersherum, Mädchen.« Der Herzog sah auf einmal viel jünger aus, als hätte ihn das Gespräch erfrischt.

Dann war es wenigstens dafür gut, dachte Elsa.

»Unser Herr Jesus wurde von den Priestern aus dem Tempel gejagt, trotzdem kennt ihn dieser Tage die ganze Welt, über die Priester verliert niemand ein gutes Wort. Wir können nicht wissen, wofür gut ist, was wir erleben.«

Der Vergleich hinkte wie ein Hund auf drei Beinen, aber Elsa verstand, was ihr Vater ausdrücken wollte: Herr Lohengrin war etwas Besonderes, und ihn würde man noch kennen, wenn alle anderen – ihn selbst eingeschlossen – längst vergessen waren.

KAPITEL XIII

*I*ch verlange Genugtuung für die Ehre meiner Tochter.« Der krummbeinige Mann im fadenscheinigen, knielangen Kittel zerrte ein mageres Mädchen vor Elsa. Tränen hatten deren Nase und Augen gerötet; aber sie wäre wohl auch sonst keine Schönheit gewesen.

Elsa saß in Antwerpen, an der Grenze zu Flandern, dem herzoglichen Gericht vor. Diese Aufgabe übernahm sie gelegentlich für ihren Vater. Es gefiel ihr, für Gerechtigkeit zu sorgen. Sie saß nicht auf dem herzoglichen Thron, sondern auf einem niedrigeren Stuhl daneben. Hinter ihr wachten Lohengrin und Herr Junius aus der Sippe der Mamlinger, an den Türen standen zwei weitere Männer der herzoglichen Leibwache. Auf einem Schemel halb hinter ihr hockte der Hilfspriester Gudmund, um ihr zu raten. Für die ersten beiden Fälle an diesem Morgen hatte sie ihn nicht benötigt. Es war um Grenzstreitigkeiten gegangen, und sie hatte Lösungen gefunden, die alle Beteiligten zufriedenstellten.

Das heulende Mädchen, der aufgebrachte Vater – Elsa konnte sich denken, was geschehen war. Dennoch brachte sie aus beiden behutsam die Geschichte einer Vergewaltigung der vierzehnjährigen Kuniberta heraus. Der Vater bewirtschaftete einen Acker und verdingte sich als Tagelöhner bei einem Töpfer, um die zahlreiche Familie mehr schlecht als recht über die Runden zu bringen. Kuniberta hatte drei ältere Schwestern, von denen nur eine verheiratet war, außerdem zwei Brüder, einer davon noch ein Kind, der andere ein Faulpelz. Aus jedem Satz des Vaters war herauszuhören, dass sie kaum das Nötigste zum Leben hatten.

»Meine Tochter ist entehrt! Wie soll ich jetzt noch einen Ehemann für sie finden?«, schloss der Vater seine Anklage.

Üblich war, dass die Familie des Schuldigen einen Sühnepreis zahlte, der der Mitgift zugeschlagen wurde, und dann fand sich für gewöhnlich jemand, den die versehrte Jungfräulichkeit der Braut nicht kümmerte. Oder das Mädchen wurde der Einfachheit halber mit seinem Peiniger verheiratet, damit die Schande aus der Welt war. Diese Lösung kam Elsa barbarisch vor, da die Frau dann den Rest ihres Lebens mit dem Mann verbringen musste, der ihr Gewalt angetan hatte.

Gudmund neigte sich zu ihr, um etwas zu sagen, aber Elsa gebot ihm Schweigen. Der Name des Schuldigen war bisher noch nicht gefallen, aber den musste sie erfahren und anhören, was er zu der Anklage zu sagen hatte, ehe sie den Sühnepreis festsetzte. Sie fragte den Vater danach und ermahnte ihn gleichzeitig, sich seine Antwort gut zu überlegen, eine Lüge wäre nicht nur eine Tat wider die Ehre, sondern auch eine Sünde vor Gott.

»Da muss ich nicht lange überlegen, der Kerl hat sich meiner armen Kuniberta nicht vorgestellt«, polterte der Vater.

Das Mädchen hatte bisher nichts gesagt, aber nun zupfte sie ihren Vater am Ärmel und flüsterte ihm etwas ins Ohr.

»Sie kennt den Namen nicht, aber sie sagt, dass der Täter in diesem Raum ist«, stieß der Tagelöhner hervor.

Die Halle war voller Menschen, die selbst noch eine Klage vorbringen wollten oder das Schauspiel einer öffentlichen Gerichtsverhandlung genossen. Elsa schien es trotzdem eine Dreistigkeit von dem Mann zu sein. Sie ließ ihren Blick über die Anwesenden huschen, konnte aber niemanden ausmachen, der besonders schuldbewusst wirkte.

»Sie soll auf den Mann zeigen«, bestimmte Elsa.

Kuniberta schniefte und zeigte dann auf – Elsa. Nach einer ersten Schrecksekunde wurde ihr klar, dass nicht sie gemeint sein konnte. Sie schaute sich um. Der zitternde Finger deutete auf den Mamlinger Junius. Alle Aufmerksamkeit wandte sich dem braun gelockten Krieger zu. Herr Lohengrin legte die Hand an den Schwertgriff. Er ließ keinen Zweifel aufkommen, dass er den Mamlinger nicht davonkommen lassen würde. Der stand indes starr vor Überraschung, wurde weiß wie eine Kalkwand, und gleich darauf schoss ihm Zornesröte in die Wangen. Er wollte zum Schwert greifen.

»Das ist eine Lüge!«, brüllte er.

Die Lautstärke schmerzte Elsa in den Ohren.

»Leistet keinen Widerstand, sonst muss ich Euch binden«, zischte Lohengrin. »Die Wahrheit wird herauskommen, auch ohne Euer Gebrüll.«

Junius sah weiter wütend aus, aber er ließ sich vor Elsa führen. Danach nahm Lohengrin wieder seinen Platz hinter ihr ein. Sie hatte sich von dieser überraschenden Beschuldigung immer noch nicht erholt. Sie wusste, es kam vor, dass sich ein edelgeborener Mann an einem Mädchen niederen Standes vergriff. Diese Fälle kamen jedoch fast nie zur Anzeige; der Mann kam meist ungeschoren davon, und die Familie des Mädchens musste mit der Schande leben. Aber auch Kunibertas Vater wirkte überrascht, als habe er nicht damit gerechnet, dass seine Tochter einen Edeling beschuldigen würde.

»Ihr habt gehört, dass es eine Lüge ist. Das ist ein schweres Vergehen«, fuhr Gudmund Vater und Tochter an.

Erneut gebot Elsa ihm Schweigen. Ihre Gedanken jagten einander im Kreis, und sie fürchtete, in diesem Fall gab es keine Entscheidung, die alle zufriedenstellte.

»Meine Tochter hat noch nie gelogen«, raffte sich der Vater zu einer Erwiderung auf. »Sie ist bereit, die Wahrheit ihrer Worte vor Gott, Jesus und allen Heiligen zu beschwören.«

»Der Eid eines Weibes zählt nicht«, mischte sich wieder Gudmund ein, und diesmal hatte er recht.

Hinter ihr beugte sich Lohengrin vor. »Zur Zeit der Tat war der Mamlinger im Auftrag Eures Vaters in Antwerpen. Für die Klägerin ist das Risiko, einer Lüge überführt zu werden, groß«, flüsterte er ihr ins Ohr.

Elsa nickte. Sie erinnerte sich daran, Herr Junius war, wenige Tage nachdem Lohengrin sie aus dem Fluss gerettet hatte, aufgebrochen. Ausgerechnet Junius, den sie bisher für einen freundlichen Mann gehalten hatte, der sich allerdings von anderen gelegentlich zu Dummheiten verleiten ließ. So dumm, ein Mädchen zu schänden, war er hoffentlich nicht.

Die beiden Wachen vom Eingang hatten sich vorgedrängelt und an Junius' Seite gestellt. Von draußen waren noch drei andere hereingekommen, und damit waren alle versammelt, die sie zu ihrem Schutz begleiteten. Als Einziger hatte sich Lohengrin nicht zu ihnen gestellt. Neben dem Kläger standen nun ebenfalls fünf Männer, um die Ehre seiner Familie zu beschwören, und sie sahen nicht alle so abgerissen aus wie er.

»Was ist mit Euch?«, rief Junius Lohengrin zu.

»Ich kenne Euch zu wenig, um einen Schwur für Euch zu leisten.«

»Die Wachen des Herzogs decken sich in der Schlacht den Rücken und stehen auch sonst zusammen.«

»In einer Schlacht gebe ich jederzeit mein Leben für Euch hin«, erwiderte Lohengrin. »Einen Eid, dessen Tragweite ich nicht absehen kann, will ich bei meiner unsterblichen Seele nicht schwören.«

»Das werde ich mir merken«, fauchte Junius. »Die Halle der Mamlinger bleibt Euch verschlossen. Jetzt und in Zukunft!«

Nach dieser unverhohlenen Drohung setzte in der Halle Gemurmel ein.

»Ich dulde keine respektlosen Reden in meiner Halle«, gebot Elsa streng.

Augenblicklich versanken die Menschen in Schweigen. Ein weiterer Eideshelfer trat neben Kunibertas Vater. Auch dieser besser gekleidet als der Tagelöhner. Es war damit zu rechnen, dass der aus Antwerpen stammende Mann noch weitere Unterstützer finden würde, während niemand aus Junius' Sippe zugegen war. Schlimmer war zudem, dass die Mamlinger aus dem Peelland stammten und damit in einem doppelten Sinne an Elsa gebunden waren. An Junius' verschlagenem Blick erkannte sie, dass ihm dies bewusst war.

»Das Gericht wird seine Entscheidung morgen nach der Frühmesse verkünden. Bis dahin gilt diese Verhandlung als nicht geschlossen, und alles, was die eine oder andere Partei sagt und tut, gilt als Teil des Verfahrens und wird bei meiner Entscheidung Berücksichtigung finden.«

Junius und Kunibertas Vater traten vor Elsa hin. Beide maßen einander mit abschätzenden Blicken. In denen des Mamlingers lag deutliche Verachtung. Kuniberta war nicht mit ihrem Vater vorgetreten, sie hielt den Blick zu Boden gerichtet und wirkte, als wünschte sie sich einen Umhang, der sie unsichtbar machte.

»Du auch, Kuniberta«, verlangte Elsa.

Sie erhob sich von ihrem Stuhl und trat zu den dreien. Als Erstes sprach sie leise mit Junius, dabei ergriff sie seine Hand und ermahnte ihn, das Schwert in der Scheide zu lassen, da eine Entscheidung auf diesem Wege alles nur schlimmer machen würde. Sie müsste dies als Schuldeingeständnis werten und sein Verbrechen wäre verdoppelt. Das Leben tobte als eine heiße Lohe durch dessen Körper, keinerlei Krankheit beeinträchtigte seine Kraft, trotzdem fiel es Elsa schwer, das Toben auszuhalten. Kunibertas Vater sagte sie ungefähr das Gleiche, ergriff dabei auch seine Hand. Und es war, als habe sie in etwas Totes gefasst. Wo sie Alter und vielleicht ein verborgenes Leiden erwartet hatte, war nur Leere. Schnell zog sie die Hände wieder zurück. Bedeutete dies, dass der Tod seine Hand über diesen Mann gelegt hatte?

Verwirrt und mit einem Kloß im Hals wandte sie sich Kuniberta zu, sprach ihr Mut zu und dass das Leben abseits dieser schlimmen Erfahrung auch schöne Tage für sie bereithalten würde. Kunibertas Miene blieb skeptisch. Sanft berührte Elsa deren Handrücken. Diesmal konnte sie ein Zurückzucken nicht verhindern. Mit Macht drängte sich ihr die Erkenntnis auf, dass Kunibertas Schändung nicht ohne Folgen geblieben war. Herr im Himmel, auch das noch. Ihre Sicht verschwamm, und sie taumelte.

Gudmund stand auf einmal neben ihr und bot ihr den Arm. Dankbar griff sie zu, aber das Gefühl der Übelkeit blieb. Es war schlimmer, als wenn sie etwas Verdorbenes gegessen hatte. Ihr Mund war trocken, sie wollte etwas zu trinken, und gleichzeitig hatte sie Mühe, sich nicht auf den Boden der Halle zu übergeben.

KAPITEL XIV

*K*önig Heinrich bietet uns Freundschaft an«, sagte Pater Clement.

»Die Frage ist, was er dafür verlangt?« Herzog Gottfried wirkte unbehaglich. Die Freundschaft eines mächtigen Königs wie jene des ostfränkischen Herrschers war immer an Bedingungen geknüpft. Er selbst hielt es ja nicht anders. »Brabant war immer ein unabhängiges Herzogtum.«

»Das eingezwängt ist zwischen Lothringen und dem Westfrankenreich. Aus Lothringen hört man ... Herzog Giselbert ...«

»Ihr habt sicher recht wie stets, mein lieber Freund. Wenn Elsa ... wir müssen nicht mehr Schwierigkeiten vor ihr auftürmen, als sie ohnehin haben wird.« Wenn dieses sture Mädchen doch nur endlich in eine Ehe mit Graf Telramund einwilligen würde. Er würde dieses Gespräch mit Pater Clement vielleicht trotzdem führen, aber sein Herz wäre weniger schwer dabei. Sie mochte sich als Gerichtsherrin den Respekt der Leute erwerben. Deshalb hatte er sie als seine Vertreterin nach Antwerpen geschickt, und er wusste, dass sie sich bewähren würde, da ihr ein hoher Sinn für Gerechtigkeit zu eigen war. Neben der hohen Gerichtsbarkeit gab es weitere Bürden eines Herzogs, die weniger einfach zu schultern waren.

»Soll ich Elsa die Ehe mit Graf Telramund befehlen? Ratet mir.«

Pater Clement hob abwehrend die Hände. »In dieser Angelegenheit kann ich Euch nicht raten. Das ist zu persönlich.«

»Sie wäre mir gram.«

»Sie könnte eine gute Ehe mit Graf Telramund führen, davon sind wir beide überzeugt.«

»Aber sie nicht, sie wäre unglücklich. Wenn wir uns täuschen? Ich will mir nicht vorwerfen lassen müssen, schuld daran zu sein, dass meine einzige Tochter jeden Tag unglücklich ist.«

»Dann soll ich mich auf den Weg zu König Heinrich machen?«

Herzog Gottfried ließ den Kopf hängen. Die Antwort wartete in seinen Gedanken, aber seine Gefühle hinderten ihn, sie auszusprechen. Er kämpfte mit aller Macht um Selbstbeherrschung. Endlich hob er den Kopf und schaute den Pater an. »Nehmt wenigstens zwei Dutzend Männer als Gefolge mit und auch einige Mönche. Heinrich soll uns nicht für Bittsteller halten. Und zu niemandem ein Wort.«

»Ich habe Euch immer treu gedient, Ihr könnt Euch auf mich verlassen.«

* * *

Rhuna hielt den Eimer, in den Elsa sich würgend übergab. Selbst als nur noch grünlicher Schleim kam, konnte sie nicht aufhören zu würgen.

»Herrin, es ist gut. Ihr müsst aufhören, es kommt nichts mehr.« Rhuna strich ihr die Haare zurück und hielt ihr ein Tuch hin.

»Ich muss was Verdorbenes gegessen haben.«

»Bestimmt nicht. Der Priester aß das Gleiche wie Ihr und viel mehr davon. Ich kenne den Grund für Euer Unwohlsein gut. Glaubt mir.«

Elsa nahm das angebotene Tuch und presste es sich auf den Mund, ehe sie aufsah. Flugs stelle Rhuna den Eimer vor die Tür.

»Ihr habt etwas gespürt«, sagte sie dabei. »Ich habe es genau gesehen. Lasst mich Euch helfen, damit es Euch nicht immer so hinterrücks überfällt.«

»Ich habe nichts gespürt, wo ich etwas erwartet habe, und dann habe ich gespürt, was ich nicht erwartet habe.«

»Bei dem Vater und dem Mädchen?«

Elsa berichtete, wie es ihr in der Halle ergangen war, und es tat ihr gut, darüber zu sprechen. Gleich kam es ihr nicht mehr so arg vor – ein bisschen Übelkeit, das konnte es schon einmal geben.

»Es wird immer schlimmer werden, wenn Ihr Euch nicht abschirmt. Lasst mich Euch helfen. Ich habe es schon versucht, aber aus der Ferne wirkt es vielleicht nicht.«

»Du hast was?« Elsa richtete sich auf.

Rhuna wirkte schuldbewusst. »Ich kann doch nicht zusehen, wie es Euch immer schlechter geht. Ihr wart gut zu mir, und ich …«

»Wann war das?«

»Nachdem Herr Lohengrin Euch aus dem Fluss rettete und Ihr krank wart.«

»Ich war krank, weil ich im kalten Wasser war. Du bildest dir etwas ein, wo nichts ist«, sagte Elsa streng. Sie fühlte sich erschöpft und wollte eigentlich allein sein. Gleichzeitig konnte sie es nicht zulassen, dass Rhuna weiter ihre unsterbliche Seele gefährdete.

Die schüttelte den Kopf. »Ihr wart nicht einmal richtig im Wasser. Eine Nacht im warmen Bett, und es hätte Euch wieder gut gehen sollen.«

Das hatte Elsa eigentlich auch erwartet, dass sie sich nur richtig aufwärmen müsste, und alles wäre vergessen. Stattdessen verbrachte sie mehrere Tage im Bett, hatte sich schwach und unentschlossen gefühlt. Sie hatte es auf den Schreck geschoben, aber …

»Lasst mich Euch helfen«, bat Rhuna eindringlich.

»Was wirst du machen?«

»Euch nur der heiligen Mutter vorstellen, dass sie ihre Hand über Euch hält, Euch Stärke und Mut verleiht. Ihr gefährdet Euch nicht damit.«

»Ich muss kein Blut trinken, keine Zaubersprüche aufsagen?«

»Natürlich nicht. Setzt Euch hierher und lasst mich machen.« Rhuna rückte einen Stuhl heran.

Immer noch voller Zweifel ließ Elsa sich darauf nieder.

In der Nacht fand Elsa kaum Schlaf, und lange bevor die Frühmesse begann, war sie bereits auf den Beinen, ging unschlüssig mit einem Talglicht in der Hand über den Hof. In weniger als zwei Stunden musste sie eine Entscheidung verkünden, und sie hatte noch keine Ahnung, wie sie urteilen sollte. Vom Priestergehilfen Gudmund war keine Hilfe zu erwarten, nach seiner Meinung war Kuniberta nichts als eine dreiste Lügnerin, die Vorteile für sich herausschlagen wollte.

Es ging ihr wieder besser, seit Rhuna – was sie genau gemacht hatte, hatte Elsa gar nicht gesehen, die Slawin hatte ihr die meiste Zeit den Rücken zugedreht, gelegentlich hatte sie »Mutter Maria« verstanden. Sie war sich nicht sicher, ob es ihr einfach so wieder besser ging oder ob Rhuna etwas damit zu tun hatte. Eigentlich wollte sie Ersteres glauben. Eine Bewegung in der Dunkelheit erregte ihre Aufmerksamkeit. Eine der Wachen?

»Wer ist da?«, rief sie und hob das Talglicht höher.

Der Mamlinger Junius trat in dessen Schein. Er verneigte sich. »Herrin.«

Sie wusste nicht, was sie sagen sollte, also starrte sie ihn schweigend an.

»Verzeiht, Herrin, dass ich Eure Gedanken gestört habe. Mit Eurer Erlaubnis entferne ich mich.« Er verneigte sich erneut.

»Ihr werdet Kuniberta und ihre Familie entschädigen. Für sie und das Kind, das sie erwartet. Dafür entscheide ich für Euch. Auf diese Weise wahrt Ihr Euer Gesicht, der angerichtete Schaden wird dennoch gesühnt.« Die Worte waren der Eingebung eines Augenblicks entsprungen, aber auch im Nachhinein hielt Elsa sie für eine salomonische Lösung.

»Sie bekommt ein Kind?«

»Wahrscheinlich weiß sie es selbst noch nicht, aber ich erkenne die Anzeichen. Ihr werdet Vater.«

»Wirklich, ein Kind?« Junius sah zweifelnd drein, es konnte auch etwas zwischen Abscheu und Freude in seinem Blick liegen. »Wieso denkt Ihr, es ist von mir?«

»Ihr werdet selbst am besten wissen, was geschehen ist. Sollte die Entschädigung nicht geleistet werden, werde ich es erfahren, dessen könnt Ihr gewiss sein.« Eine Antwort wartete Elsa nicht ab.

Nach der Frühmesse entschied sie wie angekündigt. Die Antwerpener wurden danach von der Burgbesatzung aus der Halle gedrängt, der Hilfspriester Gudmund lobte ihren Weitblick, Lohengrins Miene wirkte versteinert. Leider konnte sie ihm nicht sagen, welche Entscheidung sie wirklich getroffen hatte. Sie war froh, diesen heiklen Fall abgeschlossen zu haben.

KAPITEL XV

Es dauerte nicht einmal ein Dutzend Wochen, bis sie Kuniberta wiedersah. Die junge Frau fiel vor Elsa auf die Knie und flehte unter Tränen, sie möge sie in ihre Dienste nehmen, weil sie sonst nicht wüsste, wohin. Ihr Bauch war nun deutlich gerundet.

Sie brachte es nicht über sich, das Mädchen in eine ungewisse Zukunft zu schicken, sondern wies ihr eine Arbeit in der Küche und einen Schlafplatz bei den Mägden zu. Zuvor brachte sie aus Kuniberta heraus, dass eines Tages eine Entschädigung in Kupfer- und Silbermünzen angekommen sei und den Vater sehr versöhnt hätte. Er hatte auch eine Ehe mit dem Sohn eines Gerbers vereinbart – hier verzog Kuniberta die Nase, was Elsa verstand, denn bei den Gerbern roch es immer streng. Sobald aber ihre Schwangerschaft ruch- und sichtbar geworden war, war von Betrug und dem Unterschieben eines Bastards die Rede gewesen. Der Vater schenkte ihren Beteuerungen, keine Ahnung von der Schwangerschaft gehabt zu haben, keinen Glauben, sondern wies sie aus dem Haus. Die Münzen behielt er, keine einzige habe sie davon gesehen.

»Du musst dir keine Sorgen machen«, beruhigte Elsa sie. »In meinem Haushalt wirst du immer einen Platz finden. Dein Kind auch. Aber Herr Junius dient meinem Vater.« Ihr war gerade erst eingefallen, dass dies für Kuniberta nicht angenehm sein mochte. Zur Not konnte sie sie auf ihre Güter im Peelland schicken.

Das Mädchen zuckte mit den Schultern. »In der Küche doch nicht?«

»Er gehört zur Leibwache meines Vaters.«

»Dann werde ich ihn kaum sehen.«

Damit hatte sie recht, aber nachdem sie in der Küche verschwunden war, schüttelte Rhuna missbilligend den Kopf.

»Ihr könnt nicht jedes entehrte, verstoßene Mädchen aufnehmen.«

»Jedes nicht, aber dieses eine schon. Dich habe ich auch in meinen Haushalt geholt«, erinnerte Elsa die Slawin.

»Das ist etwas anderes. Mich habt Ihr gekauft. Ich gehöre Euch mit Haut und Haar, aber diese Kuniberta ist kein Liebling der Götter.«

»Wir haben nur einen Gott.«

»Sie ist auch nicht dessen Liebling. Das Unglück klebt an ihr wie Birkenpech.«

»Was du immer hast.«

* * *

Lohengrin rieb sich die Augen und unterdrückte ein Gähnen. Er hatte sich freiwillig gemeldet, und es war nun schon die zweite Nacht hintereinander, in der er Wache schob. Seinen Stand bei den anderen Männern der herzoglichen Leibwache verbesserten diese Dienste nicht, aber sie gaben ihm Zeit, mit Gott und sich allein zu sein. Gelegentlich schlich sich auch die Herrin Elsa in seine Gedanken.

Seine Aufgabe war es, die hintere Seite der Burg zu bewachen und bei jeder Annäherung sofort Alarm zu schlagen. Er patrouillierte auf dem Laufgang hin und her und spähte über die hölzerne Palisade, die die Burg schützte.

Wenn wirklich die Ungarn nach Brabant kämen, könnte er sie nicht aufhalten und auch die ganze Burgbesatzung nicht. Im Jahr zuvor waren sie durch Norditalien und das Westfrankenreich gezogen. Auf dem Weg dahin hatten sie den ostfränkischen König Heinrich im Sorbengau in Bedrängnis gebracht, dass er sich in eine Fluchtburg hatte retten müssen.

Die Christenheit fand kein Mittel gegen diese Heiden.

»Herr im Himmel, hilf«, betete Lohengrin stumm.

Etwas vor der Palisade erregte seine Aufmerksamkeit, und er spähte angestrengt über die Holzpfähle. Es bewegte sich da draußen etwas. Nun gab es sogar ein Geräusch, als würden zwei Steine gegeneinandergeschlagen. Leise und nur zu bemerken, wenn man die Ohren spitzte. Es flammte ein Licht in einer Blendlaterne auf, gleich darauf ein zweites. Sie bewegten sich hin und her, und er sah auch, dass sie von zwei Personen getragen wurden, die in dunkle Umhänge gehüllt waren.

Hatte sich ein Feind angeschlichen und gab Zeichen? Jede Faser in Lohengrins Leib war angespannt. Sollte er Schild und Schwert aufeinanderschlagen und Alarm geben? Er hörte schon den Spott der anderen Ritter, wenn er sich irrte.

Manchmal verdeckten die Gestalten das Licht, dann blitzte es wieder auf. Eigentlich durfte Lohengrin seinen Posten nicht verlassen, aber nun stieg er vom Laufgang herunter. Er achtete sorgfältig darauf, kein Geräusch zu machen, und verließ die Burg durch eine der beiden Ausfalltüren, die es auf der Rückseite gab. Von außen wurden sie durch dorniges Gesträuch verdeckt und waren nicht leicht zu finden.

Die Tür war verriegelt, wie es sich gehörte. Lohengrin öffnete sie und arbeitete sich durch das Gebüsch dahinter. Es kratzte über seinen Harnisch und verfing sich in seiner Kleidung. Fluchen lag ihm nicht, aber jetzt war er nicht weit davon entfernt. Die Lichter hatte er vorübergehend aus den Augen verloren, aber sowie er ins Freie trat, sah er sie wieder.

Zwei Gestalten knieten am Boden und hielten die Blendlaternen vor sich. Leise zog Lohengrin das Schwert aus der Scheide. Er gelangte unbemerkt hinter sie.

»Ergebt euch, oder ihr seid tot!«, zischte er und griff nach der einen Knienden. »Dreh dich langsam um.«

Nach einem Schreckmoment gehorchte die Gestalt. Das Licht beschien von unten ihr Gesicht. Nun war es Lohengrin, dem der Schreck in die Glieder fuhr.

»Frau Elsa ...?« Er ließ das Schwert fallen. »Ich habe ja nicht gewusst ... Himmel, Herr Jesus ... verzeiht mir. Ich bitte Euch.«

»Gewährt, Herr Lohengrin.« Sie klang erschrocken und müde. »Helft uns lieber.«

Die andere Gestalt hatte sich ebenfalls erhoben, und er erkannte die Sklavin Rhuna, die sich meist in Frau Elsas Nähe aufhielt.

»Wobei? Frau Elsa, es ist mitten in der Nacht und dies nicht die Zeit und der Ort für eine edle Frau. Ein anderer hätte vielleicht erst zugeschlagen und hinterher bemerkt, dass Ihr es seid.«

Darauf ging sie nicht ein. »Wir brauchen Mutterkraut, Hirtentäschel und die Blüten der Kamille. Kuniberta liegt viel zu früh in den Wehen. Überall ist Blut.« Sie wischte sich über das Gesicht und wirkte erschöpft.

Lohengrin wusste weder, wer Kuniberta war, noch kannte er eine der genannten Pflanzen, dennoch half er den Frauen. Er hielt eine

Laterne, und sie pflückten Blätter, Blüten und junge Triebe, die sie in Lederbeutel stopften. Die gesuchten Kräuter wuchsen offenbar in großer Zahl hinter der Burg.

Als sie genug hatten, richtete Elsa sich auf.

»Ich danke für Eure Hilfe, Herr Lohengrin«, sagte sie.

»Dabei habe ich kaum etwas gemacht.«

»Aber das sehr gut.« Es hörte sich an, als lächelte sie zu diesen Worten.

»Lasst mich wenigstens die Tasche tragen«, bot er an.

Rhuna händigte sie ihm aus, und dann wollte er zu der Tür gehen, durch die er die Burg verlassen hatte. Die Frauen strebten in eine andere Richtung. Sie blieben stehen und sahen sich um.

Jeder hatte die Burg durch eine andere Ausfalltür verlassen, und nun standen beide offen. Wie sie gekommen waren, kehrten sie in die Burg zurück und schlossen die Pforten. Hinter der Palisade trafen sie wieder aufeinander. Wie selbstverständlich blieb Lohengrin an ihrer Seite.

Der Wohnturm neben der Halle bestand in seinen beiden unteren Stockwerken aus Stein, danach kamen noch zwei weitere aus Holz und darüber ein spitzes Schindeldach. Alles verschwand in der Dunkelheit, aber hinter einem Fenster in einem oberen Stockwerk flackerte ein Licht. Auf der von Fackeln spärlich erleuchteten Treppe kam ihnen eine Magd entgegen. Sie trug eine Schüssel mit blutigen Tüchern.

Vor der Kammer blieb Lohengrin mit der Laterne zurück, Elsa und Rhuna gingen mit der Ledertasche hinein. Die Magd kam zurück mit frischen Tüchern und heißem Wasser.

Aus der Kammer hörte Lohengrin Stimmengemurmel, Stöhnen und lang gezogene Schreie. Die Kämpfe der Frauen fanden im Verborgenen statt, waren darum aber nicht weniger gefährlich. Er hielt sich die Ohren zu und hörte die Schreie trotzdem.

Nach einer Ewigkeit kam Elsa heraus. Sie trug eine blutfleckige Schürze, an der sie sich die Hände abwischte. Ihre Haarflechten hatten sich zu einem großen Teil gelöst und hingen ihr strähnig ins Gesicht. Sie lehnte sich neben Lohengrin an die Wand.

Er sollte etwas sagen, etwas Tröstliches, aber ihm fiel nichts ein.

»Sie hat das Kind verloren.« Elsa klang tränenerstickt. »Es wäre ein Junge gewesen, das war schon zu erkennen. Rhuna kümmert sich jetzt um sie.«

Sie rutschte an der Wand nach unten und kauerte wie ein Häufchen Elend am Boden. Lohengrin hockte sich neben sie.

»Heilige Maria, Mutter Gottes, ich habe es gewusst. Warum hast du das zugelassen? Sie waren beide so unschuldig. Mutter, heilige Mutter.«

Lohengrin wagte nicht, sie zu berühren. »Vertraut auf den Herrn, den Sohn und den Heiligen Geist. Dann werdet Ihr niemals allein sein.«

Sie schaute ihn an, und etwas flackerte in ihrem Blick, das er nicht zu deuten wusste. »Ich habe es gewusst, versteht Ihr das? Trotzdem konnte ich nichts tun. Das Mutterkraut hat nicht geholfen. Überall so viel Blut …« Sie stockte.

»Was ist mit dem Blut?«

»Es war viel.«

»Aber es hört doch auf? Nichts blutet ewig.«

»Rhuna ist zuversichtlich, obwohl sie keine Wehmutter ist. Kuniberta ist jung und wird es schaffen, sagt sie. Aber wie soll sie danach weiterleben?«

Lohengrin wusste keine Antwort. Er blieb neben Elsa hocken, vielleicht gab ihr das Kraft.

Kuniberta fühlte sich leer und kraftlos nach den Schmerzen, die sich angefühlt hatten, als zerrisse ihr Leib. Mit jeder neuen Welle war es ihr vorgekommen, als flösse das Leben aus ihr heraus. Nur dass da keines gewesen war – das Kind war tot, und der Körper stieß es nun ab, hatte die slawische Sklavin ohne jedes Mitleid in der Stimme erklärt. Es hatte danach ewig gedauert, bis die Frau sie gewaschen, ihr ein frisches Hemd angezogen und das besudelte Bettzeug ausgetauscht hatte, aber nun war sie endlich allein. Sie lag zusammengekrümmt auf der Seite, hatte den rechten Daumen in den Mund geschoben und saugte daran.

Sie wusste, dass sie kein Kind haben würde, aber was genau passiert war, hatte sie nicht verstanden. Hatte sie sich zunächst für ihre Schwangerschaft geschämt und sich gewünscht, das Balg wäre nicht da, fühlte sich sein Fehlen nun genauso schlimm an. Am liebsten würde sie auch gehen wie ihr kleiner Junge. Sie hatte die Sklavin sagen hören, dass es ein Junge gewesen war.

Kuniberta rollte sich noch enger zusammen und krampfte die Hände um ihren leeren Leib.

KAPITEL XVI

König Heinrich drehte das kleine hölzerne Modell einer Kirche in seinen Händen. Der Turm kaum höher als das spitze Dach, wie es so viele Kirchen im ostfränkischen Reich gab. Sie wirkten wehrhaft, aber gegen die heidnischen Ungarn boten sie den Menschen keinen Schutz.

Auf dem Tisch vor Heinrich standen noch weitere hölzerne Häuser. Es gab auch einen Baum und verschiedene Tiere. Seine Söhne Thankmar und Otto hatten sie für ihren jüngeren Bruder Heinrich geschnitzt. Der fühlte sich längst zu alt, um damit zu spielen, er fuchtelte inzwischen mit Messern herum oder riss kleinen Tieren die Flügel aus.

Jetzt standen die Häuser für ein ostfränkisches Dorf und das Pferd für die angreifenden Ungarn. Nur ungern erinnerte er sich daran, wie er den Heiden im Jahr zuvor im Sorbenland beinahe in die Hände gefallen wäre. Nicht nur, dass sein Heer eine schimpfliche Niederlage erlitten hatte, auch sein eigenes Leben hatte an einem seidenen Faden gehangen. Seine Rettung war die Burg Bichni gewesen, sonst hätte er Mathilde zur Witwe gemacht. Und Otto war mit seinen dreizehn Jahren noch viel zu jung, um die Bürde eines Königs zu tragen. Heinrich seufzte. Es gab kein Mittel gegen diese Feinde der Christenheit.

Ein Heer aus Bauern, bewaffnet mit ihren Ackergeräten, die zur Erntezeit auf ihre Scholle zurückkehrten, und mit wenigen geübten Kriegern richtete nichts aus gegen diese Heiden auf schnellen, wendigen Pferden, die mit Pfeil und Bogen ihr Ziel im Galopp trafen. Einen wenig ehrenhaften Frieden mit Tributzahlungen zu erkaufen, sah er als einzige Möglichkeit, sich diese Plage vom Hals zu schaffen. Für diese Mission zu den Heiden kam nur Graf Siegfried von Merseburg infrage, der Sohn seines alten Lehrers Thietmar von Merseburg und gleichzeitig sein engster Freund und Berater. Er fürchtete allerdings, dessen Kopf in einem Sack zurückzuerhalten, wenn er ihn in die Fremde schickte. Dieser Gefahr wollte er ihn auf keinen Fall aussetzen. Heinrich seufzte erneut.

»Was ist Euch, Vater?«, fragte Otto. Er schaute vom Tisch auf, den er genauso konzentriert betrachtet hatte wie sein Vater, und strich sich eine Haarsträhne aus dem Gesicht.

»Es gibt kein Mittel gegen diese Horden. Sie sind wie Schmeißfliegen am Aas.«

»Dann sind wir wohl das Aas?«

Vom Fenster kam ein Schnauben. Dort saß Thankmar und schaute hinaus. Mehr Beteiligung am Gespräch war von diesem Jungen – eigentlich schon ein junger Mann – nicht zu erwarten. Das wussten Heinrich und Otto, weshalb sie nicht weiter auf ihn achteten.

Sie schoben weiter die Holzfiguren auf dem Tisch hin und her. Unterdessen trat Königin Mathilde ein. Klein und zierlich, balancierte sie ein Tablett vor dem Leib. Darauf standen ein Krug und mehrere Becher.

»Ich bringe etwas gegen durstige Kehlen«, sagte sie.

Der gut erzogene Otto sprang auf und nahm ihr das Tablett ab, Thankmar schaute demonstrativ weiter aus dem Fenster. Mit Wasser vermischter Wein befand sich im Krug, mehr Wasser als Wein. Mathilde reichte zunächst ihrem Mann einen Becher, Heinrich nahm ihn und küsste anschließend ihre Finger. Den zweiten Becher trug sie zu Thankmar.

Der wandte sich ab. »Ich werde ja hier nicht mehr gebraucht und verschwinde besser.« Gleich darauf krachte er die Tür hinter sich zu.

Mathilde tat, als berührte sie dieses Verhalten des Stiefsohnes nicht, dabei wusste Heinrich genau, wie gekränkt sie war. Das Verhältnis zwischen ihr und seinem Erstgeborenen hatte von Anfang an unter keinem guten Stern gestanden. Der Junge war bei seiner Heirat mit Mathilde noch nicht einmal sechs Jahre alt gewesen und hatte sich von Beginn an verstockt gezeigt. Weder gute Worte noch Schläge hatten etwas ausrichten können. Mathilde war unglücklich gewesen, erst nach Ottos Geburt war es besser geworden. Endlich hatte sie ein Kind, das sie lieben konnte und das sie liebte. Den Becher, den Thankmar verschmäht hatte, gab sie Otto. Zuletzt schenkte sie sich selbst ein.

Ihre Augen huschten über den Tisch, während sie Schluck für Schluck trank. »Was soll das darstellen?«

Otto erklärte es ihr. Er war gut darin, die Dinge so darzustellen, dass sie jedermann vor Augen standen.

»Es dauert zu lange«, sagte Otto zum Schluss. »Bis wir ein Heer zusammengezogen und ausgerüstet haben, sind die Ungarn schon längst wieder weg.«

»Wir müssen also schneller werden?« Mathilde runzelte die Stirn.

»Viel schneller«, sagte Heinrich düster. »Unsere Boten müssten fliegen. Am besten müssten wir von den Sorben und Elbslawen gewarnt werden, sobald die Ungarn ihr Gebiet durchqueren, aber die verraten eher noch, wo die fetteste Beute zu finden ist. Neben einem gut ausgebildeten Heer brauchen wir auch Plätze, wo die einfachen Menschen Schutz finden können. Jeder muss wissen, wo er sich im Falle herannahender feindlicher Horden hinter starken Wällen in Sicherheit bringen kann.«

»Kannst du die Elbslawen und Sorben nicht zwingen?« Mathilde hatte offenbar nur den ersten Teil seiner Rede gehört.

»Ich kann, und danach werden sie sich ewig gegen uns erheben, weiterhin ihre Götzen anbeten und uns nach Strich und Faden belügen. Die Slawen helfen uns nicht bei dem ungarischen Problem.«

»Dann müssen wir uns etwas anderes ausdenken.«

»Das versuchen wir schon den ganzen Nachmittag.« Heinrich fegte das Pferd und die Hälfte der Häuser vom Tisch. Sie schepperten über den mit Binsen und Kräutern bestreuten Boden. Sofort bückte sich Otto und sammelte sie wieder auf.

»Das Heer muss bereit sein, bevor die Ungarn da sind.« Mathilde trank den letzten Schluck aus ihrem Becher und stellte ihn auf dem Tisch ab.

»Wir wissen nie, wo die Ungarn einfallen werden«, erinnerte Otto seine Mutter.

»Woran denkst du?«, fragte Heinrich. Er wusste, wenn seine Frau derart die Stirn krauste, kamen gewöhnlich kluge Gedanken heraus. Dafür liebte er sie, aber nicht nur dafür.

»Unsere Verteidiger müssen überall sein und immer bereit, die Ungarn angemessen zu empfangen. Sie müssen schnell und beweglich sein und geschützt gegen ungarische Pfeile.«

Heinrich und Otto hörten aufmerksam zu, wie Mathilde davon sprach, dass je zwei Dutzend besessene Mann unter ihnen zwei auswählen und sie mit Pferden und Waffen ausrüsten und ernähren müssten. Bei einem Einfall der Ungarn kämen alle diese Reiter zusammen, um das Land zu verteidigen. Je weiter die Ungarn vordrängen, desto mehr ständen ihnen gegenüber. Die Reiter sollten sich immerfort im Kampf üben und jederzeit bereit sein.

»Also kein Heer der Edlen mehr?«, fragte Heinrich ungläubig.

»Das Heer brauchen wir weiterhin. Diese Reiter sollen nur eine erste Speerspitze gegen die Ungarn sein. Sie stören die Ungarn so lange, bis du die Heerschau abgehalten hast. Dann steht die geballte Kraft des ostfränkischen Heeres gegen diese Heiden.« Um die Worte zu unterstreichen, schüttelte Mathilde eine Faust.

»Panzerreiter«, sagte Otto versonnen.

»Zwölf Männer werden keine zwei Reiter ausstatten und ernähren können. Viele schaffen es kaum, die Abgaben an die Grundherren zu entrichten. Obwohl ich sagen muss, diese Panzerreiter haben etwas für sich«, erwiderte Heinrich.

»Sie müssen eine Wehrgemeinschaft bilden, und die beiden geschicktesten werden zu diesen Panzerreitern. Sie werden von allen Abgaben und gemeinschaftlichen Pflichten befreit, und die restlichen zehn helfen ihnen bei der Bewirtschaftung ihrer Felder. Jeder muss gegen die ungarischen Heiden seinen Beitrag leisten. Auch die Grundherren. Alle haben nur Vorteile.«

»Ob die Edlen das auch so sehen werden?«

»Oder sie statten die Reiter aus und stationieren sie überall. Dann müssten jeweils zwölf besessene Mann den beiden Reitern und ihren Pferden nur eine Unterkunft stellen.«

Heinrich hustete, als hätte er sich verschluckt. Es dauerte geraume Zeit, bis der Anfall vorüber war. »Niemals werden sich die Edlen darauf einlassen. Auf keinen dieser Vorschläge.«

»Wenn du es ihnen befiehlst, werden sie es müssen. Du bist ihr König, mein Lieber.«

Otto hatte nach dem Holzpferd gegriffen und drehte es konzentriert in seinen Händen. Er verfolgte augenscheinlich andere Gedanken.

»Das bedeutet eine tief greifende Veränderung all dessen, was bisher unser Reich ausgemacht hat. Das kann ich nicht einfach befehlen. Die Edlen werden sich mit Händen und Füßen wehren und lieber ihre Bauern tot und ihre Ländereien verwüstet sehen, als etwas von ihren Rechten abzugeben.«

Mathilde sah enttäuscht aus. Sofort taten Heinrich seine Worte leid. »Du bekommst vielleicht die Edlen der Marken dazu, deren Ländereien an die Gebiete der Slawen grenzen, weil sie immer als Erste angegriffen werden. Je weiter du nach Westen kommst ...«

»Aber andere Feinde erreichen sie über das Meer.«

»Die Reiter können wir gut schützen«, sagte Otto in die entstehende Stille hinein. »Mit Harnischen und Helmen und mit Lederschienen für Arme und Beine. Aber was ist mit den Pferden? Die sind groß und lassen sich mit Pfeil und Bogen gut treffen. Die Ungarn sind Meister mit dieser Waffe. Wir müssen auch die Pferde schützen.«

»Otto, was soll das jetzt?«, fragte Mathilde.

»Lass ihn.«

»Wir schützen die Pferde mit geflochtenen Matten aus Stroh«, schlug Mathilde vor.

»Damit können sie sich nicht mehr bewegen, Mutter. Sie sollen doch schnell sein. Kettenhemden werden zu schwer.«

»Doppelt genähte Lederdecken«, steuerte Heinrich bei. »Sie müssen nicht bis zum Boden reichen, nur Leib und Brust bedecken.«

»Wir probieren es. Zwei Dutzend Panzerreiter bis zum Hoftag im Herbst, um die Edlen von ihrer Schlagkraft zu überzeugen.« Damit bewies Otto, dass er seinen Eltern sehr wohl zugehört hatte.

»Das ist nicht viel Zeit.«

»Umso wichtiger, dass wir nicht noch mehr davon verlieren.« Otto schaute seine Eltern an, und Begeisterung strahlte aus seinen Augen.

In diesem Jungen steckt ein wahrer König, dachte Heinrich.

KAPITEL XVII

owie Elsa bemerkte, dass ihre Stute zu keuchen begann, parierte sie sie zum Schritt durch. Gleich darauf hatte Herr Lohengrin sie eingeholt und zügelte seinen Hengst ebenfalls. Am langen Zügel ließen sie die Pferde im Schritt gehen. Herzog Gottfried war mit den Männern seiner Leibwache auf die Jagd geritten, Wildschweine sollten ihre Beute werden. Da Herr Lohengrin nicht jagte, war ihm die Aufgabe zugefallen, Elsa auf einem Ausritt zu begleiten. Simona hütete mit einer Erkältung das Bett, aber Margot hatte ursprünglich mitkommen wollen, bis sie mit der ihr eigenen Wankelmütigkeit am Morgen verkündet hatte, keine Lust mehr zu haben.

»Alle Achtung, Frau Elsa, ich ziehe meinen Hut vor Euch, den ich gar nicht aufhabe«, sagte Herr Lohengrin. »Es gibt nicht viele junge Frauen, die derart wagemutig reiten.« Er tat so, als ziehe er sich eine Kopfbedeckung vom Haupt. Vom schnellen Ritt waren seine Haare zerzaust und seine Wangen gerötet.

Elsa vermutete, dass sie nicht viel anders aussah, und sie spürte auch, wie sei Kompliment das Rot auf ihren Wangen noch vertiefte. »Ich kenne mein Pferd gut und weiß, was ich ihm zutrauen kann. Reiten macht mir auch einfach Spaß. Vielleicht sollte ich das nicht sagen, aber es ist nun einmal so.«

»Warum solltet Ihr das nicht so sagen? Gesteht Ihr Euch nicht zu, etwas zu tun, einfach weil es Spaß macht?«

»Doch, natürlich.« Elsa war verlegen, als hätte Herr Lohengrin sie bei etwas Verbotenem ertappt. »Da vorne wird es feucht, wir müssen achtgeben, dass die Pferde nicht vom Weg abkommen.«

Er ließ sie voranreiten, und sie folgten einem Wildwechsel am Rande einer Feuchtwiese entlang. Bei jedem Schritt schmatzte der Boden unter den Pferdehufen. Elsas Stute ging sicher voran, dieser Pfad war ihr vertraut.

Der Wildwechsel endete an einem See. Von den Tieren, die zum Trinken kamen, war der Uferbereich zertreten. Diese Stelle war aber nicht Elsas Ziel, sie ritt hinter dem Schilfgürtel am Ufer entlang. Das Land stieg sanft an und wurde trockener. An der Spitze einer weit in den See hineinragenden Landzunge hielt sie ihr Pferd an, saß ab, ohne auf Herrn Lohengrins stützende Hand zu warten.

Sie schaute sich um, ließ die Ruhe und den Frieden des in der Septembersonne leuchtenden Sees auf sich wirken. Enten hatten es sich auf einem halb im Wasser liegenden Baum bequem gemacht, ein Fischreiher spähte bewegungslos nach Beute, aus dem Röhricht erklangen Vogelstimmen, ohne dass die Sänger zu sehen waren. Zwei Schwäne gründelten zwischen Seerosen.

»Oh«, sagte Elsa. »Schwäne habe ich hier noch nie gesehen.«

Ganz am Ende der Landzunge gab es eine Bank. Nicht mehr als eine Holzbohle über Steine gelegt, wackelig, nicht ganz gerade. Elsa ließ sich darauf nieder, Lohengrin setzte sich ans andere Ende. In stummer Übereinkunft balancierten sie die Bank aus und ließen den See auf sich wirken. Die Pferde interessierten sich mehr für das Gras zu ihren Hufen. Das Kaugeräusch ihrer starken Kiefer mischte sich unter die Vogelstimmen.

»Ich muss einfach immer wieder hierherkommen, wenn der Hof in Breda ist, weil das einer der Lieblingsplätze meiner Mutter war«, begann Elsa leise. »Sie hat ihn mir gezeigt, als ich gerade einmal auf meinem ersten Pferdchen alleine reiten konnte. Ich war vielleicht sechs Jahre alt. Dieser Ort erinnerte sie an ihre Heimat, das Peelland. Dort gibt es auch Seen, viele Bäche und den Peel, einen großen feuchten Streifen Land, der zu gar nichts gut ist. Nicht einmal jagen lässt sich dort, aber er ist wunderschön.« Sie schaute vorsichtig zu Lohengrin, ob er vielleicht albern fand, was sie gesagt hatte.

Er sah jedoch ernst drein. »Ich fühle mich sehr geehrt, dass Ihr Eure Gedanken mit mir teilt und mir dieses schöne Stückchen Paradies auf Erden gezeigt habt.«

»Mein Gerede kam Euch nicht kindisch vor?«

»Überhaupt nicht. Ich schätze eine empfindsame Seele, die offen für die sie umgebende Schönheit ist. Was Ihr über Eure Mutter sagtet, lässt mich denken, dass auch sie eine solche Seele besaß.«

»Mein Vater hält es nicht aus, die Orte aufzusuchen, die Mutter so sehr liebte.«

»Also kommt er nie mit Euch hierher?«

»Nie«, bestätigte Elsa. »Er besucht auch nicht das Peelland, weil es mein Erbe ist und ich nun alt genug bin, es selbst zu verwalten. Aber er war auch lange zuvor nicht da gewesen.« Sie fragte sich kurz, ob sie einem Gefolgsmann gegenüber vielleicht zu viel preisgab, aber es tat ihr gut, sich einmal diese Dinge von der Seele zu reden, und Herr Lohengrin erschien ihr als ein ernsthafter Mensch, der nichts weitertratschte. Über ihr Mutter konnte sie viel zu selten sprechen – mit Herzog Gottfried gar nicht, und auch Margot und Simona waren der Meinung, die Vergangenheit solle ruhen.

»Ihr vermisst Eure Mutter immer noch?«, fragte Lohengrin sanft.

»Sehr. Ich war zehn, als sie mir genommen wurde. Wie ist es bei Euch? Gibt es keine Familie, die Ihr vermisst und der Ihr fehlt?«

Sie sah, wie sich seine Miene verschloss, als wäre ein Fensterladen zugeklappt worden. Schnell fügte sie hinzu: »Ich will Euch nicht dazu verleiten, etwas über Eure Herkunft preiszugeben. Eigentlich meine ich nur, wenn es sie irgendwo gibt und Ihr sie wiedersehen wollt, wird mein Vater Euch sicher keine Steine in den Weg legen, dass Ihr den Brabanter Hof auf eine Weile verlassen dürft. Zögert nicht, ihn darum zu bitten. Ich werde mich auf jeden Fall für Euch verwenden.«

»Ein derartiger Wunsch besteht bei mir nicht. Ich bin vollkommen zufrieden, Euch und Eurem Vater zu dienen.« Es klang nicht dahingesagt, sondern aus vollstem Herzen.

»Sehr gut. Dann könnt Ihr mich sicher auch mit einer Geschichte erfreuen.«

»Welche möchtet Ihr hören?«

»Von Parzivals Suche nach dem Heiligen Gral. In Brabant hören wir davon nur selten. Meist gelangt die Sage von Siegfried dem Drachentöter an unsere Ohren.«

»Und Ihr denkt …«

»Ich denke, dass Euer Verstand und Euer Herz gebildet genug sind und Ihr weit genug herumgekommen seid, um mir davon zu berichten.«

»Das bin ich.« Herr Lohengrin lächelte. »Parzivals Suche nach dem Heiligen Gral nahm Jahrzehnte in Anspruch. Es wird deutlich mehr als einen Tag dauern, die ganze Geschichte vorzutragen. Wenn wir hier übernachten wollen, hätten wir ein Zelt für Euch mitnehmen sollen.«

»Lieber Herr Jesus, das war mir nicht bewusst. Ich dachte, es sind einzelne Geschichten, wie die vom Schwanenritter und seinen ruhmreichen Taten.« Es kam Elsa so vor, als verschlösse sich Lohengrins Miene ein weiteres Mal für einen Wimpernschlag. Als sie ihn erneut anschaute, sah er wieder so freundlich drein wie zuvor.

»Es lässt sich in einzelne Teile zerlegen wie ein geschlachtetes Rind. Oder wie sich auch alles andere zerteilen lässt. Die Erhabenheit des Textes geht dabei verloren, fürchte ich.«

»Wenn das so ist …« Sie war sich nicht sicher, ob er ihr lieber doch nichts vortragen wollte oder ob er recht hatte.

Elsa schaute über den See, während sie überlegte, ob sie auf ihrem Wunsch bestehen sollte. Bestimmt sang er ebenso angenehm, wie er beim Sprechen klang, und sie wollte es gerne hören. Sie war sich noch unschlüssig, als sie entdeckte, dass die Schwäne ihr Gründeln eingestellt hatten und zu ihnen herübersahen. Der erste setzte sich in Bewegung, der andere folgte. Ruhig und würdevoll, wie es diesen Tieren eigen war, kamen sie heran. Der erste zischte, und Herr Lohengrin erhob sich von der Bank. Sie wackelte unter Elsa, und um nicht herunterzufallen, stand sie ebenfalls auf.

Die Schwäne – auch der zweite – schwammen nun dicht am Ufer, zischten lauter. Der Vogelgesang war verstummt, kein Wind bewegte das Wasser im See, als lauschte das Land ebenfalls den Schwänen. Elsa beachteten sie gar nicht, sondern waren ganz auf Herrn Lohengrin fixiert. Einer erhob sich halb aus dem Wasser und schlug mit den Flügeln. Hastig wich Lohengrin ein paar Schritte zurück.

»Das ist doch nicht böse gemeint, sondern einfach der Laut, den Schwäne machen, so wie Raben krächzen«, sagte Elsa, war sich jedoch nicht sicher. Es klang wirklich nicht freundlich, was die beiden von sich gaben.

»Ich möchte mich lieber nicht mit ihnen anlegen. Mir wäre auch wohler, Ihr kämt weiter zurück.«

»Weil Ihr mich sonst vor zwei Schwänen retten müsstet?«, fragte Elsa neckisch. Die Keckheit blieb ihr im Halse stecken, als sie die abwehrende Haltung ihres Begleiters bemerkte. Alles an Herrn Lohengrin wirkte, als ängstigte er sich vor den beiden Schwänen. Bei einem Krieger, der alle Männer der Leibwache ihres Vaters im Übungskampf besiegte, konnte das eigentlich nicht sein. Und doch sah er aus, als wünschte er sie und sich weit weg. Sie stellte sich neben ihn.

»Besser?«

»Viel besser.«

Die Schwäne schwammen weiterhin am Ufer auf und ab. Sie hätten leicht an Land kommen können, blieben aber im Wasser, als lauerten sie dort auf etwas.

»Für mich interessieren sie sich nicht«, bemerkte Elsa. »Sie haben nur Augen für Euch. Die Geschichten vom Schwanenritter fallen mir dazu ein, weil es aussieht, als wären die beiden Abgesandte des Schwanenkönigs, die Euch eine Botschaft überbringen wollen.«

»Was sollte das für eine Botschaft sein?« Lohengrin hörte sich bemüht spöttisch an.

»Ich weiß es nicht.«

»Und ich erst recht nicht. Das sind nur zwei Schwäne, die uns offenbar nicht am Ufer ihres Sees haben wollen. Die Geschichten vom Schwanenritter sollen uns erfreuen, und bestenfalls lernen wir aus ihnen etwas für unser Seelenheil.«

»Es ist doch eine schöne Vorstellung von einem Schwanenkönig und seinen Abgesandten. Wenn wir mit ihnen sprechen, verstehen sie uns vielleicht und wir sie.« Elsa erwärmte sich für den Gedanken, in den Geschichten, die in Brabant die Runde machten, steckte ein Getreidekorn Wahrheit. Auch in der Sage um Siegfried den Drachentöter und in den Geschichten der Heiligen Schrift.

»Es sind Tiere, sie können nur zischen, nicht reden. Haltet lieber Abstand. Wir sollten uns auf den Weg zurück nach Breda machen.« Herr Lohengrin sah wirklich unangenehm berührt aus, deshalb verweigerte sich Elsa seinem Wunsch nicht länger.

»Ich hoffe, die Schwäne haben diesen schönen Platz nicht für Euch verdorben?«, fragte er, als sie die Feuchtwiese bereits hinter sich gelassen hatten.

»Im Gegenteil«, Elsa blitzte ihn vorwitzig an. »Ich beabsichtige, recht bald wiederzukommen und nachzuschauen, ob die Schwäne noch da sind. Bisher gab es nie welche auf Mutters See. Ihr hätte das gefallen, das weiß ich.«

»Um Himmels willen, seid nur vorsichtig. Mit Schwänen ist nicht zu spaßen, besonders nicht, wenn sie Junge haben.«

»Diese beiden hatten aber keine.«

Herrn Lohengrin unterschied wirklich alles von anderen Männern. Die sahen in Schwänen höchstens eine Jagdbeute, obwohl Schwan in Brabant nur zu Festmählern auf die Tafel kam. Ihr gefiel seine Empfindsamkeit, wie nur eine reine Seele empfinden konnte. Mochten Simona und Margot sagen, was immer sie wollten, für sie bestand kein Zweifel daran, dass dieser geheimnisvollste Gefolgsmann ihres Vaters nur von edler Geburt sein konnte. Wahrscheinlich war er einer Königin würdig. Ihr Herz schlug aufgeregt bei diesem Gedanken.

117

KAPITEL XVIII

Zum Hoftag des ostfränkischen Reiches hatte König Heinrich für Anfang November des Jahres 925 in das fränkische Fulda geladen. Wochen vorher begannen am Brabanter Königshof die Vorbereitungen für die Reise.

»Kannst du mir sagen, was das soll?«, zischte Graf Telramund den Hilfsgeistlichen Gudmund an.

Er hatte sich zu dem hinter einem Vorhang verborgenen jungen Priester gesetzt, als wollte er die Beichte ablegen, nur dass ihm nicht der Sinn danach stand, sein Gewissen vor Gott zu erleichtern.

»Was soll was? Bekennt Eure Sünden und erleichtert Euer Gewissen. Die Vergebung des Allerhöchsten wird Euch gewiss sein, wenn Ihr aufrichtig bereut«, kam es von der anderen Seite des Vorhangs.

»Hör auf mit diesem Gerede.« Telramund riss das Stück Stoff zwischen ihnen beiseite. Dahinter kam Gudmunds erschrockenes Gesicht zum Vorschein.

»Das ist …« Was immer der Hilfsgeistliche noch sagen wollte, blieb ihm im Halse stecken. Eine kräftige Hand legte sich darum und drückte zu, bis ihm die Luft knapp wurde.

»Ich habe dich aus dem Dreck geholt, habe dich zu dem gemacht, was du heute bist. Wenn es mir gefällt, steigst du in der kirchlichen

Hierarchie noch weiter auf, dafür kann ich wohl eine Gefälligkeit von dir verlangen.« Telramund gab den Geistlichen so jäh frei, wie er ihn gepackt hatte.

»Ich bin Euer Mann, edler Herr Graf«, quäkte Gudmund und betastete seinen Hals.

»Warum erfahre ich dann aus dem Mund Herzog Gottfrieds und nicht lange vorher aus deinem, dass er zum Hoftag König Heinrichs I. ins fränkische Fulda zu reisen gedenkt? Der Hoftag des ostfränkischen Reiches. Als wäre Brabant ein Teil Ostfrankens und der Herzog ein Vasall König Heinrichs.«

»Ich … ich …«, stotterte Gudmund.

»Das sind Dinge, die ich im Vorfeld erfahren muss. Dafür habe ich dich Pater Clement als Gehilfe angedient, dass du mein Ohr am Brabanter Hof bist.«

»Ich … ich wusste nichts davon.«

»Dann finde solche Dinge gefälligst heraus.« Telramund war nahe daran, den wohlgenährten Gudmund erneut bei der Gurgel zu packen und so lange zuzudrücken, bis der andere schlaff wie ein Lumpenbündel wurde.

Gudmund rutschte auf der Bank so weit von ihm fort, wie er es zuließ, was höchstens eine Elle betrug. »Das habe ich … habe ich doch versucht, edler Herr, aber Frau Elsa hat mich überrascht.«

»Frau Elsa, soso. Hat sie Verdacht geschöpft?«

»Auf keinen Fall. Ich habe mich herausgeredet, aber gefunden habe ich nichts. Danach waren die Truhen mit den Papieren stets verschlossen, wenn Pater Clement und ich nicht daran gearbeitet haben.«

»Ja und?« Telramund lockerte seinen Griff. Bevor er die Hand ganz wegnahm, schlug er dem Priester zart auf die Wange, wie es ein Vater bei seinem Sohn tat.

»Ich habe nur alltägliche Dinge zu Gesicht bekommen. Pater Clement und der Herzog haben aber immer wieder geheimnisvoll miteinander getan.«

»Hat keiner was gebeichtet? Der Herzog hat doch die Beichte bei dir abgelegt, als Pater Clement im Sommer längere Zeit abwesend war. Nun wissen wir ja auch, was er getrieben hat.«

Der Schrecken auf Gudmunds Gesicht steigerte sich. »Einmal hat er seine Seele bei mir erleichtert. Aber das könnt Ihr nicht von mir verlangen. Bitte, das kann ich nicht tun.«

»Ich habe nicht vor, ein Vasall König Heinrichs zu werden. Weder als Graf des Valkengaus noch als Herzog von Brabant. Merk dir das.«

»Sehr wohl, Herr Graf.«

Telramund stand auf und ließ den Hilfsgeistlichen allein.

»Wir reisen nach Fulda zum Hoftag. Bereite alles dafür vor«, lautete Herzog Gottfrieds Anweisung an seine Tochter.

»Fulda ist doch im ostfränkischen Reich?« Elsa war verwundert. Soweit sie wusste, war Brabants Herzog noch nie auf einem ostfränkischen Hoftag gewesen. Das Herzogtum lag wie das lothringische gleichsam als Puffer zwischen dem ost- und dem westfränkischen Reich.

»Genau gesagt im Regnum Franken«, erwiderte ihr Vater vergnügt.

Angemessen wäre es, wenn er ihr als seiner Erbin einen Grund für die Teilnahme am ostfränkischen Hoftag nannte, aber sie hatte ihren Vater in letzter Zeit selten so gut gelaunt erlebt und wusste, dass ein Teil der Verantwortung auch bei ihr lag, weshalb sie nicht in ihn dringen wollte. Die Vorbereitungen für die Reise nahmen bald ihre ganze Zeit in Anspruch. Ebenso die von Margot, Simona und Rhuna sowie vieler anderer Bediensteter. Wenn Brabant schon nach Ostfranken kam, sollte es sich von seiner besten Seite zeigen, seinen ganzen Reichtum präsentieren. Kleidung wurde ausgebessert, Schmuck poliert, Wagen repariert. Die Männer wienerten ihre Waffen und Rüstungen, Pferdeknechte fetteten das Sattelzeug und verbrauchten dafür eine Unmenge Schmalz und Tran, was die Köchin mit den Augen rollen ließ, weil es ihr in der Küche fühlte.

Je näher der Tag der Abreise heranrückte, desto aufgeregter wurde Elsa. Der Hoftag war schließlich nicht nur dazu da, politische Entscheidungen zu treffen, sondern auch alte Freundschaften zu erneuern und neue zu schließen. Für Simona würde sich eine Gelegenheit ergeben, ihre Familie zu sehen, da der Graf von Kleve sicher auch teilnahm. Margot redete immerfort davon, welche Festmähler ihnen bevorstanden und ob wohl die Königin das Wort an sie richten würde.

»Wenn du nicht aufpasst, verheiraten sie dich mit einem Prinzen«, neckte Simona sie. »Da wäre Herr Thankmar.«

Bei dieser Vorstellung brachen sie alle drei in haltloses Kichern aus, in das sogar Rhuna einfiel.

Einer, der dem Hoftag nicht mit Freude entgegenzusehen schien, war Graf Telramund. Er betrachtete die Vorbereitungen mit finsterer Miene, als ginge es darum, seine Seele an den Teufel zu verkaufen. Elsa ertappte ihn sogar dabei, wie er grimmig vor sich hin murmelte. Als er ihrer gewahr wurde, verwandelte sich sein Gesichtsausdruck in das charmante Lächeln, das Margot hinreißend fand und dem Elsa misstraute. Sie wandte sich schnell ab, damit er ihr nicht ein Gespräch aufzwang.

Neben Graf Telramund schien auch Herr Lohengrin dem Hoftag mit gemischten Gefühlen zu erwarten. Von ihrem Vater erfuhr Elsa, dass der geheimnisvolle Krieger ihn sogar gebeten hatte, in Brabant bleiben zu dürfen. Bei Herrn Lohengrin war nichts so, wie es zu erwarten war, und wo alle anderen sich auf Trinkgelage freuten, sorgte er sich wahrscheinlich um das Heil seiner Seele. Elsa kam das ernsthaft und edel vor. Ein Ehemann, der sich nicht darauf freute, unter dem Einfluss von Alkohol seine Manieren zu vergessen, kam ihr liebenswerter vor als jemand wie Herr Sigibert, der es gar nicht erwarten konnte. Befremdlich kam ihr allerdings vor, dass Herr Lohengrin sich nicht mehr rasierte, sich die Haare nicht mehr schnitt und von Tag zu Tag mehr verwilderte, als legte er es darauf an, nicht erkannt zu werden.

Vielleicht ging es ihm wirklich darum, überlegte Elsa. Sie wusste nichts über seine Vergangenheit, und es mochte gut sein, dass auf dem Hoftag jemand war, der ihn von früher kannte. So verlockend die Aussicht, ihm nachzuspionieren, um etwas über seine Herkunft zu erfahren, auch war, beschloss Elsa doch, einen vor Gott geschworenen Eid zu achten. Sie erzählte auch Margot und Simona nichts von ihren Überlegungen, obwohl auch die sich über die Launen Herrn Lohengrins mokierten.

KAPITEL XIX

Zwei Dutzend Reiter galoppierten paarweise nebeneinander über den Platz. Lohengrin bewunderte die perfekte Symmetrie. Er fragte sich, was für eine Einheit König Heinrich da gebildet hatte. Die Männer trugen alle die gleichen Wämser, Helme und Harnische. Die Leiber der Pferde schützten Lederdecken. Sie ritten im Kreis. Schwenkten nach links oder rechts, kamen zu viert oder sogar zu sechst nebeneinander zusammen und trennten sich wieder.

Der Hoftag hatte am Tag zuvor mit einem Hochamt in der Basilika des heiligen Salvator im Kloster zu Fulda begonnen. Bereits da waren ihm diese neuartigen Reiter aufgefallen, die mit ernsten Gesichtern in ihrer gleichartigen Kleidung und nebeneinanderstehend der Messe beiwohnten. Nun zeigten sie auf einem weiten Areal vor der Stadt ihr Können. Angeführt wurden sie vom jungen Prinzen Otto, der mindestens ebenso stolz wie eifrig war. Der Ritt der vierundzwanzig Männer wirkte, als lenkte ein Wille die Pferde, und das war eigentlich nur mit jahrelanger Übung zu erreichen, aber sie trainierten erst wenige Monate zusammen, erfuhr Lohengrin, als es ihm gelang, mit einem von ihnen ins Gespräch zu kommen.

Der struppige, braunhaarige Geroald gab unumwunden zu, der Sohn eines Bauern zu sein und keinen Tropfen edlen Blutes in den

Adern zu haben. Er habe sich diesen sogenannten Panzerreitern angeschlossen, weil sein älterer Bruder den Hof erben sollte, er sich ein Leben als Laienbruder in einem Kloster nicht vorstellen konnte und Abenteuer erleben wollte. Und wenn es gegen die Ungarn ging – umso besser. Gegen ihre Pfeile wäre er gut geschützt. Bei diesen Worten klopfte er sich auf sein Kettenhemd und seinem Dunkelbraunen auf die ledergeschützte Kruppe. Was zwei Dutzend Panzerreiter gegen die Ungarn ausrichten sollten und worin genau ihre Besonderheit lag, wusste er dagegen nicht zu erklären. Lohengrin wünschte ihm jedenfalls alles Gute und seinem prinzlichen Befehlshaber auch, ehe er sich verabschiedete.

Der Gedanke an die Panzerreiter ließ ihn aber nicht los, und er fragte sich ernsthaft, was König Heinrich sich gedacht hatte, seinem unerfahrenen Sohn Otto diese ebenso unerfahrenen Männer anzuvertrauen.

Dieses Geheimnis lüftete der König in den Beratungen mit seinen Edlen. Lohengrin nahm daran nicht teil, aber er erfuhr, dass für die Zukunft noch viel mehr dieser Panzerreiter ausgebildet werden sollten. Stand und Herkunft spielten keine Rolle, Voraussetzung wäre allein eine gottesfürchtige Gesinnung, Mut und Begeisterung für den Kampf zu Pferde. Unter den Edlen kochte die Stimmung über: Ihre Söhne sollten zusammen mit jungen Burschen niederen Standes gemeinsam zu Pferde kämpfen. Das kam einer Verhöhnung aller ihrer Geburtsrechte gleich. Fäuste und Trinkbecher wurden auf Tische geschlagen, um diese Worte zu unterstreichen.

Heinrich ließ sich davon nicht beeindrucken, und Lohengrin gab ihm im Stillen recht. Die Verteidigung des Reiches auf breite Füße zu stellen und zusätzlich zu den Fußtruppen auch ein Reiterheer zu haben, konnte nur von Vorteil sein. Wie diese bescheidenen Anfänge die Bauern, Handwerker, Frauen und Kinder schützen sollten – dazu fiel kein Wort.

In diesem Tumult über die Panzerreiter ging beinahe unter, dass König Heinrich neben Lothringen auch das Herzogtum Brabant als Teil des ostfränkischen Reiches aufrief und ihm die weibliche Erbfolge bestätigte, nachdem er und Herzog Gottfried einander Freundschaft geschworen hatten.

Lohengrin freute sich über die Sicherheit, die das für Frau Elsa bedeutete. Es war ihm nicht verborgen geblieben, dass nicht nur ihr Vater, sondern praktisch jedermann sie zu einer Heirat mit Graf Telramund drängte und wie unglücklich sie damit war. Sein Herz schlug für die kluge junge Frau, und wenn die Umstände anders gewesen wären … Es war nun einmal, wie es war, und er musste damit zufrieden sein, dass sie freundlich mit ihm redete. Lohengrin seufzte.

Elsa hörte von Pater Clement davon. An den Beratungen der Edlen durfte sie als Frau ja nicht teilnehmen. Schlagartig wurde ihr klar, was ihr Vater und der Priester den ganzen Sommer über vorbereitet hatten. Unter dem Schutz König Heinrichs würde es niemand wagen, ihr Recht als Brabants Herzogin anzuzweifeln. Ihr Vater und alle anderen würden endlich aufhören, ihr Graf Telramund als Ehemann ans Herz zu legen. Dabei hatte die Entscheidung einen bitteren Beigeschmack, der ihre Freude verdarb. An Pater Clements aufeinandergepressten Lippen sah sie, dass er ähnlich empfand. Brabant hatte seine Stellung als selbstständiges Herzogtum zwischen West- und Ostfranken verloren.

* * *

Graf Telramund teilte keinen einzigen dieser Gedanken. Bei der Bestätigung der weiblichen Erbfolge hatte er sich gefühlt, als polterte eine Lawine aus Felsbrocken auf ihn nieder. Er protestierte auch deshalb, weil der mit Brabant verbundene Valkengau unter die Herrschaft des ostfränkischen Reiches geriet, ohne ihn überhaupt einmal befragt zu haben. Ohne Brabant an seiner Seite war er nicht mächtig genug, sich dem zu widersetzen. Herzog Gottfried und Pater Clement wussten das genau und hatten ihn übel ausgebootet. Sie sollten ihm gegenüber noch einmal das Wort Freundschaft in den Mund nehmen – er würde ihnen nichts mehr glauben. Dieser Volltrottel Gudmund hatte ihn ins offene Messer laufen lassen. Seinen Plänen versetzte das einen Rückschlag, aber unmöglich machte es sie nicht. Die Mittel wurden jetzt hässlicher.

Telramund ballte die Hände zu Fäusten. Mit breit ausholenden Schritten strebte er zwischen den Zelten hindurch zu seinem eigenen Quartier. Die Zelte ähnelten sich wie ein Hühnerei dem anderen, und ohne die Wappenständer würde man sich zwischen ihnen hoffnungslos verlaufen.

Aus einer dieser behelfsmäßigen Unterkünfte trat Margot heraus. Sie schüttelte ihre Röcke aus, und als sie ihn gewahr wurde, knickste sie.

»Edler Herr Graf.«

»Ihr!«, fauchte er. »Ihr müsst es gewusst haben!«

»Was denn, mein lieber Freund? Wovon sprecht Ihr?«

»Von der weiblichen Erbfolge für Brabant.«

»Davon wusste ich nichts. Wirklich nicht.«

Er glaubte ihr nicht und packte sie am Arm, verdrehte diesen schmerzhaft. »Erzähl mir nicht, dass in den Unterkünften der Weiber nicht über dergleichen getratscht wird.«

Margot fiel auf die Knie. »Bitte«, keuchte sie.

Telramund verdrehte ihren Arm weiter, und sie krümmte sich noch mehr zusammen. Ihm gefiel es, sie Schmerzen erleiden zu lassen. Das verstärkte sein Gefühl der Macht über sie.

»Graf Telramund, bitte«, wimmerte sie und schaute flehentlich zu ihm auf. Unter dem Gejammer lechzte ihr Leib nach ihm, darauf ging er jede Wette ein. Auch er spürte das vertraute Ziehen zwischen den Beinen.

Er holte aus und schlug ihr die Faust ins Gesicht. Ihre Lippe platzte auf, Blut schoss hervor, aus der Nase auch. Die Überraschung in Margots Gesicht war köstlich. Er wurde hart, und die Ausbeulung seiner Hose war deutlich zu erkennen. Erneut schlug er zu, traf diesmal ihren Hals, und das hatte ein Röcheln zur Folge. Die Augen traten hervor. Gleichzeitig verdrehte er ihren Arm so weit, wie gerade noch möglich war, ohne ihn zu brechen. Blut und Schmerz verwüsteten ihre Miene. Sie sah begehrenswerter aus, als wenn sie vor Lust stöhnte.

»Bleib mir einfach vom Leib«, stieß er hervor. Er schubste sie in den Dreck und trat ihr einmal in die Rippen.

Vollkommen gebrochen lag sie vor ihm. Sein Schwanz in der Hose pochte. Wenn er wütend war, erregte ihn das immer am meisten. Aber er beherrschte sich, ließ Margot liegen, nahm ihr verängstigtes, wimmerndes Bild mit und richtete seine Sinne wieder darauf, wie er Herzog von Brabant werden konnte.

* * *

»Du wirst Herzogin werden. Das ist nun hoffentlich in deinem Sinn, Tochter?« Herzog Gottfried schaute auf Elsa herunter. Sie kniete vor ihm und wusch ihm die Füße in einem Trog mit lauwarmem Wasser. In der Rechten hielt er ein Messer, auf dem ein Stück Rehkeule steckte. Er tauchte sie in eine Schüssel mit sämiger Soße, bevor er davon abbiss.

»Wenn Ihr zufrieden seid, Vater, dann will ich es auch sein.« Elsa schaute nicht auf.

Sie wusch vorsichtig ein Furunkel auf seinem linken großen Zeh. Das schmerzte ihn an diesem Abend besonders, da der Fuß den ganzen Tag in einem Stiefel gesteckt hatte. Das mit Kräutern versetzte Wasser war eine Wohltat und Elsa ein gutes Kind, auch wenn sie manchmal verstockt war.

»Gleichzeitig erhältst du den Schutz des ostfränkischen Reiches«, fuhr er fort.

»Weil es König Heinrich gefällt, dass Brabant ihm auf diese Weise in den Schoß gefallen ist. Habt Ihr nicht immer jedes Vasallentum abgelehnt, Vater?« Sie schaute immer noch nicht auf.

Pater Clement, der auf einem Schemel saß und an einem Stück trockenen Brotes genagt hatte, räusperte sich nun. »Es ist kein Vasallentum, zwischen König Heinrich und Eurem Vater wurde ein Bund der Freundschaft geschlossen. Er wird sich in die inneren Angelegenheiten Brabants nicht einmischen und das Herzogtum ohne Einladung unsererseits nicht betreten. Das hat er zugesichert.«

»Was ist mit der Ernennung von Bischöfen?«, fragte Elsa schmallippig und ließ den Fuß ihres Vaters los.

»Dabei mussten wir König Heinrich ein Mitspracherecht einräumen«, gab Pater Clement zu.

»Etwas müssen wir auch geben.« Herzog Gottfried biss von seiner Rehkeule ab. Soße tropfte ihm auf die Brust, auf der extra ein Tuch lag, damit seine Kleidung nicht fleckig wurde.

»Den Valkengau habt Ihr auch an König Heinrich gegeben. Ich kann mir kaum vorstellen, dass Graf Telramund darüber erfreut ist.«

»Wir haben auch die Sippen im Bergengau, im Peelland und sonst wo nicht gefragt.« Richtig glücklich klang der Herzog nicht. »Du könntest es ihm versüßen, wenn du in die Ehe mit ihm einwilligst.«

»Meine Meinung dazu hat sich nicht geändert.«

»Es ist nun einmal so, dass Gott das Weib aus Adams Rippe erschaffen hat und sie ihm deshalb untertan ist. Männer sind die Herrscher und Frauen die Zierde ihrer Reiche«, dozierte der Pater aus der Bibel.

Das führte dazu, dass sie seine Füße aus dem Wassertrog nahm und auf ein weiches Tuch stellte. Sie trocknete sie ab, ehe sie mit einem knappen Gutenachtgruß das herzogliche Quartier verließ.

Männer zum Herrschen geboren, Frauen ihr Zierrat. Elsa fühlte sich, als rauchte es zu ihren Ohren hinaus, so viel Wut brodelte in ihr. Sie wünschte, sie hätte Rhuna mit zum Hoftag genommen, aber eine Slawin mitzubringen hatte ihr Vater für eine Provokation des als Slawenhasser bekannten Königs Heinrich gehalten und es ihr verboten. Mehr denn je verlangte sie es gerade jetzt nach Rhunas Weisheit, wo die Frauen die Spenderinnen des Lebens waren, wo eine Mutter Maria verehrt wurde, statt die Hälfte der Menschen als Zierrat abzutun. Wäre sie ein Sohn gewesen, hätte er Brabant sicher nicht in das ostfränkische Reich eingegliedert. Ob man es nun Freundschaft oder Vasallentum nannte ... Ihr Vater traute ihr einfach nicht zu, Brabant wie ein Herzog zu regieren.

Sie erreichte das Quartier, das sie sich mit Simona und Margot teilte und das nicht einmal zwei Dutzend Schritte von dem des Herzogs entfernt lag. Es bestand nur aus einem Vorraum und einem Schlafraum. In Letzterem waren die Schlafstätten der jungen Frauen mit Vorhängen voneinander abgeteilt. Alle Vorhänge um Margots Bett herum waren zugezogen. Das war seltsam, denn sie war gewöhnlich diejenige, die sich am wenigsten um Abgeschiedenheit scherte.

»Margot, bist du da?«, fragte Elsa.

Es kam keine Antwort, aber sie glaubte ein Schniefen hinter den Vorhängen zu vernehmen. Elsa schob sie einen Spalt auf und lugte hindurch.

Margot lag im Bett, das Gesicht zur Wand gedreht. Über der bis zur Schulter hochgezogenen Decke war nur ihr dunkles Haar zu sehen. Am Abend gab es in der königlichen Halle ein Festmahl, zu dem die Frauen an Königin Mathildes Tafel geladen waren. Normalerweise wäre Margot längst damit beschäftigt, ein Kleid und passende Bänder auszuwählen.

»Was ist mit dir?«

»Nichts. Geh weg.«

»Wir müssen zum Festmahl.«

»Lass mich einfach in Ruhe«, murmelte Margot.

»Du kannst doch nicht …« Elsa brach ab. Ihr dämmerte, dass etwas nicht in Ordnung war. »Geht es dir nicht gut? Wir hätten doch Rhuna mitnehmen sollen, sie hätte dir bestimmt helfen können.«

»Die auf keinen Fall.« Margot drehte ihr ein verquollenes, verheultes Gesicht zu.

Es sah keineswegs so verwüstet aus, weil sie geweint hatte, da war noch etwas anderes. Elsa war erschrocken. »Was ist denn nur passiert?«

»Nichts!«

»Deshalb weinst du?«

»Ich bin gestolpert und mit dem Gesicht gegen eine Tür geschlagen. Bist du nun zufrieden?«

»Aber Margot ... Soll ich die Schwellungen mit Kamillenwasser kühlen?« Elsa kam sich hilflos vor.

Margot rollte sich noch weiter zusammen und zog sich die Decke über den Kopf. »Lass mich, damit hilfst du mir am meisten«, kam es dumpf darunter hervor.

Wenn Margot in einer solchen Stimmung war, drängte man sich ihr lieber nicht auf. Elsa stellte der Freundin eine Schüssel mit Kamillenwasser hin, legte ein Tuch daneben, ehe sie die Vorhänge sorgfältig wieder zuzog. Die Lust auf das Festmahl war ihr gründlich vergangen, aber sie hatte keine andere Wahl, als daran teilzunehmen. Alles andere wäre kindisch.

KAPITEL XX

erzog Gottfried wachte mit Halsschmerzen auf, seine Augen waren verklebt. Er fühlte sich, als hätte ihn jemand durchgekaut und wieder ausgespuckt. Oder als hätte er zu tief in die Weinkanne geschaut, wie es ihm als jüngerem Mann öfter geschehen war. Damals hatte er gewusst, woher die Übelkeit am Morgen gekommen war, dieses Mal wusste er es nicht. Er hatte am Abend zuvor kaum zwei Becher verdünnten Weins getrunken, beim königlichen Festmahl nur mäßig zugelangt.

»Meine Tochter. Holt meine Tochter«, verlangte er. Aber seine Stimme war zu leise, als dass ihn jemand gehört hätte. Er verspürte Durst, und auf dem Tisch in seinem Quartier erblickte er einen Krug und einen Becher daneben, aber als er versuchte, aus dem Bett zu steigen, knickten ihm die Beine weg. Er fiel wieder zurück auf sein Lager. Erschrocken kroch der Herzog zurück unter die Decke, zog sie bis zum Kinn hoch und lag dort zitternd. Der Durst plagte ihn, die Augen fielen ihm wieder zu.

Es kam jemand, aber er brachte nicht die Kraft auf, ihn anzuschauen. Dann hörte er eine besorgte Stimme und endlich auch die seiner Tochter. Ihre Röcke raschelten, als sie neben dem Bett niederkniete. Er öffnete mühsam die Augen.

»Vater, was ist Euch?« Sie legte ihre kühle Hand auf seine Stirn.

»Nichts«, krächzte er. »Wenn ich erst aufgestanden bin, wird es mir wieder gut gehen.«

»Gar nichts wird es, Vater.« Sie drückte ihn mühelos auf sein Lager nieder. »Ihr werdet keinen Schritt aus dem Bett heraustun, sondern Euch ausruhen.«

»Die Beratungen ...«

»Sie werden an diesem Tag ohne Euch stattfinden. Pater Clement und ich werden Euch vertreten.«

»Ich werde schon nicht mehr gebraucht, obwohl ich noch nicht unter der Erde bin.« Insgeheim war er froh, sich nicht durch die stundenlangen Beratungen quälen zu müssen. Die neuartigen Panzerreiter erregten immer noch die Gemüter, und er selbst war sich auch nicht sicher, was er davon halten sollte.

»Brabant braucht Euch, Vater. Und ich auch.«

Elsa beugte sich über ihn und nahm ihn in den Arm. Sie hielt ihn fest an sich gedrückt. Er sog ihren frischen Duft ein.

Elsa fütterte ihren Vater mit Brühe, und sie wachte neben seinem Bett, nachdem er wieder eingeschlafen war. Sein Atem ging ruhig und gleichmäßig. Bei der Umarmung hatte sie gespürt, dass das Leben in ihm war und bleiben würde. Das hatte sie beruhigt, gleichzeitig hatte sie gespürt, wie mager sein Leib unter dem Nachthemd war und dass seine Haut sich wie die eines alten Mannes anfühlte und auch so roch. Das machte ihr auf erschreckende Weise klar, dass ihr Vater dem Lebensabend nahe war. Gewöhnlich wirkte er wie ein Herr, der noch einige gute Jahre vor sich hatte. An den Beratungen teilzunehmen und ihren Vater allein zu lassen, hatte sie dann doch nicht über das Herz gebracht.

Jemand räusperte sich vor dem Zelt, und gleich darauf streckte Pater Clement den Kopf hinein. Der Herzog wachte auf. Es fiel ihm sichtlich schwer, seinen Arm zu heben und seinem Vertrauten zu winken, näher zu kommen. Elsa zog sich an den Tisch zurück, als die beiden Männer die Köpfe zusammensteckten. Sie verstand nur gelegentlich ein Wort. Dann schob der Herzog die Beine aus dem Bett und angelte nach seinen fellbesetzten Lederschuhen. Sie standen unerreichbar rechts von ihm, und ehe er bei seinem Herumtasten aus dem Bett stürzte, eilte Elsa herbei.

»Vater, was tut Ihr?« Sie wollte, dass er sich wieder hinlegte.

»Ich muss in die Beratung gehen. Hilf mir mit diesen verdammten Schuhen.« Herzog Gottfried klang angestrengt, und um ihn nicht aufzuregen, gehorchte sie ihm.

»Ihr müsst Euch ausruhen.« Pater Clement und Elsa sprachen im Chor.

»Dazu ist später Zeit. Elsa, hilf mir beim Ankleiden. Kein Harnisch, aber ich werde meinen Reif tragen.« Gemeint war der Stirnreif der Brabanter Herzöge aus purem Gold und mit Edelsteinen besetzt. Der Inbegriff ihrer Macht.

Obwohl Elsa eben an ihren Vater als alten Mann gedacht hatte, gehorchte sie seiner befehlsgewohnten Stimme. Sie hielt ein bodenlanges dunkelrotes und reich besticktes Gewand bereit. Sie ordnete dessen Falten und legte ihrem Vater einen Gürtel aus gehämmerten Silberplättchen um die Hüfte. Ein warmer grauer Mantel, abgesetzt mit dem weißen Fell des Polarfuchses, sollte ihn vor der Novemberkälte schützen. Als Letztes reichte sie ihm den Brabanter Reif. Während der ganzen Prozedur des Ankleidens stand Pater Clement wortlos neben dem Bett und sah unglücklich aus. Seine Hände waren in den weiten Ärmeln seines Gewandes verborgen.

Den Stock, den Elsa ihrem Vater noch reichen wollte, lehnte dieser ab. Aufrecht verließ der Herzog sein Quartier. Pater Clement folgte ihm, und Elsa trieb die Sorge hinter den Männern her in die königliche Halle.

Innen wogten die Gespräche hin und her und vereinigten sich unter der hohen Gewölbedecke zu einer wirren Kakophonie, die bei Elsa augenblicklich Kopfschmerzen auslöste. Wie konnten die edlen Herren das über Stunden aushalten? Elsa drängte sich zwischen die Männer, die den Tisch umstanden, an dem die Fürsten des Reiches mit ihren engsten Vertrauten saßen. Becher und Kannen standen auf dem Tisch. Obwohl es noch nicht einmal Mittag war, waren sie ohne Zahl. Feuchte Ränder verunzierten den Tisch, und es sah sogar so aus, als wäre das ein oder andere Getränk umgekippt worden.

Für Herzog Gottfried wurde eilig ein Platz am Tisch frei gemacht. Er kam neben Graf Telramund zu sitzen. Von ihm sah Elsa nicht mehr als einen geraden Rücken und ordentlich zurückgebundenes Haar.

»Es geht Euch besser. Das freut uns«, begrüßte König Heinrich den Brabanter Herzog. Er saß an der Stirnseite und führte den Vorsitz.

»Ich kann nur sagen, dass das Herzogtum Brabant in dieser Sache …«, meckerte ihr Vater sofort los.

Graf Telramund legte ihm eine Hand auf den Arm. »Auch ich werde dieser Sache niemals zustimmen, das habe ich bereits deutlich gemacht. Brabants Interessen sind auch die meinen. Das Herzogtum wird in Eurer Abwesenheit gut vertreten – durch mich und durch Pater Clement. Lothringen und Schwaben stehen an unserer Seite.«

»Ich muss trotzdem …« Herzog Gottfried griff sich an die Brust. Sein Gesicht verlor alle Farbe, und er schwankte auf dem Stuhl. Dann kippte er seitlich weg. Telramund reagierte zu spät und konnte ihn nicht halten. Elsa stürzte vor und neben ihrem Vater auf die Knie. Dessen Gesicht war mit kaltem Schweiß bedeckt, der Brabanter Reif ihm vom Kopf gerutscht. Sie bettete den Kopf ihres Vaters auf ihren Oberschenkeln, lockerte den Ausschnitt seines Gewandes und rief nach Wasser. Jemand reichte ihr einen Becher, und sie roch Wein.

Nur aus dem Augenwinkel nahm sie wahr, wie Telramund den Reif aufhob und in der Hand drehte. Er betrachtete die Insignie so gierig, als wollte er sie sich in die Tasche stecken, dann gab er sie an Pater Clement weiter.

Der Herzog schlug die Augen wieder auf, sie irrlichterten umher, ehe sie auf Elsas Gesicht verweilten. Er wusste nicht, wo er war und warum er auf dem Boden lag. An die Beratung und was er dort gesagt hatte, hatte er keine Erinnerung mehr. Elsa flößte ihm einige Schlucke Wein ein, was in einem Hustenanfall mündete. Es hörte sich quälend an, und sogar König Heinrich verließ seinen Thron, um nach dem Herzog zu sehen. Er ordnete an, dass Gottfried in sein Quartier zurückgebracht wurde. Elsa folgte der Trage mit ihrem Vater.

Sie wusch den kalten Schweiß von dessen Körper und half ihm in ein neues Nachthemd. Seinen Widerstand dagegen, wie ein kranker Greis behandelt zu werden, erstickte sie in Fürsorglichkeit.

»Pater Clement vertritt Eure Sache vor dem König«, erklärte sie und fühlte sich wie eine Mutter mit ihrem unartigen Sohn.

Wie schwach sich der Herzog wirklich fühlte, erkannte Elsa daran, dass er ohne viel Widerstand gehorchte. Sie flößte ihm heiße Brühe ein, sobald er im Bett lag, und ließ ein Kohlebecken dicht neben ihn rücken.

KAPITEL XXI

*L*ohengrin streckte den Kopf ins Zelt und meldete die Ankunft der Königin. Herzog Gottfried hatte mit geschlossenen Augen auf dem Bett gelegen, durch die Nase ein- und durch den Mund ausgeatmet, jetzt richtete er sich auf. Auch Elsa erhob sich von einem Schemel am Bett des Vaters.

»Keine Umstände.« Flink eilte Königin Mathilde herbei und hinderte den Herzog am Verlassen des Bettes. Sie trug ein einfaches braunes Gewand, kein Vergleich zu den prächtigen Roben, in denen Elsa sie während der Messen und beim Festmahl tags zuvor gesehen hatte.

Sie knickste vor der hohen Frau.

»Keine Umstände zu machen, gilt auch für Euch. Ich bin gekommen, weil es mir ein Bedürfnis ist, mich nach dem Befinden eines geschätzten Fürsten des Reiches zu erkundigen.«

Der Königin folgte ein Mönch, den sie als heilkundigen Benediktinerpater vorstellte. Er trug einen Beutel und ließ sich auf dem Schemel nieder, auf dem zuvor Elsa gesessen hatte. Königin Mathilde zog Elsa mit sich in eine andere Abteilung der Unterkunft.

»Lassen wir Euren Vater in Pater Arnolds Händen. Er ist dort gut aufgehoben. Im letzten Winter hat er mit seinen Gebeten und Tränken Gerberga gerettet, als ein Fieber nicht weichen wollte«, sagte

Mathilde leise. »Der Pater wird für den Herzog beten, wie auch ich ihn in meine Gebete einschließe.«

»Mein Vater wird wieder gesund. Ich weiß das«, erwiderte Elsa.

»Mit der Hilfe des Herrn und ein wenig Fürbitte von uns, davon bin ich überzeugt.«

»Die Mutter Maria …«, begann Elsa.

»Überlassen wir das Gebet einstweilen Pater Arnold«, bestimmte die Königin, die offensichtlich nichts weiter zu diesem Thema hören wollte. »Sagt mir lieber, was das für ein ungepflegter Kerl ist, der vor der Unterkunft Wache steht?«

»Ihr meint Herrn Lohengrin. Ich weiß nicht, was in ihn gefahren ist, aber auf einmal schnitt er seine Haare und den Bart nicht mehr. Einen Grund für dies seltsame Verhalten konnte niemand aus ihm herausbringen.«

»Ein Lothringer also? Das ist aber wohl nur ein Spitzname?«

»Es ist der einzige Name, unter dem wir ihn kennen.«

»Dennoch vertraut Herzog Gottfried ihm sein Leben an. Gibt es am Brabanter Hof keine anderen Kämpfer, die ihre Treue bewiesen haben?«

»Es gibt sie.«

»Dann wundere ich mich umso mehr.« Mathilde sah besorgt drein.

»Herr Lohengrin versteht es, hervorragend mit dem Schwert zu kämpfen, und hat seinen Wert mehr als einmal unter Beweis gestellt. Ich glaube sogar, kein Brabanter kann ihn besiegen – außer Graf Telramund vielleicht.«

»Was hat er getan?«

Elsa verstand die Frage nicht.

»Um seinen Wert unter Beweis zu stellen?«, präzisierte Mathilde.

»Er ist gottesfürchtig wie kein anderer Kämpfer, versäumt nie eine Messe und kennt die Liturgie besser als mancher Dorfpriester. Gleichzeitig bezeichnet er sich selbst als den geringsten unter den Brabanter Kämpfern und ist sich nie zu schade, einen Wachdienst zu übernehmen.« Elsa hatte an den Fingern abgezählt, was es über Herrn Lohengrin zu sagen gab, und senkte jetzt verlegen die Hände. Sie hatte wohl zu viel Begeisterung für einen einfachen Gefolgsmann ihres Vaters gezeigt.

»Umso erstaunter bin ich, dass sich ein so hervorragender Mann mit einer geringen Stellung zufriedengibt. Dahinter muss etwas stecken, und meist ist es nichts Gutes.«

»Er hat ein Gelübde abgelegt, seinen Namen und seine Sippe nicht preiszugeben und nicht auf die Jagd zu gehen.«

»Lasst mich raten, er hat dafür keinen Grund genannt?«

Elsa senkte den Blick, und das war der Königin Antwort genug. »Ich will nichts sagen, aber das ist ein mehr als seltsames Verhalten, das eher von einem Spion als einem Gefolgsmann zu erwarten wäre. Aber wenn er seine Treue unter Beweis stellte, will ich nichts gesagt haben. Lasst uns von etwas anderem reden. Ich habe es mir in den Kopf gesetzt, dass jede Kirche im ostfränkischen Reich, und sei sie auch noch so klein, ein gesticktes Altartuch erhalten soll und zwei metallene Leuchter. Es gibt viel zu viele Kirchen, die kaum bessere Ställe sind. Das muss aufhören.« Begeisterung leuchtete aus der Miene der Königin.

»Darin stimme ich Euch vollständig zu. Für Brabant wünsche ich mir dasselbe und habe bereits mehrere Altartücher gestiftet.«

Bis Pater Arnold mit der Nachricht zu ihnen stieß, der Herzog schlafe jetzt, besprachen sie diesen schönen Plan.

* * *

Der Hoftag dauerte noch eine Woche, in der Herzog Gottfried an den Beratungen teilnahm, aber gelegentlich fielen ihm die Augen zu, und die meiste Zeit rauschten die Worte an ihm vorbei, ohne seinen Verstand zu erreichen. Für Brabant sprach Pater Clement. Gelegentlich ergriff auch Graf Telramund das Wort, und seine Rede ließ es an Leidenschaftlichkeit nicht fehlen.

Mit diesen beiden war Brabants Zukunft gesichert, dachte der Herzog in einem wacheren Moment. Er konnte beruhigt diese Erde verlassen. Der Zeitpunkt war nicht mehr fern, mochte Elsa sagen, was sie wollte, und zur Jungfrau Maria beten, er wusste, dass er sich mit großen Schritten dem Ende seines Lebens näherte. Davor fürchtete er sich nicht, da er sein Feld auf Erden wohlbestellt zurückließ. Es musste nur noch Elsa Graf Telramund heiraten, dann wäre wirklich alles gut. Er fühlte sich müde, er war immer so verflucht müde, als wate er durch zähen Schlick.

Der König und die Edlen stritten über die Panzerreiter wie schon seit Tagen, eigentlich den ganzen Hoftag über, und er schaffte es einfach nicht, sich darauf zu konzentrieren. Er hatte verstanden, dass diese Panzerreiter eine ungewöhnliche und neuartige Verteidigung waren. Vielleicht halfen sie gegen die Ungarn, obwohl er davon nicht überzeugt war. Ob ihre Panzerung ungarischen Pfeilen standhielt, den Beweis waren sie bisher schuldig geblieben.

Mühsam riss Herzog Gottfried die Augen auf und mühte sich, die Männer in seiner Nähe zu erkennen, aber er sah nur helle Flecken mit dunklen Schlieren, wo ihre Gesichter sein sollten. Merkwürdigerweise stellte sich Graf Telramund hinter die Idee dieser Panzerreiter, während Pater Clement dabei dachte wie der Herzog.

Er konnte nicht länger zuhören, nicht länger denken. Eigentlich wollte er nur kurz die Augen schließen, stattdessen schlug er mit dem

Kopf auf die Tischplatte. Er wurde ins Bett gebracht wie ein Kleinkind und hatte nicht einmal mehr die Kraft, sich darüber zu ärgern. Sobald er geruht hatte, raffte er sich auf, um seine Pflicht zu erfüllen. Er saß wieder am Tisch und ließ die Gespräche an sich vorbeirauschen. Auf die Jagd ritt er nicht, an den Festmählern nahm er nicht teil, sondern aß in seinem Quartier und lag dabei meistens im Bett.

Graf Telramund stürmte herein, als eroberte er eine feindliche Burg. Ihm folgte eine Magd. Sie wankte unter der Last eines mit Speisen und Getränken beladenen Tabletts.

»Alter Freund.« Telramund verneigte sich kurz, ehe er sich einen Stuhl heranzog. »Müssen wir uns alle Sorgen um Euch machen?«

»Ich bin ein alter Mann.«

»Das ist kein Grund. Die Welt ist voll von alten Männern.«

Die Magd hatte das Tablett auf einem Tisch abgestellt und war wieder hinausgehuscht. Sie stand neben dem Eingang und lauschte, ihr Schatten war durch die Zeltwand zu erkennen.

»Ich werde nach Euch Herzog in Brabant sein. Der Zeitpunkt wird eher da sein, als Ihr denkt. Die weibliche Erbfolge wird Euch nichts nützen.« Telramund hatte sich vorgebeugt und raunte ihm ins Ohr.

Mit seinem umnebelten Verstand war Herzog Gottfried sich nicht sicher, ob er richtig gehört hatte. Der Graf sprach doch keine Drohung gegen ihn aus? Jetzt lächelte er auch schon wieder und hielt ihm einen Teller, hochbeladen mit Fleischstücken, hin.

»Ihr müsst essen, damit Ihr wieder zu Kräften kommt. Junges, zartes Hirschfleisch. Ich habe das Tier selbst erlegt. Kein so mächtiger Gegner wie die mit den stattlichen Geweihen. Dafür nicht zäh.«

Herzog Gottfried verspürte keinen Hunger, aber er wollte seinen Besucher nicht vor den Kopf stoßen, also kostete er das Fleisch. Es war zart und scharf gewürzt. Dazu gehörten eine sahnige Soße und frisches Brot, das noch warm war. Der Hunger kam beim Essen, und bald griff er wacker zu, spülte alles mit einem starken Bier herunter, das der Graf ebenfalls mitgebracht hatte.

Gottfried rülpste, nachdem er den halben Pokal in einem Zug geleert hatte. Dann fiel ihm auf: »Ihr esst gar nichts.«

»Ich freue mich an Eurem Appetit, aber natürlich schmeckt es in Gesellschaft noch besser.« Telramund holte sich einen zweiten gut gefüllten Teller und stopfte sich einen riesigen Bissen in den Mund. Kauend sprach er weiter: »Für einen Mann ist es nichts, immer nur in Gesellschaft der eigenen Tochter zu essen.«

Viele vergangene Mahlzeiten hatte Gottfried gemeinsam mit Elsa eingenommen und sich nie fehlgefühlt. Vielmehr war er der Meinung, es könnte einer jungen Dame nicht gefallen, immer mit ihrem alten Vater zu speisen, statt in anregender Gesellschaft. Elsa war darüber regelrecht empört gewesen. Kurz streifte ihn noch der Gedanke, sie herbeiholen zu lassen, damit sie mit ihnen aß und einen Graf Telramund erlebte, der freundlich und umsichtig war. Einen Mann, in den sich eine Frau leicht verlieben konnte.

Sein Magen stülpte sich auf einmal von innen nach außen, und es gelang ihm nur mit Mühe, den Inhalt nicht über den erst halb geleerten Teller und die Bettdecke zu spucken. Die Schleier über seinen Geist zogen sich zusammen, das Atmen wurde mühsam. Dann war der Teller mit dem Fleisch verschwunden und auch Graf Telramund.

KAPITEL XXII

Die Frau reichte Elsa nur bis zur Brust. Das lag nicht allein daran, dass sie vornübergebeugt ging und sich auf einen Stock stützte. Auch aufrecht wäre sie nicht groß. Sie war die älteste Person, der Elsa je begegnet war. Stundenlang hatte sie herumfragen müssen, bis sie die Alte in einer baufälligen Hütte gefunden hatte.

Sie hatte die Frau geholt wegen des Zustands ihres Vaters. Der Herzog hatte sich erbrochen, seine Augäpfel rollten blicklos hin und her, und seine Haut sah ganz grau aus. Elsa hatte Angst um ihn bekommen und sich auf Pater Arnold mit seinen Gebeten nicht länger verlassen wollen.

»Ist das der Kranke?«, fragte die Alte. Ihren Namen hatte sie nicht nennen wollen, und ihre Stimme klang wie Steine, wenn sie über ein Kettenhemd kullerten. Sie machte keine Umstände, drückte Elsa ihren Stock in die Hand, trat an das Bett des Herzogs heran und legte eine Hand auf seine. »Kalter Schweiß«, stellte sie fest.

»Es geht ihm seit Tagen schlecht, aber so schlimm wie in dieser Nacht war es noch nie.« Elsa sprach leise, um ihren Vater nicht zu wecken. Sie war froh, dass er eingeschlafen war.

»Hat er erbrochen?«

Sie nickte.

»Ich brauche etwas davon.«

»Es wurde weggewischt und das Bettzeug gewechselt.«

Die Alte murmelte etwas, das nicht zu verstehen war. Es klang vorwurfsvoll.

»Ich lasse meinen Vater nicht im Unrat liegen.« Elsa hatte lauter gesprochen als beabsichtigt, nun hielt sie erschrocken inne.

»Ist nicht mehr zu ändern.« Die Alte beugte sich vor, ihre Kleidung raschelte, und eine Wolke Gestank nach ungewaschenem Leib, Staub und Rauch stieg auf. Sie brachte ihre Nase dicht an den herzoglichen Mund und schnüffelte.

Als sie sich wieder aufrichtete, drückte sie sich eine Hand ins Kreuz, die andere streckte sie gebieterisch aus. Elsa legte den Stock hinein. In einem Nachttopf unter dem Bett fand sich Urin. Es war nicht viel, und er war von seltsam zähflüssiger, farbloser Konsistenz. Die Alte schnüffelte eine Weile daran, tauchte schließlich einen Finger hinein und leckte ihn ab. Innerlich schüttelte sich Elsa.

Den Blick ins Nirgendwo gerichtet überlegte die Frau. Dabei schmatzte sie leise. »Gift«, sagte sie endlich.

»Was?«

»Gift. Euer Vater hat etwas zu sich genommen, das ihm nicht bekommen ist. Mehrmals, schätze ich, sonst würde es ihm nicht immer schlechter gehen.«

»Er hat …« Elsas Gedanken überschlugen sich, aber sie war sich sicher, dass der Herzog nichts zu sich genommen hatte, von dem nicht auch sie gegessen hatte. Einmal waren die Frauen für sich geblieben, sonst hatte sie bei den Festmählern neben ihm gesessen, sich einen Teller mit ihm geteilt, später hatte sie ihm hier Gesellschaft geleistet.

»Nicht erst seit der letzten Mahlzeit. Das Gift ist länger in ihm. Ist noch jemand krank geworden?«

144

»Margot ist gegen eine Tür gestolpert und hat sich das Gesicht verletzt.«

»Ich fragte nach Krankheiten des Leibes, nicht nach Verletzungen durch Dummheit.« Die Alte schnalzte vorwurfsvoll.

Eine Magd hatte am Morgen über Leibschmerzen geklagt, aber Elsa war davon ausgegangen, sie übertrieb, um sich vor der Arbeit zu drücken.

Sie erklärte der Kräuterfrau, von den Brabantern wäre niemand krank geworden. »Bist du dir sicher mit der Vergiftung? Mein Vater hat nichts anderes gegessen als wir anderen auch. Er fühlt sich seit Tagen schlecht. Ich hielt es für ein nahendes Fieber, aber es ist dann keines gekommen.«

»Ich rieche, was ich rieche, und schmecke es in seiner Pisse.«

»Bei der heiligen Mutter Maria, wer soll denn meinen Vater vergiften wollen? Er ist überall wohlgelitten.«

»Es muss kein Gift sein, das ihm jemand verabreicht hat, er kann es durch Zufall genommen haben, oder alle haben davon gegessen, und es wirkt bei niemandem außer Eurem Vater, weil sein Leib alt und nicht mehr sehr kräftig ist. Das wisst Ihr selbst. Ein Aufguss aus Kräutern und … noch einigem mehr reinigt das Leibesinnere. Der edle Herzog sollte nur essen, wenn Ihr die Zubereitung der Speisen überwacht habt.« Die Alte ließ einen Lederbeutel mit zu Pulver zermahlenem Inhalt da, nahm wortlos die von Elsa als Lohn versprochene kupferne Gewandspange entgegen und verschwand in der Nacht.

Elsa ließ ihren Vater den bitter schmeckenden Aufguss trinken und kümmerte sich nicht um seinen Protest, dass er davon noch kränker würde. Sie ordnete an, dass alle Brabanter nur noch essen sollten, was sie selbst zubereitet hatten. Für ihren Vater kochte sie gemeinsam mit Simona. Margot verbrachte weiter viel Zeit im Bett und schlich ansonsten durch das Lager wie eine verlorene Seele, obwohl ihr von dem Unfall nur noch eine Rötung zwischen Nase und Oberlippe geblieben war. Einen Grund nannte Elsa für die im Namen des Herzogs ausgesprochene Anweisung nicht, aber natürlich entstand Unruhe unter den Brabantern. Jeder wusste um die Krankheit des Herzogs, und die Männer waren nicht dumm. Sie zählten die Dinge zusammen und sprachen hinter vorgehaltener Hand von Vergiftung.

Sie teilte Lohengrin nicht mehr zum Wachdienst bei ihrem Vater ein, sondern ließ ihn nur noch die Pferde und die Wagen bewachen, was eigentlich eine Aufgabe für Knechte war. Er beschwerte sich nicht, und das hatte sie auch nicht erwartet. Nach dem, was die Königin gesagt hatte, war ihr ein furchtbarer Verdacht gekommen. Sie wusste ja wirklich nichts über den angeblichen Lothringer, und konnte es nicht auch sein, dass seine Treue eigentlich einem anderen Herrn gehörte? Was wäre, wenn er das Gift …? Nur Gott konnte in die Herzen der Menschen schauen. Sie schämte sich für diesen Gedanken nach all der Freundlichkeit, die Herr Lohengrin ihr erwiesen hatte, aber nachdem er sich einmal festgesetzt hatte, wurde sie ihn nicht wieder los.

Bevor die Unruhe größer wurde und das Gerede von Gift gar König Heinrich erreichte, endete der Hoftag mit einem feierlichen Hochamt. Die ersten Reichsedlen brachen unmittelbar danach auf. So hatte es Elsa auch für die Brabanter geplant und für den Herzog einen Wagen anspannen lassen. Seine Schwäche war seit dem Besuch der Kräuterfrau nicht schlimmer geworden, es war aber auch in den letzten beiden Tagen keine wirkliche Besserung eingetreten.

Trotzdem hatte Herzog Gottfried es sich nicht nehmen lassen, zur letzten Messe in der Basilika zu erscheinen. Danach hatte er so grau und eingefallen ausgesehen, dass Elsa die Abreise um einen Tag verschob. Die Zelte wurden wieder aufgestellt, und ihr Vater schlief alsbald in seinem Bett ein. Elsa verließ das Lager der Brabanter, sie wollte bei der Kräuterfrau um mehr Medizin bitten und sich die Füße vertreten. Ihren Vater wusste sie von Lothar und Sigibert gut bewacht. Schwere Gedanken drückten ihr Gemüt nieder, und sie fühlte sich noch längst nicht bereit, Herzogin zu werden. Warum hatte sie die Mutter Maria fühlen lassen, ihr Vater würde wieder gesund werden, während die Kräuterfrau eine Vergiftung gefunden hatte?

Dort, wo sie die Hütte der Kräuterfrau vermutete, waren etliche Leute zusammengelaufen. Sie sprachen aufgeregt miteinander und deuteten auf etwas, das am Boden lag. Elsa drängte sich durch die Menge, und als sie erkannte, worauf die Menschen zeigten, entfuhr ihr ein Keuchen.

Auf dem Boden lag mit verrenkten Gliedern die Kräuterfrau. Sie wirkte alt, winzig, und in ihr war kein Funken Leben mehr. Dafür eine große klaffende Wunde am Hinterkopf. Blut auf dem Boden umgab ihren Kopf wie ein bizarrer Strahlenkranz.

»Ist sie gestürzt?«, fragte Elsa an niemand Bestimmten gerichtet.

Es gab ihr auch niemand eine Antwort. Die Menschen waren zurückgewichen, nach und nach schlurften die ersten davon. Elsa begriff, dass ein Sturz nicht für den Tod der Alten verantwortlich sein konnte, denn auf der Erde entdeckte sie nichts, woran sich die Alte derart den Kopf hätte anschlagen können, um an der Verletzung zu sterben. Keine Steine, keine Äste, der Boden war lehmig und von vielen Tritten aufgewühlt. Über ihnen spannte sich der Himmel, keine Mauer, nicht einmal ein Baum, von dem die Frau hätte stürzen können. Elsa legte ihr eine Hand an den Hals, die Haut fühlte sich schon kalt an und rau wie schlechtes Pergament.

Sie schloss die blicklosen Augen und faltete ihre Hände auf der Brust. Sie musste einem Priester Bescheid geben, dass er sich um die Beerdigung kümmerte. Sie würde dafür zahlen und auch eine Messe lesen und Gebete sprechen lassen. Dann fand sie einen blutigen Stein mehrere Manneslängen entfernt unter einem Busch. Das Blut war an den Rändern getrocknet und in der Mitte noch frisch. Die Kräuterfrau war nicht gestürzt, sie war erschlagen worden – das stand für Elsa fest.

Weil sie eine Vergiftung erkannt hatte? Eine eisige Faust griff nach ihrem Herz und drückte es zusammen. Ihr Vater hatte einen Feind auf dem Hoftag, der nicht davor zurückschreckte, eine arme alte Frau zu erschlagen. Auf einmal war Herr Lohengrin an ihrer Seite, er berührte sie am Arm, aber sie zuckte zurück und sprang aus seiner Reichweite.

»Habt Ihr nicht Wachdienst beim Gepäck?«

»Ich wurde eben abgelöst und war auf dem Weg in mein Quartier.« Er verneigte sich mit einem traurigen Blick.

»Dann geht dorthin, aber schickt mir zuvor einen Priester. Ich warte hier auf den Mann.«

»Soll ich mich nicht lieber darum kümmern? Das ist doch keine Aufgabe für Euch.«

»Könnt Ihr nicht einmal tun, was ich Euch aufgetragen habe, ohne Widerworte zu geben?« Sie wusste, dass sie ungerecht war. Er hatte ihr bisher nie widersprochen.

»Wie Ihr befehlt.« Lohengrin verneigte sich erneut, ehe er davonging.

KAPITEL XXIII

*A*uf der Rückreise nach Brabant erholte sich der Herzog zusehends, und Elsa atmete auf. Er fuhr gemeinsam mit Pater Clement im Wagen. Manchmal stieß Graf Telramund zu ihnen. Sie steckten die Köpfe zusammen und flüsterten. Elsa ritt mit ihren Damen direkt hinter dem Wagen. Die Herren Lothar und Sigibert sowie drei weitere treue, altgediente Gefolgsleute hatte sie in ihre Nähe befohlen. Lohengrin, der sich ja regelmäßig als geringster unter des Herzogs Männern bezeichnete, bewachte den Tross am Ende der Kolonne.

Wortlos hatte er den Befehl entgegengenommen, aber sein trauriger Blick hatte sich in Elsas Seele gebrannt. Die Zweifel, ob sie richtig entschieden hatte, und die über seine Treue fochten in ihren Gedanken einen aussichtslosen Kampf. Eigentlich hatte er nie einen Anlass gegeben, an seiner Treue zu zweifeln, im Gegenteil, aber die Worte der Königin hallten nach – allzu laut. Sie wollte ihn in ihrer und der Nähe ihres Vaters nicht mehr dulden. In einsamen nächtlichen Stunden hatte sie sogar darüber nachgedacht, ihre Bedenken über Bord zu werfen und Graf Telramund zu heiraten. Für Brabant und ihrem Vater zur Freude. Sie wollte eine Entscheidung fällen bis zum Frühjahr, bis dahin würde sie sich Zeit geben. Zum Glück ging es dem Herzog wieder besser, und sie war noch einmal davongekommen.

An einem frostkalten Tag im November erreichten sie als ersten Ort auf Brabanter Boden Bergen im gleichnamigen Gau. Reif glitzerte auf Zweigen und Gräsern und raschelte unter den Hufen der Pferde. Es lag ein Zauber auf der Landschaft, der alle Gespräche in der Kolonne verstummen ließ. Für die letzten Wegstunden hatte Herzog Gottfried den Wagen verlassen und ritt auf einem prächtig geschmückten Fuchshengst in die Stadt ein. Er wirkte wieder stark und unverwüstlich.

Margot flog ihrem Vater in die Arme. Ihre Sippe stammte aus dem Bergengau, und Freiherr Willibold war in die Stadt gekommen, um seine Tochter zu sehen und die Nähe des Herzogs zu suchen. Ihr Antlitz war wieder makellos wie eh und je, ihre gute Laune wieder hergestellt, als hätte sie nie diesen rätselhaften Unfall erlitten.

* * *

Graf Telramund und Freiherr Willibold ritten Seite an Seite. An den Sätteln hingen in Köchern steckende Jagdspieße. Einen davon hatte Willibold in einer Ricke versenkt. Das erlegte Tier lag hinter seinem Sattel quer über dem Pferderücken. Blut hatte das Fell des braunen Hengstes benetzt und tropfte auf den Boden. Telramund hatte mit seinem Spieß absichtlich vorbeigezielt, um dem Freiherrn den Jagderfolg zu gönnen. Dessen Gewogenheit war ihm wichtiger als zartes Rehfleisch auf seiner Tafel.

Etliche Pferdelängen hinter ihnen ritten drei Knechte. Einer trug Telramunds Falkenweibchen auf der behandschuhten Faust. Gelegentlich waren Lachen und Scherzworte von ihnen zu hören.

»Eure Tochter ist eine schöne Frau. Es wundert mich, dass sie noch nicht verheiratet ist. Bei Hofe müssten die Bewerber um ihre Gunst an beiden Händen nicht abzuzählen sein«, begann Telramund. Er sprach so leise, dass die Knechte ihn auf keinen Fall hören konnten.

»Sie ist sehr anspruchsvoll«, antwortete Willibold. An ihn hatte der Herr im Himmel keine Schönheit verschwendet. Die Nase glich einer knubbeligen Möhre, im Mund fehlten die meisten Zähne, und eine rote Narbe quer über die linke Wange setzte seiner Hässlichkeit die Krone auf. Er roch durchdringend nach Schweiß und Bier und Blut. »An einem missfällt ihr das und am nächsten etwas anderes, und sie schafft es jedes Mal, dass ich ihrer Laune nachgebe. Versteh einer die Weiber.«

»Aber Ihr wart froh, als Herzog Gottfried sie als Gefährtin für seine Tochter an den Hof holte?«

»Mehr als das«, gab Willibold sofort zu. »Das war das größte Glück, das ihr passieren konnte, auch wenn mein Weib tagelang geheult hat. Margot hat noch drei jüngere Schwestern, und unser Land wirft nicht viel ab. Deshalb dachte ich, die Herzogin und später ihre Tochter würden meiner Margot einen guten Ehemann finden, wenn die Zeit dafür reif wird.«

»Taten sie aber nicht.«

»Zunächst war Margot noch ein Kind.«

»Das ist sie nun nicht mehr. Und Frau Elsa auch nicht.«

»Stimmt. Leider kann ich Margot kaum eine Mitgift mitgeben.« Der Freiherr zuckte mit den Schultern. »Und bei ihrem Eigensinn ...«

»Auch dabei wäre es Frau Elsa ein Leichtes, Euch unter die Arme zu greifen.«

Willibold dachte mit gerunzelter Stirn nach. Bei jedem Atemzug schmatzte er durch seine Zahnlücken.

»Es ist die Pflicht der herzoglichen Familie, solche Dinge bei ihren Gefolgsleuten zu sehen und sich darum zu kümmern. Wo soll es sonst hinkommen mit Brabant?«

»Da habt Ihr recht.« Diesmal zögerte Willibold nicht.

Innerlich frohlockte Telramund. Er hatte den Freiherrn am Haken.

»Frauen verstehen diese Dinge oft nicht. Ehre und Treue bedeuten ihnen weniger als uns.«

»Das Weib ist schwach, sagen die Priester.« Willibold grinste. »Bei den Falken ist das anders. Da sind die Weibchen die Großen und Starken und die Männchen kleiner. Ihr habt da einen sehr schönen Vogel. Dazu muss ich Euch beglückwünschen.«

An diesem Tag hatte Telramund sein Falkenweibchen einmal aufsteigen lassen, und es hatte ein Kaninchen geschlagen, das nun am Sattel eines der beiden Knechte hing.

»Die Jagd mit Falken ist die edelste Form des Waidhandwerks.« Willibold schaute sich kurz zu dem Falken um. Sein Gesichtsausdruck war neidisch. »Für unsereins ist das nichts. Wir müssen froh sein, wenn wir uns die Pferde und Spieße leisten können, um auf die Jagd zu reiten. Ein Falke ist nicht drin.«

»Nehmt meinen«, rutschte es Telramund heraus.

»Das geht doch nicht. So was kann ich nicht annehmen.«

»Natürlich könnt Ihr das. Ich schenke Euch diesen Falken. Den Knecht dazu auch. Er weiß, wie der Vogel zu behandeln ist. Ihr könnt Euch auf ihn verlassen. Ich will nichts mehr davon hören, dass Ihr das nicht annehmen könnt.«

»Dann danke ich.« Willibold strahlte über das ganze Gesicht. Die Narbe wirkte dadurch breiter. »Ihr habt was gut bei mir, Herr Telramund.«

»Eure Treue?«

»Die gehört Euch. Bedingungslos. Brabant braucht eine starke Hand.« Willibold presste die Faust auf seine Brust. »Wie kann ich Euch unterstützen?«

»Haltet Euch mit Euren Männern bereit. Ich lasse Euch benachrichtigen, wenn sie gebraucht werden.«

Das Erscheinen eines Rudels Rehe unterbrach ihr Gespräch. Diesmal steckte Telramund nicht mehr zurück, und bald hing ein junger Bock am Sattel eines Knechts. Sein Blutdurst war indes noch nicht gestillt. Es war nicht das erste Gespräch dieser Art gewesen, das er geführt hatte, aber niemandem war es bisher gelungen, ihm einen Falken abzufordern. Diesen Stachel in seinem Fleische bezahlten zwei weitere Rehe mit dem Leben.

KAPITEL XXIV

*A*m Ufer des Flusses Senne warf Elsa Fleischbrocken, die ihr Falke Severus als Beute schlug. Mit einer Schleuder vergrößerte sie die Entfernung immer weiter. Severus stürzte sich zuverlässig auf die Stücke und brachte sie zu Elsa zurück. Sie entwand das Fleisch dann seinen Fängen und ließ ihm ein Stück davon als Belohnung zukommen. Gierig schlang er die Brocken hinunter. Seine Miene blieb unbewegt, aber daran, wie er die Federn aufplusterte und von einem Fuß auf den anderen trat, erkannte sie, dass er Vergnügen an seinem Training fand.

Er war zum Jahreswechsel in Bergen von Graf Telramunds Falkenweibchen an der Brust verletzt worden. Wochenlang hatte er in einem kleinen Käfig ausharren müssen, bis die Wunde verheilt war. Kurz nach dieser Attacke war das Weibchen aus den Falkenvolieren verschwunden und mit ihr der sie umsorgende Knecht. Der Graf hatte sich zum Verbleib beider nicht äußern wollen und kurz darauf Bergen verlassen.

Sein Pferd am Zügel führend näherte sich Herr Lohengrin. In ein paar Schritten Entfernung blieb er stehen und wartete auf die Erlaubnis, mit ihr zu sprechen. Elsa ließ Severus zunächst zu sich zurückkommen und belohnte ihn wie gewohnt. Danach setzte sie den

Falken auf dem Boden ab und hakte eine dünne Kette in sein Fuß-
geschirr ein. Das andere Ende war an einer im Boden verankerten
Öse befestigt. Flügelschlagend hüpfte Severus herum, auf dem Boden
zu sitzen gefiel ihm nicht. Elsa trat zu dem geringsten der Brabanter
Ritter.

»Herr Lohengrin?«

Er verneigte sich tief. »Frau Elsa, ich bin froh, dass wir uns noch
einmal begegnen.«

Sie bemerkte, dass Herr Lohengrin hinter dem Sattel seines Pferdes eine zusammengerollte Decke festgeschnallt hatte. Sein wappen-
loser Schild hing auch daran. Außerdem zwei prall gefüllte Taschen.
In Elsa lärmten sämtliche Kirchenglocken, als wäre ein Feuer ausgebrochen.

»Das sieht nach einem längeren Ritt aus.« Sie bemühte sich, ihrer
Stimme einen leichten Klang zu geben. »Schickt mein Vater Euch zu
einer Mission aus?«

»Es ist unser aller Herr, der meine Missionen auswählt.«

»Was hat er für Euch gewählt?«

»Das weiß ich noch nicht.«

»Ihr verlasst uns.« Es war eine Feststellung, keine Frage. »Und
kehrt nicht mehr zurück?«

»Ich muss dorthin gehen, wo ich gebraucht werde.«

»Ihr werdet hier gebraucht.« Elsa hörte, wie ihre Stimme vor Aufregung in die Höhe schnellte. Sie holte tief Luft.

»Nein.« Lohengrin schüttelte den Kopf. »Meine Aufgabe liegt
jetzt anderswo.«

»Ihr habt mein Leben gerettet. Ohne Euch wäre ich damals im
Fluss ertrunken, und dafür habe ich Euch nicht einmal richtig ge-
dankt.«

»Ihr habt Eure Gedanken mit mir geteilt, das war mir mehr als genug Dank.«

»Was kann ich sagen oder tun, dass Ihr in Brabant bleibt?« Elsa ahnte, dass ihr abweisendes Verhalten seit dem Hoftag mit dazu beigetragen hatte, dass Herr Lohengrin sich zum Abschied entschloss. Sie war längst zu dem Schluss gekommen, dass Königin Mathildes Misstrauen nicht gerechtfertigt gewesen war. Herr Lohengrin mochte Geheimnisse haben, aber er war gewiss kein Verräter. Nur hatte sich bisher keine Gelegenheit ergeben, ihm wieder freundlicher zu begegnen, und nun dies …

»Meine Zeit in Brabant ist abgelaufen, edle Frau Elsa.« Es klang endgültig.

»Wollt Ihr nicht wenigstens das Frühjahr abwarten, bis das Wetter freundlicher wird?« Es war gerade einmal Ende Januar des Jahres 926. Auch wenn kein Schnee lag, war es doch empfindlich kalt und jeden Morgen alles mit Reif bedeckt.

Der Geringste unter den Brabanter Gefolgsleuten schüttelte erneut den Kopf. »Ich darf nicht zögern. Mit Eurem Vater habe ich bereits gesprochen, aber ich wollte nicht gehen, ohne mich von Euch zu verabschieden. Das käme mir wie ein heimliches Davonstehlen vor.«

»Ihr geht, weil ich Euch in der letzten Zeit gemieden habe«, platzte Elsa nun doch heraus. »Das tut mir leid. Es waren nur dumme und eitle Gedanken.«

Lohengrin wirkte unangenehm berührt. »Ich würde Euch nie dergleichen bezichtigen. In meinem Herzen werde ich unsere Gespräche behalten und mich an Euch immer als an eine gottesfürchtige und freundliche Frau erinnern. Mehr verlangt ein Mann wie ich nicht.«

Er verneigte sich noch einmal vor ihr und entfernte sich rückwärtsgehend einige Schritte, ehe er aufsaß und davontrabte. Elsa blickte ihm nach und fühlte sich, als entstehe ein schwarzes Loch in ihrer Seele.

KAPITEL XXV

Dann wurde Herzog Gottfried krank.

Elsa saß am Bett ihres Vaters, Rhuna stand hinter ihr. Sie tauchte einen Lappen in eine Schüssel mit kaltem Wasser, wrang ihn aus und tupfte dem Herzog die schweißnasse Stirn ab. Mit weit aufgerissenen Augen starrte er an die Decke, sein Atem ging flach und rasselnd. Kurz zuvor hatte ihn ein Hustenanfall gequält, der kein Ende nehmen wollte, und Elsa fürchtete, es würde sofort wieder losgehen.

Diesmal gab es keine Hoffnung mehr, Zweifel waren ausgeschlossen. Sie hatte es gespürt, als sie ihm aus seinen Gewändern und in ein Nachthemd half. Das war vor fünf Tagen gewesen, und seitdem hatte er das Bett nicht mehr verlassen. Sie hatte es bei jeder Berührung gespürt: Ihr Vater würde nicht wieder gesund werden. Die Slawin bestätigte ihre Gefühle und ergänzte, dass nicht einmal mehr die Mutter Maria zu helfen imstande wäre.

»Elsa.« Nur ein Hauch, kaum zu verstehen, trotzdem keuchte der Herzog wie nach einer großen Anstrengung.

»Ihr dürft nicht sprechen, Vater. Es strengt Euch zu sehr an. Ich lasse einen Aufguss aus Kamille bringen, den müsst Ihr heiß trinken.«

»Elsa, lass doch …«

Sie legte einen Finger an die Lippen. »Ihr wollt doch wieder gesund werden.« Die Worte kamen nicht leicht heraus, aber die Hoffnung mochte sie ihm auch nicht nehmen.

»Die Entscheidung liegt bei jemand anderem.«

Der nächste Hustenanfall schüttelte den Herzog. Tief aus seiner Kehle heraus bellte er und hörte sich an wie ein heiserer Hund kurz vor dem Sprung gegen einen Feind.

»Es – geht – zu – Ende«, stieß er mit langen Hustenpausen zwischen den Worten hervor.

»Nein, Vater.«

»Du – weißt – es. Kein – Tee – wird – mir – helfen.« Er atmete tief ein, sammelte Kraft. »Auch nicht das Zauberwissen deiner Slawin. Sie tut etwas, und ich spüre, wie Gott und die Jungfrau Maria um meine Seele ringen.« Er flüsterte jetzt nur noch, und Elsa beugte sich tiefer zu ihm: »Sieh dich vor, Kind, dass sie dich mit ihrem Heidenglauben nicht verdirbt.«

»Wir tun nichts anderes, als gemeinsam für Eure Genesung zur Mutter Maria zu beten. Es ist die Krankheit, die Eure Sinne trübt«, erwiderte Elsa fest.

Etwas anderes hatten sie und Rhuna wirklich nicht getan, weil die Slawin erklärt hatte, keine Heilerin zu sein, und einem fremden Gott nicht ins Handwerk pfuschen wollte. Elsa hatte es erst nicht hinnehmen wollen, denn ihr hatte Rhuna mit ihren Ritualen geholfen, damit ihre Gabe sie nicht mehr unvermittelt überfiel und ihr Qualen bereitete. Sie spürte oft nur noch ein Ziehen, weil sie von Rhuna gelernt hatte, sich abzuschirmen.

Der Herzog lag mit geschlossenen Augen da. Elsa glaubte schon, er sei eingeschlafen, als er nach Pater Clement verlangte und erneut bekräftigte, dass er das Heidenweib nicht mehr sehen wolle.

Gehorsam und unter Tränen erhob sich Elsa, um den Priester zu holen. Rhuna verschwand so still, wie sie stets kam und ging.

Elsa wartete vor der herzoglichen Kammer, Tränen liefen ihr über das Gesicht. Simona kam zu ihr und nahm sie in den Arm. Still weinte Elsa an der Schulter ihrer Freundin.

»Du darfst die Hoffnung nicht aufgeben. Der Herr kann immer noch ein Wunder wirken«, sagte Simona leise.

»Das wird er nicht«, sprach Elsa in den grünen Stoff hinein, in den Simona an diesem Tag gewandet war. »Jeden Tag spüre ich, dass es keine Rettung mehr gibt. Ich brauche ihn nur zu berühren, und es brennt in meiner Hand, als hätte ich in Nesseln gegriffen. Ich bringe es kaum noch über mich, ihm über den Handrücken zu streichen.«

»Du hast Angst, das ist verständlich.«

»Daran liegt es nicht.« Elsa hob ihr tränenverschmiertes Gesicht. Sie zog die Nase hoch. »Im Körper meines Vaters lauert der Tod. Ich spüre es, wie ich mir bei Kuniberta sicher war, dass sie ihr Kind verlieren wird, und wie ich auch auf den Hoftag gewusst habe, dass mein Vater wieder gesund werden wird. Es ist eine Gabe der Mutter Maria. Rhuna spürt es auch.«

»Elsa.« Simona reichte ihr ein Tuch, mit dem die Weinende sich über das Gesicht fuhr.

»Seit ich ein Kind bin, spüre ich das Leben und öfter noch den Tod, aber heilen kann ich nicht.« Elsa betrachtete ihre Hände, als wären die von Schimmel überzogenes Fleisch.

Pater Clement kam aus der herzoglichen Kammer und blieb bei ihnen stehen. Er ergriff Elsas Hände. »Der Herzog hat sein Gewissen erleichtert und ist mit sich und Gott im Reinen. Ihr dürft nicht verzagen. Sucht Trost im Gebet.«

»Gebete helfen nicht mehr«, schniefte sie.

»Gebete an die Heiligen sind die Mittler zwischen uns und dem Herrn.« Er drückte noch einmal ihre Hände, bevor er sie losließ. »Euer Vater hat mir die Anweisung gegeben, seine Getreuen zusammenzurufen. Er blickt seinem Ende gefasst entgegen und will alles wohlgeordnet zurücklassen. Elsa, es tut mir leid für Euch.«

Sie straffte sich. Ihr Vater würde von ihr erwarten, dass sie sich zusammenriss und tat, was getan werden musste. Gerade jetzt wollte sie ihn nicht enttäuschen. In Gedanken ging sie die Namen derjenigen durch, denen ein Bote geschickt werden musste. Die besten Reiter auf den schnellsten Pferden. Sie würde auch König Heinrich eine Nachricht zukommen lassen.

KAPITEL XXVI

Nur zwei Tage nachdem Elsa die Boten ausgeschickt hatte, versammelten sich Brabants Edle am Bett des Herzogs. Etliche hatten nach ihrer Ankunft noch nicht einmal Zeit gefunden, den Staub des Rittes abzuschütteln und Haar und Bart zu kämmen. Als Letzter drängte sich der Freiherr Willibold in das herzogliche Schlafgemach.

Elsa stand in eine Ecke gedrückt da. Seit sie die Nachrichten ausgesandt hatte, hatte sie keine Tränen mehr vergossen. Sie tat, was getan werden musste, begrub alle Gefühle tief in ihrer Brust. Bevor die Gefolgsleute hereingekommen waren, hatte sie ihrem Vater geholfen, sich im Bett aufzusetzen, und sie hatte ihm einige Kissen in den Rücken gestopft. Mehr als ein Dutzend Edelleute waren um das herzogliche Bett versammelt, alle schauten betreten drein, viele hatten die Hände gefaltet. Niemand sagte etwas. Trotzdem war der Raum mit Geräuschen wie Füßescharren, Kleiderrascheln, Räuspern, Schnaufen und Hüsteln erfüllt. Es klang wie ein disharmonisches Musikstück, und Elsa wünschte sich das Ende herbei.

Endlich räusperte sich ihr Vater und hustete einen Schleimbrocken in ein Tuch. In den letzten Tagen war der Schleim immer mit Blut durchsetzt gewesen.

»Schwört mir«, begann Gottfried, »dass eure Treue immer Brabant gehören wird.«

Die Edelleute nickten.

»Schwört es bei unserem Herrn und allen Heiligen. Eure Treue gehört Brabant, egal ob es nun von einem Herzog oder einer Herzogin regiert wird oder eine Mutter die Regentschaft für einen Sohn oder eine Tochter führt. Wendet mit all eurer Kraft Schaden von Brabant und seinen Menschen ab, verteidigt es gegen Feinde, kommen sie von außen oder innen. Steht den Armen, Witwen und Waisen bei, lasst euch von der Gerechtigkeit unseres Herrn und der Nächstenliebe leiten. Nicht von Leidenschaften und dunklen Mächten. Strebt danach mit ganzer Kraft und haltet auch eure Kinder und Kindeskinder dazu an, auf dass das Herzogtum jetzt und in alle Zukunft wachse und gedeihe.« Herzog Gottfried hielt erschöpft inne und sackte in den Kissen zusammen.

Das während seiner Rede verstummte Scharren, Rascheln und Husten setzte wieder ein. Die Edelleute schauten sich um, einige unbehaglich, als wären sie nicht bereit, einen derart umfassenden Eid auf Brabant zu schwören. Ihr Vater musste das gewusst haben.

»Schwört einzeln. Graf Telramund mag beginnen«, krächzte ihr Vater und hustete wieder in sein Tuch.

Der Graf fiel neben dem Bett auf die Knie, er presste die Rechte gegen die Brust und hielt den Blick fest auf den Kranken gerichtet. »Ich schwöre, Brabant treu und mit all meiner Kraft zu dienen, bis mich der Tod ereilt. So wahr mir Gott helfe. Ich schwöre, Schaden von Brabant abzuwenden, es gegen seine Feinde …« Er wiederholte Herzog Gottfrieds Eid Wort für Wort. Danach erhob er sich wieder.

Der rechts neben ihm stehende Sippenführer der Mamlinger, Junius' Vater, fiel auf die Knie und sprach den gleichen Eid. Es folgte Mann auf Mann, und ihr Vater hörte mit geschlossenen Augen zu, nur das Beben seiner Nasenflügel zeigte an, dass noch Leben in ihm war. Schließlich war nur noch Elsa übrig, und sie fragte sich, ob auch sie den Schwur leisten sollte. Sie hatte der Herzog nicht an sein Bett befohlen, sie war aus Sorge um den Vater geblieben. Von wem sollte Brabants Wohlergehen mehr abhängen als von ihr – seiner nächsten Herzogin? Sie drängte sich durch die Männer. Eilig machten sie Platz.

Vor dem Bett fiel Elsa auf die Knie. Sie fühlte sich atemlos wie nach einem schnellen Ritt. »Vater, ich schwöre …«

Herzog Gottfried schlug die Augen auf. Ein Strahlen glitt über sein Gesicht. Oder hatte sie sich das nur eingebildet? Nach einem Augenblick war es schon wieder fort, und er sah nur noch müde aus. Mit atemloser, aber fester Stimme sprach sie denselben Eid wie die Edelmänner.

»Ich danke euch allen, besonders dir, meine liebe Elsa. Brabant ist nun sicher mit einer Herzogin an der Spitze und solchen wackeren Männern, die ihr dienen. Ich kann beruhigt diese Welt verlassen.«

»Vater, Ihr müsst ruhen und wieder zu Kräften kommen.« Elsa griff nach einem der ihn stützenden Kissen, aber er wehrte sie ab.

»Geht jetzt, meine treuen Freunde. Und du auch, Kind.«

Als Erster stiefelte Margots Vater hinaus, als könnte er nicht schnell genug fortkommen. Elsa kam das merkwürdig vor. Sie kannte den Mann nicht sehr gut, aber er war ihr bisher behäbig erschienen.

»Graf Telramund, bleibt noch. Ich muss noch etwas mit Euch besprechen.«

Der Genannte blieb neben dem Bett stehen. Elsa verließ das Schlafgemach ihres Vaters und wartete gemeinsam mit Pater Clement im Vorraum. Obwohl ein Feuer im Kamin brannte, breitete sich in ihrem Leib Eiseskälte aus.

* * *

»Was machen wir jetzt?« Freiherr Willibold passte ihn vor der Halle ab.

Die Sonne war längst untergegangen, und ein bleicher Vollmond hing über dem Wohnturm. Der den ganzen Tag über wehende Wind war eingeschlafen.

»Was meint Ihr?« Telramund trat einen Schritt zurück.

»Der Eid. Wir geben uns schlimmsten Qualen anheim, wenn wir ihn brechen. Dazu bin ich nicht bereit, und das könnt Ihr auch nicht von mir verlangen.«

»Wir machen weiter wie geplant und werden keinen Eid brechen. Das kann ich Euch versichern.«

»Was hat der Herzog von Euch gewollt?«

»Das wird zwischen dem Herzog und mir bleiben. Für immer und ewig«, antwortete Telramund kühl und wandte sich ab.

* * *

Nachdem Graf Telramund das Gemach ihres Vaters verlassen hatte, schlüpfte Elsa wieder hinein. Der Herzog atmete flach, der Kopf war ihm auf die Brust gesunken. Er sah spitz aus wie ein Vögelchen und kaum größer.

»Vater«, sprach Elsa ihn sanft an. »Ich nehme die Kissen weg, dann liegt Ihr bequemer. Aber zuerst trinkt etwas.«

Neben dem Bett standen ein Krug und ein Glas auf einem Tischchen. Sie schenkte ein und hielt ihrem Vater das Glas an die Lippen. Gehorsam schluckte er etwas von dem mit Wasser vermischten Wein. Ein Teil rann ihm in den Bart. Sie wollte die Flüssigkeit forttupfen, aber der Herzog hinderte sie.

»Lass, Kind. Es spielt keine Rolle, ob ich durstig oder mit feuchtem Bart vor meinen Schöpfer trete. Ich sehe schon das Licht am Ende eines dunklen Tunnels.«

»Papa …«

»Fürchte dich nicht. Ich tue es auch nicht. Es ist der Lauf der Welt, dass Kinder ihre Eltern zu Grabe tragen. Ich bin alt, und du bist eine erwachsene Frau. Für dich sollte ein Ehemann sorgen, nicht ein Vater.« Er hob eine Hand und strich ihr über die Wange. Seine Finger fühlten sich an wie brüchiges Pergament über morsche Knochen gewickelt.

Elsa wäre beinahe zurückgezuckt und war sich nicht einmal sicher, ob ihr Vater es noch bemerkt hätte. Er lag zusammengesackt vor dem Kissenberg. Sie nahm etliche davon weg und erleichterte seine Lage, deckte ihn sorgfältig zu und blieb am Bett sitzen. Sie beobachtete jedes zarte Beben seiner Nasenflügel.

Später kam Pater Clement hinzu und setzte sich auf die andere Seite des Bettes. Er faltete die Hände, und seine Lippen bewegten sich. Es durchbrach jedoch kein Wort die Stille.

Die Zeit schlich oder raste, jedenfalls kam viel zu schnell der Augenblick, wo sich der herzoglichen Brust ein letzter, seufzender Atemzug entrang. Pater Clement unterbrach sein stummes Gebet, aber Elsa wusste im ersten Moment nicht, was geschehen war. Erst als der Pater dem Herzog die Hände auf der Brust faltete, begriff sie, dass das Leben ihren Vater verlassen hatte. Mit dem letzten Seufzer war die Seele dem Körper entflohen. Sie schwebte nun frei und suchend im Raum umher.

Elsa stand auf und öffnete einen Fensterladen, damit sie den Weg hinaus und zur Himmelspforte fand.

»Der Herr sei seiner Seele gnädig. Amen«, betete Pater Clement. »Die Männer warten in der Halle. Wir müssen ihnen Bescheid geben. Brabants Herzog ist tot, lang lebe Brabants Herzogin.«

»Nein«, bestimmte Elsa. »Wartet damit noch und lasst mich in der Stille Abschied nehmen von meinem Vater. Es gibt noch so viel, das ich ihm sagen will. Wenn die anderen aus der Halle heraufkommen, dann … dann ist er nur noch der Herzog … es gibt ein Gerenne … und … und … Mein Vater wird erst Ruhe finden, wenn er in der Marienbasilika in Antwerpen neben meiner Mutter liegt. Bitte lasst uns diese Zeit.«

Der Pater überlegte nicht lange, sondern nickte.

KAPITEL XXVII

*H*inter Elsa lagen traurige und nervenaufreibende Tage. Noch am Todestag Herzog Gottfrieds war der Hof nach Antwerpen aufgebrochen, da er in seinem Testament verfügt hatte, dort neben seiner Frau in der Basilika »Unserer lieben Jungfrau Maria« zur letzten Ruhe gebettet zu werden. Boten mit der Nachricht von seinem Ableben und Ort und Zeit seiner Beerdigung waren ausgeschickt worden. Der König von Burgund und weitere Edle aus den an Brabant angrenzenden Fürstentümern waren angereist, um Gottfried die letzte Ehre zu erweisen.

Bei dem anschließenden Festmahl war Elsa sich nicht sicher gewesen, ob es sich um eine Trauer- oder um eine Geburtstagsgesellschaft handelte. Zu immer zotiger werdenden Geschichten wurde eine Kanne Wein nach der anderen geleert. Der Lärm in der Halle schwoll immer mehr an. Bevor die Trunkenheit überhandnahm, zog Elsa sich zurück, lag schlaflos in ihrem Bett. Bisher hatte ihr noch niemand die Treue geschworen, aber die Aufgaben einer Herzogin lasteten bereits auf ihren Schultern. In der Mündung der Schelde waren irische Piraten aufgetaucht, und sie hatte eilig eine Hundertschaft Männer hinschicken müssen. Nur achtzig waren zurückgekehrt, davon etliche verwundet. Zum ersten Mal waren Menschen gestorben, weil sie einen Befehl gegeben hatte. Nichts im Unterricht mit Pater Clement hatte sie darauf vorbereitet. Sie ließ Messen lesen und betete auch selbst für jeden einzelnen der Verstorbenen. Mehrere Nächte brachte sie damit zu, bis Margot und Simona sie energisch aus der Basilika holten und ihr klarmachten, dass niemand eine Herzogin gebrauchen konnte, die sich selbst an den Rand der Verzweiflung brachte.

»Es ist das Los der Herrschenden, Entscheidungen zu treffen, die andere in Gefahr bringen, der Herrgott wisse das und verzeiht es, hat mein Vater immer gesagt«, erklärte Simona. Diese strengen Worte hatten Elsa tatsächlich aus ihrer Verzweiflung herausgeholfen.

Danach und nach der Beerdigung verbrachte sie Tage im Sattel und in Gudmunds Gesellschaft und wusste nicht zu sagen, was sie mehr anstrengte. Hinter ihr lag ein Gewaltritt nach Quedlinburg zu König Heinrich. Brabant hatte sie in den Händen Pater Clements und Graf Telramunds zurückgelassen. Der Graf war unter Brabants Edlen der vornehmste. Ihn zu übergehen, hätte sie alle brüskiert, aber sie wusste ja Pater Clement an seiner Seite, der beide Augen auf ihn hielt.

Sie hätte sich mehr Zeit lassen können, denn seit Tagen wartete sie darauf, zum König vorgelassen zu werden. Sie hatte auch Mathilde nicht gesehen, aber den Übungen der Panzerreiter zugeschaut. Aus den zwei Dutzend waren inzwischen vier geworden, und einer davon erinnerte sie an Lohengrin. Sie gönnte es ihm, falls er hier seinen Platz gefunden hätte.

Als sie und Gudmund nach acht Tagen des Wartens vor den König gerufen wurden, flatterte Elsas Herz wie ein gefangenes Vögelchen. Neben ihr wirkte Gudmund wie jemand, der sich anschickte, den ihm zustehenden Platz im Leben einzunehmen.

Heinrich erwartete sie im Kreis seiner Familie. Mathilda und alle Kinder waren anwesend, außerdem sämtliche Edlen des Hofes und mehr als ein Dutzend Priester und Mönche, bis hin zum Bischof von Halberstadt. Nach dem offiziellen Teil, bei dem Elsa sich Heinrich zu Füßen geworfen, ihm Brabants Treue gelobt, von ihm als Herzogin angesprochen, aus ihrer knienden Stellung aufgehoben und auf den Scheitel geküsst worden war, nahm er sie beiseite. »Auf ein paar Worte, Fräulein Elsa.«

Er führte sie in eine ruhige Ecke der Halle. Auf einem Tisch wartete dort eine Erfrischung. Der König schenkte ihr selbst ein – mit Wasser vermischter Wein im Glaspokal. Elsa nippte nur an dem Getränk. Sie beobachtete, wie Mathilde die Mitglieder des Hofes daran hinderte, sich zu ihnen zu gesellen. Heinrich bemerkte es auch, und es entlockte ihm ein Lächeln. Das ließ ihn gleich umgänglicher wirken.

»Ich habe Euren Vater sehr geschätzt, Fräulein Elsa. Er hat Brabant weise und gütig regiert. Ich wünsche Euch die gleiche glückliche Hand.«

Der erwartungsvolle königliche Blick, der bis in ihre Seele zu blicken schien, ließ Elsa sich klein fühlen. Das durfte nicht sein. Sie war jetzt die Herzogin von Brabant, und wenn schon Blicke sie einschüchterten, wie sollte es erst werden, wenn ein Feind, schlimmer als ein irisches Piratenschiff, an den Grenzen auftauchte? Elsa straffte sich und nahm ihren Mut zusammen.

»Erlaubt mir ein offenes Wort, Königliche Hoheit …«

»Nicht diese Förmlichkeit, wenn wir unter uns sind. Ich schätze im Übrigen eine franke und freie Rede.«

»Ihr traut mir nicht zu, Brabant so weise zu regieren wie mein Vater, weil ich eine Frau bin.« Es war eine Feststellung, keine Frage.

»Ich urteile nicht, bevor ich keine Gelegenheit hatte, mir ein Bild zu machen. Aber lasst mich Euch einen gut gemeinten Rat geben.«

Elsa nickte und schob hinterher. »Ich habe stets ein offenes Ohr für Ratschläge, aber ich werde es wie mein Vater halten und nur das annehmen, was mir dienlich erscheint.« Sie prostete dem König zu.

Heinrich erwiderte die Geste. »Die Natur der Frauen unterscheidet sich von der der Männer. Eva wurde aus Adams Rippe geformt, ihm zur Gefährtin. Deshalb ist es dem Mann gegeben, zu herrschen, der Frau weniger. Ihnen liegt mehr die Besorgung des Hauswesens.« Heinrich hob die Hände. »Ich weiß, dass Ihr gleich einwenden werdet, ein Herzogtum gleicht einem besonders großen Hauswesen und immerhin erkannte ich die weibliche Erbfolge für Brabant an.«

Weil sie das wirklich hatte sagen wollen, schwieg Elsa.

»Ich glaube an die Idee vom großen Hauswesen und dass eine Frau wie Ihr eine Chance als Herzogin verdient hat. Euer Pater Clement hat mich im Sommer sehr beredt von Euren Fähigkeiten überzeugt. ›Sie übertrifft die meisten Männer‹, war noch das geringste Lob. Dennoch verteilt sich eine Last besser auf vier Schultern denn auf zwei. Ein Ehemann nimmt Euch nichts weg, aber er kann Euch unterstützen. Eine Familie ist ein großes Glück, verschließt Euer Herz nicht dagegen.«

»Ich bin keine Hatschepsut«, Elsa stolperte über den ungewohnten Namen, den sie von Pater Clement erfahren hatte. »Eine Herrscherin aus dem Osten, die sich einen Bart umband und als Mann regierte.«

»Schaut mich an. Mathilde und die Kinder sind mein großes Glück. Sie unterstützen mich, die Buben nehmen mir bereits Pflichten ab, und es werden mehr, je älter sie werden. Die Panzerreiter sind

Ottos Idee und Werk, und ich bin überzeugt, dass wir von ihnen Großes erwarten dürfen.«

Elsa teilte diese Überzeugung nicht. Sie hielt es darin mit ihrem Vater und Pater Clement, behielt diese Meinung aber für sich und sagte stattdessen zu, den königlichen Rat nicht gering zu achten. Das hatte sie auch nicht vor, und eine einsame Frau auf dem Thron wollte sie auch nicht werden. Sie wünschte sich einen Ehemann – den richtigen Ehemann – und Kinder.

KAPITEL XXVIII

Die Menschen standen schweigend am Wegesrand. Sie scharrten im Dreck, als wüssten sie nicht, wohin mit den Füßen. Wenn sie hochschauten, sah Elsa finstere Mienen. An einer Wegkreuzung baumelte ein Gehenkter an einem Baum.

Der Mann war nackt, verschrumpelt, und Krähen hatten seine Augen ausgehackt. Jetzt zupften sie an dem Fleisch auf seinen Schultern und stritten sich um die Brocken. Verwesungsgestank wehte herüber. Elsa wandte den Blick ab, als sie vorbeiritt. Mörder und Wegelagerer wurden auf diese Weise bestraft, und sie hinterher zur Schau zu stellen sollte abschrecken. Trotzdem hatte ihr Vater seit Jahren niemanden mehr an einer Wegkreuzung erhängt. Ein mulmiges Gefühl breitete sich in ihrem Inneren aus.

Es verstärkte sich, als sie nicht lange danach einen zweiten Gehenkten erblickte. Dieser schien jung gewesen zu sein, soweit das noch zu erkennen war. Die Arme waren schon bis auf die Knochen abgenagt, die Bauchhöhle ausgeweidet. Nur Beine und Füße waren noch unversehrt. Der Geruch auf dem Weg war kaum auszuhalten. Elsa wich in die Feldmark aus, und als sie am Horizont aufsteigenden Rauch entdeckte, wandte sie sich dorthin.

Ein Dorf. Nicht mehr als einige ärmliche Hütten. Sie fragte nach dem Dorfältesten und wollte wissen, ob der Gehenkte jemand von ihnen gewesen sei.

Im ausgefransten Kittel stand der Mann stumm vor ihr und Gudmund und ihrem Gefolge.

»Sei nicht so verstockt, Mann, und rede, wenn deine Herzogin dir eine Frage stellt«, fuhr Gudmund ihn an.

Die Antwort bestand aus einem Nicken.

»War es dein Sohn?«, fragte nun Elsa.

»Der Mann meiner Tochter, aber er taugte nichts. Hat nie was getaugt. Um ihn ist es nicht schade, aber mein Mädchen heult sich die Augen aus.« Danach schwieg der Dorfälteste wieder.

»Warum habt ihr die Leiche nicht abgenommen und begraben, wie es sich für einen Christenmenschen geziemt?« In Elsa keimte eine Ahnung.

»Er soll dort hängen, bis er verrottet ist. Befehl des edlen Grafen Telramund im Namen der Herzogin.« Der Dorfälteste verneigte sich in Elsas Richtung.

Damit hatte sie Gewissheit, und sie begann sich vor dem zu fürchten, was in ihrer Abwesenheit noch passiert sein mochte. Hatte Telramund den Verstand verloren? Warum war Pater Clement nicht eingeschritten?

»Als eure Herzogin befehle ich jetzt, nehmt ihn ab und begrabt ihn. Der Priester in meiner Begleitung wird eine Messe für ihn lesen.«

Gudmunds Mund öffnete und schloss sich wieder.

»Eilt geschwind, dass wir unsere Reise nicht länger als nötig unterbrechen müssen. Der Pater wird sich sammeln, derweil ihr das Grab aushebt«, bekräftigte Elsa.

Wie sie es befohlen hatte, geschah es. Gudmunds Protest gegen diese unangemessene Bevorteilung eines Verbrechers ließ sie nicht gelten, und nachdem eilig ein Grab ausgehoben worden war, zelebrierte der Priestergehilfe eine hastige Messe über den in ein Tuch eingeschlagenen Gebeinen. Sie fand am offenen Grab statt, denn eine Kirche gab es in diesem Dorf nicht.

Für die mit dem ersten Kind schwangere Witwe ließ Elsa ein abgetragenes Kleid als Geschenk zurück und versprach die Patenschaft für das Kleine zu übernehmen, wenn die Zeit heran sei. Es solle nur ein Bote geschickt werden. Gudmund sah schon wieder drein, als wollte er etwas einwenden, aber Elsas strenger Blick ließ ihn schweigen.

Auf weitere Gehenkte traf sie nicht mehr, aber die Menschen in den Siedlungen betrachteten sie mit einer seltsamen Scheu, die sie nicht kannte und die sie auch ihrem Vater gegenüber nie bemerkt hatte. Zwei Tagesreisen von Antwerpen entfernt kam ihnen der Schmied Arnald mit seinem gesamten Hausstand entgegen. Als Zeichen seines Standes trug er einen gewaltigen Hammer auf der Schulter und auf dem Rücken einen fest verschnürten Packen. Seine Familie und das Gesinde schleppten sich mit ähnlichen Mengen Gepäck ab. Sie kannte den Schmied als einen gutmütigen Mann, und niemand beschlug ein Pferd geschickter als er. Ihr Vater hatte große Stücke auf ihn gehalten.

Sie machten Elsa und ihrem Gefolge Platz und neigten respektvoll die Köpfe, aber in ihren Mienen erkannte sie auch Grimm. Sie ließ anhalten und erfuhr, dass über Arnald und die Seinen der Stab gebrochen worden war. Sie mussten ihr Zuhause verlassen und durften nur mitnehmen, was sie tragen konnten.

»Warum denn?«, entfuhr es Elsa.

»Ich habe einen Streithengst Graf Telramunds zuschanden beschlagen, weshalb der sich ein Bein gebrochen hat und getötet werden musste.«

Ein Streithengst war ein wertvolles Gut, und obwohl Graf Telramund im Valkengau über einen Hof verfügte, wo er Pferde züchtete, war auch für ihn ein solcher Verlust nicht leicht zu verschmerzen. Und wenn der Schuldige an einem solchen Unglück den Wert nicht ersetzen konnte, wurde über ihn der Stab gebrochen, und sein Vermögen fiel an den Geschädigten. Aber Arnald ...

»Nie und nimmer. Du hast noch nie ein Pferd falsch beschlagen.«

»Der Graf behauptet es, und ich kann nichts anderes beweisen, nachdem das Pferd tot ist. Zeugen für mich und gegen Graf Telramund ...« Der Schmied zuckte mit den Schultern. »Die Anklage nahm ihren Lauf, und ich konnte meine Unschuld noch so sehr beteuern, das Urteil stand längst fest. Die Gerechtigkeit der Mächtigen.«

Die letzten Worte hatten bitter geklungen. Er verneigte sich noch einmal vor Elsa, ehe er davonschlurfte; seine Familie folgte ihm. Am liebsten hätte Elsa ihn zurückgerufen, um ihm zu sagen, es könne alles nur ein Irrtum sein. Sie durfte es nicht, weil es ihre und Graf Telramunds Autorität gleichermaßen untergrub. Ein Gefühl sagte ihr, dass Arnald unschuldig war, aber wissen konnte sie es nicht.

»Das ist ein gerechtes Urteil«, kommentierte Gudmund sichtlich zufrieden. »Ein wertvolles Pferd zuschanden zu machen, der Mann hätte den Tod verdient.«

Sie hätte ihn anschreien mögen, er solle gefälligst den Mund halten, ihr aus den Augen gehen und sich in Brabant nie wieder blicken lassen. Nur mit viel Willenskraft gelang es ihr, ruhig zu sprechen: »Ist es gerecht, das Leben eines Mannes für das eines Pferdes zu setzen?«

»Auge um Auge, Zahn um Zahn, Leben um Leben, so steht es geschrieben.«

»Ihr könnt auch das Leben eines Wurms gegen das eines Mannes setzen. Jeder, der schon einmal eines dieser Tiere zertreten hätte, müsste mit dem Tod bestraft werden. Also wir alle.«

Auf Gudmunds Wangen bildeten sich rote Flecken, als er die Sackgasse erkannte, in die er getappt war. »Es ist aber so«, fuhr er auf. »Das Wort eines Schmieds steht gegen das eines Grafen. Da sind Zweifel ausgeschlossen.«

»Das folgt aber nicht den biblischen Prinzipien.«

»Was versteht ein Weib davon?«

»Ihr sprecht mit einer Herzogin«, erwiderte sie hoheitsvoll.

In Antwerpen erstattete Graf Telramund Bericht über alles, was sich während ihrer Abwesenheit zugetragen hatte. Unumwunden sprach er davon, einige strenge Urteile gefällt zu haben, um dem Volk keine Nachlässigkeit durchgehen zu lassen. Die Menschen würden jetzt umso williger ihre Herrschaft annehmen.

»Oder sie verzweifeln an meiner Herrschaft, noch bevor sie begonnen hat.« Mit Vorwürfen würde sie bei Graf Telramund nichts erreichen, das wusste Elsa, aber hinweggehen konnte sie über diese Sache auch nicht.

»Wenn ich nicht in Eurem Sinne gehandelt haben sollte, tut es mir leid. Vergebt mir meine Unbotmäßigkeit, Herzogin.« Er verneigte sich in ihre Richtung.

»Ich wünsche, so über Brabant zu herrschen, wie mein Vater es getan hat, und er hat niemals Menschen an Wegkreuzungen hängen lassen.«

»In meiner Grafschaft fahre ich mit Strenge am besten, so wissen die einfachen Menschen, was sie bei Verfehlungen erwartet. Ich sprach auch mehrfach mit Herzog Gottfried darüber, und wir waren uns darin einig.«

Elsa zog die Augenbrauen hoch.

»Bis auf die Gehenkten an den Kreuzwegen. Das wird nicht wieder vorkommen.« Der Graf verneigte sich erneut, ehe er sie allein ließ.

Etwas an seiner Reue fühlte sich für Elsa falsch an, aber es konnte auch daran liegen, dass er überraschend leicht nachgegeben hatte. Das hatte sie nicht erwartet. Lag darin ein erster Beweis für ihre gewachsene Macht? Trotzdem blieb die Notwendigkeit, das mit Pater Clement zu erörtern; er musste gewusst haben, dass diese Art Herrschaft nicht in ihrem Sinne war.

Sie fand ihn in der Basilika und wartete, bis er sein Gebet beendete und sich aufrichtete. Er schien nicht überrascht, sie vorzufinden. Seit dem Tod ihres Vaters kam er ihr merklich gealtert vor, oder es lag an den flackernden Kerzen auf dem Altar. Sie hielt sich nicht mit Vorreden auf, sondern fragte geradeheraus nach den wirklichen Geschehnissen in ihrer Abwesenheit.

»Wovon sprecht Ihr, Herzogin?«

»Von dem, was Graf Telramund mit blumigen Worten verharmlost hat. Von den Gehenkten an den Kreuzwegen etwa. Der Vertreibung des Schmieds Arnald zum Beispiel. Er hat sich entschuldigt, dass er zu übereifrig war, aber das macht niemanden wieder lebendig und kein Urteil rückgängig.«

»Es stand ihm zu, in Eurer Abwesenheit Recht zu sprechen.« Pater Clement setzte sich ans andere Ende der Bank, auf der Elsa Platz genommen hatte. Die Hände hielt er in den Ärmeln seiner grob gewebten Kutte verborgen.

Elsa vergaß alle Zurückhaltung und Diplomatie, die sie sich vorgenommen hatte. »Aber doch nicht so. Brabant soll nicht unter einer Herrschaft des Schreckens zittern, bei der jeder an jedem Tag den

Tod durch einen Richterspruch fürchten muss. Warum habt Ihr ihn nicht zurückgehalten?«

»Wer sich nichts zuschulden kommen lässt, muss ein irdisches Gericht nicht fürchten.«

»Für den Schmied Arnald galt das nicht.« In Elsa brodelte es wie Milch kurz vor dem Überkochen.

»Seinen Fall kenne ich nicht, aber ich bin mir sicher, Graf Telramund wird nach bestem Wissen entschieden haben.«

»Dessen bin ich mir nicht sicher, da er nicht nur in meinem Namen gehandelt hat, sondern auch der Geschädigte war.«

Pater Clement schwieg, deshalb sprach sie hastig weiter. »Meinen Vater habt Ihr immer gut beraten, werdet Ihr mir ebenso gut dienen? Besonders wenn ich abwesend bin.«

»Mit aller Kraft, die der Herr mir geschenkt hat und noch schenken wird, stehe ich Euch zur Verfügung. Ihr kennt Graf Telramund, er ist hochherzig und gottesfürchtig, aber auch ein willensstarker Mensch.« Bisher hatte Pater Clement sehr aufrecht gesessen, aber nun sackte er zusammen, wie eine mit Luft gefüllte Schweinsblase, wenn ein Loch hineingestochen wurde. »Ihr wisst, wie der Graf ist. Es drängt ihn, über Brabant zu herrschen, und er lässt sich von niemandem etwas sagen. Ich habe mich redlich um Mäßigung bemüht und darum, die größten Ungerechtigkeiten zu verhindern, aber der Graf war wie rasend. Die Menschen sollten jetzt eine harte Hand spüren, damit Ihr dann umso leichter herrschen könnt, gab er als Begründung an.«

»Das ist ausgemachter Unsinn. Wie konntet Ihr ihm das durchgehen lassen?«, fuhr Elsa auf. »Er wird nie wieder über Brabant herrschen, solange ich lebe. So wahr mir Gott helfe.« Sie ballte eine Hand zur Faust.

KAPITEL XXIX

*D*er Boden in der großen Halle in Antwerpen war mit frischem Stroh und duftenden Kräutern ausgelegt. Die beiden mächtigen Kamine an den Giebelseiten waren sauber gefegt, zwischen den schmalen hohen Fenstern hingen Fahnen, die den goldenen Brabanter Löwen auf schwarzem Grund zeigten. Krallen und Zunge waren blutrot. Gegenüber der Tür stand auf einem Podest der Stuhl, von dem aus Herzog Gottfried seine Herrschaft ausgeübt hatte. Auf dem Herzogin Elsa an diesem Tag zum ersten Mal Platz nehmen würde.

Sie stand auf einem Treppenabsatz des an die Halle angebauten Wohnturms und spähte durch ein schmales Fenster auf den Thron hinunter. Das zeremonielle Gewand, das Simona für diesen Tag ausgesucht hatte, hing wie ein Mühlstein an ihren Schultern, und das lag nicht allein an den vielen Schichten Stoff. Ihre Hände waren schweißfeucht, und obwohl sie erst vor einem Moment ein Glas Essigwasser zu sich genommen hatte, verspürte sie schon wieder Durst. Gleichzeitig drückte ihre Blase. Das Frühmahl hatte sie unberührt stehen lassen. Wenn es doch erst vorbei wäre, dass alle zu ihr aufsahen und die kleinste Bewegung über Wohl und Wehe des Herzogtums entscheiden konnte. Ein kleiner Fehler bei der Zeremonie, und alle würden ewig darüber reden, dass ihre Herrschaft unter keinem guten Stern stand.

»Es sind alle gekommen.« Margot trat neben sie und schlang ihr einen Arm um den Leib. Die Freundin sah umwerfend aus in einem granatroten Oberkleid, durch dessen geschlitzte Ärmel das wollweiße Unterkleid hervorblitzte. Die Ärmel liefen in einen beinahe bis zum Boden reichenden Saum aus. Ins Haar hatte Margot Gänseblümchen und Kleeblätter geflochten. Elsa erkannte neidlos an, dass die Freundin alle überstrahlte.

Sie lehnte sich in Margots Arm. »Ich fühle mich wie vor dem ersten Abendmahl. Eigentlich schlimmer. Damals habe ich nur gefürchtet, dass mir der Himmel auf den Kopf fällt, jetzt sorge ich mich, dass ganz Brabant über mir zusammenstürzt.«

»Der König hat dich als Herzogin bestätigt. Der Treueid heute ist eine reine Formsache. Niemand will sich mit König Heinrich Ärger einhandeln, du wirst sehen.«

Elsa schwieg und fragte sich, ob junge Männer am Tag ihrer Thronbesteigung ebenfalls voller Zweifel waren. Wie hatte Heinrich sich gefühlt, als er erfuhr, er würde der nächste König des ostfränkischen Reiches werden? Er soll auf der Vogeljagd gewesen sein. Sie wusste, dass der Liudolfinger nicht einmal damit hatte rechnen können, sächsischer Herzog zu werden, hatte er doch zwei ältere Brüder gehabt. Die gegen die Ungarn gefallen waren. Daher kam sicher sein Hass auf diese Menschen. Er war natürlich ein Mann, und für die war es selbstverständlich, zu herrschen. Wenn jemand einem Mann nach dem Thron trachtete, hatte das andere Gründe als sein Geschlecht.

Margot stupste sie an. »Hast du mir zugehört?«

»Ich war in Gedanken.«

»Das war nicht zu übersehen. Wir sollten runtergehen, sonst kommst du zu deiner eigenen Thronbesteigung noch zu spät.«

Elsa nickte. Auf dem Weg nach unten setzte sie feierlich einen Fuß vor den anderen, um nicht auf den bodenlangen Rock zu treten und im letzten Moment alles zu ruinieren. Der erste Weg führte sie aber nicht in die Halle, sondern in die Basilika zur Krönungsmesse. Als Einzige saß sie auf einem gepolsterten Stuhl. Alle anderen standen. Die Messe zelebrierten die Bischöfe von Antwerpen, Brüssel und der Oberhirte des Bistums Löwen. Die beiden Letzteren waren extra angereist. Pater Clement assistierte ihnen. Auf einem Samtkissen lag der Brabanter Herzogsreif. Mehr eine Krone als ein Reif, aus purem Gold und mit Edelsteinen besetzt. Elsa hatte ihn schon mehrfach in der Hand gehalten, das Gewicht gespürt und ihn dem Vater aufs Haupt gesetzt. Als die Reihe an sie kam, kniete sie auf einer niedrigen Bank, Pater Clement hielt das Kissen, und die drei Bischöfe hoben sie mit je einer Hand an und setzten sie Elsa aufs Haupt. Der Reif saß schief und drückte sie an der Stirn. Mit einer schnellen Handbewegung rückte sie ihn gerade.

Danach machte sie den Hals steif, damit er nicht wieder verrutschte. Das galt auch als schlechtes Omen.

Kaum endete die Messe, wollte Elsa den Reif am liebsten wieder abnehmen, aber sie musste ihn noch den ganzen Tag ertragen. Hinter den Bischöfen schritt sie aus der Kapelle über den Hof zur großen Halle. Sie wusste Pater Clement und Brabants Edle hinter sich, auch Margot und Simona. Die Anwesenheit der Freundinnen ließ sie sich weniger allein fühlen.

Der erhöht stehende Stuhl war breit und gepolstert, aber zum Sitzen so unbequem, wie er von oben ausgesehen hatte. Beide Füße eng nebeneinandergestellt, den rechten Arm auf der Lehne, die linke Hand im Schoß, wartete Elsa, dass der erste ihrer Untertanen vor sie trat, um ihr Treue zu schwören.

Es begann mit den geringsten Knechten und Handwerkern, die stellvertretend für ihren Stand schworen. Für jeden fand Elsa freundliche Worte. Eigentlich hätte auch der Schmied Arnald unter ihnen sein sollen. Dieses Unrecht würde sie nicht wiedergutmachen können.

Auf den niederen Stand folgten die Leibwache ihres Vaters und alle Männer, die ein Hofamt innehatten. Es waren auch etliche Vertreter der niederen Geistlichkeit gekommen. Die Bischöfe, Äbtissinnen und Äbte der Brabanter Klöster würden keinen Eid leisten, sie waren nur Gott und dem Papst in Rom verpflichtet. Lothar aus der Sippe der Harmensinger machte den Anfang, kniete nieder, küsste das Schwert, sprach den Eid. Elsa dankte ihm freundlich. Diese Prozedur wiederholte sich etwa drei Dutzend Mal, und es waren nur Männer, die vor ihr niederknieten. Keine einzige Frau.

Der Reif drückte schwer auf Elsas Haupt, sie hatte rasende Kopfschmerzen und wünschte sich nichts anderes als das Ende dieser Zeremonie herbei, aber die Halle stand noch voller Menschen. Zwischen all den Gesichtern entdeckte sie auch Rhunas ganz hinten. Mit großen Augen beobachtete sie das Geschehen. Als Sklavin würde sie keinen Eid schwören.

Nach den Hofbeamten traten die Sippenführer vor, die ihre halbwüchsigen Söhne und Erben mitgebracht hatten. Bei ihnen hielt Elsa ein Schwert mit der Spitze auf den Boden gestützt vor sich, das die Männer küssten, nachdem sie die rituellen Eidesworte gesprochen hatten. Zuerst knieten die Edlen aus dem Peelland, der Heimat ihrer Mutter, nieder. Bereits zuvor waren sie Elsas geschworene Gefolgsleute gewesen und sprachen den Eid ohne Zögern in Blick und Stimme. Es folgten die Sippen aus dem Bredagau, die immer besonders treu an der Seite ihres Vaters gestanden hatten. Wieder alles nur Männer, bis auf Einhilda, eine Frau von mächtiger Gestalt aus der Sippe der Guntolfinger. Sie war als Regentin für ihren fünfjährigen Sohn gekommen, gekleidet wie ein Mann, und auch ihre Stimme klang wie die eines solchen. Es war also nicht sicher, ob sie wirklich zu den Frauen zu zählen war.

Für die Sippe der Mamlinger schwor Junius' Vater den Eid, er haspelte die Worte herunter und schaute Elsa kein einziges Mal an. Mit dem Gerichtsverfahren gegen seinen Sohn hatte sie sich die Mamlinger nicht zu Freunden gemacht, obwohl sie Junius freigesprochen hatte. Zwei andere Sippenherrscher aus der Antwerpener Gegend schworen ihre Eide ähnlich oberflächlich. Es folgten die aus der Gegend um Mechelen.

Elsa fühlte sich, als wäre ihre Freundlichkeit zur Maske erstarrt. Ihr fiel kaum noch etwas ein, wie sie den Männern danken sollte. Und immer noch warteten etliche.

Margots Vater machte sich bereit, vor sie zu treten, wurde aber von Graf Telramund zurückgehalten. Er drängte sich an dem Freiherrn vorbei und schritt auf den Thron zu. Seine Gewänder waren mindestens so kostbar wie Elsas. Dunkelbraun und mit silbernen Fäden bestickt. Sie ließen ihn noch stattlicher aussehen, als er ohnehin war. Er lächelte, als er niederkniete, aber für Elsa sah es eher so aus, als bisse ein Wolf auf einen sauren Apfel. Er würde doch nicht …? Der Gedanke drängte heran, aber er hatte einen Eid geschworen am Totenbett ihres Vaters. Seine Seele würde er nicht gefährden. Statt das Treuegelöbnis zu sprechen, schaute der Graf Elsa unverwandt in die Augen. Sie starrte zurück, obwohl sie am liebsten den Blick gesenkt hätte.

»Euer Vater nahm mir auf dem Sterbebett ein Versprechen ab«, begann er.

»Brabant immer die Treue zu halten, unabhängig von der Person auf dem Thron. Herzog oder Herzogin«, antwortete Elsa. Hilf, Herr, er tat es doch! In ihrem Hals saß ein Kloß, der das Sprechen mühsam machte, und Schweißbäche rannen ihren Rücken hinunter.

»Als er allein mit mir gesprochen hat, nahm er mir das Versprechen ab, Euch zum Weib zu nehmen und Euch mit der Herrschaft über Brabant nicht allein zu lassen.«

Durch die Halle ging ein Raunen. Freudig, erleichtert, überrascht, es war alles dabei. Danach wurde es so still, dass das Rascheln einer Maus im Stroh zu hören gewesen wäre.

Elsa war heiß und kalt zugleich. »Davon weiß ich nichts. Er kannte meine Meinung dazu.«

»Ich musste es versprechen, und ich gedenke, mein gegebenes Wort zu halten.« Graf Telramund streckte eine Hand aus, als erwartete er, sie werden ihre hineinlegen.

Sie krampfte die Finger um die Armlehnen des Throns. »Ich kann nicht glauben, dass er dies zu Euch sagte.«

»Ihr zweifelt am Letzten Willen Eures Vaters?« Das Raubtierlächeln auf Graf Telramunds Gesicht wurde von Grimmigkeit abgelöst.

»Ich werde mich von Euch nicht drängen lassen.«

»Dann kann ich den Treueid nicht leisten.«

Elsa hatte beim ersten Wort Telramunds befürchtet, dass es darauf hinauslaufen würde. Nachdem der Graf sein wahres Gesicht gezeigt hatte, kam eine Ehe mit ihm weniger denn je infrage.

»Ihr verweigert ein Gebot des Königs und stellt Euch außerhalb der Ordnung und brecht Euren Schwur, Brabant zu dienen?«, stellte sie mit kalter Stimme fest.

»Dieser Schwur ist mir der heiligste, aber ich gedenke nicht, ihn damit auszufüllen, dass ich mich der Herrschaft eines schwachen Weibes unterwerfe, wo Brabant einen starken Herzog braucht.«

»Ihr sprecht von Euch?«

»Oder jemand anderes, der bereit ist, dieses Amt auf seine Schultern zu nehmen.«

»Es ist ein von Gott gegebenes Recht«, erwiderte Elsa mit so viel Festigkeit, wie sie aufbringen konnte.

»Amt, Recht – wir wissen doch beide, dass Eure Schultern zu schmal dafür sind.« Lauter fuhr der Graf fort: »Mein Angebot steht, ihr müsst es nur annehmen, und es soll alles vergessen sein, was je zwischen uns stand.«

»Damit Ihr an meiner statt herrscht.«

»Wie es die göttliche Ordnung vorsieht. Wir alle sind ihr untertan.«

»Ich werde Euch niemals heiraten.« Elsa spuckte die Worte heraus. »Das war ganz gewiss nicht meines Vaters letzter Wunsch. Er hat meinen Willen respektiert.« Zähneknirschend.

»Dann tragt die Konsequenzen.« Bisher hatte Telramund vor ihr gekniet, aber nun erhob er sich und trat vom Podest zurück. Ihre Gesichter waren ungefähr auf gleicher Höhe.

Wie sie ihn je hatte stattlich finden können, wunderte Elsa sich nun. Jetzt wirkte er nur eitel und hoffärtig.

»Herzog Telramund!«, rief jemand.

Sie konnte den Sprecher nicht ausmachen, vermutete aber Margots Vater. Dieser verräterische Tropf, dem kaum das Schwarze unter seinen Fingernägeln gehörte. Andere griffen diesen Ruf auf, und es fühlte sich für Elsa an, als erhielte sie für jeden einen Schlag ins Gesicht.

»Lang lebe Herzog Telramund!«

Das reichte! »Ruhe!«, verlangte Elsa, und ihre Stimme füllte die Halle rein und klar. Sie hatte sich einen Augenblick gefühlt, als wäre die Kraft der Mutter Maria mit ihr, aber nun hatte sie wieder den schalen Geschmack wie zuvor im Mund.

»Ihr habt es gehört, edle Frau Elsa.« Telramund sah sich selbstzufrieden um.

»Infame Verblendung«, kam es von Pater Clement. Er schüttelte den Kopf.

»Leistet den Eid, und dann soll dies vergessen sein«, verlangte Elsa.

»Niemals.«

»Ihr ruft die Fehde aus.« Die Worte fielen ihr unheimlich schwer. Ihr Vater war noch keine sechs Wochen tot, und schon befand sich Brabant im Krieg.

»Ihr lasst mir keine andere Wahl.« Der Graf zog sich einen Handschuh aus und warf ihn auf das Podest.

In der Halle war es inzwischen mäuschenstill. Gab es wirklich keine andere Lösung? Elsa starrte den Handschuh an, während sie fieberhaft nachdachte. Telramund heiraten und alles verraten, was sie für richtig hielt. Gehenkte an den Kreuzwegen und aus ihren Heimen vertriebene Menschen … Sie bückte sich, hob den Handschuh auf und drehte ihn nachdenklich zwischen den Händen.

»Herzogin Elsa! Ein Hoch auf unsere Herzogin!«, rief der Harmensinger Lothar.

Er musste seinen Ruf wiederholen, ehe jemand einfiel. Graf Telramund drehte sich auf dem Absatz um und verließ die Halle. Seine Tritte hallten in dem hohen Raum wider. Etliche edle Herren folgten ihm.

KAPITEL XXX

*W*er zurückblieb und den Treueid noch nicht abgelegt hatte, holte dies nach. Aber es war eine hastige Zeremonie ohne jede Feierlichkeit.

Gleich danach fand Elsa sich mit Herrn Lothar und Pater Clement in der Schreibkanzlei wieder. Lothar war der dienstälteste Mann der Leibwache und geriet in die Rolle des Anführers der herzoglichen Truppen. Ihm war anzusehen, wie ungewohnt er sich dabei fühlte, während er Elsa über die ersten zur Verteidigung getroffenen Maßnahmen berichtete. Die Sippenführer aus dem Peelland, dem Bredagau und der Gegend um Mechelen wären bereits unterwegs, um ihre Männer zu den Waffen zu rufen.

»Wir dürfen nicht darauf setzen, dass sich alle unserer Sache anschließen«, warf Pater Clement ein. »Einige werden lieber abwarten, auf welche Seite sich die Waagschale neigt.«

»Weil sie doch lieber von einem Herzog regiert werden wollen?«, rief Elsa wild aus. Kaum dass sie die Kanzlei betreten hatte, hatte sie sich den schweren Reif vom Kopf gerissen und dabei ihre Frisur zerstört. Die Haare hingen ihr wirr ins Gesicht. Entnervt strich sie sie zurück.

»Weil sich einige immer raushalten«, sagte Lothar. »In Antwerpen können wir nicht bleiben. Den Mamlingern ist nicht zu trauen, und wir brauchen einen Ort, der sich besser verteidigen lässt.«

»Breda«, schlug Elsa vor. »Das Peelland ist zu weit weg, aber Breda liegt am Zusammenfluss der Flüsse Aa und Mark und ist von zwei Seiten geschützt.«

»Das wäre auch mein Vorschlag gewesen«, stimmte Lothar zu. »Eine offene Feldschlacht gegen Graf Telramund will ich nicht riskieren, bevor wir nicht mehr über die Anzahl seiner Männer und seine Pläne wissen. Diese Fehde hat er von langer Hand vorbereitet. Zum Glück muss Euer Vater – der Herr hab ihn selig – das nicht mehr erleben. Er hat Graf Telramund immer für seinen engsten Verbündeten gehalten. Der hat alle getäuscht.«

Wie ihr Vater auf diesen Verräter hereinfallen konnte, fragte sich Elsa. Doch hatte sie sich nicht ebenfalls von seiner stattlichen Erscheinung und seiner zur Schau getragenen freundlichen Miene täuschen lassen? Sie hatte ihn nicht heiraten wollen, aber doch für loyal gehalten. Energisch schob sie alle Gedanken daran beiseite. Ein andermal würde sie eine Antwort auf diese Frage suchen – wenn wieder mehr Zeit war.

»Zum Glück seid Ihr nicht sein Weib geworden.« Herr Lothar sah aus, als wollte er am liebsten ausspucken, erinnerte sich aber im letzten Moment daran, vor wem er stand. »Ich wollte Euch nicht vorgreifen, edle Frau Herzogin, aber ich habe bereits angeordnet, dass Ihr das Heer bei Breda sammelt. Wir brechen auf, sobald Ihr bereit seid. Alle Waffen, die wir vorfinden, nehmen wir mit. Sie dürfen nicht den Mamlingern in die Hände fallen. Das gilt auch für die Vorräte. In Breda werden wir sie brauchen.«

Dankbar hieß Elsa alles gut, was Lothar vorschlug. Sie war froh, in ihm einen Heerführer gefunden zu haben. Was nützte es ihr jetzt, die Bibel zu kennen, Lesen und Schreiben, Latein und etwas Griechisch gelernt zu haben? Sie begann zu ahnen, dass ihre Ausbildung durch Pater Clement nicht so umfassend gewesen war, wie sie bisher gedacht hatte.

Den herzoglichen Reif vertraute sie Simona an, damit diese ihn in Samt einschlug und hütete. Von der Freundin erfuhr sie auch, dass Margot und der Hilfspriester Gudmund verschwunden waren, der Antwerpener Bischof sich in seinem Haus verschanzt hatte und die anderen beiden eiligst abgereist waren. Nach Herrn Lohengrins Abschied bestand die ursprünglich fünfzehnköpfige herzogliche Leibwache noch aus vierzehn Männern; jetzt waren noch neun da. Wenigstens mehr als die Hälfte, dachte Elsa.

Rhuna hatte bereits gepackt und für Elsa ein einfaches Gewand bereitgelegt, als diese ihre Gemächer betrat. Hastig zerrte sich Elsa das Prunkgewand vom Leib, und Rhuna half ihr in das andere hinein. Statt die Schnüre vor dem Leib zu schließen, umarmte sie Elsa fest.

»Ihr habt recht daran getan, den Grafen nicht zu heiraten. Manche Männer haben Verrat im Blut. Er gehört dazu. Ihr wäret nie glücklich geworden an seiner Seite.«

Elsa ließ sich die Umarmung einen Moment lang gefallen, wie sie es früher bei ihrer Mutter getan hatte. Sie fühlte sich gestärkt, als sie Rhunas Arme von ihrem Leib löste.

»Verzeiht, Herrin. Ich hätte das nicht tun sollen«, sagte diese. »Ich bete für Euch zu Makusha und zu allen Göttern, die sonst noch hilfreich sein können. Zur Mutter Maria, damit sie ein Einsehen hat mit den Nöten ihrer Tochter.« Nach einer kurzen Pause: »Und zu den Heiligen, aber ich bin mir nicht sicher, ob die viel helfen können. Die ganzen Gebete, die sie von morgens bis abends und auch in der

Nacht hören, müssen in ihren Ohren schwirren, dass sie davon Kopfschmerzen bekommen.«

»Und bei Makusha ist das anders?« Der slawische Name der Mutter Maria klang fremd in Elsas Ohren.

»Sie hört die Gebete ihrer Priesterin«, antwortete Rhuna voller Überzeugung. Dann drückte sie Elsa eine kleine, aus Holz geschnitzte Figur in die Hand. »Tragt die immer bei Euch. Sie wird Euch beschützen.«

Die Figur war nicht länger als Elsas Daumen, nackt und mit deutlich erkennbaren Brüsten. Auf dem Bauch war ein Kruzifix angedeutet, als würde es an einer langen Kette um den Hals getragen. Die Schnitzerei war nicht besonders kunstvoll ausgeführt – wahrscheinlich hatte Rhuna sie selbst gemacht. Am meisten Mühe war auf das Kruzifix verwendet worden. Gerührt ließ Elsa es zu, dass die Sklavin ihr das Amulett um den Hals band. Die Figur ruhte danach neben dem silbernen Kreuz unter ihrer Kleidung. Unsichtbar für alle.

Sie verließen Antwerpen am späten Nachmittag, obwohl es nicht mehr lange hin war bis zur Dämmerung. Normalerweise hätten sie die Abreise auf den nächsten Morgen verschoben, aber Herr Lothar wollte keine Zeit verlieren und notfalls auch nachts unterwegs sein. Elsa stimmte ihm zu. Sie fühlte eine Unruhe in sich, die sie sowieso keinen Schlaf hätte finden lassen.

Beritten waren nur sie und die Leibwächter, Simona, sowie die Anführer der Sippen und ihre Erben, die sich ihnen bereits angeschlossen hatten. Alle anderen gingen zu Fuß, weshalb sie zwei oder drei Tage bis Breda benötigen würden. Sie führten außerdem eine Reihe Ochsengespanne, beladen mit Vorräten und Waffen, mit sich. Diese Wagen wurden scharf bewacht, denn sie sollten nicht Graf Telramund in die Hände fallen.

Unterwegs schlossen sich ihnen weitere Männer an, die für ihre Herzogin kämpfen wollten, manche suchten vielleicht auch nur ein Abenteuer. Viele waren mit Dreschflegeln und anderen bäuerlichen Werkzeugen bewaffnet, andere trugen Hämmer, Äxte, einige wenige schartige Schwerter. Die Bauern wurden aufgefordert, ihre Vorräte und das Saatgetreide nach Breda in Sicherheit zu bringen, und wer nicht kämpfen konnte, sollte sich mit seiner Habe in den Wäldern verbergen.

Es lag etwas in der Luft. Bleischwer ... sie ließ sich kaum atmen. Elsa hatte auch einen Geschmack im Mund, der nicht allein von dem Staub kam, den ihr Zug aufwirbelte, oder weil sie sich beim Kauen eines harten Brotkantens auf die Lippe gebissen hatte.

»Die Luft schmeckt nach Feind, Herrin«, sagte Lothar zu ihr, als hätte er ihre Gedanken erraten. »Die Mamlinger sind nicht weit. Darauf verwette ich meine Waffen. Wir haben zu wenige Reiter, um welche davon als Kundschafter auszusenden. Das würde uns zu sehr schwächen. Wir müssen uns auf unser Gefühl verlassen, und das sagt mir, der Feind ist nicht fern.«

Herr Lothar sollte recht behalten: Im Morgengrauen, nach einer kurzen Rast waren sie gerade wieder unterwegs, stürmten Männer aus dem Nebel. Eine Handvoll Reiter, die überwiegende Anzahl zu Fuß. Die meisten schwangen Gerätschaften, mit denen sich hauen und stechen ließ, einige hatten Speere. Nur die Reiter waren bewaffnet, wie es sich für Edelleute gehörte. Einer trug eine Standarte. Elsa meinte den wütenden Stier der Mamlinger darauf zu erkennen. Waffen klirrten, Schreie ertönten, als die Angreifer den Zug erreichten. Die Luft war jetzt nicht nur bleischwer, sie schmeckte und roch auch nach Blut. Lothar preschte an ihr vorbei, einen Spieß in der Hand.

Eine Handvoll der herzoglichen Leibwächter scharten sich um

Elsa, Simona und Pater Clement und drängten sie mitsamt ihren Reittieren in den Wald, wo sie das Dickicht vor den Augen der Mamlinger verbarg. Die Männer sahen angespannt und grimmig drein. Elsa kannte jeden von ihnen, seit sie ein Mädchen war, und die Vorstellung, dass sie ihr Leben geben würden, um sie zu schützen, zog ihr schmerzhaft den Magen zusammen.

Zu ihnen drang nur der Lärm des Kampfes, und irgendwann hielt Elsa es nicht mehr aus. Sie trieb ihr Pferd an. Sofort stellten sich ihr zwei der Leibwächter in den Weg, ein dritter griff nach ihren Zügeln.

»Ihr müsst hierbleiben, edle Herrin«, sagte der Mann, den Elsa als den wilden Karlmann kannte.

»Ich kann nicht«, widersprach sie. »Die Männer kämpfen meinetwegen und sterben für mich.«

»In einem Kampf sterben immer Männer. Ihr könnt nichts tun, außer am Leben bleiben und für ihre Seelen beten. Damit helft ihr ihnen am meisten.« Karlmann hielt unerbittlich weiter den Zügel fest, und seiner finsteren Miene entnahm sie, dass er sie keinesfalls fortreiten lassen würde.

»Herr Karlmann hat recht«, mischte sich jetzt Pater Clement ein. »Ihr helft niemandem, wenn Ihr Euch in Gefahr begebt.«

»Sollten sie mich nicht wenigstens sehen können?« Elsa wusste, dass sie in einem Kampf nicht von Nutzen war, aber das Gefühl, gar nichts tun zu können, nicht einmal zu wissen, was geschah, war schier unerträglich. Mit Gebeten wollte sie sich nicht zufriedengeben. Das hätte die Mutter Maria auch nicht getan. Schwer ruhte die kleine Holzfigur zwischen ihren Brüsten. »Lasst die Zügel los, Herr Karlmann«, sagte sie mit einiger Schärfe in der Stimme.

»Nur, wenn Ihr nichts Unvernünftiges tut. Ich habe geschworen, Euer Leben zu beschützen, und ich will nicht meineidig werden.«

Ich gebe die Befehle, und Ihr habt zu gehorchen, diese Worte lagen Elsa auf der Zunge, aber sie war sicher, dass das nichts ändern würde, außer dass sie die Begrenztheit ihrer Macht hautnah zu spüren bekam. Bei ihrem Vater hätte wahrscheinlich niemand gewagt, ihm in die Zügel zu greifen.

»Sie kämpfen alle für dich, am besten lässt du es sie so gut tun, wie sie können«, sagte Simona versöhnlich. Sie wirkte ängstlich, wie sie mit hochgezogenen Hacken im Sattel hockte.

Der Kampf endete, bevor die Sonne ganz aufgegangen war. Er konnte nicht lange gedauert haben, aber für Elsa waren es die längsten Augenblicke ihres Lebens gewesen. Die Mamlinger waren in die Flucht geschlagen. Vorerst, wie Herr Lothar betonte. Tote und Verletzte waren zurückgeblieben. Elsa und Simona kümmerten sich zusammen mit anderen Frauen um die, denen noch zu helfen war. Rhuna sollte auch dabei sein, aber sie war gleich zu Beginn des Angriffs verschwunden und bisher nicht wieder aufgetaucht. Entlaufene Sklaven kamen meist nicht weit, entweder wurden sie wieder eingefangen, von einer wütenden Menge erschlagen oder endeten unter sonst welchen elenden Umständen. Den Weg nach Hause schafften die wenigsten. Rhuna musste das wissen. Elsa half einem Mann mit einer Verletzung an der Hand beim Aufstehen und schaute sich dabei unauffällig um.

»Das Weib ist verschwunden«, sagte Simona neben ihr giftig. »Sie wird die Gelegenheit genutzt haben, stiften zu gehen. Sie ist genau so eine, die das tut und damit durchkommt.«

»Bestimmt nicht.« Simona und Margot, beide hatten sie Rhuna nie leiden können und sich nie von ihr bedienen lassen wollen. Bei Margot war das zu erwarten gewesen, sie war sehr wählerisch, was ihre Mägde anging, aber die sanfte Simona …

Pater Clement kümmerte sich um das Seelenheil der Gefallenen, für die flache Gräber ausgehoben wurden. Herr Lothar trieb alle zur Eile an, aber es war klar, dass sie die Toten nicht einfach liegen lassen konnten, als wären sie Barbaren. Was sie erlebt hatten, sei gerade einmal ein Scharmützel gewesen, erklärte er, einem richtigen Angriff könnten sie mit ihren wenigen Männern nicht standhalten. Ihnen blieb nur, so schnell wie möglich Breda zu erreichen.

Rhuna tauchte auf einmal wieder auf, als sie sich gerade alle zum Aufbruch rüsteten. Ihr Kleid war blutbefleckt und die Arme bis zu den Ellenbogen damit besudelt. Sie hatte auch blutige Spritzer im Gesicht. Schweigend wusch sie es ab und half danach Elsa, die schwerer Verwundeten auf die Wagen zu verteilen. Wo sie gewesen war, sagte sie nicht, und die Herzogin wollte es auch gar nicht wissen.

Der Ort Breda bestand aus mehreren Dutzend Häusern. Zumeist gehörten sie Fischern. Es gab auch einen Bootsbauer und einen Seilmacher. Den Zusammenfluss von Mark und Aa bewachte die Burg auf einem Hügel. Sie war kaum groß genug, um die Ankömmlinge aufzunehmen. Im Hof herrschte ein Durcheinander aus Tieren und Menschen, dem Elsa am liebsten entfliehen wollte. Aber sie war die Herzogin, sie musste sich um die Leute kümmern. Elsa erhob die Stimme, und in erstaunlich kurzer Zeit waren alle Kammern und Häuser dicht belegt, die Pferde in den Ställen untergebracht, Zelte wurden aufgestellt und Kochfeuer entzündet.

Die mitgebrachten Vorräte und das Saatgut wurden in Vorratshäusern weggeschlossen. Elsa hatte verfügt, das Saatgut unter keinen Umständen anzurühren, sondern den Bauern nach der Fehde zurückzugeben. Sie war dazu fest entschlossen und hatte jeden Sack, jeden Kasten mit einem Buchstaben versehen. Persönlich führte sie die Liste mit den Namen der Besitzer und den dazugehörigen Buchstaben.

Da sie außerdem Vorräte einlagern mussten, sollte jeder, der mit einem Spieß umgehen konnte, auf die Jagd gehen, andere sollten Fallen stellen oder Holz herbeischaffen.

Nachdem endlich alles geregelt war, fühlte sich Elsa, als könnte sie vor Müdigkeit keinen Schritt mehr tun. Aber kaum hatte sie sich in der Kammer, die sie mit Simona teilte, auf dem Bett ausgestreckt, war sie wieder hellwach. Wie ein Fischschwarm jagten die Gedanken durch ihren Kopf. Hätte es nicht doch eine Möglichkeit gegeben, diese Fehde zu verhindern? Hätte Herr Lohengrin eine gewusst? Auf einmal wünschte sie ihn sich an ihre Seite und bedauerte es zutiefst, ihm zuletzt so abweisend begegnet zu sein. Wenn sie Graf Telramund vorgespielt hätte, mit jemand anderem verlobt zu sein …? Mit Herrn Lohengrin verlobt zu sein?

Das waren komplett verrückte Gedanken, und wenn sie noch länger liegen blieb, würde es nur noch verrückter werden. Sie stand wieder auf und empfing gemeinsam mit Herrn Lothar die Jäger bei ihrer Rückkehr am Tor. Sie waren mit Beute reich beladen. Es gab reichlich zu räuchern, zu pökeln und zu trocknen. Für diesen Tag war Elsa beruhigt.

KAPITEL XXXI

E lsa kaute auf einem zähen Stück Trockenfleisch und sehnte sich nach frischem Brot. Selbst der Gedanke an das grobe Brot des Gesindes ließ ihr das Wasser im Mund zusammenlaufen. Hauptsache, etwas anderes als Fleisch. Seit mehr als zwei Dutzend Tagen ernährten sich alle in der Burg hauptsächlich davon. Die Jäger schwärmten immer noch jeden Tag aus und brachten Beute zurück. Andere mähten das gerade erst sprießende Gras auf den Wiesen rund um die Burg. Es wurde als Viehfutter in großen Haufen im Hof gelagert. Das Grün auf den Wiesen zu lassen, bis daraus Heu geworden war, wagte Elsa nicht. Am Ende fiele es Telramund in die Hände; sie hätten die Arbeit gehabt und er den Nutzen. Sie fürchtete jedoch auch, dass das Gras im Inneren faulte und sich schlechte Gase bildeten, die sich dann entzündeten. Deshalb ließ sie alles täglich umschichten und legte bei dieser dumpfen Arbeit auch selbst mit Hand an.

Die von den Bauern eingelagerten Vorräte waren bisher nicht angerührt worden, und Elsa setzte alles daran, dass dies auch so blieb. Seit zwei junge Burschen beim Aufbrechen der Lagerräume erwischt und öffentlich ausgepeitscht worden waren, wurde die Tür bewacht. Den Schlüssel trug Elsa am Gürtel und legte ihn nie ab. Nachts schlief sie darauf.

Der harten Bestrafung der erwischten Diebe hatte sie nach einigem Zögern zugestimmt, um andere abzuschrecken. Erst die Leute an Kreuzwegen aufhängen und jetzt die Peitsche Blut schmecken lassen, hatte sie es flüstern gehört, während sie sich zwang, der Bestrafung beizuwohnen. Selbst aus der Ferne schaffte Telramund es noch, sie in ein schlechtes Licht zu rücken.

Herr Lothar hatte vier Reiter Richtung Süden ausgeschickt, um das Nahen des Feindes zu melden. Dort lag der Valkengau, dort würde Graf Telramund seine Verbündeten finden und von dort auf Breda vorrücken. Nur zwei kehrten vier Tage später zurück. Die anderen beiden hatten die Seiten gewechselt. Telramund habe regen Zulauf von Baronen und freien Bauern aus seiner Grafschaft und den angrenzenden Ländern, sogar von Männern aus Burgund und dem westfränkischen Reich. Sein Heer bestehe aus über eintausendfünfhundert Seelen, behauptete der eine, der andere sprach sogar von mehr als zweitausend Männern. Zählen konnten jedoch beide nicht richtig, auf die Angaben war kein Verlass. Für Elsa und Lothar stand nur fest, dass ihnen eine gewaltige Streitmacht gegenüberstand. Es war auch von Panzerreitern die Rede gewesen, die Telramund ausgehoben hatte.

Bei der Belagerung einer Burg gaben sie mit ihren Pferden besonders gute Ziele für Bogenschützen ab, bemerkte Lothar dazu.

»Die Männer sind gepanzert und die Pferde auch«, wandte Elsa ein.

»Ein guter Brabanter Pfeil findet immer sein Ziel.«

Dieses Gottvertrauen in Brabanter Waffen fehlte Elsa, wenn sie gegen die eigenen Leute eingesetzt wurden. Auf dem Hoftag hatte sie vierundzwanzig Panzerreiter gesehen, bei Graf Telramund war von einigen die Rede gewesen. Was sollten sie ausrichten können? Furchterregender waren seine vielen Fußsoldaten. Wie Wellen würden sie gegen die Palisaden Bredas anbranden, und sie hielt Telramund für skrupellos genug, sich nicht darum zu scheren, wie viele dabei umkamen.

Lothar stimmte ihr in allen Punkten zu.

Rund zwanzig Tage später kehrten die zur Jagd ausgeschickten Männer bereits um die Mittagszeit zurück, fegten im Galopp durch das Tor, das sofort hinter ihnen wieder geschlossen wurde. Sie sahen abgekämpft aus, die Flanken ihrer Pferde waren von schweißigem Schaum bedeckt. Jagdbeute brachten sie an diesem Tag nicht mit. Es war klar, dass etwas passiert sein musste, und Elsa eilte über den Hof zu den Ställen, wo die Jäger eben aus den Sätteln rutschten.

Sie berichteten von zerstörten Gehöften, zertrampelten Feldern und Rauch am Horizont. Der Feind war da. Elsas Herz machte erst einen Satz und sackte ihr dann in die Knie.

Telramund hatte die Städte Diest und Herenthals eingenommen. Die schmale Besatzung der ersten hatte ihm kampflos die Tore geöffnet und war übergelaufen. Herenthals war mit Brandpfeilen beschossen worden, bis die Häuser Feuer gefangen hatten. Alles war ein Raub der Flammen geworden. Über das Schicksal der Bewohner wusste niemand etwas Genaues. Sie seien übergelaufen oder umgekommen oder etwas dazwischen, so schwirrten die Gerüchte. Die Fehde hatte weitere Opfer gefunden, und Elsa trauerte aufrichtig um die Männer, Frauen und Kinder.

Am Horizont stieg Rauch auf und zerfaserte in den tief hängenden Wolken. Aus denen sprühte seit mehr als einem Tag ein feiner Regen, dessen Feuchte bis in die Knochen drang. Um Holz zu sparen, wurde Feuer nur noch zum Kochen entzündet, und niemandem in der Burg war mehr richtig warm. Auch Rhunas Augen waren gerötet, und ihre Nase lief. Ihre Pflichten verrichtete sie ernst und stumm, aber Elsa hatte den Verdacht, dass sie sich die Nächte mit geheimen Ritualen an ihre Mutter Maria um die Ohren schlug, da sie mehrfach hinter vorgehaltener Hand gähnte. Sie fragte nicht weiter nach, und Rhuna bat sie auch nicht mitzutun. Unbewusst hatte sie die Hand auf das Amulett der Mutter unter ihrer Kleidung gelegt. Als sie es bemerkte, ließ sie schnell die Hand sinken. Sie wusste immer noch nicht, was sie von Rhunas heidnischer Gesinnung halten sollte. Als Christin sollte sie die fremde Göttin abschreckend finden, als Frau gelang es ihr nicht. Frauen mit Macht waren genau, was sie für sich wünschte.

Vor Bredas Toren tauchten Flüchtlinge aus Herenthals auf und baten um Einlass. Sie waren nass, schmutzig und sahen mitleiderregend aus, aber Lothar rief ihnen vom Torturm zu, sich in den Wäldern zu verbergen.

»Wir haben nichts zu essen, und den Kindern ist kalt«, schallte es herauf.

»Wir haben auch nichts für euch«, antwortete der Anführer der herzoglichen Truppen.

Seit der Feind nahe war, schickte er keine Jäger mehr aus, und die täglichen Rationen waren für alle reduziert worden. Trotzdem bekam Elsa manchmal kaum das herunter, was ihr zustand. Sehniges Fleisch, nachlässig geräuchert oder nur halb getrocknet. Das eingelagerte Saatgut war noch unberührt, und Elsa war weiterhin wild entschlossen, dass dies auch so blieb.

Sie stand mit Lothar gemeinsam auf dem Wachturm neben dem Tor und hätte die Flüchtlinge am liebsten eingelassen. Es waren nicht einmal zwanzig Menschen, darunter sechs Männer in waffenfähigem

Alter, der Rest Frauen und Kinder. Es fiel ihr schwer, zuzusehen, wie sie ihre Bündel aufnahmen und durch den feinen Regen davonstapften. Elsa blieb noch auf dem Turm stehen, als die Menschen längst nicht mehr zu sehen waren. Die Feuchtigkeit drang durch ihren Umhang, das Haar klebte ihr am Kopf. Lothar war fortgerufen worden; der Wächter stand in seiner Ecke, starrte auf die Ebene vor der Burg und strahlte Unbehagen aus.

Aus dem Dunst schälten sich Gestalten heraus. Noch mehr Flüchtlinge, dachte Elsa. Sie kamen schnell näher. Männer auf Pferden. Alle trugen sie die gleichen Kettenhemden und Helme. Die Leiber ihrer Pferde schützten sie mit doppelt genähten Lederdecken.

Panzerreiter!

»Hol Lothar. Sofort!«, befahl Elsa der Wache.

»Ich darf meinen Posten nicht verlassen.«

»Da vorne sind Panzerreiter. Hol sofort Lothar. Ich bleibe so lange hier.«

Diesmal gehorchte er und kehrte kurz darauf mit Herrn Lothar und Pater Clement zurück. Der magere Geistliche stand schlotternd im Regen.

Die Reiter blieben außerhalb der Pfeilschussweite stehen. Sie waren insgesamt sechs an der Zahl. Ein siebter ritt hinter ihnen und unterschied sich in der Kleidung. Graf Telramund.

»Gebt diese Burg auf!«, rief einer der Gepanzerten herüber.

»Was sonst?«, gab Lothar zurück.

»Sonst brennen wir sie nieder und töten alle, die der falschen Herzogin folgen.«

»So wie ihr schutzlose Städte in Brand gesetzt und wehrlose Menschen getötet habt«, rief Elsa herüber. Zorn wühlte in ihrem Leib. »Graf Telramund, zeigt Euch, wenn Ihr den Mumm dazu besitzt.«

Der siebte Reiter drängte sich zwischen die übrigen. Regen tropfte von seinem Umhang zu Boden. Sie alle wirkten, als hätten sie seit Tagen keinen trockenen Faden mehr am Leib. Das geschah ihnen recht.

»Traut Ihr Euch auch näher heran? Dann muss ich nicht so schreien.«

»Dazu gehört kein Mut. Ihr könnt nicht gegen mich bestehen. Gebt auf, und ich bin mir sicher, Ihr werdet ein Kloster finden, das Euch aufnimmt. Ich werde Euch ein Dorf lassen, das Ihr dem Kloster schenken könnt.«

Die Großkotzigkeit widerte Elsa an. Zum Glück redete er nicht länger davon, sie zum Weib zu nehmen, dennoch loderte der Ärger heiß in ihr.

Telramund war näher herangekommen, aber Elsa sprach jetzt leiser, weshalb er bestimmt die Ohren spitzen musste, um sie zu verstehen. »Ich brauche kein Dorf von Euch, um in einem Kloster aufgenommen zu werden. Mir gehört ein Herzogtum. Eher könnt Ihr Euch glücklich schätzen, noch irgendwo aufgenommen zu werden. Niemand beherbergt gern einen Verräter.«

»Ihr riskiert große Worte. Ich sehe nicht, dass Ihr mehr beherrscht als diese Burg.«

»Wir haben es warm und trocken, Eure Leute kampieren im Regen. Aber jeder von ihnen ist mir willkommen. Wenn sie sich für die Seite des Rechts entscheiden wollen, öffnen wir ihnen das Tor.« Den letzten Satz schrie Elsa wieder lauter, damit die gepanzerten Reiter sie verstanden. »Euer Makel soll an ihnen nicht haften.«

»Niemand wird kommen, weil niemand auf der Seit der Verliererin stehen will. Genug geredet, ergebt Euch oder tragt die Folgen. Ich gebe bis Sonnenaufgang in zwei Tagen Bedenkzeit. Danach räuchere ich Euch aus.«

Der Graf wartete eine Antwort nicht ab, sondern wendete seinen Hengst und galoppierte davon. Die Panzerreiter folgten ihm.

»Breda ist nicht leicht einzunehmen«, sagte Lothar, als er vom Turm herunterstieg. »Der Regen hat alles durchweicht, da brennen nicht einmal die Schindeldächer. Wir schießen unsere Pfeile von oben nach unten, er andersherum. Wer da wohl im Vorteil ist …?«

»Mir wäre es am liebsten, es käme gar nicht so weit, dass Brabanter auf Brabanter schießen. Es muss doch einen anderen Weg geben, die Fehde zu beenden und die Gerechtigkeit des Herrn wiederherzustellen.«

»Eine offene Schlacht sollten wir nicht riskieren. Seine Männer sind unseren an Zahl weit überlegen, und Panzerreiter zählen sicher einer für drei.«

»Also sitzen wir wie das Kaninchen in der Höhle, vor der der Fuchs lauert?«

Lothar antwortete nicht. Sie erreichten den Wohnturm. Drinnen war es nicht wärmer als draußen, nur der Wind und der Regen fehlten.

KAPITEL XXXII

$\mathcal{I}$m Frauengemach saß Simona in mehrere Schichten Kleidung gehüllt und mit einer Decke um die Schultern auf einem Schemel und stickte im Licht einer einzigen Kerze. Pater Clement lehnte an der Wand und trug als Tribut gegen die Kälte Socken und ebenfalls eine Decke um die Schultern. Elsa spürte die Kälte nicht, sie war noch zu erregt von den Beleidigungen, die Graf Telramund ihr entgegengeschleudert hatte. Auch Lothar betrat das Frauengemach. Die Daumen in den Waffengurt gehakt, wippte er auf den Fußballen vor und zurück.

»Einen Tag und zwei Nächte«, murmelte Pater Clement. »Das sollte dem Herrn Zeit geben, ein Wunder zu wirken und uns einen Ausweg aufzuzeigen.«

Einen derartigen Zynismus kannte Elsa nicht von ihm und sah darin einen weiteren Hinweis auf den Ernst ihrer Lage.

»Euer Vater hat diesem Verräter vertraut. Ich auch. Wie konnten wir uns so in diesem Menschen täuschen?« Der Pater schüttelte den Kopf.

»Er hat uns alle getäuscht. Mich ebenso.« Das kam von Lothar. »Der Graf bricht den Frieden des Königs. Er darf damit nicht durchkommen.«

»Er wäre nicht der Erste, der diesen missachtet. Und vielleicht Erfolg damit hat«, bemerkte Simona und schnitt einen Faden ab. Sie ließ danach die Stickarbeit auf ihren Knien ruhen.

Der königliche Frieden. In Elsas Gedanken formte sich ein Plan. Erst ungeordnet, aber zunehmend überzeugter legte sie dar, was ihr durch den Kopf flatterte. Sie, der Pater, Lothar und Simona steckten die Köpfe zusammen.

»Ich mache es«, sagte Lothar anschließend.

»Ihr werdet hier gebraucht. Wer soll die Männer führen, wenn der Verräter vor dem Tor auftaucht?«, widersprach Pater Clement. Ihm fiel offenbar nicht auf, dass er die Herzogin mit seinen Worten düpierte.

Elsa schwieg dazu, denn sie fühlte sich nicht in der Lage, die Verteidigung Bredas alleine zu leiten.

»Ich gehe«, fügte der Pater noch hinzu.

»Die Menschen brauchen Euren geistigen Beistand. Ich brauche ihn auch und Euren klugen Rat.« Diesmal widersprach Elsa. In Gedanken fragte sie sich, welchem der anwesenden Edlen sie eine derart heikle Mission anvertrauen konnte. Jemandem aus dem Peelland oder Frau Einhilda? Ihnen konnte sie trauen. Aber ihr Fehlen würde auffallen und zu Fragen führen. Genau das Gleiche galt für Pater Clement und erst recht Herrn Lothar. Andererseits musste sie jemand von hoher Geburt schicken.

»Herr Lothar und Pater Clement kommen nicht infrage. Elsa aus naheliegendem Grund auch nicht; wir können auch niemand sonst entbehren. Also bleibe nur ich. Ich bin von zu hoher Geburt, um mir kein Gehör zu schenken. In der Nacht mache ich mich auf den Weg.« Simona faltete ihre Stickarbeit zusammen und legte sie in einen Korb zu ihren Füßen.

»Nein!«, sagten die anderen im Chor.

Die Diskussion wurde lange und leidenschaftlich geführt, bis sich Simona durchsetzte. Elsa umarmte die Freundin.

»Du musst das wirklich nicht tun«, flüsterte sie dabei.

»Ich will aber.«

Simona hatte ihre Kleider ab- und das lederne Gewand eines Jägers angelegt, sogar ein Messer steckte in einer Scheide an ihrem Gürtel, als sie in der Nacht aufbrach. Das lange Haar verbarg sie unter einer Filzkappe. Weil sie auch eine gute Reiterin war, musste jedermann sie für einen jungen Mann halten. Elsa hatte es dennoch nicht übers Herz gebracht, sie ganz alleine gehen zu lassen, und ihr zwei Waffenknechte mitgegeben.

Am Morgen fehlte Elsa die Freundin, und sie fragte sich unentwegt, wie viel ihres gefährlichen Weges sie bereits zurückgelegt hatte. Es fehlte aber auch Rhuna, die ihr sonst immer beim Ankleiden geholfen hatte. Elsa schüttelte schließlich das Kleid vom Vortag aus und zog es sich über den Kopf. Die Schnürung auf der Brust schloss sie nur locker, das Haar flocht sie zu einem Zopf und ließ ihn lang den Rücken herunterhängen. Es war ungewöhnlich, dass Rhuna ihren Pflichten fernblieb.

»Geflohen«, sagte Lothar ärgerlich, als er mit Elsa gemeinsam die Wachen inspizierte. »Wie gut kennt sie Breda? Was weiß sie über unsere Verteidigungsstellungen?«

»Nichts, was Graf Telramund nicht auch weiß. Er kennt Breda so gut wie wir alle.«

»Dann kann sie also nichts verraten?«

Das würde sie nie machen, wollte Elsa widersprechen, schwieg aber. Über Rhunas Gedanken wusste sie nichts.

»Sie wird Angst bekommen haben«, sagte sie ohne echte Überzeugung.

Erst als der Tag schon mehrere Stunden alt war, fiel auf, dass noch jemand verschwunden war: ein Knecht aus den Ställen. Elsa hatte einen schlechten Geschmack im Mund. Er hatte in der Nacht die Pferde aufgesattelt und konnte sich zumindest zusammenreimen, dass etwas vorging. Wenn er mit diesem Wissen zu Graf Telramund übergelaufen war ... Der war nicht dumm. Sie haderte damit, dass sie die Pferde selbst hätten satteln sollen. Zudem vermisste sie Simona und Rhuna, nun war wirklich niemand mehr da, um ein Wort von Frau zu Frau zu wechseln.

KAPITEL XXXIII

W ir brechen auf«, bestimmte Graf Telramund grimmig. Er stand im Kreis seiner Gefolgsleute. Die meisten sahen reichlich übernächtigt aus. Sie hatten am Abend lange beisammengesessen und tief in die Becher geschaut. Telramund verspürte so viel Durst, dass er ein ganzes Fass leeren könnte, und fühlte sich, als hätte er nicht mehr als einige Minuten geruht. Obwohl es nicht seine Art war, Wetten auf die Zukunft abzuschließen, hatte er den ein oder anderen Becher Wein mehr als gewöhnlich getrunken. Der Sieg über Frau Elsa war ihm nicht mehr zu nehmen.

»Das ist vor der zugesagten Zeit«, meldete sich der Freiherr Willibold zu Wort.

»Das spielt keine Rolle mehr.«

»Wir stehen im Wort.«

»Ich habe eine Nachricht erhalten, dass unsere Gegnerin zu unrühmlichen Mitteln greift.« Das war übertrieben, aber im ersten Moment war es ihm schlimmer als Verrat vorgekommen, was ein aus Breda geflohener Knecht berichtet hatte.

»Zu welchen?« Das fragte der burgundische Graf von Nevers.

»Sie sucht sich Verbündete.«

»Das habt Ihr auch.«

»Ich habe auch einen berechtigten Anspruch. Brabant braucht mich als seinen Herrscher statt eines unerfahrenen Weibes.« In Telramunds Kopf hatte ein Schmied seine Arbeit aufgenommen, und nach einem Gespräch über Recht und Moral stand ihm nicht der Sinn. Elsas winziges Heer würde er mit links hinwegfegen, zumal bei ihrer Unerfahrenheit. Aber nicht mehr, wenn sie sich Verbündete aus dem ostfränkischen Reich an die Seite holte.

Etwas anderes konnte es nicht bedeuten, wenn drei Personen bei Nacht heimlich die Burg verließen. An wen sollte sie sich noch wenden außer an König Heinrich? Er hatte sofort sechs seiner Panzerreiter ausgeschickt, um sie aufzustöbern – koste es, was es wolle. Aber der Vorsprung betrug mehrere Stunden.

»Die Männer müssen bereit sein, bevor die Sonne den höchsten Stand erreicht hat, sonst werden sie mich kennenlernen. Ihr seid mir dafür verantwortlich.« Telramund zeigte auf Margots Vater.

In seiner Unterkunft in einem verlassenen Bauernhaus wartete Margot auf ihn. Sie trug nur ein dünnes Gewand, das von ihrem Körper mehr zeigte als verbarg. Das Haar fiel ihr offen den Rücken hinunter. Ihr fester Hintern reckte sich ihm entgegen, und in ihm regte sich die Manneslust. Es war noch Zeit für ein schnelles Vergnügen.

* * *

Rhuna spuckte einen Zahn aus. Mit der Zungenspitze tastete sie an die Stelle, wo er fehlte. Ein Eckzahn. Sie schmeckte Blut, ihr Kiefer schmerzte. Ein verlorener Zahn war das geringste ihrer Probleme; außer dem Kiefer schmerzte ihr gesamter Körper von Schlägen und Tritten. Den brennendsten Schmerz spürte sie an der Seite, wo eine

Messerklinge sie verletzt hatte. Ihre Rechte war glitschig von dem aus der Wunde fließenden Blut. Wenige Fingerbreit weiter, und der Stich wäre in den Bauch gegangen. Dann hätte auch Makusha nichts mehr für sie tun können. Es fühlte sich auch so schon an, als hätte die Klinge ein Stück aus ihr herausgeschnitten.

Ein Schluchzen stieg ihre Kehle hinauf, und sie münzte es in ein Stöhnen um. Den Kopf zu heben war so unendlich schwer, als hätte er das Gewicht eines Ochsen. Sie schaute sich um, aber viel zu erkennen war in der Dunkelheit nicht. Bäume, Büsche um sie herum, und am Himmel hing eine bleiche, schmale Mondsichel. Die war schmaler geworden, seit sie sie das letzte Mal erblickt, daran erkannte sie, dass sie mehr als einen Tag verletzt im Wald gelegen haben musste. Blätter raschelten im Wind, nachtaktive Tiere gingen ihren Geschäften nach. Ein Käfer krabbelte über ihre blutige Hand.

Wenn sie sich nicht tot gestellt hätte, säße sie jetzt an Makushas Seite, und vielleicht wäre das ein besseres Los. Wie dieser Mann auf sie eingeprügelt hatte, Hass hatte in seinen Schlägen und Tritten gelegen. Er war stark gewesen von der Arbeit in den Ställen, und sie hatte keine Chance gehabt. Nach dem Messerstich war sie zusammengesackt und hatte sich nicht mehr bewegt. Ihr Atem ging flach, nicht zu spüren, sie hatte sich auch wie tot gefühlt. Nach einem letzten Tritt war der Kerl davongerannt.

Geradewegs zu Graf Telramund. Das hatte sie gründlich verdorben. Statt einen Krieger zu alarmieren, war sie sich listig und stark genug vorgekommen. Makusha bestrafte sie für ihren Hochmut. Wenn sie hier noch länger liegen blieb, verblutete sie am Ende noch, und damit war nun wirklich niemandem geholfen. Rhuna stemmte sich auf die Knie, stützte sich mit den Händen ab. Sie musste wirken wie ein Hund, der auf die Schelte seines Herrn wartete.

»Makusha, o Makusha«, stöhnte sie.

Das Kreuz aus Kupferdraht, das sie zur Kaschierung ihres wahren Glaubens trug, rutschte unter ihrem Kleid hervor und baumelte hin und her. Dieser Gott war zu nichts nütze, von seiner Gnade und Gegenwart hatte sie noch nie etwas gespürt. Sie riss es ab und warf es fort.

Hier konnte sie nicht bleiben, aber wohin sie es schaffen sollte, wusste sie nicht. So allein hatte Rhuna sich nicht einmal gefühlt, als man sie aus Makushas Tempel fortgerissen und in die Sklaverei verkauft hatte. Nun hatte sie nicht nur sich selbst, sondern auch Herzogin Elsa in Gefahr gebracht.

Wenn der Pferdeknecht sie an Graf Telramund verriet …? Nein, von dem Vorhaben konnte er nichts wissen, aber es reichte wohl, dem Grafen zu verraten, dass sich drei Reiter aus der Burg geschlichen hatten. Sie war ihm heimlich nach, und als ihr klar wurde, dass er zum Feind überlaufen wollte … Makushas Macht war mit ihr gewesen – das Messer in ihrer Rechten. Sie hatte ihn verfehlt, er ihr die Waffe aus der Hand gewunden. Makusha war eine Göttin der Fruchtbarkeit und des Friedens, keine des Kampfes.

Rhuna nahm ihre Kräfte zusammen und richtete sich auf. Sie musste sich an einem Baum abstützen, um nicht wieder zu stürzen. Sie brauchte Licht, musste ihre Wunde verbinden, Hilfe holen und brauchte etwas zu trinken. Schritt für Schritt schleppte sie sich voran. In die Richtung, in der sie die Burg vermutete.

Irgendwann ragte sie vor ihr auf, und Rhuna erkannte, dass sie nicht hineinkam. Das Tor war verschlossen, sie durfte nicht rufen, und wenn sie doch entdeckt wurde, hielte man sie sicher für eine Feindin und würde sie mit einem Speer in die Rippen begrüßen, nicht mit einem Verband für ihre Wunde.

So elend hatte sie sich nicht einmal gefühlt, als sie am Pfahl des grausamen Kaufmannes gehangen hatte. Damals hatte sie sich vorstellen können, wie ihre Zukunft aussah, und war gewappnet gewesen. Bis Frau Elsa gekommen war und sie gerettet hatte.

Rhuna verkroch sich tief in einem Gebüsch, riss von ihrem Kleid einen Fetzen ab und presste ihn auf die Wunde.

KAPITEL XXXIV

E lsa fühlte sich wie ein eingesperrtes Tier. Das nichts anderes tun konnte, als zu warten, bis jemand Futter und Wasser brachte. Täglich betete sie mehrere Stunden zum Herrgott, dass Simona König Heinrich schnell fand, und bat gleichzeitig die Mutter Maria um Vergebung, weil sie die Freundin einer solchen Gefahr aussetzte. Vom langen Knien waren ihre Knie wund und steif.

Auf Gebete allein verließ Lothar sich nicht, er ließ im Hof aus den Dachbalken eines abgerissenen Unterstandes ein Katapult bauen. Die Zeichnung dafür hatte Pater Clement in einem alten römischen Werk entdeckt. Das Gerät sollte Speere viel weiter schleudern, als ein von Hand abgeschossener Pfeil flog.

»Die werden sich wundern, wenn auf einmal Speere mit brennenden Heukugeln auf der Spitze mitten unter ihnen niedergehen«, sagte Lothar stolz. Sowie Pater Clement ihm die Funktion der Waffe erklärt hatte, war er sofort von deren Nutzen überzeugt gewesen.

Elsa teilte diese Überzeugung nicht vollständig. Ihr schienen die verwendeten Dachbalken nicht das richtige Holz für eine Speerschleuder zu sein, bei der sicher enorme Kräfte wirkten. Nur hatten sie nichts anderes, außer sie rissen die oberen Stockwerke des Wohnturms ab. Sorge bereitete ihr auch, dass die Waffe vor dem Einsatz nicht ausprobiert werden konnte.

»Manchmal wünsche ich mir, dass Graf Telramund uns endlich angreift, damit dieses Warten ein Ende hat«, sagte sie zu Lothar, als sie beide über die Palisade zum feindlichen Lager hinüberspähten.

»Der Graf will uns aushungern. Zum Glück können wir noch ein paar Wochen durchhalten und haben dann das eingelagerte Getreide.«

»Das gehört uns nicht. Wir dürfen uns nicht daran vergreifen.« Elsa ließ die verschlossenen Lagerräume weiter Tag und Nacht bewachen.

»Es nützt niemandem, wenn wir so lange vor vollen Speichern hungern, bis Graf Telramund leichtes Spiel mit uns hat. Er wird den Bauern ihr Saatgut gewiss nicht zurückgeben, sondern an seine Gefolgsleute verteilen.«

Damit mochte Lothar recht haben, aber Elsa stand im Wort.

Die Speerschleuder stand im Hof, und der aufgelegte Speer ragte hoch in den Himmel. Auf Elsa wirkte die Schleuder wie eines dieser monströsen Tiere aus den alten Sagen. Ein Lindwurm.

Vier Männer waren nötig, um die Seilwinde zu spannen. Das Holz ächzte, die Seile knarrten. Die Geräusche jagten Elsa eine Gänsehaut über den Rücken. Sie rieb sich die Arme, aber das vertrieb das Gefühl nicht. Lothar zündete eigenhändig den Strohball an der Speerspitze an. Er benutzte dazu eine auf einer Stange steckende Fackel.

Das Stroh fing sofort Feuer. Er sprang zurück, die Winde wurde gelöst. Seile ratschten, und mit einem Sirren federte der Speer in die Luft. Schräg in den Himmel. Kraftvoll flog er hoch, und es sah aus, als wollte er nie wieder zu Boden fallen. Alle im Hof beobachteten die perfekte Kreisbahn.

Eine der Wachen auf den Palisaden schüttelte den Kopf. »Zu weit nach links und zu steil«, meldete er.

Mehr als ein halbes Dutzend Männer waren nötig, um die Schleuder neu auszurichten. Zwei weitere trugen einen neuen Speer heran. Seine Spitze war wieder mit Stroh umwickelt.

»Was geht draußen vor sich?«, wollte Elsa wissen. Sie wartete die Antwort nicht ab, sondern stieg auf den Wehrgang und spähte zwischen den spitzen Enden der Pfähle hindurch.

In Telramunds Lager war einige Unruhe entstanden: Die Panzerreiter trabten auf und ab, eine Gruppe Männer umstand die Stelle, wo der Speer niedergegangen war. Der Graf befand sich unter ihnen. Ein Feuer war leider nicht ausgebrochen, aber überall zwischen den Zelten gürteten Männer ihre Waffen und setzten Helme auf.

Die Speerschleuder wurde verrückt, bis Lothar mit ihrem Standort zufrieden war, er war dazu selbst auf den Wehrgang gestiegen.

»Aus der vermuteten Entfernung zum Lager und der Neigung des Speers gen Himmel hätte ein Grieche namens Archimedes die Flugbahn berechnen können«, bemerkte Pater Clement, und es war das erste Mal, dass Elsa einen Hauch von Ungeduld in seiner Stimme wahrnahm.

Lothar drehte sich zu ihm um, eine steile Falte auf der Stirn. »Berechnet sie doch. Für alles, was uns gegen diesen Abtrünnigen hilft, bin ich dankbar. Ich möchte gerne Sigiberts Gesicht sehen, wenn ein brennender Speer ihm die Eier versengt.«

»Ich bin ein Mann Gottes.«

Es blieb offen, ob diese Worte Lothars Ausdrucksweise galten oder er darauf hinweisen wollte, dass seine Kenntnisse der Mathematik nicht ausreichten. Bevor der Streit sich aufschaukeln konnte, rief jemand, dass das Katapult bereit sei zum Spannen. Elsa war froh, sie hätte nicht gewusst, wie sie die aufkeimende Auseinandersetzung hätte verhindern können. Eine derartige Gereiztheit kannte sie nicht von Pater Clement.

Die Winden ächzten, als die Schleuder gespannt wurde. Wieder waren dafür vier Männer nötig. Auf ihren Gesichtern stand der Schweiß.

Lothar spähte noch einmal am Speer entlang, dann senkte er den Arm. Die Männer ließen die Winden los.

Der Speer schnellte in den Himmel ... Er hätte es tun sollen, aber ein Krachen ertönte, gefolgt von einem Splittern. Der Arm des Katapults rutschte zur Seite, wurde noch von den Seilen gehalten. Abgesplitterte Stücke flogen herum. Jemand schrie auf, Kinder begannen zu weinen, eine Frau jammerte: »Cuno, Cuno.« So hieß einer der Pferdeknechte, wusste Elsa.

Der Speer war noch über die Mauer geflogen, aber gleich danach zu Boden gefallen.

KAPITEL XXXV

*G*raf Telramund blickte nacheinander in jedes Gesicht, versuchte, darin zu lesen. Herr Sigibert von den Rembertingern saß breitbeinig auf einem Schemel und kratzte sich im Schritt. In der anderen Hand hielt er einen grob geschnitzten Holzkrug von enormer Größe. Dieser war bis oben hin gefüllt mit Bier. Das Trinkgefäß hatte er sich anfertigen lassen, weil ihm alle anderen zu klein gewesen waren. Sein Mut und seine Fertigkeit im Umgang mit Waffen hatten ihn in diese Runde befördert. Seine Manieren allerdings widersprachen dem.

In einem mit Leder bespannten zusammenklappbaren Stuhl saß Freiherr Willibold, der sich mit einem Zinnbecher zufriedengab und dessen Manieren weniger zu wünschen übrigließen. An seiner Seite seine Tochter Margot in einem hochgeschlossenen Kleid. Solange ihr Vater zugegen war, gab sie die tugendhafte Tochter, hielt den Blick gesenkt und die Hände gefaltet. In den Nächten dagegen ... Einige burgundische und Edelleute aus Lothringen vervollständigten den Kriegsrat.

»Warum schlagen wir nicht los?«, sprach Sigibert aus, was auch andere Mienen ausdrückten. »Wir sind ihnen haushoch überlegen. Zuerst setzen wir ein paar Dächer in Brand, ehe wir losstürmen. Die paar Männer der falschen Herzogin können die Burg niemals gegen uns halten.«

Telramund schüttelte den Kopf. Es nagte immer noch an ihm, dass es seinen Männern nicht gelungen war, die drei Kerle zu finden, die Breda heimlich verlassen hatten. Sie waren seinen Panzerreitern wie Aale durch die Finger geschlüpft.

Sigibert war noch nicht fertig. »Wenn Ihr erst auf dem Herzogsthron sitzt, fragt niemand mehr danach, wie Ihr dorthin gekommen seid. Ihr habt mächtige Verbündete an Eurer Seite, und das niedere Volk wird Euch zujubeln.«

»König Heinrich wird Euch ein Freundschaftsbündnis anbieten, wie beim Herzog von Lothringen und bei Elsas Vater«, warf einer der burgundischen Grafen ein.

Damit mochte er recht haben. Dennoch … »Ich will nicht auf dem Herzogsthron eines Leichenhauses sitzen, sondern über ein Volk regieren, das mir Reichtum einbringt. Wenn alle Brabanter auf unserer und der Gegenseite tot sind, nützt mir das Herzogtum nichts«, schloss Telramund sarkastisch.

Sigibert bemerkte dies nicht, die anderen ebenso wenig. Einzig Margot ließ ihm ein verstohlenes Lächeln zukommen.

»Pah, Ihr könnt auf die Jammerlappen verzichten, die sich von einer Frau regieren lassen wollen, Herr Graf.« Sigibert schlürfte geräuschvoll aus seinem Holzkrug. Bier lief ihm in den Bart und auf seine Tunika.

»Wir hungern sie aus und schonen unsere eigenen Leute. Breda fällt uns unversehrt in den Schoß, und das ist mir lieber, als einen Haufen Steine und verbranntes Holz zu erobern«, erklärte Telramund großspurig.

»Die Brabanter werden es Euch danken, weil Ihr ihre armseligen

Leben geschont habt«, sagte der Graf von Nevers. »In den Chroniken wird einst stehen, Graf Telramund begann seine Herrschaft über Brabant mit einem Akt der Gnade gegen seine Untertanen.«

Ob das über ihn gesagt werden würde, bezweifelte Telramund, aber Margots Vater nickte und auch einige andere der edlen Herren. Seiner Seele nützte es allemal … Zwei oder drei Herren – Sigibert gehörte zu ihnen – blieben skeptisch. Wenn ihnen das Schicksal ihrer unsterblichen Seelen gleich war, für ihn traf das nicht zu, er wollte dafür Sorge tragen, in die Gebetsbücher in Remiremont, St. Gallen und noch einiger anderer Klöster aufgenommen zu werden, damit die Mönche mit ihren Gebeten ihm den Weg in den Himmel ebneten. Das taten sie nicht für Tyrannen. Ein Schwachkopf wie Sigibert verstand das natürlich nicht.

»Bis sie wieder Feuerspeere auf uns schleudern, dass unser Lager in Flammen aufgeht«, murrte der.

»Das werden sie nicht.« Diesmal ergriff Margots Vater das Wort. »Wir haben alle gesehen, was bei ihrem zweiten Versuch passiert ist. Sie haben keine zweite Schleuder, sonst hätten sie sie längst eingesetzt. Es wird ihnen auch nicht noch einmal gelingen, eine zu bauen.«

Sie waren alle erstaunt gewesen, als ein Speer mit einem brennenden Heubusch an der Spitze heranflog. Er hatte nicht das Lager getroffen, war aber in Sigiberts Nähe niedergegangen und hatte dessen Pferd in Panik versetzt. Das arme Tier war durchgegangen und hatte sich nicht mehr um seinen Reiter gekümmert, der wie wild an den Zügeln riss. Sigibert war erst nach geraumer Zeit auf einem schweißbedeckten Hengst zurückgekommen. Es hatte sich einiger Spott über ihn ergossen und seinen Groll angefacht.

»Sie müssen bestraft werden«, murmelte er.

»Sie haben Vorräte eingelagert, es kann lange dauern, bis der Hunger sie zur Aufgabe zwingt«, sagte ein burgundischer Graf.

»Eines Tages wird es so weit sein. Und wenn die Menschen im nächsten Jahr hungern, weil sie kein Saatgut mehr haben, wissen sie, was sie einer Herzogin zu verdanken haben.« Telramund freute sich auf diesen Tag, verbarg das aber vor seinen Verbündeten. Er hatte die Vögte in seiner Grafschaft bereits angewiesen, große Mengen an Getreide zu beschaffen, um es an die Menschen zu verteilen, sobald er Herzog geworden war.

»Ein guter Plan«, sagte wieder der Burgunder. »Betet für seinen Erfolg. Die besten Pläne haben es an sich, dass ihnen etwas in die Quere kommt.«

Die Speerschleuder war hin. Dachbalken waren nicht dafür gemacht, derartigen Fliehkräften standzuhalten. Sie trugen Gewicht auf den Schultern wie Atlas, aber Schleuderkräften hielten sie nicht stand. Lothar hatte die Reste vom Hof schaffen lassen und Elsa den verletzten Cuno verarztet. Ein Splitter hatte ihn im Gesicht getroffen, das Auge zum Glück verfehlt, ihm aber die gesamte linke Wange aufgerissen. Elsa zog mehrere Späne aus der Wunde, die sie anschließend nähte. Als Faden benutzte sie eines ihrer Haare.

Cuno hatte alles stumm ertragen, nur mit den Augen gerollt. Seine Mutter war nicht von seiner anderen Seite gewichen und hatte seine Hand gehalten. Ihr liefen Tränen über die Wangen.

Tags darauf, kurz bevor die Sonne ihren höchsten Stand erreichte, verließ eine Reitergruppe das gegnerische Lager. Telramund ritt in ihrer Mitte, an seiner Seite Sigibert, der an einem Speer ein weißes Tuch schwenkte.

»Sie wollen verhandeln«, knurrte Lothar, der neben Elsa und Pater

Clement über die Palisade spähte. »Soll ich ihnen eine angemessene Antwort zukommen lassen?«

Sein Tonfall ließ keinen Zweifel aufkommen, dass Lothar einen Pfeilschuss meinte. Wie aus einem Munde verneinten Elsa und der Pater. Sie wollten nicht die weiße Fahne missachten.

»Das gilt nicht für Verräter«, knurrte Lothar und wandte sich ab.

»Eure Wurfmaschine taugte nichts, Fräulein Elsa«, begann Telramund, als sie ein gutes Dutzend Pferdelängen entfernt ihre Tiere zügelten. »Obwohl die Idee nicht schlecht war. Ich hätte Euch nicht zugetraut, dass Ihr so etwas fertigbringt.«

»Herzogin, muss es heißen«, murmelte Lothar.

Die weiße Fahne hielt Margots Vater. Sein Überlaufen auf die Seite des Verräters schmerzte besonders, nach allem, was Herzog Gottfried für ihn und seine Familie getan hatte.

»Schade um die Zeit, die Ihr für den Bau verschwendet habt«, fuhr der Graf fort.

»Seid Ihr gekommen, um uns zu verhöhnen?«, fragte Elsa zurück. Sie fühlte den kaum bezähmbaren Drang, etwas zwischen ihren Händen zu zerquetschen. Am liebsten seinen Hals.

»Mein Heer leidet keine Not. Der Sommer kommt, und alles ist leichter, wenn man nicht in einer Burg eingeschlossen ist. Euch wird das Fleisch ausgehen. Zwei Tage ohne Essen lassen sich aushalten, danach wird es übel.«

»Erzählt Eure Geschichten an Euren eigenen Feuern.« Elsa wollte nicht, dass er ihren Gefolgsleuten mit seinem Gerede von Hunger und Durst Angst einjagte.

Telramund wiederholte im Wesentlichen die gleichen Forderungen wie am Tag der Eidesleistung und zu Beginn der Belagerung. Er versprach all jenen Land und Freiheit, die sich seiner Sache anschlössen. Elsa prophezeite er wieder ein Leben im Kloster.

»Die Menschen haben Land und Freiheit gehabt, bevor Ihr kamt und ihre Höfe verbrennen ließet. Wir werden Euch gegen Abend eine Antwort zukommen lassen«, ließ Elsa ihn knapp wissen.

Sie verließ die Palisade. Pater Clement und Lothar folgten ihr.

In der großen Halle war es kühl und düster. Sie nahmen am Ende einer langen Tafel Platz, um die Antwort für Graf Telramund zu beraten.

»Ein Verräter wird sich nicht an Land und Freiheit erfreuen, dafür werde ich sorgen. Und wenn es das Letzte ist, was ich in diesem Leben tue. Einem Verräter werde ich niemals nachgeben.« Es blieb offen, ob Lothar seinen früheren Kameraden oder den Grafen meinte.

Seine Rede entsprach Elsas Gedanken, aber sie hätte es anders ausgedrückt. »Simona ist ihm entschlüpft.«

»Gottes gerechte Ordnung ist auf unserer Seite«, bemerkte Pater Clement fromm.

»Simona ist entkommen«, sagte Elsa noch einmal.

»Dann müsste längst …« Lothar unterbrach sich. »Wie kommt Ihr darauf, Herzogin?«

»Er hätte es sich nicht entgehen lassen, sie uns vorzuführen, hätte er sie in seiner Gewalt. Ich kenne ihn, auf einen solchen Triumph verzichtet er nicht. Die Burg ist wehrhaft und er sich nicht sicher, wie viele Männer wir unter Waffen haben«, sinnierte Elsa.

»Außerdem kann er sich nicht sicher sein, was seine Verbündeten machen werden, wenn die ersten unter unseren Pfeilen sterben. Dann gibt es kein Land mehr für sie, nur noch die Freiheit des Himmels.« Lothar schaute Pater Clement an. »Entschuldigung.«

»Wir hoffen auf Gott und Frau Simona«, erwiderte der Pater. »Sind wir uns einig über die Antwort an Graf Telramund?«

Elsa und Lothar nickten.

Kurz vor Sonnenuntergang schossen sie einen Pfeil über die Palisade. In einer an den Schaft gebundenen Lederhülse steckte die Nachricht.

* * *

Wie ein Tier auf der Erde liegend hatte Rhuna die Nacht verbracht. Den Stoffstreifen presste sie die ganze Zeit auf ihre Wunde. Erst als die Sonne die ersten Strahlen durchs Gebüsch schickte, regte sie sich. Sowie das Licht heller wurde, untersuchte sie ihre Verletzung. Die stellte sich als kaum zwei Finger breiter Stich heraus, an einer fleischigen Stelle über ihrer Hüfte. Sie hatte aufgehört zu bluten, und nachdem Rhuna sie mit feuchten Blättern gereinigt hatte, war nur noch ein schmaler roter Strich zu sehen.

Der Stoffbausch war durchgeblutet, sie warf ihn fort und riss einen neuen Streifen von ihrem Kleid ab. Die Wunde bedeckte sie mit zerkauten Blättern und verband sie anschließend. Der erste Schritt fiel ihr danach erstaunlich leicht, der zweite auch noch, aber nach einem Dutzend kam der Schmerz zurück. Rhuna biss die Zähne zusammen und stapfte weiter nach Osten. Sie orientierte sich am Moos an den Baumstämmen und am Stand der Sonne.

Schritt für Schritt kämpfte sie sich voran. Zur Grenze nach Friesland im Norden und nach Sachsen im Osten war es nicht weit, das wusste Rhuna. Und beides gehörte zum Ostfrankenreich. Wenn Frau Simona nicht entkommen war, ruhte Brabants Schicksal auf ihren Schultern. Das war sie der jungen Herzogin schuldig. Frau Elsa war immer gut zu ihr gewesen, hatte sie mehr wie eine Freundin denn wie eine Sklavin behandelt. Sie hatte den Erzählungen über die Mutter gelauscht, und dabei hatte Rhuna sich endlich wieder wie die Frau gefühlt, die sie bis zu ihrer Versklavung gewesen war. Allein dafür war Rhuna der Herzogin dankbar. Dafür musste sie den Schmerz ignorieren und weitergehen.

Die Sonne kletterte am Himmel empor, und als sie den höchsten Stand erreicht hatte, war der Verband blutig und verrutscht, die zerkauten Blätter herausgefallen, und Rhuna schleppte sich nur noch von Baum zu Baum, um sich daran abzustützen. Der Wald verschwamm vor ihren Augen, aber sie gab nicht auf. Sie schuldete Frau Elsa alles, notfalls ihr Leben.

KAPITEL XXXVI

*D*as Heer des Ostfrankenreiches bestand überwiegend aus Sachsen und Franken. Wohl zweitausend an der Zahl. Es war nur der Teil, der schnell eingezogen werden konnte unter der Führung des fränkischen Herzogs Eberhard. Ihm zur Seite stand der Liudolfinger Thankmar, Heinrichs Sohn aus seiner ersten Ehe.

Für Thankmar war es das erste Mal, dass er an einem Feldzug teilnahm. Seine Vorfreude auf die Schlacht war groß und wurde auch nicht dadurch getrübt, dass Herzog Eberhard ihm erklärt hatte, es würde gar nicht zu einem Kampf kommen, es ginge nur darum, Stärke zu demonstrieren, damit Graf Telramund freiwillig abzog. Thankmar hatte beschlossen, dies einfach zu überhören.

Er ritt an den Seiten der langsam marschierenden Kolonne entlang, tauchte mal vorne, mal hinten auf. Ganz am Ende wurden ein paar Wagen und Packtiere mitgeführt, die das Gepäck der Edlen transportierten. Die einfachen Soldaten mussten alles selbst tragen und nachts auf der blanken Erde kampieren, während für die Edlen Zelte aufgestellt wurden.

Bei diesem Tross gingen auch einige Huren mit, und fast alle hatten Kinder. Als Folge ihrer Arbeit blieb das wohl nicht aus. Thankmar hörte das Geschrei und das Lachen, das diese Rasselbande stets umgab. Die Kinder waren alle barfuß, trugen Lumpen, hatten ungewaschene Gesichter und verfilzte Haare. Bei einigen war nicht einmal zu erkennen, ob es sich um einen Jungen oder ein Mädchen handelte, aber alle hatten etwas im Blick, als hätten sie für ihr Alter schon zu viel gesehen. Das fiel sogar Thankmar auf.

»Da ist etwas. Da hinten«, rief eines dieser Kinder, Junge oder Mädchen, und zeigte auf den Waldrand.

Niemand aus dem Tross kümmerte sich darum; die Huren interessierten sich kaum für ihren Nachwuchs. Die Soldaten hatten ebenfalls keine Zeit, auf etwas rechts und links des Weges zu achten. Einzig Thankmar wurde aufmerksam. Er schaute zum Waldrand, wohin das Kind zeigte.

Da war nichts.

»Da ist was.« Das Balg blieb hartnäckig. Lief nun sogar darauf zu.

Thankmar ritt hinterher. Es kam ihm nun auch so vor, als bewege sich etwas zwischen den Bäumen. Vielleicht ein Hirsch? Er lockerte einen der Jagdspieße an seinem Sattel.

»Bleib zurück!«, verlangte er von dem Kind.

Nach wenigen Pferdelängen wurde ihm klar, dass dort kein Tier zwischen den Bäumen stand, sondern eine Frau. Sie stützte sich am Stamm ab und sah heruntergekommen aus. Und fremdartig. Zudem schien sie ganz alleine zu sein.

Auf jeden Fall war Thankmars Neugierde geweckt. Er ritt noch näher heran. Jetzt bemerkte sie ihn auch und hob den Kopf. Jung war sie nicht mehr und auch nie eine Schönheit gewesen. Trotzdem ging von ihr etwas aus …

»Wasser«, bat sie. »Wasser.«

Damit konnte Thankmar nicht dienen, aber eine mit Bier gefüllte Schweinsblase hing an seinem Sattel. Er warf sie der Frau hin. Es gelang ihr nicht, sie zu fangen. Als sie sich danach bückte, tat sie langsam und steif wie eine Greisin. Es sah aus, als wäre ihr die Schweinsblase zu schwer, sie bekam den Stöpsel nicht auf.

Thankmar glitt aus dem Sattel und eilte zu ihr, half ihr.

»Trink langsam. Das ist Bier, kein Wasser«, riet er.

Als hätte sie ihn nicht gehört, schüttete sie sich das Getränk in den Mund. Das Bier lief ihr rechts und links wieder heraus, aber einen Teil schluckte sie auch. Thankmar gab das Gelegenheit, sie zu betrachten. Ein Auge war blau geschlagen, die Wange darunter aufgeschürft, die Lippe gespalten. Jemand hatte ihr übel mitgespielt. Ihm fiel auch ein großer Blutfleck an ihrem Kleid auf. Die Verletzung darunter war wohl für ihren Zustand verantwortlich.

Sie sah aus wie eine Slawin, und das machte sie für Thankmar gleich noch einmal interessanter, einfach weil sein Vater die Slawen hasste.

Sie ließ die Schweinsblase sinken. »Danke«, flüsterte sie.

»Bist du eine entflohene Sklavin?« Die meisten Slawen in seines Vaters Reich waren Sklaven, aber so weit in den Westen verirrten sich die Angehörigen dieses Heidenvolkes gewöhnlich nicht.

»Nicht entlaufen«, widersprach sie stockend. »Breda braucht Hilfe. Belagerung, der König. Keine Zeit.« Der Trinkschlauch rutschte ihr aus den Händen, sie sackte hinterher, als hätte sie alle Kraft verlassen.

»Ein königliches Heer ist auf dem Weg, um Breda zu entsetzen.«

»Gut, danke«, stöhnte sie.

»Was ist mit dir? Wer hat dich verletzt?«

»Nicht wichtig.«

Mehr war von ihr nicht zu erfahren. Thankmar nahm sie vor sich auf seinen Hengst und ritt zurück zum Heerzug. Der war inzwischen weitergezogen, aber im leichten Trab hatten sie ihn bald eingeholt. Die Slawin hing mehr vor ihm, als dass sie saß.

»Kümmert euch um die Frau«, verlangte Thankmar von den Trosshuren. Er lud die Verletzte bei ihnen ab.

»Breda«, murmelte sie wieder. »Herzogin Elsa.«

»Wir werden für Ruhe sorgen. Du kannst dich darauf verlassen. König Heinrich steht bei deiner Herzogin im Wort.« Nach dieser Aussage stob Thankmar im Galopp davon.

Eine Handvoll Trosshuren beugten sich über die am Boden liegende Frau. Ihre Glieder waren verrenkt, und frisches Blut tränkte ihr Kleid auf einer Seite.

»Was der vornehme Herr mit der will?«, fragte eine der Frauen halblaut. Sie hieß Hildigund und war überall nur als die rote Gundi bekannt. Dieser Spitzname kam nicht von der Farbe ihrer Haare, sondern der ihrer Nase nach lebenslangem reichlichen Biergenuss. »Der soll sich was Frisches suchen, wie meine junge Gundi.«

Die war ihre Tochter, ein etwa sechzehnjähriges Mädchen, dem die Schneidezähne im Oberkiefer fehlten, die deshalb kaum lachte und als Hure keinen leichten Stand hatte. Sie stand neben ihrer Mutter und schüttelte den Kopf.

»Sollen wir die mitschleppen? Am Ende noch unser Essen mit der teilen, und niemand bezahlt uns dafür«, moserte eine andere Frau.

»Die wird doch eh nicht wieder«, kam es von einer dritten.

»Wir lassen sie liegen«, bestimmte die rote Gundi.

»Wir ßollen unß um ßie kümmern«, lispelte die junge Gundi.

»Na und, wir sagen einfach, sie ist uns verreckt«, bestimmte ihre Mutter, die gern das große Wort führte. »Das ist hier kein Hospital, und wir sind keine Nonnen.«

Zustimmendes Lachen antwortete ihr. Die rote Gundi wandte sich ab, zog ihre Tochter mit sich.

»Dann soll sie auch verrecken, die verfluchte Slawin«, sagte auf einmal eine der Frauen, die bisher geschwiegen hatte, und trat der Verletzten in den Bauch.

Die stöhnte auf.

»Slawin?« Die rote Gundi drehte sich wieder um.

»Das ist eine Heidin. Siehst du das nicht?« Ein zweiter Tritt folgte dem ersten.

»… Christin …«, hauchte die Verletzte.

»Wenn die Christin ist, fress ich 'nen Besen.« Die Hure zog unter dem Kleid der Slawin eine geschnitzte Figur an einer Schnur hervor. »Ein Kreuz ist das nicht. Dies ist der Beweis.«

Die anderen betrachteten mit Abscheu die geschnitzte weibliche Figur mit großen Brüsten und einer deutlich erkennbaren Vulva.

»Lügnerin!« Jetzt trat auch die rote Gundi zu.

Die Slawin wollte wegkriechen, aber es prasselten Schläge und Tritte auf sie nieder, bis sie sich nicht mehr rührte.

Die Huren beeilten sich, den Anschluss an den Tross nicht zu verlieren.

KAPITEL XXXVII

ine Staubwolke am Horizont erregte Lothars Aufmerksamkeit. Er hielt die Hand über die Augen und spähte angestrengt in Richtung der aufgehenden Sonne. Hilfe für seine Herrin erwartete er nicht mehr, es konnten nur weitere Verbündete Telramunds sein. Der Graf verstand es, sich andere gewogen zu machen, und es würde ihn nicht wundern, wenn sich sogar König Heinrich auf dessen Seite schlüge. In wenigen nächtlichen Momenten der Einsamkeit hatte Lothar überlegt, ob es nicht besser gewesen wäre, sich dem Grafen anzuschließen. Es gab keinen Zweifel mehr, dass Telramund als Sieger aus dieser Fehde hervorgehen würde. Ihre Vorräte schwanden, aber die Gegner konnten aus dem Land zusammenrauben, was immer sie brauchten, und die Belagerung den ganzen Sommer über aufrechterhalten. Wenn es im Herbst feucht und kalt wurde – spätestens das würde ihnen in Breda den Garaus machen.

Seit Wochen wurden die Rationen gekürzt, nur noch die Kämpfer erhielten zwei schmale Mahlzeiten am Tag, alle anderen mussten sich mit einer begnügen. Besonders hart war es für die kleinen Kinder, die vor Hunger weinten. Auch die Herzogin und Pater Clement begnügten sich mit einer Mahlzeit, einer besonders winzigen noch dazu. Das rechnete Lothar ihnen hoch an. Er konnte sich keinen Fürsten vorstellt, der mit seinen Leuten hungerte. Nicht einmal der verstorbene Herzog Gottfried wäre dazu bereit gewesen. Zu der Staubwolke gesellte sich jetzt Kampflärm. Nicht der einer Schlacht, es hörte sich eher wie ein Scharmützel an. Lothar hatte an genügend Kämpfen gegen Nordmänner oder irische Piraten teilgenommen, um sich sicher zu sein. Sein Herz machte einen Sprung, und er hatte wieder Hoffnung.

»Das ist der König«, sagte der junge Bursche, der neben ihm stand und eigentlich noch viel zu jung war, um in einen Kampf geschickt zu werden. Statt einer richtigen Waffe trug er einen rostigen Sauspieß. Ein ausgefranster knielanger Kittel war sein einziger Schutz gegen feindliche Geschosse.

Lothar kniff die Augen noch mehr zusammen. »Du träumst.«

»Es war die königliche Standarte«, beharrte der Junge.

»Ich sehe nur Staub.«

»Es war der König. Kämpfen sie? Ist er gekommen, um uns zu retten? Können wir dann nach Hause und wieder richtig essen?«

Die Fragerei nervte Lothar. »Woher soll ich das wissen? Du bist derjenige mit den scharfen Augen.«

Der Kampflärm endete so unvermittelt, wie er begonnen hatte. In Lothar brodelte die Wut, dass seine Augen nicht schärfer sahen; sosehr er sie auch zusammenkniff, er erblickte nicht mehr als schemenhafte Gestalten im Staub.

Sie flimmerten in der Sonne, als ständen sie in Flammen. Eine trug vielleicht eine Standarte. »Der Hunger und die Sonne haben dir etwas vorgegaukelt.« Lothar hatte davon gehört, dass auf diese Weise Traumbilder entstanden, die täuschend echt wirkten.

»Ich weiß, was ich gesehen habe.« Der Junge blieb stur.

Er sollte Frau Elsa Bescheid geben lassen, als Herzogin musste sie über jedes noch so kleine Vorkommnis unterrichtet werden. Dennoch zögerte er. Sie würde dann wieder neben ihm stehen und ihn ihre Sorgen spüren lassen, gleichzeitig wäre von ihr keine Entscheidung zu erwarten.

Anfangs war er stolz gewesen, unversehens zum Anführer des herzoglichen Heers aufgestiegen zu sein, jetzt drückte ihm immer öfter die Last der Verantwortung aufs Gemüt. Vorsorglich versetzte er die Männer in Alarmbereitschaft und verdoppelte die Wachen auf den Palisaden. Er ließ Pfeile ausgeben, Gluttöpfe und Stoffstreifen. Wenn der Angriff auf Breda bevorstand, wollte er es dem Gegner so schwer wie möglich machen. Brandpfeile konnten verheerende Wirkung entfalten und besonders die Pferde in Panik versetzen.

Die Kommandos und das einsetzende Gerenne auf dem Hof lockten Elsa aus dem Frauengemach heraus. Ihr auf dem Fuß folgte Pater Clement. Lothar seufzte innerlich. Wenn der Kirchenmann wieder von diesem Archimer anfing …

»Das ist der König«, sagte die Herzogin, kaum dass sie die Staubwolke erblickt hatte. »Die Mutter Maria hat meine Gebete erhört.«

»Es hat einen kurzen Kampf gegeben. Wer als Sieger daraus hervorgegangen ist, konnte ich nicht erkennen. Ich fürchte, der Herr ist Graf Telramund.«

Frau Elsa schüttelte vehement den Kopf. »Seht die königliche Standarte.«

Breda näherten sich etwa hundert Soldaten zu Fuß und vielleicht sechs Reiter. Ihre Tritte dröhnten auf der Erde und wirbelten weiteren Staub auf. Einer der Reiter trug die Standarte Heinrichs I.

»Sattelt mir ein Pferd und öffnet das Tor. Ich werde hinausreiten, um König Heinrich zu begrüßen«, befahl Elsa. Sie sah an sich herunter – ihr Unterkleid aus ungefärbter Wolle war am Saum fleckig, wo es über den Boden geschleift war, und das braune Obergewand hatte auch schon bessere Tage gesehen. Nicht das Richtige, um einen König zu begrüßen. Noch unmöglicher wäre es aber, ihn warten zu lassen, nachdem er gekommen war, um ihr beizustehen. Ihre Erleichterung war so unendlich groß, dass sie fürchtete, vor dem König keine angemessenen Worte des Dankes zu finden.

»Seid Ihr verrückt!«, rutschte es Lothar heraus. »Verzeihung, Herzogin, aber ich lasse Euch nicht hinaus, bevor wir nicht wissen, ob dort wirklich König Heinrich kommt und was seine Absichten sind.«

»Uns beizustehen, natürlich.«

»Aber wir wissen es nicht sicher. Das Tor bleibt geschlossen.«

Das befohlene Pferd wurde in den Hof geführt, aber Elsa beharrte nicht länger darauf, hinauszureiten.

Die Abordnung marschierte auf die Furt über die Aa nördlich der Burg zu. Die zwei Dutzend Männer, die Telramund dort stationiert hatte, verzichteten im Angesicht der Übermacht auf jedwede Kampfhandlung. Widerstandslos ließen sie sich ihre Waffen abnehmen. Einigen wurden die Hände auf dem Rücken zusammengebunden. Lothar atmete auf.

Ein Panzerreiter kam vor die Burg geritten und verkündete, Prinz Thankmar und Herzog Eberhard von Franken seien unter dem königlichen Banner gekommen, um den Frieden im Reich wiederherzustellen. Lothar wurde noch leichter ums Herz, und er sträubte sich nicht länger, als Elsa das Tor öffnen ließ.

KAPITEL XXXVIII

Elsa kniete vor Prinz Thankmar und dem fränkischen Herzog Eberhard in einem hastig aufgestellten Zelt. Sie trug über dem Kleid einen Harnisch, der ihr um die Brust zu eng war und sie nur mühsam atmen ließ. In der Burg hatten sie keinen auftreiben können, der ihren weiblichen Formen entsprach, aber sie wollte wehrhaft aussehen wie eine der Schildmaiden aus den alten Sagen. Nachdem Herr Lothar sie erst nicht hatte hinausgehen lassen, fand sie doch die Zeit, sich umzukleiden. Links neben ihr kniete Graf Telramund, ebenfalls gerüstet, aber seine Waffen hatte er vor dem Zelt abgegeben und es sich auch gefallen lassen müssen, dass ihn einer der Panzerreiter nach verborgenen Messern abgetastet hatte.

Drei dieser Männer standen an den Zeltwänden bereit, sofort einzugreifen, sollte etwas Unvorhergesehenes eintreten. Elsa war nicht durchsucht worden, ihr hatte man sogar den kleinen Dolch gelassen, den sie sichtbar am Gürtel trug. An den Grafen hatte sie nicht das Wort gerichtet und ihn auch keines Blickes gewürdigt.

Auf einem Sessel lümmelte Prinz Thankmar, und als ginge ihn das alles nichts an, beschäftigte er sich damit, das Schwarze unter seinen Fingernägeln herauszukratzen. Vor ihnen schritt der fränkische Herzog Eberhard auf und ab. Mit einer kurzen Reitpeitsche schlug er sich immer wieder in die linke Hand. Haar und Bart waren zerzaust, die Kleidung staubig, und an seinen Stiefeln klebte Dreck. Vor dem Herzog müsste Elsa nicht knien, sie waren einander ebenbürtig, aber König Heinrichs ältestem Sohn stand diese Ehre zu, deshalb verharrte sie in der demütigenden Stellung.

»Ihr habt den Frieden des Königs gebrochen«, grollte der Frankenherzog.

Elsa bezog diese Anschuldigung nicht auf sich und schwieg. Auch Telramund sagte nichts, aber vielleicht hatte er den Kopf etwas tiefer gesenkt.

»König Heinrich duldet es nicht, dass die Edlen seines Reiches gegeneinander Krieg führen. Gegenseitig Burgen belagern, Städte niederbrennen, Felder verheeren und Bauern töten.« Nach einer kurzen Pause fügte er hinzu. »Graf Telramund.«

Elsa konnte ein Gefühl der Erleichterung nicht unterdrücken.

»Mir war nur daran gelegen, den Letzten Willen des verstorbenen Herzogs Gottfried – der Herr hab ihn selig – zu erfüllen. Noch auf dem Sterbebett nahm er mir das Versprechen ab, Brabant als Herzog zu dienen.«

»Das ist eine Lüge«, fuhr Elsa auf.

»Ihm war daran gelegen, dass ich als Ehemann seiner Tochter über Brabant herrsche, und ich habe mich wahrlich um Frau Elsa bemüht, aber ...«

»Auch das ist eine Lüge. Ein Leben im Kloster hat der Verräter mir angedroht.«

Mit einer Handbewegung brachte Herzog Eberhard sie zum Schweigen. »Ein gottgeweihtes Leben in einem Kloster sollte Berufung und keine Strafe sein. Über Euren Streit zu richten, bleibt die Aufgabe des Königs auf dem Hoftag im November, bis dahin werdet

Ihr Frieden halten. Prinz Thankmar ist anwesend, um dem königlichen Willen Nachdruck zu verleihen.«

Lässig nickte dieser. »Ich werde den Kampf nicht scheuen.«

Jetzt war es gerade einmal Mai. Wie stellte der Frankenherzog sich vor, sollte bis dahin Frieden in Brabant herrschen? Auf einen Eid des Grafen hin? Was von dessen Schwüren zu halten war, hatte sie erlebt. Graf Telramund hatte weder Frau noch Kinder, die als Geiseln gegeben werden konnten.

»Die Belagerung Bredas endet an diesem Tag, Graf Telramund. Befiehlt Euer Heer zurück, schickt Eure Verbündeten nach Hause, wenn Ihr keinen Kampf mit dem königlichen Heer riskieren wollt.« Eberhard von Franken stand jetzt breitbeinig vor ihnen. Die kurze Peitsche hielt er immer noch in der Rechten, und es sah aus, als wollte er sie am liebsten auf einen Rücken niedersausen lassen. Die Panzerreiter zogen grimmige Mienen, und ihre Hände lagen die ganze Zeit in der Nähe ihrer Schwerter.

»Ich benötige Garantien, dass der Graf den Frieden bis zum Hoftag auch hält und nicht im Sommer erneut gegen Brabants rechtmäßige Herzogin zieht.«

»Mein Wort«, würgte Telramund hervor.

»Dem traue ich nicht.«

»Ihr werdet beide an den Hof reisen und dort bleiben, bis über Eure Fehde verhandelt wird. Dann ruhen alle Feindseligkeiten, und niemand muss das Wort des anderen anzweifeln.« Herzog Eberhard klang, als hätte er diese Rede vorher eingeübt.

Elsa war sehr einverstanden, dass Telramund unter königlicher Aufsicht stand. Für sich selbst sah sie es anders, immerhin hatte nicht sie den Reichsfrieden gebrochen. Und was sollte in den Monaten bis November aus Brabant werden? Sie protestierte.

»Ein von mir eingesetzter königlicher Verweser wird Brabant verwalten. Mit der Hilfe Eures Paters Clement. Ein zweiter königlicher Verweser wird Herrn Telramunds Männer in den Valkengau zurückführen und diesen verwalten. Am Hof freut sich Königin Mathilde auf Eure Gesellschaft, Frau Elsa, und Graf Telramund nimmt den Platz ein, an den seine Geburt ihn stellte.«

Das durfte nicht wahr sein! Elsa schnappte nach Luft. Die Herzogin sollte in die Frauengemächer verbannt werden, während der Verräter sich mit den Männern des Hofes auf der Jagd vergnügte und sich im Schwertkampf übte. Und dabei natürlich für seine Sache warb. Das war ein Affront gegen sie als Herzogin. Aber der Franke sah nicht aus, als hätte er im Scherz gesprochen.

»Ich bin die rechtmäßige Herzogin Brabants. Im Rat der Fürsten stehen mir Sitz und Stimme zu, und beides gedenke ich wahrzunehmen.« Sie sprach schneidend kalt.

»Als Weib ...«

»Als Herzogin!«, fuhr Elsa auf. Sie wusste, wenn sie sich nicht durchsetzte, würde sie niemals jemand respektieren. Graf Telramund würde nicht zögern, alle wissen zu lassen, dass sie nicht einmal in der Lage war, das ureigene Recht eines Fürsten wahrzunehmen. Sie durchbohrte Herzog Eberhard mit ihrem Blick.

»Euer Pater Clement ist nicht da, Euch zu raten.«

»Ich bin mit allen Belangen meines Herzogtums wohlvertraut.«

»Es sei Euch zugestanden«, warf Prinz Thankmar ein.

»Dann muss ich protestieren«, mischte sich Graf Telramund ein. »Solange nicht klar ist, wer Brabants Herzog ist, kann Frau Elsa nicht Sitz und Stimme im Fürstenrat für sich beanspruchen. Wir können beide für Brabant sprechen oder niemand.«

»Nun reicht es mir aber!«, polterte der Franke augenblicklich los.

»König Heinrich wird entscheiden, wer Brabant im Rat vertreten darf, und damit ist es gut.«

»Mein Vater steht auf der Seite des Rechts. Er selbst hat die edle Frau Elsa als Herzogin bestätigt und wird ihr den Sitz im Rat nicht verweigern.« Innerlich frohlockte Elsa. Prinz Thankmar wurde ihr geradezu sympathisch.

»Dieses Gespräch ist beendet.« Herzog Eberhard entließ sie mit einer unwirschen Handbewegung.

Steif erhob sich Elsa. Vom langen Knien schmerzten ihre Beine, aber sie gab sich alle Mühe, sich nichts anmerken zu lassen. Befriedigt registrierte sie, dass es Graf Telramund noch schwerer fiel, sich zu erheben.

»Herzogin Elsa.« Thankmar war aufgestanden und stand neben ihr. »Da gibt es noch etwas.«

»Mein Prinz.«

»Lasst diese Förmlichkeiten. Auf dem Weg hierher fand ich eine Slawin im Wald. Sie war schwer verletzt, aber sie behauptete, aus Breda zu kommen. Sie suchte Hilfe.«

»Rhuna«, sagte Elsa sofort. Ihr Herz machte einen Sprung.

»Ihr kennt diese Slawin?«

»Wenn es Rhuna ist. Sie hat mir treu gedient. Aber sie ist verletzt, habt Ihr gesagt? Habt Ihr ihr geholfen?«

»Ich gab sie den Frauen im Tross, damit sie sich um sie kümmern.«

Trossfrauen – Elsa wusste recht gut, dass damit Huren gemeint waren. »Wo ist sie jetzt?«

»Noch dort. Ich bringe Euch hin.«

An Prinz Thankmars Seite ritt Elsa dorthin, wo der Tross lagerte.

Aus hastig errichteten Unterständen war Schnaufen und Stöhnen zu hören, und Elsa spürte Hitze in ihre Wangen steigen. Prinz Thankmar kümmerte sich nicht um die Geräusche, sondern zog bei einem dieser Unterstände einen Vorhang beiseite und fragte nach der roten Gundi.

Die Antwort verstand Elsa nicht, aber der Prinz ging zu einem anderen Unterstand, zerrte einen Mann heraus, der sich im Laufen die Hosen hochzog. Für die Frau, die danach herauskroch, kam Elsa nur das Attribut schlampig in den Sinn. Rot war an ihr nur die Nase, und ihr Kleid war bis zum Bauch geöffnet. Sie knickste nachlässig und hatte keine Eile, sich zu bedecken.

»Wo ist die Slawin, die ich dir anvertraute?« Er zeigte auf Elsa. »Das ist ihre Herrin, die sie zurückhaben möchte.«

»Die hat es nicht mehr lange gemacht. Ist uns unter den Händen verreckt.«

Elsa schlug die Hände vors Gesicht. Erst Hoffnung, jetzt Trauer. Das war fast zu viel innerhalb kurzer Zeit.

»Ihr habt euch nicht um sie gekümmert«, grollte Prinz Thankmar.

»Wir haben alles für sie getan. Auch unser Essen mit ihr geteilt … War an sie verschwendet.«

»Wo ist sie?«, wollte Elsa wissen.

»Wir schleppen doch keine Leiche mit uns rum. Begraben natürlich. Wir sind gute Christenmenschen und lassen keine Tote zurück, die der edle Prinz Thankmar uns anvertraut hat.«

Sie log, war Elsa überzeugt, obwohl sie nicht sagen konnte, woran sie es erkannte. Letztendlich war es egal – Rhuna kehrte nicht mehr zu ihr zurück. Sie hatte helfen wollen, und das hatte sie das Leben gekostet. Und Elsa hatte an ihrer Treue gezweifelt, sie fühlte sich im Nachhinein noch schlecht.

Prinz Thankmar berührte ihren Arm. »Da kann man nichts machen.«

»Bringt mich zurück nach Breda, bitte.«

* * *

Von Lothar erfuhr sie bei ihrer Rückkehr, dass die ersten Verbündeten des Grafen bereits abgezogen waren. Weitere ließen eilig Zelte abbrechen und sammelten ihre Männer um sich. Elsa blieb trotzdem vorsichtig und befahl ihren Männern erhöhte Wachsamkeit.

In der Umgebung sprach sich schnell herum, dass Breda nicht länger belagert wurde. Die ersten Bauern und Handwerker kehrten aus den Wäldern zurück. Viele fanden ihre Häuser zerstört vor, aber sie hatten ihr Leben gerettet, die meisten auch ihr Vieh. Sie sprachen auf der Burg vor, und jedem gab Elsa die eingelagerten Vorräte bis auf das letzte Korn zurück. Sie tat, was nötig war, aber innerlich fühlte sie sich leer. Rhuna mit ihrem Gottvertrauen in die Mutter Maria fehlte ihr mehr, als sie das je von einer Sklavin gedacht hätte. Sie bezahlte einen Priester, damit er eine Kerze anzündete und eine Nacht lang Gebete für Rhunas unsterbliche Seele sprach, aber auch das vertrieb ihre schweren Gedanken nicht.

Die erstaunten und freudigen Mienen der Menschen ließen sie kalt. Sie wusste zwar, dass man sie überall als die gerechte Herzogin pries, was sie sich immer gewünscht hatte, was sich jeder Herrscher wünschen sollte, aber es löste keine Freude in ihr aus. Den Dank der Leute für die zurückgegebenen Vorräte wehrte sie bescheiden ab.

Herzog Eberhard ließ ihr nicht viel Zeit, bereits am nächsten Tag sprach ein kurz gewachsener, fröhlich dreinblickender Mann namens Wiglaf vor, der bestens als Wirt einer Schänke getaugt hätte, aber der

Sohn eines Grafen war, und der gemeinsam mit Pater Clement Brabant verwalten sollte. Er sei nicht der älteste Sohn und nicht der Erbe, wie er freimütig bekannte, und weshalb er für ein Leben als Mönch vorgesehen gewesen war. Als Novize war er dann aus dem Kloster Cluny entwischt; es wären einfach zu viele tägliche Gebete gewesen. Es hatte sich gezeigt, dass er ein Händchen für die Verwaltung besaß, nie etwas Diesbezügliches vergaß und vollkommen unbestechlich war. Er würde in Brabant bleiben und Herzog Eberhards Befehle ausführen, an ihn berichten, der dann wiederum den König informieren würde und gelegentlich auch Elsa. Sie war mit diesem Arrangement nicht einverstanden, Brabant benötigte mehr Aufmerksamkeit als diese lockeren Zügel. Pater Clement blickte säuerlich drein und hegte offenkundig ähnliche Gedanken.

Treuherzig versicherte Wiglaf, dass er Brabant in keine kriegerische Auseinandersetzung führen und alle Abgaben pünktlich einziehen würde. »Ich werde auch ein strenges Auge auf Graf Telramunds Ländereien und seinen Verwalter haben«, fügte er noch hinzu.

Elsa hätte gerne noch einige private Worte mit Pater Clement gewechselt, um ihm besonders ans Herz zu legen, Wiglaf auf die Finger zu sehen. Dessen Fröhlichkeit kam ihr aufgesetzt vor, und sie traute ihm nicht. Die Hast des fränkischen Herzogs ließ ihr keine Gelegenheit dazu.

KAPITEL XXXIX

$\mathscr{S}$imona kam ihr in der Magdeburg entgegen. An ihrer Seite ging ein breitschultriger Mann, dunkle Haare, dunkler Bart. Fürsorglich machte er sie auf eine Pfütze aufmerksam und führte sie am Ellenbogen sanft um diese Stelle von nicht einmal einem Schritt Ausdehnung herum. Simona hob sorgfältig ihre Röcke, damit der Saum nicht schmutzig wurde, und strahlte den Dunkelhaarigen an. Er erwiderte ihr Lächeln.

Die Bedeutung dieser Blicke war nicht schwer zu erraten: Beide waren ineinander verliebt.

Für die letzten Schritte befreite sich Simona von der Führung ihres Begleiters und eilte mit ausgebreiteten Armen auf Elsa zu. Die umfing die Freundin mit einer Dankbarkeit, für die sie keine Worte fand. Ohne Simonas mutige Tat würde sie jetzt nicht hier unter dem Schutz des Königs stehen, sondern in Breda belagert, hätte vielleicht schon ihr Leben ausgehaucht. Elsa stiegen Tränen in die Augen. Sie blinzelte sie fort, aber Simona bemerkte natürlich, was mit ihr los war.

»Ich bin so froh, dich wohlauf zu sehen, aber jetzt muss ich auch gleich weinen«, sagte sie.

Das reizte beide zum Lachen, und der rührselige Moment war vorüber.

»Ein um den anderen Tag habe ich mich um den Erfolg unseres Plans gesorgt. Du darfst mir glauben, ich werde dich nie wieder mit einer so gefährlichen Mission betrauen.«

»Die meiste Zeit bin ich ziellos herumgeritten und habe den König gesucht.« Übersprudelnd berichtete Simona, wie die beiden Gefolgsleute, die Elsa ihr zu ihrem Schutz mitgegeben hatte, sie auf Wildwechseln und verborgenen Pfaden von Breda fortgeführt hatten. Sie waren nur nachts unterwegs gewesen, hatten sich tagsüber im Gebüsch versteckt und ein paar Stunden Ruhe gefunden. Simona hatte in ihren Umhang gewickelt auf einem Bett aus Blättern geschlafen. Nachdem sie Brabant hinter sich gelassen hatten, war die ärgste Gefahr vorüber gewesen, sie waren wieder tagsüber unterwegs gewesen und auf richtigen Wegen, hatten in Herbergen übernachtet. Ungefähr ein Drittel dieser Rede musste sich Elsa zusammenreimen, weil Simona so schnell sprach, dass sie manchmal nicht zu verstehen war.

Die ganze Zeit stand der dunkelhaarige Mann neben ihr und sah drein, als hätte er die Geschichte schon mehr als einmal gehört. Endlich erinnerte sich Simona an ihn und ergriff seine Hand.

»Das ist Reimo aus dem Geschlecht der Engulfinger. Sein Vater ist der Freiherr Reimo der Ältere.« Sie kicherte, als wäre daran etwas komisch, ehe sie ihm Elsa als ihre Freundin und Herzogin von Brabant vorstellte.

Der Engulfinger verneigte sich und begrüßte Elsa mit übergroßer Höflichkeit.

»Reimo war es, der mich schließlich zu König Heinrich brachte. Er hielt sich damals gerade auf dem königlichen Eigengut bei Helmste auf. Reimos Familie wohnt ganz in der Nähe«, plauderte Simona weiter.

»Wir haben alle gedacht, dass drei Männer mit einer wichtigen Botschaft für den König unterwegs sind«, mischte der Engulfinger sich ein. Seine Stimme klang etwas zu hoch, um wirklich angenehm zu sein, aber Simona trank jedes Wort von seinen Lippen. »Mein Vater bewirtete sie, als sie hungrig und durstig um ein Obdach für eine Nacht baten, und wies ihnen Schlafplätze in der Halle zu.« Reimo wurde rot, und Simonas Kichern machte es nicht besser.

»Er gab uns seinen Sohn – also Reimo – mit, der uns zu König Heinrich bringen sollte«, sagte Simona kichernd. »Ich werde nie sein Gesicht vergessen, als er unterwegs mein Frausein entdeckte. Ich trug ja immer Hosen und einen Kittel, aber dann wurde es heiß, ich nahm die Kappe ab, und mein Haar … Es war nicht länger möglich, mich für einen Jungen zu halten. Er brachte mich trotzdem zu König Heinrich.«

»Es ist mir immer eine Ehre, einer edlen Frau zu Diensten zu sein.« Reimo verneigte sich galant, sein Blick ruhte auf Simona.

Später saßen Elsa und Simona einander in dem Gemach gegenüber, das sie sich nach dem Willen der Königin teilen sollten. Auf dem Boden lagen frisch ausgebreitete trockene Kräuter und verbreiteten ihren Duft, die Matratzen waren fest mit Stroh gestopft, und ein Fenster bot einen Ausblick über die Magdeburg. Simona schenkte Dünnbier aus einem Krug in zwei Tonbecher und reichte Elsa einen davon.

»Willkommen am Hof König Heinrichs«, sagte sie dazu.

Das Bier war nicht mehr ganz frisch, aber Elsa hatte Durst. Rhunas stille Anwesenheit fehlte ihr, mit Simona war es etwas anderes. Sie waren Freundinnen, konnten sich immer aufeinander verlassen, teilten aber kein tiefes Geheimnis miteinander. Trotzdem war sie überfroh, wieder mit der Gefährtin ihrer Kindheit vereint zu sein, daneben drängte sich ein Gedanke vor alle anderen.

»Herr Reimo ... Es war nicht zu übersehen ...«

»Dass wir uns lieben? Ich habe immer nur Gott und Herrn Jesus lieben wollen, bis ich Reimo traf. Er fühlt wie ich. Wir sind uns einig geworden, und ich bin mir sicher, mein Vater wird unserer Verbindung ebenfalls zustimmen.«

»Du willst nicht mehr in einem Kloster für das Heil deiner Familie Sorge tragen?«

Entschieden schüttelte Simona den Kopf. »Ich habe noch zwei Schwestern, von denen kann eine ins Kloster gehen.«

»Was wird Herrn Reimos Vater dazu sagen?«

»Er wird einverstanden sein. Reimo ist davon überzeugt, wenn er einen oder zwei Fürsprecher findet. Er ist mutig und stark, es wird ihm gelingen.« Simona redete ohne Punkt und Komma, kein Vergleich mehr mit der früher so schweigsamen jungen Frau.

Es war üblich, dass die Familie des Bräutigams Werber zu der Familie der Braut schickte, um eine Verbindung anzubahnen. Es musste also zunächst einmal Reimos Vater mit Simona als Schwiegertochter einverstanden sein, und dafür boten sich Männer aus mit den Engulfingern befreundeten Sippen als Fürsprecher an. Nach Elsas Meinung würde Reimos Vater den beiden keine unüberwindbaren Hindernisse in den Weg stellen. Eine Verbindung mit der Grafenfamilie von Kleve konnte für ein Mitglied aus der unbedeutenden sächsischen Sippe der Engulfinger nur von Vorteil sein. Fürsprecher erschienen ihr dafür nicht einmal nötig.

»Hast du deinen Vater schon benachrichtigt, dass du nicht mehr den Wunsch nach einem Leben im Kloster hegst?«, fragte Elsa weiter.

Eigentlich erwartete sie eine ablehnende Antwort, aber Simona nickte begeistert. »Wir haben einen Brautwerber zu meinem Vater geschickt. Vor sechs Tagen ist er aufgebrochen. Reimo hat ihm ein großzügiges Geschenk für meinen Vater mitgegeben. Einen Schild. Das Holz ist poliert, gewachst und mit neuem Leder überzogen. Aus dem Schildbuckel hat ein Schmied alle kleinen Dellen herausgeklopft, und wir haben ihn poliert, bis wir uns darin spiegeln konnten. Mein Vater wird dieses Geschenk zu schätzen wissen.«

Am liebsten hätte Elsa ihre Freundin gepackt und geschüttelt. Wie konnten die beiden derart verblendet sein? Das war nun alles andere als die richtige Reihenfolge für die Anbahnung einer Ehe. Der Graf von Kleve würde einem gebrauchten Schild nicht mehr Aufmerksamkeit schenken als einer Maus in den Fängen einer Katze. Sie konnten doch nicht nach wenigen Wochen einen Brautwerber losschicken, der noch nicht einmal das Einverständnis des Brautvaters besaß. Simonas hoffnungsvoller Miene war aber anzusehen, dass diese Argumente nicht zu ihr durchdringen würden. Die Liebe schien nicht nur ein erfüllendes Gefühl zu sein, sondern auch einem Bannstrahl zu gleichen; oder Simona schien ihren Vater nicht sehr gut zu kennen.

KAPITEL XL

Es war inzwischen September, die Tage wurden merklich kürzer, und die Temperaturen sanken. Über den Wiesen führten morgens Nebelschwaden einen bizarren Tanz auf, dass sich die Menschen in ihren Häusern zusammendrängten und sich erst hinauswagten, wenn die Nebelgeister verschwunden waren. In der vergangenen Zeit am Königshof hatte Elsa auf Geheiß der Königin viel Zeit mit Handarbeiten verbracht, aber auch ihr Recht als Herzogin wahrgenommen und im Rat der Fürsten Brabants Interessen vertreten. Es war ungewohnt für sie gewesen, in einer Männerrunde zu sprechen, und sie war sich nicht sicher gewesen, ob ihre Worte wirklich ernst genommen wurden, aber sie kümmerte sich nicht darum. Etwas anderes konnte sie sowieso nicht tun. Aus Brabant hatte sie mehrere Berichte des eingesetzten Verwalters und Pater Clements empfangen, wonach dort alles in Ordnung war. Trotzdem sehnte sie den Hoftag herbei – und fürchtete sich gleichzeitig davor. Graf Telramund sah sie in dieser Zeit nur selten und beachtete ihn nicht.

Der Sommer wich dem Herbst, als die Königin am Tag der Tagundnachtgleiche Elsa zu einem Ausritt befahl. Außerdem hielten sich vier Panzerreiter bereit, sie zu begleiten. Sie trugen Schilde ohne Abzeichen, einer einen schwarzen, und Elsa dachte an Herrn Lohengrin. Seit er Brabant verlassen hatte, hatte sie nichts mehr von ihm gehört, aber sie würde ihn gern wiedersehen, um sich bei ihm zu entschuldigen. Sie hielt es für möglich, dass er sich den Panzerreitern angeschlossen hatte, denn auf dem Hoftag im letzten Jahr hatte er sich von dieser neuartigen Waffengattung angetan gezeigt.

Die Männer trugen Helme mit Nasen- und Wangenschutz, außerdem hielten sie gebührenden Abstand, und es war nicht zu erkennen, ob es sich bei einem von ihnen um Herrn Lohengrin handelte.

Bis die Königin eintraf – ihr folgte ein Diener mit einem Paket –, freundete Elsa sich mit ihrem Reittier an. Das Paket wurde hinter dem Sattel ihres Pferdes festgeschnallt, und Mathilde drängte zum Aufbruch.

Während des Rittes hielten die Panzerreiter weiter gebührenden Abstand, dass die Frauen sich unbelauscht unterhalten konnten, aber nicht genügend, um ihre Anwesenheit zu vergessen. Sie ritten quasi in der Mitte eines Kreuzes aus Beschützern. Elsa fragte die Königin, ob dies wirklich nötig sei, schließlich befänden sie sich tief im Herzogtum Sachsen, und Feinde hätten sich in diesem Jahr nicht blicken lassen. Und im Jahr zuvor hatten die Ungarn Ostfranken verschont, dafür Oberitalien und das westfränkische Reich heimgesucht.

»Heinrich wünscht es so. Es sollen mich immer mindestens vier Mann zu meinem Schutz begleiten. Stören sie Euch?«

Elsa verneinte, obwohl sie sich beobachtet fühlte.

»Brabants edle Frauen werden doch auch nicht nach Heidenmanier unterwegs sein?«

Sie antwortete der Königin mit einem Kopfschütteln, und das Gespräch erstarb. Ihr Ritt führte sie in einen zwei Reitstunden entfernten Weiler, in dem das einzige aus Steinen errichtete Haus die

Kirche war. Der Turm bestand jedoch aus Holz und überragte das Dach nur um wenige Ellen. Die Menschen wohnten in Grubenhäusern, nur die Dächer ragten wie kleine Hügel empor. Es musste darin immer dunkel und feucht sein, und den meisten Platz beanspruchten wahrscheinlich die Tiere.

Heilige Mutter Maria, dachte Elsa, so konnten doch keine Menschen leben. Das Schlimmste war, dass es das in Brabant auch gab. Die Menschen hausten in der Erde und mussten den größten Teil ihrer Ernte an die Grundherren abgeben. Immer die gleiche Menge, ob die Ernte nun gut oder schlecht war.

Der Priester kam aus seinem Haus gekrochen wie eine Maus aus ihrem Loch. Jedenfalls vermutete sie in dem dünnen, struppigen Mann im ausgefransten Kittel den Priester, weil sein Haus gleich neben der Kirche stand. Er erkannte in den Besucherinnen hochgestellte Frauen und verneigte sich tief. Die Panzerreiter hatten sich auf dem Dorfplatz verteilt, als befänden sie sich auf feindlichem Gebiet.

Aus anderen Grubenhäusern kamen noch andere Dörfler. Alte, Frauen und Kinder zumeist. Sie waren alle dünn, und niemand trug ein Gewand, das ihm passte.

»Wir sind gekommen«, begann Mathilde, »euch eine Wohltat zu erweisen. Ruf die Leute zusammen, Bruder ...«

»Ermanus. Bruder Ermanus lautet mein Name.« Der Priester eilte zur Kirche und setzte die Glocke in Bewegung.

Ein heller, unmelodischer Ton erklang. Aber er trug weit in der mittäglichen Stille. Noch mehr Dorfbewohner tauchten auf. Jetzt auch Männer und ältere Kinder. Alle zeigten besorgte Mienen, und Hunde liefen zwischen ihren Beinen umher.

Königin Mathildes Wohltat bestand in einem Altartuch. Es befand sich in dem Paket hinter Elsas Sattel. Sie hatte es in den letzten ein

Dutzend Tagen mit einem Abbild Jesu unter einem Strahlenkranz bestickt. Sterne zierten das wollweiße Tuch, und mit einem hellbraunen Faden hatte Elsa in eine Ecke die Mutter Maria und in die andere die heilige Elisabeth, die Mutter Johannes' des Täufers, gestickt. Die Menschen sollten nicht ohne den Schutz dieser beiden sein. Nun also die Menschen dieses Weilers.

In einer feierlichen Prozession der eilig zusammengekommenen Bewohner wurde das Tuch an jedem Haus vorbeigetragen, damit etwas von seinem Segen auf dieses und seine Bewohner überging. Der schmuddelige Priester führte den Zug an und hielt das Tuch auf seinen ausgebreiteten Händen. Elsa und Mathilde folgten ihm. Die Königin ergriff dabei die Hand der Jüngeren.

Alle standen während der folgenden Messe, die der Priester in holprigem Latein hielt, das er vollkommen aufgab, als er seinen Schäfchen die Geschichte von der wundersamen Ankunft des Altartuchs erzählte. Es strahlte als heller Fleck auf dem Altar Unberührtheit aus. Trotz aller Ergriffenheit kam Elsa nicht umhin, sich zu fragen, ob nicht ein paar Säcke Saatgut und der Erlass der Abgaben für die beiden nächsten Jahre den Menschen mehr geholfen und der Mutter Maria genauso gut gefallen hätten. Bei der Rückkehr umfächerten die Panzerreiter die Frauen genauso wie auf dem Hinritt.

»Nehmt Ihr einen Ratschlag von mir an?«, begann Mathilde nach einer Weile.

»Eure Ansichten sind mir immer willkommen, meine Königin.«

»Ich will als Freundin zu Euch sprechen, nicht als Königin. Ihr solltet weniger sorglos sein.«

Elsa fragte sich, wobei. Dann fiel ihr doch noch etwas ein. »Wenn ich Simona von Kleve und Reimo aus der Sippe der Engulfinger zu viele Freiheiten gelassen habe, tut es mir leid. Ihre Liebe wirkt auf mich vollkommen rein und rührt mich. Ich kenne Simona wie eine Schwester, sie würde nie die Grenzen des Anstandes überschreiten.«

»Liebe und Anstand gehen nicht immer gut zusammen. Gerade Reinheit ist ein hohes Gut für eine Frau und ihr Wert für die Sippe. Meine Sorge gilt jedoch nicht Frau Simona, bei ihr habe ich bereits dafür gesorgt, dass der Anstand eingehalten wird.«

Elsas Herz begann schmerzhaft gegen ihre Rippen zu hämmern. Was konnte die Königin ihr vorwerfen wollen?

Mathilde ließ sie nicht länger warten. »Ich spreche von Eurer Verehrung der Mutter Maria, gelegentlich nennt Ihr sie die Große Mutter. Das ist gewiss kein gutes christliches Tun. Achtet auf Euren Umgang, kann ich nur sagen. Geht regelmäßig zur Beichte und zeigt Euch allen als gute Christin.«

»Das …« Elsa stand vor Staunen der Mund offen.

»Meist sind es slawische Sklavinnen, die nach außen den wahren Glauben angenommen haben«, fuhr die Königin fort. »Im Inneren folgen sie weiter ihren heidnischen Riten. Darin mag für mache ein gewisser Reiz liegen. Widersteht ihrem Zauber, wenn Ihr nicht alles verlieren wollt.«

»Ich habe keine slawische Sklavin.« Es kam Elsa schwer an, Rhuna zu verleugnen.

»Ihr hattet eine. Das weiß ich von Frau Simona. Ihr Einfluss auf Euch sei groß, sagte sie ebenfalls. Ich weiß nicht, wo die Sklavin jetzt ist, und es interessiert mich auch nicht.«

»Sie ist tot. Gestorben, weil sie Hilfe holen wollte.«

Königin Mathilde sprach weiter, als hätte Elsa nichts gesagt: »In der Zeit der Tagundnachtgleiche wirkt ihr verderblicher Zauber besonders stark, deshalb wählte ich diesen Tag, um Euch an Eure christlichen Pflichten zu erinnern. Eure Lage ist besonders prekär.

Kein Mann wird Euch unterstützen, wenn auch nur der Hauch eines Zweifels auf Eure Tugend fällt. Heinrich ist durch seine Anerkennung gegenüber Eurem Vater gebunden. Eberhard von Franken folgt stets dem König; Arnulf von Bayern wird sich für Euch aussprechen, weil ihm alles recht ist, was die Macht des Königs von Hochburgund und Giselberts von Lothringen beschneidet. Diese beiden halten es ganz sicher mit Telramund. Die Grafen, die hohe Geistlichkeit …?« Mathilde zuckte mit den Schultern. »Ihr seid nicht ohne Chancen, aber Ihr sitzt auch nicht sicher im Sattel.«

Und Elsa befand sich in der Hand der Königin. Das hatte sie nicht gesagt, aber es war hinter ihren Worten deutlich zu hören gewesen. »Werdet Ihr …?«

»Von mir erfährt niemand etwas. Verehrt die Jungfrau Maria, ihre Reinheit sollte uns Vorbild sein, und lasst Eure Finger von der Mutter. Tragt dies immer bei Euch.« Mathilde reichte ihr etwas Kleines in einem Lederbeutel. »Es schützt Euch gegen den Zauberblick.«

KAPITEL XLI

*D*er Hoftag des Jahres 926 fand Anfang November in Worms statt. Elsa war mit Simona und einem halben Dutzend Dienern und Mägden im Haus eines wohlhabenden Kaufherrn untergekommen, der sie gerade mit dem richtigen Maß an Respekt und Gastfreundschaft behandelte, ohne dabei aufdringlich zu sein. Vielleicht hätte sie es aber auch nicht bemerkt, denn ihre Sinne waren ganz mit dem bevorstehenden Verfahren über die Brabanter Fehde beschäftigt. In den Nächten lag sie wach und malte sich aus, was vor dem König zu sagen war und wie sein Urteil lauten würde. Es ging mal für sie und mal für Telramund aus, und sie konnte nur schwer zur Ruhe finden.

Neben den ostfränkischen Edlen und der hohen Geistlichkeit war auch Rudolf II., König von Hochburgund, erschienen. Elsa beobachtete diesen Widersacher aus der Ferne. Er übersah Graf Telramund und sie gleichermaßen, dafür pflegte er mit König Heinrich einen Umgang, als wären beide seit Jahren Jagdkumpane. Der Abt des Klosters St. Moritz im Wallis begleitete den Hochburgunder, und aus dessen Händen empfing König Heinrich ein Geschenk, bei dem Elsa sich fragte, was er im Gegenzug versprochen hatte. Und was einen stolzen Mann wie Rudolf II. dazu hatte bewegen können, es herzugeben.

Die Sancta Lancea. Die Heilige Lanze.

Sie enthielt Nägel aus dem Kreuz Christi. Aber zuvor hatte sie dem Römer Longinus gehört, der mit ihr Jesus an der Seite verletzte, um seinen Tod zu überprüfen. Dessen heiliges Blut hatte die Lanzenspitze berührt. Ihr Besitz machte einen Herrscher unbesiegbar. Nun also Heinrich I., den König des Ostfrankenreiches. Die Sancta Lancea wurde in einem mit Gold- und Silberblech beschlagenen hölzernen Kasten aufbewahrt, dessen Deckel außerdem mit Edelsteinen reich verziert war. Vor dem versammelten Hof öffnete der Abt von St. Moritz im Wallis dieses Behältnis. König Rudolf II. kniete nieder und küsste die Lanze darin, als verabschiedete er sich von einer geliebten Tochter. Auch König Heinrich kniete nieder und begrüßte den heiligen Gegenstand mit einem Kuss und einem Gebet, aber seine Augen blieben trocken.

Elsa stand zu weit hinten unter den Großen des Reiches, als dass sie einen Blick auf die kostbare Reliquie erhaschen konnte, aber sie hörte vor ihr flüstern, dass der Burgunderkönig dafür Basel mit den umliegenden Landen erhalten hätte, zudem noch das Gebiet zwischen Aare, Juragebirge und Reuß. Von diesem Gebiet wusste Elsa allerdings, dass Rudolf II. es vor einigen Jahren gewaltsam unter seine Herrschaft gebracht hatte. Er erhielt somit nur das, was er ohnehin besaß. Er sei zudem von König Heinrich mit einem Freundschaftsbündnis geehrt worden, hieß es in der geflüsterten Unterhaltung weiter. Ein anderer wusste jedoch, dass Heinrich mit der Armee hatte drohen müssen und auch bereits das Heer versammelt hatte. Deshalb sei es ihm auch nicht schwergefallen, einen Teil gleich weiter nach Brabant zu schicken. Elsa spitzte die Ohren, aber vor ihr verstummte das Gespräch.

Statt dass sich der Hoftag nun Brabant zuwandte, ernannte Heinrich zunächst den begüterten Konradiner Hermann zum Herzog von Schwaben. Er war ein Vetter des fränkischen Herzogs Eberhard und Heinrich auf vielfältige Weise verpflichtet. In Schwaben war Hermann ein Fremder, und dass seine Wahl unwidersprochen blieb, wertete Elsa als Zeichen für die feste Macht des Königs im ostfränkischen Reich. Das gab ihr Hoffnung für ihren eigenen Fall.

Der musste ja nun an die Reihe kommen, da keine anderen Dinge mehr anstanden. Sie hatte sich getäuscht, denn nach der Frühmesse verkündete König Heinrich, dass mit den Ungarn über sieben Jahre ein Friedenspakt geschlossen worden sei. In dieser Zeit waren Angriffe und Raubzüge in das ostfränkische Reich nicht zu befürchten. Dem Aufstöhnen der Erleichterung folgte sogleich die Frage, womit dieser Frieden erkauft worden war. Es fiel das Wort »Tribut«, das bei etlichen Edlen einen Aufschrei der Wut erzeugte. Graf Telramund befand sich unter ihnen. Heinrich brachte die Männer mit herrischen Handbewegungen zur Ruhe. Dann wurde erklärt, dass das ostfränkische Reich sieben Jahre lang Gold und Silber an den ungarischen König leisten würden, um in der Zwischenzeit die Menschen wehrhaft zu machen. Zu diesem Zweck habe er ihnen Zeit erkauft, König Heinrichs schneidende Stimme erfüllte den gesamten Raum.

»Wozu«, bellte Herzog Giselbert von Lothringen, »habe ich mich dem ostfränkischen Reich angeschlossen, um vor diesen Heiden auf dem Bauch zu liegen? Das ist ehrlos.«

»Vor zwei Jahren wurde Sachsen von diesen Barbaren verheert, in diesem Jahr Norditalien und das Westfrankenreich. Sie sind durch Bayern und Schwaben gezogen. Das Kloster St. Gallen wurde nur durch kluge Voraussicht nicht dem Erdboden gleichgemacht.« Ottos helle Knabenstimme überschlug sich beinahe von Aufregung. »Im Jahr 919 haben sie auch Lothringen verheert, Herzog Giselbert.«

Heinrich gebot seinem Sohn Einhalt. »Otto hat in einem recht: Kluge Voraussicht haben die St. Galler Mönche gerettet. Und Wehrhaftigkeit.« Heinrich erläuterte nun, dass die Panzerreiter als aktive Verteidigung endlich überall eingerichtet werden müssen. Die Männer unter dem Kommando des Prinzen Otto bewehren sich seit zwei Jahren, und es gebe nun wirklich keinen Grund mehr, ihre Einrichtung zu verweigern. Genauso großes Augenmerk müsse jedoch auf die Einrichtung von Fluchtburgen gerichtet werden, in denen die Menschen beim Herannahen der Ungarn mit all ihrer Habe Schutz fänden.

In Sachsen gab es diese Burgen bereits, oft nichts mehr als Ringwälle mit einem stabilen Tor. Im Inneren gab es genug Fläche für einfache Häuser, sogar Weidefläche für das Vieh. Leider wurden viele dieser Ringwälle vernachlässigt, sind seit Jahren nicht mehr instand gehalten worden. Es müssten nun Plätze bestimmt werden für neue Wallanlagen, und für jede einzelne – neue wie vorhandene – müsse ein Vogt gewählt werden, der für ihre Instandsetzung verantwortlich zeichnet. Die Menschen, die in diesen Burgen Schutz finden sollten, waren zu den Arbeiten an den Wallanlagen verpflichtet, und sie müssten an den Vogt Abgaben leisten.

»Panzerreiter und Burgvögte, ich frage mich, wofür die Menschen noch alles Abgaben leisten sollen. Was bleibt dann noch für uns?«, kam ein Ruf aus der Menge.

»Die Panzerreiter und die Vögte sind ein und dieselben Personen. Was spricht dagegen, dass sie aus Euren Sippen stammen, Graf Siegfried?«

Graf Siegfried war auf keinen Fall derjenige, der die Frage gestellt hatte, aber der König sprach jetzt seinen Vertrauten an, den er zuvor mit dem Vintschgau und anderen Besitzungen belohnt hatte, dass Elsa sich sicher war, dieser Teil der Beratung war zwischen den beiden verabredet gewesen. Die Bemerkungen flogen hin und her, und folgte Elsa zunächst noch jeder Rede konzentriert, schweiften ihre Gedanken bald ab. Was bedeuteten diese Fluchtburgen – Ringwälle – für Brabant? Im Herzogtum gab es Burgen nach westfränkischem Vorbild, aber keinesfalls genug, dass die gesamte Bevölkerung in ihnen Schutz fand. Es müssten vorhandene Burgen erweitert oder neue errichtet werden. Den Aufwand stellte sie sich groß vor, und für alle Menschen in Brabant zu bestimmen, welche Fluchtburg sie bei einer Gefahr aufzusuchen hatten, schien ihr noch ein viel größerer Aufwand zu sein. Aber vielleicht hätte das einigen von ihnen das Leben gerettet, gegen Graf Telramund. Zwischen all den anderen sah sie ihn nicht.

* * *

»Worüber grübelst du nach, geliebter Gatte?« Mathilde knotete ein Lederband um den Zopf, den sie für die Nacht geflochten hatte. »Ich sehe, dass dich etwas bedrückt.«

»Du kennst mich zu gut.« Heinrich saß bereits auf der Matratze und schaute zu, wie sie sich bettfertig machte.

»Was ist es? Du hast auf diesem Hoftag alles geregelt. Es ist dir geglückt, du kannst stolz auf dich sein. Die Grafen und anderen Edlen folgen dir mit den Panzerreitern und den Fluchtburgen. Niemand spricht mehr davon, dass du dich mit den versprochenen Tributen den Ungarn an den Hals geworfen hättest. Die Schwaben haben einen Konradiner als ihren neuen Herzog akzeptiert. Wollen wir noch ein Kind machen?« Mathilde schaute ihn von unten herauf an.

»Bin ich dafür nicht zu alt?«

»Du doch nicht, mein Gemahl.« Sie sah aber, dass ihm nicht der Sinn nach einem intimen Beisammensein stand. »Es ist Brabant, habe ich recht?«

»Die Lage in diesem Regnum ist verfahren. Was immer ich entscheiden werde, es wird jemand in Unfrieden von dannen gehen.«

»Ist das nicht bei jeder Fehde der Fall? Es gibt immer jemanden, der gewinnt, und ein anderer verliert.« Mathilde setzte sich neben ihren Mann auf das Bett. Die Spitze ihres Zopfes hielt sie immer noch in der Hand und wickelte sich die losen Haarenden um einen Finger.

»Mir gefällt es nicht, den einen zufriedenzustellen und den anderen zu enttäuschen.«

Mathilde dachte zurück an die sieben Jahre, die ihr Mann jetzt den ostfränkischen Thron innehatte. Er hatte sich viele große Herren – geistliche und weltliche – gewogen gemacht und mit ihnen Freundschaftsbündnisse geschlossen. Die Herzöge von Franken und Bayern, der frühere Herzog von Schwaben, der jetzige sowieso, der Erzbischof von Bremen und Hamburg, Giselbert von Lothringen seit dem letzten Jahr, ebenso wie Gottfried von Brabant – Elsas Vater. Er hatte noch nie jemandem alles geben und einen anderen leer ausgehen lassen müssen. »Für wen schlägt dein Herz als Herzog von Brabant?«, fragte sie.

»Graf Telramund«, antwortete Heinrich ohne Zögern. »Er verfügt über genau den starken Arm, den ich mir für Brabant wünsche, hat Erfahrung als Grundherr und Herrscher. Er hat Panzerreiter ausgehoben und wird mir auch in der Burgenordnung folgen. Für seinen Valkengau hat er das bereits deutlich gemacht. Auf ihn kann ich mich verlassen, wenn es gegen die Ungarn geht. Er hat unter den Edlen viele Freunde.«

»Und Frau Elsa?«

»Ihrem Vater habe ich die weibliche Erbfolge für Brabant versprochen und ihm eine Urkunde darüber ausgestellt. Dafür hat er sich mit seinem Regnum meiner Herrschaft unterstellt, statt sich dem westfränkischen Karl zuzuwenden. Wer hat damals auch ahnen können, dass er diese Welt in wenigen Monaten verlassen wird. Pater Clement, sein Sendbote, versicherte mir, Herzog Gottfried erfreue sich bester Gesundheit. Er sagte weiterhin zu, Frau Elsa würde sich in naher Zukunft mit Graf Telramund verheiraten. Das ist jetzt ausgeschlossen.«

»Wird Frau Elsa als Herzogin gar keinen Rückhalt haben? In dem Fall kann ich versuchen, sie zum Verzicht auf den Herzogsthron zu überreden und ihr ein Leben im Kloster schmackhaft zu machen. Ich bin nicht ohne Einfluss auf sie.« Mathilde dachte an den Ausflug mit der Brabanterin.

»Sie hat Rückhalt, und das ist gerade das Problem. Die Bischöfe und die beiden Erzbischöfe, die die Urkunden als Zeugen gezeichnet haben, fühlen sich ihrem Inhalt verpflichtet. Mit einer Entscheidung für Graf Telramund bringe ich die Geistlichkeit gegen mich auf, entscheide ich für sie, stoße ich den weltlichen Herren vor den Kopf.« Heinrich seufzte.

»Dann überlasse die Entscheidung jemand anderem.«

»Es gibt niemanden.«

»Ich meine den Höchsten.«

Heinrich schaute auf. Ein Lächeln breitete sich auf seinem zerfurchten Gesicht aus, und er sah auf einmal um ein Jahrzehnt jünger aus. Mathilde schmiegte sich an ihn, und dann spürte sie beglückt, wie er sie in die Arme schloss.

* * *

Ein Gottesurteil sollte die Lösung bringen.

Das Wort klebte wie Sand an Elsas Gaumen. Nachdem Tag um Tag verstrichen war, hatte König Heinrich sich endlich Brabant zugewandt. Was er dann sagte, brachte ihr immer noch nicht das Herzogtum und Brabant keine Lösung. Sie hatte protestieren wollen, aber der neben ihr sitzende Bischof von Bremen und Hamburg legte ihr eine Hand auf den Unterarm.

Er flüsterte ihr ins Ohr: »Was lässt sich gegen eine Entscheidung des Allerhöchsten einwenden. Seine Weisheit ist unermesslich.«

Dagegen konnte niemand argumentieren, also hatte sie geschwiegen. Graf Telramund stimmte dieser Entscheidung sofort zu, als hätte er einen Fingerzeig aus dem Himmel empfangen. Ihr blieb nichts anderes übrig, als sich ihm anzuschließen.

Worin das Gottesurteil bestehen sollte, blieb einstweilen offen. König Heinrich hatte hierzu verkündet, die versammelte Geistlichkeit solle eine Nacht lang um Erleuchtung flehen und zu den Heiligen um Darlegung des allerhöchsten Willens beten. Dagegen ließ sich ebenfalls nichts einwenden, obwohl Elsa weiterhin ein schlechtes Gefühl hatte.

Dies verstärkte sich, als sie den Hilfsgeistlichen Gudmund zwischen den anderen Herren dieses Standes herumschleichen sah. Er neigte sich zu diesem und jenem, ließ hier ein Wort fallen und anderswo zwei. Er erntete Nicken und Lächeln.

KAPITEL XLII

Simona strömten die Tränen über das Gesicht. »Wie können sie das machen? Das ist doch nicht gerecht.«

»Es ist Politik«, antwortete Elsa. Sie stand mit ausgebreiteten Armen in dem gemeinsamen Gemach und ließ sich von der Freundin in eine gepolsterte Jacke helfen. Es fühlte sich schon jetzt schwer an, und wenn sie daran dachte, was sie noch darüberziehen musste …

Seit am frühen Morgen der Wormser Bischof Richowo als Gastgeber dieses Hoftages verkündet hatte, worin das Gottesurteil bestehen sollte, fühlte sie eine seltsame Ruhe. Es sollte nicht über glühende Kohlen gelaufen oder Wasser in Wein verwandelt werden, nicht die Bibel auswendig hergesagt oder zehntausend Heilige aufgezählt werden. Ein Zweikampf mit dem Schwert sollte es sein. Gudmund hatte ganze Arbeit geleistet. Sie hatte das Lächeln auf seinem Gesicht bemerkt, und wie zufrieden Graf Telramund aussehen musste, konnte sie sich gut vorstellen. Vielleicht leerte er bereits ein paar Becher auf sein zukünftiges Herzogtum? Aber auch betrunken wäre er im Zweikampf ein gefährlicher Gegner.

Es nützte nichts, darauf hinzuweisen, dass ein Zweikampf zwischen einem darin geübten Mann und einer Frau, die sich eher auf das Sticken verstand, keine gerechte Entscheidung herbeizuführen vermochte. Der Wille des Allerhöchsten hatte sich in den Gebeten seiner Diener manifestiert, und wer waren schon die Menschen, ihn anzuzweifeln.

»Ihr könnt zurückziehen«, hatte Lothar ihr geraten.

»Und mein Herzogtum verlieren?«

»Ihr rettet Eurer Leben.«

»Wenn das der Wille des Herrn ist, will ich ihn erfüllen.« Elsa hatte sich nicht davon abbringen lassen. Sie war Brabants Herzogin oder nichts, hatte sie verkündet, bevor sie sich mit Simona zurückzog, um sich zu kleiden und zu rüsten. Die Schwerter ihres Vaters lagen auf dem Bett. Das zeremonielle Schwert mit dem verzierten Griff, auf das die Brabanter ihr die Treue hätten schwören sollen, bis Graf Telramund dem ein Ende gemacht hatte, und das einfache, mit dem ihr Vater in den Kampf gezogen war. Beide waren schwer und zu lang für sie, das wusste Elsa, trotzdem würde sie mit einem davon in den Kampf ziehen. Es hörte sich an …

Simona mühte sich mit einem Kettenhemd ab, das eigentlich Herrn Lothar gehörte, aber er hatte es vor einiger Zeit poliert und geölt vorbeigebracht und gemeint, es würde ihr wohl passen. Die Glieder rasselten Unheil verkündend, als es über Elsas Leib glitt. Das Gewicht drückte sie nieder. Nachdem sie noch das Schwert umgegürtet hatte, konnte sie sich kaum noch bewegen. Bestimmt gab sie ein jämmerliches Bild ab. Dabei hatte sie den Menschen die Herzogin zeigen wollen.

»Es wird langsam Zeit«, schluchzte Simona. »Wenn du es dir nicht noch anders überlegen willst. Jeder könnte das verstehen.«

Diese Worte lösten etwas in Elsa aus. Sie nahm die Schultern zurück, und sogleich war das Gewicht des Kettenhemdes besser zu ertragen. Sie würde mit einer stolzen Miene hinausgehen, auch wenn ihr Mund vor Angst ganz trocken war. Kneifen war noch nie ihre Art gewesen, und sie würde jetzt nicht damit beginnen, auch wenn es das Letzte war, was sie in ihrem Leben tat. Mit steifen Schritten verließ sie das Gemach.

Vor den Toren der Stadt war ein Geviert abgesteckt. Der König, die Fürsten und die hohe Geistlichkeit würden auf Stühlen sitzen, alle anderen mussten stehen. Die Fürsten waren noch nicht anwesend, ansonsten drängte sich bereits viel Volk hinter der Absperrung.

Telramund wartete in der Mitte des abgesteckten Areals. Er plauderte mit Gudmund. Der Hilfsgeistliche zog sich sofort zurück, als Elsa herankam. Er stellte sich neben Margot und ihren Vater. Margot besaß nicht einmal den Anstand, den Blick zu senken, als Elsa in ihre Richtung sah.

»Frau Elsa.« Der Graf verneigte sich leicht. »Ich hätte nicht gedacht, dass Ihr Euch herwagt.«

»Ein Gottesurteil ist nichts, dem ein Mensch sich entzieht.«

»Ihr seid mutig.«

»Ich denke, demütig.«

Das sinnlose Gespräch wurde durch die Ankunft des Königs und seines Gefolges unterbrochen. Stille senkte sich über die Wiese, als sie auf ihren Stühlen Platz nahmen. Mit voller Absicht sah Elsa nicht zum König, trotzdem blieb ihr nicht verborgen, dass Heinrich nicht zufrieden wirkte. Mathildes Gesichtsausdruck war nicht zu deuten. Für die anderen interessierte Elsa sich nicht. Ihr lief eine einzelne Schweißperle den Rücken herunter, und gerne hätte sie sich gekratzt, aber sie wagte es nicht, um sich nicht in unwürdigen Verrenkungen zu verlieren.

Richowo, Bischof von Worms, erklärte die Regeln, nach denen dieser von Gott gewollte Zweikampf ablaufen sollte. Die Rede rauschte an Elsa vorbei. Dann hob der Bischof die Hand. Graf Telramund spannte sich an, legte die Rechte an den Schwertgriff. Elsa tat es ihm nach. Ihre Handfläche war schweißnass und rutschte auf dem mit Leder umwickelten Metall.

»Halt, im Namen Gott Vaters, des Sohnes und des Heiligen Geistes!«, rief jemand.

Der Erzbischof von Bremen und Hamburg war aufgestanden. Er hatte die Hände erhoben, als wollte er jemanden segnen. Was gab es denn nun noch? Es sollte endlich beginnen, damit es umso schneller vorbei war. Elsa umfasste das Schwert fester.

»Ich kann es nicht mit ansehen, wie ein gottesfürchtiges Leben verschwendet werden soll.«

»Es ist der Wille des Herrn, Euer Hochwürden«, widersprach Richowo.

»Trotzdem mag ich nicht zusehen, wie ein Mann gegen eine Frau mit dem Schwert antritt. Aber es gibt einen Ausweg.«

Welchen?, fragte sich Elsa, aber laut sprach diese Frage Gudmund aus. Es stand ihm nicht zu, sich in ein Gespräch hoher Herren einzumischen, und Margot zupfte ihn wütend am Ärmel.

»Das möchte ich auch wissen«, ereiferte sich Richowo. »Der Kampf endet mit dem Tod eines der beiden Kontrahenten.«

»Jeder kann sich durch einen Kämpfer seiner Wahl vertreten lassen. Frau Elsa, ich bitte Euch, macht davon Gebrauch. Es würde der Gerechtigkeit Genüge tun.« Der Erzbischof betrat den Kampfplatz, schaute sich um. »Will jemand der Streiter dieser edlen Frau sein und der göttlichen Gerechtigkeit zum Sieg verhelfen?«

»Ja«, rief Graf Telramund. »Ich stehe hier und warte auf meinen Gegner. Lasst Euch nicht zu viel Zeit, Ihr mutigen Herren.«

Der Sinn des Gesprächs war zu Elsa vorgedrungen und ließ sie Hoffnung schöpfen. Vorsichtig schaute sie sich um.

Die Herzöge nicht, und die geistlichen Herren kamen auch nicht infrage. Sie sahen aus, als langweilte die Verzögerung sie. Ihr Blick glitt weiter zu den Brabantern – ihren Männern. Lothar von den Harmensingern stand vorne, das Kettenhemd könnte sie ausziehen und ihm zurückgeben. Er trat zurück, als er ihren Blick bemerkte. Da standen noch andere, aber niemand machte Anstalten vorzutreten. Hatten sie Angst, oder hielten sie alle Graf Telramund für den besseren Herzog?

»Will es jemand mit mir aufnehmen?«, höhnte der. »Ich verurteile niemand, der sich nicht traut, will aber auch nicht den ganzen Tag hier stehen und warten.«

Nur Schweigen antwortete ihm.

»Was ist mit den mutigen Panzerreitern? Traut sich dort jemand vor?«, fuhr Telramund fort. Er ging lässig in dem Geviert umher und schwang sein Schwert, als gälte es, unsichtbare Gegner zu vertreiben. Herausfordernd blickte er auf die Männer außerhalb.

Nacheinander senkten sie ihre Köpfe. Bei den Panzerreitern lockerten ein oder zwei ihr Schwert in der Scheide, aber niemand trat vor. Graf Telramund galt als der beste Kämpfer Brabants, niemand wollte sich mit ihm messen. Elsa konnte sie sogar verstehen. Warum sollten sie ihr Leben geben für eine Frau, mit der sie nie ein Wort gewechselt hatten? Sie würde ihres geben, und wenn von ihr nur die Geschichte ihres Todes blieb, sollte die wenigstens ehrenvoll sein. Sie legte die Hand an den Schwertgriff und wollte vortreten.

Durch die Panzerreiter drängte sich jemand, sprang in das Geviert und stellte sich Telramund gegenüber auf. Er war wie ein Panzerreiter gerüstet, sein Schild ohne Wappen, trug einen Helm ohne Nasen- und Wangenschutz, aber eine bronzene Maske bedeckte sein Gesicht wie bei einem römischen Reitergeneral. Graf Telramund blickte ihm spöttisch entgegen.

»Ich kämpfe für Herzogin Elsa.« Unter der Maske klang die Stimme dumpf. »Wenn sie meinen Dienst annimmt.«

Bei seinen letzten Worten hatte er sich in ihre Richtung verbeugt. Etwas an seiner Bewegung kam Elsa bekannt vor. Sie kam nur nicht darauf, woran es sie erinnerte.

»Sag deinen Namen, Panzerreiter«, verlangte Telramund.

»Der tut nichts zur Sache.«

»Ich bin ein Edelmann, ich kämpfe nicht gegen jemand von niedrigem Stand.«

»Ich bin ein Panzerreiter, das muss Euch Stand genug sein.«

Lohengrin! Es war Herr Lohengrin, der für sie eintreten wollte. Elsa war sich ganz sicher. Er hatte sich vor ihr auf genau die gleiche Art und Weise verneigt wie bei ihrem letzten Zusammentreffen.

»Das reicht mir nicht.«

»Die Regel besagt, dass Frau Elsas Streiter von ihr akzeptiert werden muss, nicht von Euch.« Der Erzbischof von Bremen und Hamburg klang erleichtert und sah auch so aus.

Elsa trat nun in die Mitte des Gevierts. »Ich akzeptiere«, rief sie über den Platz. »Als meinen Streiter will ich Euch nach einem Sieg belohnen. Sagt Euer Begehr, und ich erfülle es.«

»Ich begehre Euch als mein Weib.«

Durch die versammelten Mitglieder des Hoftages ging ein Raunen.

»Gewährt!«, rief Elsa, bevor jemand widersprach. Sie wandte sich an König Heinrich: »Ich werde diesen Herrn zum Manne nehmen, auf dass Brabant einen Herzog bekommt.«

Der König konnte nichts anderes tun, als seine Zustimmung zu geben.

»Erlaubt mir, einige Worte mit meinem Streiter zu wechseln.«
Elsa wartete eine Antwort nicht ab, sondern trat zu dem Panzerreiter. »Wenn Ihr unterliegt, werde ich Euch ein würdevolles Begräbnis
zukommen und Lieder über Eure mutige Tat schreiben lassen«, sagte
sie leise.

»Ich werde nicht unterliegen, nachdem Ihr mir Eure Hand versprochen habt«, antwortete er ebenso leise und verneigte sich.

»Trotzdem müsst Ihr Euch vor Graf Telramund in Acht nehmen.
Er wird jeden bekannten Trick anwenden und auch ein paar unbekannte.«

»Ich kenne ihn und seine Art zu kämpfen. Euer Versprechen hat
ihn wütend gemacht, er wird unvorsichtig werden.«

»Habt Ihr es nur deshalb verlangt?«

»Und Ihr es nur deshalb gegeben?«

»Nicht nur.«

»Ich auch nicht.«

»Ihr seid Herr Lohengrin, nicht wahr?«

»Das tut nichts zur Sache.«

Elsa trat zurück, verließ das Geviert und stellte sich zu König
Heinrichs Gefolge. Simona kam an ihre Seite. Ihre Hände fanden
einander.

KAPITEL XLIII

Telramund lag im Staub, die Spitze des Panzerreiterschwertes an seiner Kehle. Er blutete aus mehreren Wunden. Schweiß strömte über sein Gesicht und ließ ihn aussehen, als hätte er den Kopf in einen Wassertrog getaucht.

»Was sollte mich hindern, Euer Leben zu nehmen?« Auch der Panzerreiter blutete. Sein Schild war zertrümmert, der Kampf hatte den halben Morgen gedauert, aber sein Gesicht war immer noch hinter der Maske verborgen.

»Tötet mich!«

»Nein!«, mischte sich Elsa ein.

Das Schwert zuckte kurz, blieb aber auf Telramunds Hals gerichtet.

»Euer Streiter, und Ihr entscheidet über das Ende des Kampfes«, bestimmte der Erzbischof von Bremen und Hamburg.

»Am Ausgang des Kampfes und dem Willen des Herrn kann kein Zweifel mehr bestehen. Ich will nicht, dass noch mehr Blut vergossen wird. Herr Telramund soll nicht getötet werden, sondern die Chance erhalten, in den Augen des Herrn ein besserer Mensch zu werden. Sein Besitz fällt vollständig an Brabant, und ich als seine Herzogin kann darüber verfügen, wie es mir beliebt. Herr Telramund selbst wird für immer aus Brabant verbannt, sollte er je wieder einen Fuß in mein Herzogtum setzen, gilt er als vogelfrei und darf von jedermann straflos getötet werden.«

König Heinrich nickte. »Es sei Euch gewährt. Herr Telramund gilt im gesamten Ostfrankenreich als verbannt und seine Verbündeten mit ihm, so sie sich nicht Euch und Uns zu Füßen werfen und Brabants Herzogin Treue auf die Sancta Lancea schwören.«

Elsas Herz machte einen Sprung. König Heinrich gab ihr mehr, als sie je zu hoffen gewagt hatte. Der Panzerreiter zog das Schwert weg und trat ein halbes Dutzend Schritte zurück. Schwer atmend erhob Telramund sich. Sein verletztes linkes Bein drohte unter ihm wegzuknicken, und er hielt sich nur mühsam aufrecht.

»Darf ich meine Wunden versorgen, ehe ich in die Verbannung gehe, edler König?« Langsam verneigte Telramund sich. »Wer darf mich begleiten?«

»Wer immer sich von Euren Verbündeten und Dienern dazu berufen fühlt. Ihr seid trotz allem ein Mann von edler Geburt und sollt erhalten, was jemand Eures Standes zusteht. Ich gestehe Euch auch ein Pferd zu, aber nicht Euer Schwert und Eure Rüstung.«

Zwei Panzerreiter traten vor. Einer nahm das Schwert, das ein paar Schritte entfernt auf dem Boden lag. Der andere pflückte Telramund den Helm vom Kopf und verlangte, dass dieser sein Kettenhemd abschnallte. Es ging nur mühsam, und alle schauten zu. Elsa bewunderte den König für seine Entscheidung: Er ließ Telramund seinen Stand, aber diese demütigende Zeremonie vor aller Augen machte die Bestrafung deutlicher als alle Worte. Telramund humpelte vom Platz, nachdem er in Hemd und Hosen dastand. Niemand seiner Verbündeten hatte sich ihm angeschlossen.

Elsa stand neben ihrem Kämpfer, und der König wandte sich nun ihnen zu.

»Ein Heiratsversprechen steht im Raum.« In König Heinrichs Stimme schwang ein Lächeln mit. »Ich bin mir sicher, Richowo, Ihr werdet in einem Hochamt gemeinsam mit dem Erzbischof von Bremen und Hamburg die Hände der Brautleute gern ineinanderlegen.«

»Ich will es gern erfüllen«, bekräftigte Elsa. »Sollte mein Bräutigam nicht zuvor seine Wunden versorgen, und gestattet Ihr mir einige private Worte mit ihm?«

»Gewährt, Herzogin von Brabant. Ihr steht an diesem Tag in der Gunst des Herrn. Die Hochzeit wird morgen um die Mittagszeit stattfinden.«

Elsa führte ihren Kämpfer vom Platz und in ihr Quartier. Sie hieß den Mann auf einem Schemel Platz nehmen und wollte ihm seinen Helm vom Kopf ziehen. Er hinderte sie daran.

»Wie soll ich Eure Wunden versorgen, wenn Ihr Eure Rüstung nicht ablegt? Wir haben einander die Ehe versprochen, sollte ich da nicht Euer Antlitz sehen?«

Er wischte sich Blut vom Kinn, das unter der Maske hervorgelaufen war. Schwieg ansonsten aber.

»Ihr seid Herr Lohengrin? Habe ich recht?«

»Woher …?«

»Die Art, wie Ihr für mich eingetreten seid und wie Ihr Euch bewegt habt, ließ es mich erraten. Ich war mir sicher, bevor ich Eurer Forderung zustimmte.« Sie griff wieder nach seinem Helm, und diesmal hinderte der Ritter sie nicht.

Herr Lohengrin kam darunter zum Vorschein. Blut sickerte aus einer Wunde an seiner Schläfe. Elsa wischte es mit einem Tuch fort und drückte die Wundränder zusammen. Es war keine schwere Verletzung, und sie spürte die Stärke seines Körpers unter ihren Händen.

»Der Geringste unter den Gefolgsleuten Eures Vaters.«

»Der erste Ritter Brabants. Morgen dessen Herzog.«

»Ich will nicht ... ich werde nicht ... wenn Ihr nicht wollt ... darauf bestehen, Euer Gemahl zu werden«, stotterte er hervor.

»Ich will meinen Kämpfer heiraten. Es schmerzte mich zutiefst, wie ich mich zu Jahresbeginn von Euch verabschiedete, und ich bin froh, dass ich es wiedergutmachen kann. In meine Gedanken wurde Misstrauen gegen Euch gepflanzt, und ich war nicht mutig genug, auf mein Herz zu hören, sondern ließ mich wirr machen. Das ist jetzt vorbei.« Elsa umfasste sein Gesicht und senkte ihre Lippen auf seine.

TEIL II

Die ERBEN

von Brabant

13 Jahre später

KAPITEL XLIV

E s ist ein Mädchen.« Margot betrat die Spinnstube. Auf dem Arm trug sie einen in warme Decken gewickelten Säugling, von dem nicht mehr als ein verknautschtes Gesichtchen zu sehen war. »Es hat viel dunkles Haar, die Augen der Mutter und die Nase vom Vater.«

Herzog Lohengrin stand nach zwei langen Schritten vor ihr und musterte seine jüngste Tochter. Aus seinem Blick sprachen Liebe und Zärtlichkeit. Margot konnte es beinahe nicht aushalten. Mit einer Fingerkuppe streichelte der Herzog zart über die winzige Wange. Seine älteren Kinder, drei Söhne und eine Tochter, drängten sich neben ihn und versuchten ebenfalls, einen Blick auf ihre neugeborene Schwester zu erhaschen.

»Och, nur ein Mädchen«, murmelte der fünfjährige Odilo. »Ich hätte lieber einen Bruder gehabt.«

»Ich geb dir gleich was – nur ein Mädchen.« Edviga gab ihm einen Knuff. Sie war elf Jahre alt und hatte es nicht leicht unter ihren drei Brüdern. Das lag nach Margots Meinung auch daran, dass sie immer alles besser wusste und über jedermann bestimmen wollte. Für sie einmal einen Ehemann zu finden, wäre nicht leicht, ihre Abstammung aus dem Geschlecht der Brabanter Herzöge hin oder her. Zudem war sie dürr und kantig, ohne jede weibliche Rundung.

Das neugeborene Mädchen öffnete die Augen und fing an zu greinen. Es steigerte sich schnell zum Gebrüll. Margot gurrte, pustete ihm sanft ins Gesicht und wiegte es, konnte es aber nicht beruhigen.

»Die Kleine hat Hunger.« Das sagte natürlich Edviga. »Geh und hole die Amme.« Diese Aufforderung galt dem zwei Jahre jüngeren Tassilo, der nie viel sprach und auch jetzt wortlos hinausschlurfte.

»Wie geht es meiner Frau?«, wollte Lohengrin wissen. Er musste seine Frage wiederholen, damit Margot ihn durch das Kindergeschrei hindurch verstand.

»Die Wehmutter ist noch bei ihr und kümmert sich um die Nachgeburt. Sie ist erschöpft, in ihrem Alter ist es nicht einfach, noch ein Kind auf die Welt zu bringen.«

»Kann ich zu ihr?«

»Wartet noch. Ihr wollt nicht sehen, wie wir aus einer Geburt hervorkommen.« Margot war nie daraus hervorgekommen. Ihr Los war es immer nur gewesen, Elsa bei ihren Geburten zur Seite zu stehen. Seit sie vor fünf Jahren Witwe geworden war, lebte sie wieder ganz im herzoglichen Haushalt. Großzügig hatten Elsa und Lohengrin ihr die Parteinahme für Graf Telramund verziehen, nachdem sie sich beiden zu Füßen geworfen hatte.

Tassilo kam mit der Amme zurück, einer beleibten Frau mit einem fröhlichen Gesichtsausdruck, der an mangelnde Klugheit denken ließ. Was Elsa sich dabei gedacht hatte, wunderte sich Margot, am Ende färbte die Dummheit über die Milch auf das Kind ab. Nun, ihre Sorge sollte das nicht sein. Margot übergab der Frau das schreiende Bündel. Die schnürte das Kleid auf und legte sich das Kind an. Das Geschrei verstummte, und schmatzende Lippen fanden die Milchquelle.

Jeder andere Mann hätte der Stillenden auf den blanken Busen gestarrt, Lohengrin hatte sich abgewandt, sowie sie begonnen hatte, am Ausschnitt ihres Kleides zu nesteln. Er war eben kein Mann wie jeder andere, und zwischen ihm und Elsa herrschte eine tiefe Liebe, wie Margot sie nirgends sonst zwischen Eheleuten erlebt hatte.

»Ich will zu Elsa.«

Das war auch jedes Mal so gewesen: Er hatte seine Frau stets im Kindbett besuchen müssen, während andere Männer auf das Neugeborene erst einmal eine Kanne Wein mit Freunden leerten. Der Herzog ließ sich nicht aufhalten, sondern stürmte in das Gemach der Wöchnerin. Seine Kinder folgten ihm auf dem Fuß. Margot ging langsamer hinterher.

Die blutigen Laken waren inzwischen fortgeschafft, Elsa lag gewaschen und bleich wie frisch gefallener Schnee im Bett. Die Augen hielt sie geschlossen. Der eben noch so ungestüme Lohengrin wirkte auf einmal schüchtern, wie er sich auf Zehenspitzen dem Bett näherte und kaum zu atmen wagte. Die Kinder waren ebenfalls still und drängten sich an der Tür zusammen. Außer ihnen war nur noch die Wehmutter im Raum. Sie schlug verstohlen ein Tuch über etwas und wollte es verschwinden lassen.

»Was hat sie da?«, krähte der stets neugierige Odilo.

»Wahrscheinlich die Nachgeburt«, antwortete die naseweise Edviga.

Elsa schlug die Augen auf. Die Wehmutter bemühte sich noch angestrengter, das Bündel unauffällig verschwinden zu lassen, und das erregte erst recht Aufmerksamkeit.

»Was hast du da?«, wollte nun auch Lohengrin wissen. Elsas schwachen Protest überhörte er.

Er nahm der Frau das Bündel ab und schlug das Tuch zurück.

Darunter kam nicht die Nachgeburt zum Vorschein, sondern ein totgeborener winziger Säugling. Der Zwilling des kleinen Mädchens, das zufrieden an der Brust der Amme trank. Er hatte sich nicht richtig entwickelt, als hätte er im Mutterleib einfach aufgehört zu wachsen.

»Das ist … das ist …« Lohengrin war völlig perplex.

Odilo fing vor Schreck an zu weinen und suchte Schutz in den Armen seiner Schwester. Die wusste ausnahmsweise einmal nichts zu sagen, legte nur die Arme um ihn, konnte dabei aber nicht aufhören, auf das tote Kind zu starren. Auch Tassilo verdrückte ein paar Tränen. Der älteste Sohn Amaury schüttelte den Kopf und konnte gar nicht wieder damit aufhören.

»Bring die Kinder raus«, sagte Elsa schwach vom Bett her an niemand Bestimmten gerichtet.

Sie hatte schon einmal ein Kind verloren und ein anderes Mal einen toten Jungen zur Welt gebracht, aber die Kinder waren diesen Geschwistern nie so nah gekommen. Margot scheuchte sie hinaus.

»Was ist das für ein Kind?« Lohengrin saß bei seiner Frau auf dem Bett und hatte zärtlich die Hände um ihr Gesicht gelegt.

»Es wären Zwillinge gewesen. Ich habe es nicht geschafft, beide auf die Welt zu bringen.« Tränen liefen über Elsas Wangen.

»Das ist nicht deine Schuld. Der Herr hat entschieden, uns ein Kind zu lassen und das andere zu sich zu holen. Wir kennen seine Pläne nicht, aber wir müssen sie hinnehmen.«

Margot verdrehte die Augen. Sie konnte keinen Trost in solchen Aussagen finden, aber Elsa und Lohengrin waren genau die Sorte Mensch, denen das gelang. Die Wehmutter hatte das tote Kind wieder in Tücher eingeschlagen und stand schuldbewusst in einer Ecke, Margot bei der geschlossenen Tür. Das Herzogspaar hatte sie ohnehin vergessen.

»Wolltest du es mir nicht sagen, sondern die Last allein tragen?«
Immer noch streichelte Lohengrin das Gesicht seiner Frau.

»Doch, natürlich«, schluchzte Elsa. »Du musst das wissen. Aber die Kinder … sie sind … ich wollte … Das Kleine hat keinen Atemzug getan und konnte nicht getauft werden. Seine arme Seele … Oh, heilige Maria.«

»Ich bin sicher, unser unschuldiges Kind wird zwischen den getauften Seelen einen Platz im Himmel finden. Der Herr wird ein Einsehen haben.« Der Herzog umfasste seine Frau noch enger und barg ihr tränennasses Gesicht an seiner Brust.

Margot schürzte die Lippen. Diese eheliche Innigkeit war nicht leicht zu ertragen, wenn man ganz allein auf der Welt stand. Gewöhnlich erlaubte sie sich keine Gedanken an Graf Telramund, aber nun sprangen sie ihr doch in den Sinn. Sie fühlte das schmerzhafte Sehnen nach seinen Berührungen. Die Ehe mit einem Freiherrn aus dem Brüsselgau hatte daran nichts geändert und zum Glück auch nicht allzu lange gedauert. Nach zwei Fehlgeburten hatte er sie beschuldigt, ihm keinen Erben schenken zu können. Danach wurde die Ehe hässlich, weil er begann, sich vor ihren Augen mit den Mägden zu vergnügen – von denen keine schwanger geworden war, soweit sie wusste. Margot war nicht sehr betrübt darüber gewesen, dass er bei der Jagd mit dem Pferd gestürzt war und sich von seinen Verletzungen nicht wieder erholt hatte. Bei seiner Pflege hatte sie sich keine große Mühe gegeben und nur nach außen hin getrauert. Sie schloss die Augen und sah sich unter Graf Telramund liegen. Das Bild war so lebensecht, dass sie feucht wurde zwischen den Beinen. Mit Gewalt musste sie sich daran erinnern, wo sie stand, um sich nicht selbst zu befriedigen.

Lohengrin trocknete die Tränen seiner Frau und flüsterte unverständliche Worte.

»Ich wollte nicht, dass die Kinder es erfahren. Nicht so«, schluchzte Elsa.

»Es sind gute, starke Kinder, und sie haben einander«, beruhigte er sie. »Herr im Himmel, wenn ich das auch nur geahnt hätte, wäre ich nicht so hereingeplatzt. Aber sie haben eine neue Schwester bekommen, wir haben eine Tochter, um die wir uns kümmern müssen.«

Elsa zog ganz unherzoginnenhaft die Nase hoch und wischte sich über die Augen. Sie sah rot und verheult aus, als sie aufschaute. Aber auch entschlossen. Lohengrin blickte ihr wie ein verliebter Klosterschüler entgegen. Das Schlimmste war, dass es nicht vorgegaukelt war, dachte Margot. Vielleicht sollte sie den Hof verlassen und für eine Weile bei ihrer Sippe unterschlüpfen.

»Wir müssen der Kleinen einen Namen geben«, sagte Elsa.

»Mathilda«, schlug Lohengrin vor. »Das ist ein guter, frommer Name, und die Witwe König Heinrichs hat uns immer viel Gutes getan. Da ist es nur recht, wenn uns der Name unserer jüngsten Tochter daran erinnert.«

Was Mathilde ihnen Gutes getan hatte, fragte sich Margot. Sie konnte sich an nichts erinnern. Gegen ihren ältesten Sohn Otto hatte sie fleißig intrigiert, weil sie ihren Lieblingssohn Heinrich auf dem Thron sehen wollte. Natürlich stimmte Elsa ihrem Ehemann zu, und damit war es beschlossene Sache.

»Sie muss bald getauft werden«, verlangte sie noch.

»Sobald du dich von der Geburt erholt hast.«

KAPITEL XLV

*D*er Frosch duckte sich auf Odilos Hand, während ihn vier Augenpaare begutachteten.

»Der ist aber klein und sieht nicht aus, als könnte er weit springen«, kommentierte Martin aus dem Bredagau. Seine Eltern hatten ihn zur Erziehung an den herzoglichen Hof geschickt. Er war zwei Jahre älter als die anderen Jungen.

»Kann er doch«, widersprach Odilo. Er hatte den Frosch entdeckt und gefangen und fühlte sich nun angegriffen von der Behauptung, es würde sich dabei um ein erbärmliches Exemplar handeln.

Die anderen beiden Jungen, Eginhard und Seifried, schauten zwischen dem Frosch und Martin hin und her, sagten aber nichts.

»Dein Frosch sieht mir nach gar nichts aus«, stichelte Martin weiter. Er wollte nach dem geschmähten Tier greifen.

Odilo zog schnell die Hand weg. Der Frosch fiel dabei zu Boden, tat einen unglücklichen Hopser, und dann hatte Odilo ihn auch schon wieder eingefangen.

»Jämmerlich, ich sage es doch.«

»Fang dir doch deinen eigenen«, schrie Odilo.

»Das mache ich auch.« Martin stapfte auf das Schilf zu, in dem es bis zu ihrer Ankunft aus allen Ecken und Winkeln gequakt hatte.

Als sie sich näherten, verstummten alle Frösche. Dieser eine war Odilo direkt vor die Füße gehüpft, er hatte nur noch zugreifen müssen. Jetzt hob er den Frosch dicht vor sein Gesicht und betrachtete ihn genauer. Es war nicht der größte, den er je auf der Hand gehalten hatte, aber die Hinterbeine schienen ihm kräftig.

»Du bist ein guter Springer, das weiß ich«, murmelte er. »Weil du nicht so viel Gewicht mit dir rumschleppst wie deine dickeren Freunde.«

Er schaute hoch und bemerkte, dass er allein war. Eginhard und Seifried waren Martin ins Schilf gefolgt. Er hörte sie dort rascheln und herumplatschen. Gelegentlich drang auch ein unterdrückter Ruf an sein Ohr, wenn ihnen ein Frosch durch die Lappen gegangen war. Odilo versuchte, seinen unter dem Kinn zu kitzeln, und beinahe wäre er ihm erneut davongehüpft.

Aus dem Schilf drang Seifrieds Ruf zu ihm, dass er einen gefangen habe. Gleich darauf kamen sie zurück. Ihre Hosen waren bis über die Knie nass und schlammverschmiert, ebenso die Säume ihrer Kittel. Innerlich frohlockte Odilo, denn das würde Schimpfe geben und eine Strafe nach sich ziehen. Vielleicht bekamen sie keine süßen Erdbeeren mit Milch.

Den Frosch trug Martin auf der Hand, und auf den ersten Blick war zu sehen, dass er größer war als Odilos.

»Das ist ein Frosch. Nicht so ein Kümmerling wie deiner«, kam es von dem Jungen aus dem Bredagau.

»Na und.«

»Der stammt aus einer mächtigen Sippe und hat starke Eltern«, erklärte Seifried gewichtig. Eginhard und Martin nickten dazu.

»Das ist ein Frosch.«

»Die haben auch Eltern.«

»Du weißt aber nicht, wer das ist, und ich wette, er weiß es auch nicht.«

»Damit kennst du dich ja aus«, höhnte Martin.

»Was?« Odilo wurde jäh bewusst, dass es nicht mehr um den Frosch ging. Er war jedoch niemand, der einer Auseinandersetzung aus dem Weg ging. Das verlangte schon seine Ehre.

»Nicht zu wissen, woher dein Vater stammt.«

»Aus Lothringen!«, schrie er mit einer Stimme kurz vor dem Überkippen. Hier und da hatte er ein Wort der Erwachsenen aufgeschnappt, wenn sie dachten, niemand hörte sie. Über den Schild seines Vaters, auf dem das Wappen fehlte, dass er nie über seine Sippe sprach und keine Verwandten zu haben schien. Was das genau bedeutete, wusste Odilo nicht, nur dass es nichts Gutes sein konnte.

»Dafür gibt es nur sein Wort, als er vor Jahren als der Geringste der Brabanter Gefolgsleute an den Hof gekommen ist. Das sagt mein Vater.« Martin wirkte ungeheuer aufgeblasen.

»Nimm das zurück!«, verlangte Odilo gesenkten Kopfes, als wollte er auf den Älteren losstürmen. »Ich bin der Sohn des Herzogs, und du darfst meinen Vater nicht beleidigen. Sonst bekommst du es mit mir zu tun.«

»Kleiner. Was willst du?«

»Dein Vater ist bloß Freiherr.«

»Unsere Sippe stammt von Verci... Ver... Vergotix ab, der gegen die Römer gekämpft hat.«

»Und verloren!« Odilo stampfte mit dem Fuß auf. Er war so voller Wut, dass er gar nicht wusste, wohin damit.

»Komm doch, wenn du was willst.« Martin ballte die Hände zu Fäusten. Auch die, in der er immer noch den Frosch hielt. Das Tier quakte auf und zappelte wie verrückt, aber er hielt die Hinterbeine eisern fest.

»Die Frösche können entscheiden«, schlug Seifried vor. »Sie sollen um die Wette springen.«

Martin und Eginhard waren sofort Feuer und Flamme, und auch Odilo war einverstanden. Martins Frosch hatte bestimmt keine Lust, sich für den ins Zeug zu legen, nachdem er ihn an den Hinterbeinen hatte baumeln lassen. Seifried zog mit dem Schuh eine Furche als Startlinie in den Boden. Etwa ein halbes Dutzend Manneslängen entfernt markierte Eginhard die Ziellinie.

Odilo und Martin setzten die Frösche an den Start. Auf Seifrieds »Los!« hin stupsten sie ihre Tiere an.

Martins Frosch hüpfte sofort los, dem Ziel entgegen, während Odilos erst sitzen blieb und dann zur Seite wegsprang. Die anderen Jungen johlten. Mit der Hilfe eines Stöckchens lenkte Odilo ihn zurück, aber der andere Frosch hatte bereits einen beträchtlichen Vorsprung. Aber auch Martins Frosch kam vom Weg ab, und Odilos holte auf. Es gelang ihm aber nicht, sich an die Spitze zu setzen. Am Ende siegte Martins Frosch mit einem guten Vorsprung.

»Habe ich es doch gesagt, dass dein kümmerliches Vieh kein guter Springer ist«, triumphierte der Ältere. »Dein Frosch ist ein Verlierer. Ein Verlierer!«

Seiner war längst zurück ins Schilf gesprungen, aber Odilos schlankes Tierchen saß noch wie erstarrt zwischen ihnen auf der Erde. Martin hob den Fuß.

Odilo war nicht schnell genug. Der Frosch verlor sein Leben unter Martins Fuß.

»Warum hast du das gemacht?« Odilo schlug auf den Älteren ein.

»Weil ich es wollte.« Martin rammte ihm einen Ellenbogen in den Magen.

Odilo blieb kurz die Luft weg, aber er ignorierte den Schmerz und wehrte sich tapfer. Er spürte, wie Blut aus seiner Nase schoss und auch aus seiner Lippe. Martin blutete ebenfalls. Dann stürzte sich Seifried in den Kampf, und es wurde hässlich. Schließlich lag Odilo auf der Erde und konnte nur noch den Kopf mit den Armen schützen. Aufgeben kam nicht infrage, das war nur was für Mädchen und Feiglinge.

Nach zwei, drei Schlägen hörte es auf. Eginhard hielt ihm die Hand hin und zog ihn hoch. Odilo rotzte Blut und Schleim auf die Erde, ihm tat alles weg, aber er gab sich große Mühe, sich auf dem Weg zurück zum Herzogshof nichts anmerken zu lassen. Vor allen Dingen, nicht zu hinken.

»Jesus, Maria und Josef, wie siehst du aus?« Kuniberta aus Antwerpen, die bisher allen herzoglichen Sprösslingen als Kinderfrau gedient hatte, schlug die Hände über dem Kopf zusammen. Ihre magere Gestalt und ihr spitzes Gesicht ließen sie immer aussehen, als hätte sie sich gerade erschrocken. Nun schien sie wirklich erschrocken.

Odilo schaute an sich hinunter. Sein Kittel war schmutzig, die Hose grasfleckig, außerdem über dem rechten Knie zerrissen, das Knie aufgeschürft.

»Hast du dich geprügelt?«

Odilo schüttelte den Kopf. Die anderen zu verpetzen – auch nur bei Kuniberta – würde ihn in arge Schwierigkeiten bringen.

»Du siehst aber so aus.«

»Hingefallen«, murmelte er.

»Ich habe dich nicht verstanden.«

»Hingefallen«, sagte er etwas lauter.

»Du hast dich geschlagen, das sehe ich doch.«

»Bestimmt nicht, Kuni.« Odilo versuchte es mit einem schmeichelnden Blick, unter dem die Magd für gewöhnlich ihre Strenge aufgab.

So auch an diesem Tag. Seufzend sagte Kuniberta: »Ich weiß, dass du dich geschlagen hast, und deine Eltern werden traurig sein, wenn sie es erfahren. Zieh die verdreckten Sachen aus, dann müssen wir dich waschen.«

»Vater und Mutter müssen doch nicht ...«

»Von mir nicht«, erwiderte Kuniberta. Genau wie Odilo erwartet hatte. Sie tat gern streng, aber in ihrer Brust schlug ein gutes Herz, und sie hielt immer zu ihren Schützlingen. »Du wirst aber keine Erdbeeren bekommen, etwas Strafe muss sein.«

Das war ein Schlag von unerwarteter Seite, aber mit Strafe hatte er rechnen müssen, deshalb widersprach Odilo nicht. Er zog sich den Kittel über den Kopf.

»Du bist auf mächtig große Steine gefallen«, kommentierte Kuniberta und nahm ihm das ramponierte Kleidungsstück aus der Hand. Sie warf es auf eine Truhe und goss Wasser in eine Schüssel. Es war kalt, aber das störte Odilo nicht. Er hatte sich auch der zerrissenen Hose entledigt und ließ sich von Kuniberta waschen. Sie betupfte sanft die aufgeschürften Hautstellen, seine Nase und seine Lippen. Mit dem Rest seines Körpers verfuhr sie weniger liebevoll. Odilo stand in der Schüssel mit dem kalten Wasser, als auf einmal die Tür der Kammer aufgestoßen wurde, dass sie gegen die Wand krachte.

Herzog Lohengrin stand vor ihnen.

Kuniberta fuhr erschrocken zurück und verneigte sich. Odilo stieg aus der Schüssel und verneigte sich ebenfalls. Wenn sein Vater die

Kinderkammern aufsuchte, musste etwas passiert sein. Hoffentlich nichts mit Mutter. Sie lag immer noch im Kindbett nach der Geburt der neuen Schwester, und obwohl er nicht genau wusste, was es bedeutete, war es offensichtlich gefährlich für Frauen. Auf sie lauerten eine Menge Gefahren in dieser Welt, deshalb brauchten sie auch Männer, die sie beschützten.

»Warum sah ich eben Eginhard und Seifried am Brunnen, wie sie sich Blut aus den Gesichtern wuschen? Martin verschwand schnell um eine Ecke, als wollte er nicht von mir gesehen werden. Du stehst hier mit blauen Flecken und aufgeschürften Knien und wirst mitten am Tag gewaschen. Kannst du mir das erklären?«

Beim ersten Wort seines Vaters hatte Odilo den Kopf gesenkt und war fest entschlossen, ihn nicht wieder zu heben. Es war nur eine kleine Hoffnung, der Vater werde sein ramponiertes Gesicht nicht bemerken. Die Lippe spannte inzwischen höllisch und fühlte sich an, als würde sie bei jeder Bewegung wieder aufreißen.

»Was du im Gesicht verbirgst, kann ich mir denken.« Herzog Lohengrin legte zwei Finger unter Odilos Kinn und hob es an.

Mit geschlossenen Augen wartete Odilo.

»Du hast dich geprügelt«, stellte Lohengrin fest. »Ist dies, was deine Mutter und ich dir beigebracht haben?«

»Nein«, flüsterte Odilo. Er schämte sich vor seinem Vater, war aber auch wütend auf ihn, weil sein Gelöbnis, die Abstammung nicht preiszugeben, den ganzen Ärger verursacht hatte. Weder konnte er dies seinem Vater sagen noch die anderen Jungen verpetzen, also schwieg er eisern.

»Schau mich an«, verlangte der Herzog.

Odilo blinzelte und riskierte einen Blick.

»Soll ich also deiner Mutter in ihrem Zustand sagen, dass du dich mit den Jungen prügelst, die uns zur Erziehung anvertraut wurden? Du sollst ihnen ein Vorbild sein.«

»Herr«, Kuniberta rang die Hände und piepste wie eine Maus. Sie holte tief Luft, erst danach sprach sie verständlich: »Er ist erst fünf.«

»Eginhard und Seifried sind auch nicht älter.«

»Seid nicht so streng mit ihm. Bitte, edler Herr. Er wird es lernen. Ich habe ihm bereits die Erdbeeren gestrichen.«

»Das ist eine wahrlich harte Strafe. Stimmst du mir darin zu?« In Lohengrins Worten schwang eine gewisse Belustigung mit, aber Odilo wagte es noch nicht, aufzuatmen.

Er nickte.

»Dann soll es so sein«, sagte Lohengrin streng zu seinem Sohn. »Nicht weil du nicht mehr als diese Strafe verdient hättest, sondern weil sich eine reine Seele für dich einsetzt. In Zukunft will ich keine Klagen hören und keine blutigen Gesichter mehr sehen.«

Odilo versprach es. »Und Mutter …«, erkundigte er sich vorsichtig.

»Wir müssen sie mit deinen Streichen nicht beunruhigen. Diesmal nicht. Aber so etwas darf nicht wieder vorkommen.« Lohengrin wuschelte Odilo durchs Haar.

KAPITEL XLVI

*W*as spricht man unter den Damen des Hofes, meine Liebe?« Telramund schritt auf seine Frau Sabina von Tours zu. Im Gehen streifte er sich den Umhang ab und schüttelte die Schuhe von den Füßen. Alles blieb liegen, wo es zu Boden gefallen war.

So waren die Männer, eine Frau konnte da nichts ausrichten. Sie hielt ihrem Mann pflichtschuldig das Gesicht zum Kuss hin, sein rauer Bart kratzte ihre Wange. Telramund setzte sich ihr gegenüber in den Söller der königlichen Pfalz und schaute hinaus in die gleißende Nachmittagssonne. Sabina gehörte zu den Frauen, die der Königinmutter Eadgifu aufwarteten. Die Königinmutter ruhte gerade, und Sabina hatte gehofft, einige Zeit mit einer Stickarbeit für sich zu haben. Sie seufzte unhörbar.

Es interessierte Telramund eigentlich nicht, was unter den Frauen geredet wurde, er hatte nur gefragt, um die Stille zwischen ihnen nicht drückend werden zu lassen. Dennoch berichtete sie ihm, dass unter anderem darüber gesprochen worden war, die kleine Grafentochter Elisabeth, Eadgifus Stiefenkelin, mit Amaury von Brabant zu verheiraten. Hatte Telramund ihrem Geplauder teilnahmslos gelauscht, merkte er bei der Erwähnung Brabants auf.

»Das spricht man? Wollen sie Brabant auf diese Weise ehren? Was sagt die Königinmutter dazu?«

Sabina wusste, dass zwischen ihrem Mann und dem Herzogtum Brabant etwas vorgefallen war. Vor ihrer Ehe. Zu ihr hatte er nie darüber gesprochen.

»Es ist ja nur eine jüngere Tochter der Gräfin von Gouy, noch dazu von zarter Gesundheit. Aber ja, die Königinmutter war dieser Verbindung nicht abgeneigt. Sonst müsste das Mädchen wohl im Kloster verschwinden.«

Die Mutter der ins Auge gefassten Braut war Adelheid, Gräfin von Gouy und eine Schwester des Königs Ludwig IV. Der nicht einmal zwanzigjährige König herrschte seit drei Jahren über das Westfrankenreich, und Sabina war geneigt, dem jungen Mann Zeit einzuräumen, sich zu bewähren. Ihr Ehemann hielt ihn für schwach – von Anfang bis Ende.

»Nicht einmal dieser König wird vergessen haben, dass Brabant sich vor dreizehn Jahren für das ostfränkische Reich entschieden hat. Er wird ihnen nicht eine königliche Prinzessin überlassen wollen. Das Kloster wäre die bessere Variante.« Telramund stand auf. Die Schuhe zog er wieder an, den Umhang ließ er liegen. Gleich darauf fiel die Tür hinter ihm ins Schloss.

Sabina legte ihre Stickerei beiseite; ihre Ruhe war ernsthaft gestört. Sie hob Telramunds Umhang auf, Staub und Pferdehaare blieben auf dem Boden zurück. Mit spitzen Fingern trug sie ihn zum Fenster. Jeglicher Dreck war ihr zuwider, Pferde waren in ihren Augen stinkende Ungeheuer, denen sie sich nur zögernd näherte. Geritten war sie noch nie, da mochte Telramund über sie lachen, so viel er wollte. Sie reiste im Wagen.

Eine Bö riss ihr den Umhang aus der Hand. Sie konnte nur hinterherschauen, wie er sich in der Luft entfaltete und langsam zu Boden segelte. Sie beugte sich aus dem Fenster, aber unglücklicherweise war unten niemand zu sehen, dem sie zurufen konnte, ihr das Kleidungsstück zurückzubringen. Es blieb ihr nichts anderes übrig, als selbst zu gehen. Der Weg war weit, und sie musste dazu sogar die Pfalz verlassen.

Sie war noch nie anders als bedächtig gegangen, wie es sich für eine Edelfrau gehörte. Und sie tat es auch jetzt nicht. Ihre weichen Schuhe machten auf dem Steinboden kein Geräusch.

Zwischen ihr und Telramund herrschte keine Liebe, es hatte sie nie gegeben. Der besitzlose Ritter, der vor dreizehn Jahren an den westfränkischen Hof Karls III., auch genannt der Einfältige, Vater des jetzigen Königs, gekommen war, hatte sich einflussreiche Männer gewogen gemacht und war in der königlichen Gunst schnell aufgestiegen. Mit seiner gewinnenden Art und seinem guten Aussehen erregte er überall Aufmerksamkeit. Besonders unter den Frauen am Hof. Als jüngste Tochter des Grafen von Tours hatte Sabina von klein auf gelernt, dass für sie keine Mitgift mehr vorhanden wäre, um sich standesgemäß zu verheiraten. Für sie bliebe das Kloster. Sie fügte sich in ihr Schicksal, aber selbst an ihr Ohr drang vor fünf Jahren die Kunde, der damals schon nicht mehr besitzlose Ritter Telramund sei auf der Suche nach einem Weib. Er könne aber wegen eines dunklen Flecks auf seiner Vergangenheit keine großen Ansprüche stellen.

Sie bestürmte ihren Vater, sie dem Ritter zur Frau zu geben, alles sei besser, als hinter Klostermauern zu verschwinden. Zum ersten und letzten Mal in ihrem Leben erfüllte ihr Vater ihr einen Wunsch. Zur Hochzeit überließ König Karl dem Bräutigam ein weiteres Lehen und stattete sie mit einem bescheidenen Wittum aus. Telramund war auf einmal kein armer Ritter mehr, und Sabina lebte seitdem in angenehmen Verhältnissen. An Telramunds seltsame Vorlieben im Ehebett hatte sie sich gewöhnt und längst aufgegeben, das in der Beichte zu erwähnen. Als einziger Stachel steckte ihre Kinderlosigkeit in ihrem Fleisch. Ein Erbe hätte Telramund fester an sie gebunden und ihnen das Land erhalten. So fielen die Lehen nach seinem Tod an den westfränkischen König zurück.

Sabina hatte das Tor der Pfalz erreicht. Die Wachen ließen sie anstandslos passieren. Durch die dünnen Sohlen ihrer Schuhe spürte sie jeden Stein auf dem Pfad, der einmal um die Pfalz herumführte. Die Sache mit dem Umhang war auch wirklich zu dumm. Sie gelangte an die Rückseite der Pfalz, wo der Umhang neben dem Pfad liegen müsste. Nur war da nichts, dafür erhaschte sie einen Blick auf jemand Flüchtenden. Über dessen Arm glaubte sie den Umhang zu erkennen.

»Dieb!«, kreischte Sabina. Hinterherzueilen kam ihr nicht in den Sinn. Mit ihrem Leib, dem es an weiblichen Rundungen nicht mangelte, wäre sie auch chancenlos gewesen.

Sie grub die Zähne in die Unterlippe und fragte sich, was nun zu tun sei. Vor allen Dingen, wie ihr Ehemann auf den Verlust seines Kleidungsstückes reagieren würde. Bei ihm konnte sie nie wissen … Schwerwiegendes nahm er gelegentlich auf die leichte Schulter, und bei Banalem konnte er richtig wütend werden. Den Wachen am Tor von dem Raub zu berichten und die Verfolgung des Diebs zu verlangen, würde ihr peinliches Missgeschick in die Welt hinaustragen. Wenn am Ende der Hof über sie lachte, wäre das ihrem Ehemann auf jeden Fall unangenehmer als der Verlust des Umhangs. Sie kehrte zurück zur Königinmutter, die ihre Mittagsruhe beendet hatte, und vergaß den Vorfall einfach.

KAPITEL XLVII

Elsa hatte das Bett verlassen, obwohl seit der Geburt noch keine sechs Wochen verstrichen waren. Das war die Zeit, die sich eine Mutter im Kindbett erholen sollte, um das gefürchtete Fieber zu vermeiden, das so viele Frauen dahinraffte. Bei jedem ihrer Kinder hatte Elsa diese Zeit eingehalten, und immer war es ihr schwergefallen, sechs Wochen ruhig zu liegen. So schwer wie diesmal aber noch nie.

Eine unerklärliche Unruhe schien ihren Geist ergriffen zu haben. Von Rhuna hatte sie gelernt, die Nachrichten ihrer Seele als Botschaften der Mutter Maria anzunehmen. Sie hatte auch gelernt, sich von ihrer Gabe nicht beherrschen zu lassen. Es gelang ihr sogar, ihre Kinder oder ihren Ehemann zu umarmen, ohne deren Krankheiten nachzuspüren. So viele Jahre war die Slawin schon tot, aber der Gedanke an sie schmerzte immer noch.

Gerade saß Elsa am Fenster, in einen weichen Umhang gehüllt und mit Fellpantoffeln an den Füßen. Kurz zuvor hatte die Amme die kleine Mathilda gebracht, die satt und zufrieden in ihrer Wiege schlief. Mathilda war überhaupt ein friedliches Kind, ganz anders als Odilo damals. Er hatte oft geschrien, bis er vor Aufregung rot anlief, Mathilda hingegen gluckste und strampelte meist fröhlich mit

Armen und Beinen. Der Gedanke an Mathildas toten Zwillingsbruder trübte Elsas Gedanken. Der Kleine war begraben worden, und sie hatte nicht dabei sein können. Lohengrin hatte ihr danach alles berichtet und sie an seiner Schulter geweint, bis keine Tränen mehr kamen. Auch um die kleine Mathilda, die es in ihrem Leben schwer haben würde, weil sie in ihrer Seele immer eine Verbindung mit jemandem spüren würde, der nicht da war. Mathilda brauchte alle Liebe, die ihre Familie ihr geben konnte, und keine traurige Mutter. Entschlossen schob Elsa alle Gedanken an das tote Kind beiseite und warf ihrer Tochter einen liebevollen Blick zu.

Mathilda war aufgewacht und lutschte an einem ihrer Füßchen. Elsa ging zu ihr, zog ihr den Fuß sacht aus dem Mund und nahm sie hoch. Aus strahlend blauen Augen schaute das kleine Mädchen sie an. Lockiges braunes Haar bedeckte ihren Kopf. Sie war das einzige ihrer Kinder, das bei seiner Geburt einen vollen Haarschopf sein Eigen nannte.

»Du Süße«, gurrte sie und wiegte ihre jüngste Tochter im Arm. Ihr süßer Neugeborenengeruch umwehte sie. Bei jedem ihrer Kinder hatte Elsa diesen Geruch geliebt. Sie trug Mathilda zum Fenster.

Es ging auf den Hof hinaus, auf dem geschäftiges Treiben herrschte. Jedermann ging seinem Tagwerk nach, nur die Herzogin frönte dem Müßiggang. Elsa kam sich pflichtvergessen vor. Am Brunnen entdeckte sie Amaury mit seinen Freunden. Sie hatten ihre Kittel ausgezogen, reichten einen hölzernen Eimer herum und gossen sich gegenseitig Wasser über die Köpfe. Sie lachten und prusteten.

Elsa hob Mathilda hoch und ließ sie hinausschauen. »Da unten ist dein großer Bruder mit seinen Freunden. Siehst du ihn?«, sprach sie leise neben Mathildas Ohr.

Ihre Tochter streckte die Ärmchen aus und schaute nach unten, als hätte sie jedes Wort verstanden.

Das Lachen am Brunnen war verstummt. Auf einmal standen sich die Jungen wie Streithähne gegenüber. Die veränderte Stimmung war bis in die Wöchnerinnenkammer hinein zu spüren. Amaury hielt den Wassereimer in der Rechten. Die Jungen sprachen etwas, was für Elsa nicht zu verstehen war. Amaury holte mit dem Eimer gegen Flodard, Sohn eines Freiherrn aus dem Peelland, aus. Der wich aus, und statt am Kopf traf ihn der Eimer nur an der Schulter. Wasser spritzte heraus.

Amaury holte zum zweiten Mal aus. Was war in ihren Sohn gefahren? Elsa war entsetzt, so hatten sie und Lohengrin ihre Kinder nicht erzogen. Mit Mathilda auf dem Arm verließ sie das Gemach, rannte die Treppe hinunter und über den Hof.

»Das nimmst du zurück!«, hörte sie ihren Sohn schreien. »Du wirst dich entschuldigen.«

»Aufhören!«, rief sie, aber keiner der Jungen reagierte.

Flodard hielt ebenfalls einen Eimer in der Hand, und zwei weitere Jungen standen mit erhobenen Fäusten da, als wollten sie sich prügeln. Elsa warf sich zwischen sie, gerade als Amaury wieder mit dem Eimer zuschlagen wollte. Im letzten Moment konnte er den Schlag ablenken, sonst hätte er seine kleine Schwester auf Elsas Arm getroffen. Der Eimer flog davon, und Amaury sah bestürzt aus. Flodard und die anderen wollten sich davonstehlen, aber Elsas knapper Befehl hielt sie zurück. Sie verneigten sich.

Amaury tat es ihnen nach. »Frau Mutter ... wieso ...?«

»Worüber habt ihr gestritten?«

Niemand antwortete. Dafür begann Mathilda zu weinen. Sie strampelte und wand sich, als wollte sie vom Arm ihrer Mutter flüchten. Es war nicht einfach, sie zu halten. Elsa fühlte sich auf einmal schwach und von allem überfordert. Sie schwankte.

»Mutter …?«

»Elsa!« Lohengrin kam gelaufen. »Was machst du hier? Warum bist du aufgestanden.«

Er legte einen Arm um sie. Dankbar lehnte Elsa sich an ihn. Er nahm ihr Mathilda ab, und auf seinem Arm beruhigte sie sich.

»Du darfst nicht hier sein, Liebes. Das ist gefährlich.«

»Es ist … ich stand am Fenster …«

»Was haben die Jungen angestellt?« Die Frage galt Elsa, aber er schaute dabei seinen Ältesten und Flodard streng an.

KAPITEL XLVIII

*A*maury stand mit gesenktem Kopf vor seinen Eltern. Er erinnerte Lohengrin an Odilo, der vor wenigen Tagen genauso schuldbewusst vor ihm gestanden hatte. Mathilda war der Amme übergeben worden, Elsa lag bleich im Bett an einen Berg Kissen gelehnt und sah müde aus. Sie hatte darauf bestanden, bei der Aussprache mit Amaury dabei zu sein.

»Ich dulde keine Ausreden. Du hast deine Mutter und deine kleine Schwester in Gefahr gebracht. Ich will den Grund dafür erfahren«, verlangte Lohengrin zu wissen.

»Ich habe mich über etwas geärgert, das Flodard sagte«, flüsterte Amaury, dass er gerade noch zu verstehen war.

»Was hat er gesagt?«

Schweigen.

»Was er gesagt hat? Ich erwarte eine Antwort. Haben wir dir beigebracht, dich zu prügeln? Amaury, du wirst eines Tages Herzog von Brabant sein, wirst du jedes Mal, wenn jemand etwas sagt oder tut, das dich ärgert, zu den Waffen greifen.«

»Nein.«

»Also, was hat Flodard gesagt? Willst du deiner Mutter weiter Sorgen bereiten?«

»Ich wollte das nicht.«

»Bitte, er ist erst zwölf«, mischte sich Elsa ein. »Er wird es nicht wieder tun, davon bin ich überzeugt.«

»Liebes, du hast ein weiches Herz, und dafür liebe ich dich. Aber das ist eine Lektion, die Amaury lernen muss, und je eher er es tut, desto besser ist es für ihn.« Lohengrin griff nach Elsas Hand und streichelte zärtlich die Innenfläche mit dem Daumen.

»Er hat etwas über Euch gesagt, Vater, über Euren Eid und Euren Stand. Ich kann es nicht wiederholen, bitte verlangt das nicht von mir.« Amaury sprach, als hätte er seinen gesamten Mut zusammengenommen.

»Du musst nicht meine Ehre verteidigen, das tue ich schon selbst. Das war nichts als Unsinn.«

»Er sprach auch über mich, weil ich Euer Sohn bin und alles auf mich zurückfällt, auf mich und meine Ehre.« Amaury verstummte, als hätte er bereits zu viel gesagt.

Elsa und Lohengrin schauten sich an. Sie wusste nicht, wie sie ihren Ältesten trösten sollte. Lohengrin augenscheinlich auch nicht.

»Darf ich mich zurückziehen, Vater?«, fragte Amaury nach einem Augenblick vorsichtig.

»Aber du prügelst dich nicht mehr.«

»Bestimmt nicht.«

»Dann kannst du gehen.«

Amaury huschte mit der Schnelligkeit eines Windstoßes hinaus. Elsa schloss die Augen. Um ihre Mundwinkel zuckte es.

Sie hatte an heißem Wein genippt. Ihre Blässe hatte der nicht vertrieben.

»Erziehen wir unsere Söhne dazu, sich schlecht zu benehmen? Bilden sie sich ein, sich alles erlauben zu können, weil sie herzoglicher

Abstammung sind? Dann müssen wir uns wirklich Sorgen um ihre Zukunft machen.«

»Sie sind liebe, wohlerzogene Kinder. Meistens jedenfalls. Das wissen wir beide, und Jungen schlagen hin und wieder über die Stränge.«

»Etwas müssen wir falsch gemacht haben«, widersprach Elsa. »Das war kein harmloser Kinderstreich. Amaury ist kaum noch ein Kind zu nennen.«

»Wir können ihn an einen anderen Hof zur Vervollständigung seiner Erziehung schicken. Es wird ihm guttun, in der Fremde auf sich gestellt zu sein und neue Freunde zu finden, ohne darauf pochen zu können, der nächste Herzog in Brabant zu sein.«

»Er ist erst zwölf.« Sie widersprach sich, aber das kümmerte Elsa nicht.

»Gerade das richtige Alter. Ich bin damals …« Lohengrin unterbrach sich.

»Was bist du damals, Lieber?« Elsa legte ihm eine Hand an die Wange.

»Nichts, es ist nicht wichtig.«

»Mir ist es wichtig. Lohengrin.«

»Ich habe einen Eid geschworen.«

»Es ist so viele Jahre her.« Elsa ließ die Hand wieder sinken.

»Er gilt mein Leben lang.«

»Nicht einmal das Wohl unserer Kinder lässt dich anders denken?« Elsa wusste, dass es unter Brabants Edlen Gerede gegeben hatte, weil die Herkunft des Herzogs im Dunkeln lag. Weil er ohne Familie plötzlich aufgetaucht war, als wäre er vom Himmel gefallen. Sie hatte es vor Jahren gehört und für dummes Gerede gehalten. Sie hatte gehofft, dass es von allein verstummen würde, wenn die Brabanter Edelinge erkannten, was für ein guter und gerechter Herzog

Lohengrin war, aber sie hatte sich offenbar getäuscht. Die Gerüchte hatten all die Jahre im Verborgenen gelauert und vergifteten nun das Leben ihrer Kinder.

»Ich schwor vor Gott dem Herrn. Soll ich meine Pflichten gegen die Menschen über die gegen ihn stellen?«

Darauf konnte es nur eine Antwort geben: Die Pflichten gegen den Allmächtigen wogen stets schwerer. Elsa war genauso erzogen worden, und selbst Rhuna hätte ihr zu nichts anderem geraten. Von ihr waren nur Erinnerungen geblieben und die Verehrung der Mutter Maria, die sie jedoch mit niemandem teilen konnte.

»Es gibt nichts, was deinen Eid enden lassen kann?«

»Nichts.«

»Lohengrin, ich bitte dich. Denke wenigstens darüber nach.«

»Elsa! Ich schachere nicht mit dem Allmächtigen. Das kannst du nicht von mir verlangen.«

Sie sank in die Kissen zurück. »Amaury ist trotzdem erst zwölf, und ich kann den Gedanken an ihn fern von mir nicht ertragen. Wir haben Sprösslinge Brabanter Edler an den Hof geholt, damit unsere Kinder Freunde und Kameraden finden, so wie mein Vater mir damals Margot und Simona zur Seite gestellt hat.«

»Lass uns ein Jahr warten, dann sprechen wir erneut und entscheiden, ob wir Amaury an einen anderen Hof senden. Es wird ja nicht der eines Freiherrn oder Gaugrafen sein. Ihm stehen herzogliche Höfe offen. Franken, Schwaben, Bayern, sogar König Ottos Hof, obwohl er keinen Sohn im passenden Alter hat.«

Es war üblich, die Kinder – besonders die Jungen – in der Fremde erziehen zu lassen, aber der Gedanke an Amaury, weit fort von ihr, war mehr, als Elsa im Moment ertragen könnte.

»Ein Jahr ist eine lange Zeit. Er wird dann fast ein Mann sein und sich unter seinesgleichen behaupten können«, tröstete Lohengrin sie.

Ein Jahr verging schnell, aber sie durfte nicht aus eigensüchtigen Motiven heraus die Zukunft ihrer Kinder gefährden. Langsam nickte Elsa und ließ sich von ihrem Ehemann auf die kalten Lippen küssen.

KAPITEL XLIX

*D*en Verlust seines Mantels hatte Telramund gleichgültig hingenommen. Dafür fragte er Sabina immer wieder, ob wirklich eine Verbindung des Brabanter Erben Amaury mit einer Stiefenkelin der Königinmutter Eadgifu in Vorbereitung wäre und wie weit die Pläne gediehen wären. Brabant steckte wie ein Stachel in seinem Fleisch, und Sabina ärgerte sich darüber, dass sie den genauen Grund nicht wusste. Er hatte es nie für nötig befunden, sie ins Vertrauen zu ziehen. Sich hinter vorgehaltener Hand umzuhören, war Sabina viel zu mühsam.

Seine immer drängenderen Fragen reichten ihr irgendwann, und um dem ein Ende zu bereiten, behauptete sie einfach, es hätten bereits Verhandlungen über eine Ehe Amaurys von Brabant mit einer Tochter der Gräfin von Gouy stattgefunden.

»Was für Verhandlungen?«, fuhr Telramund sie an.

Beinahe bereute Sabina ihre Flunkerei. Abgesehen von einem Gedankenspiel in weinseliger Laune unter den Damen der Königinmutter war nie wieder davon gesprochen worden. Sie riss sich zusammen, nun hing sie drin und konnte nicht zurück, ohne Telramund richtig wütend zu machen. »Verhandlungen über die Mitgift eben, welche Dörfer zu ihrem Erbe gehören werden. Ich war nicht dabei.«

Einen Tag später fragte er sie erneut aus, weil unter den Männern am westfränkischen Hof keine Rede von einer Heirat sei, auch nicht unter den Männern des Grafen von Gouy. Diesmal war Sabina besser vorbereitet und erzählte ihm etwas von Geheimhaltung und dass die Königinmutter Eadgifu großes Interesse an einer Stärkung der Beziehungen zum ostfränkischen Reich habe. Der König habe ihr in dieser Angelegenheit freie Hand gelassen. Für ihn war es schwierig genug, seine zahlreichen Schwestern und weiblichen Verwandten zu versorgen. Sie fand Gefallen an ihrer Geschichte.

»Es ist also wirklich wahr?«

»Wenn ich es doch sage.«

»Spricht niemand gegen diese Heirat?«

»Niemand.«

Telramund ballte seine Rechte zur Faust. Er sah aus, als wollte er auf etwas einschlagen. Vorsorglich ging Sabina einen Schritt zurück.

»Manchmal denke ich, du glaubst, du hättest ein Anrecht auf das Herzogtum Brabant.«

Sein Kopf flog herum, und für einen Augenblick sah sie gefletschte Zähne wie bei einem Wolf. »Das geht dich nichts an, Weib.«

Sabina wusste, dass sie auf der richtigen Spur war. Jetzt fehlte ihr nur wieder der Drang, mehr herauszufinden. Herumzuschnüffeln und mit diesem und jenem unter vier Augen zu tuscheln, war ihre Sache nicht, deshalb ließ sie das Ganze auf sich beruhen.

»Morgen werde ich fortreiten«, eröffnete Telramund ihr.

»Wohin, mein Gemahl? Nimm mich mit, ich will hier nicht alleine bleiben.«

»Der Zweck meiner Reise geht dich nichts an. Ich lasse dich auch nicht alleine zurück. Bei Hof ist niemand allein.«

»Du weißt genau, wie ich das meine.« Es ging um die vielen Kleinigkeiten, die täglich entschieden werden mussten und vor denen Sabina zurückschreckte, weil sie ihre Ruhe störten.

»Ich lasse dir Herrn Sigibert zu deinem Schutz da«, bot Telramund großzügig an.

Das konnte Sabina nicht ablehnen, aber sie fühlte sich, als wäre sie vom Regen in ein Wasserfass geraten. Der Herr Sigibert war ein ungehobelter Klotz, an dem ihr Ehemann aus einem geheimnisvollen Grund Gefallen gefunden hatte. Dieser Mensch war an Telramunds Seite am westfränkischen Hof aufgetaucht und folgte ihm aufs Wort wie ein treuer Hund seinem Herrn. Ansonsten kratzte er sich in der Gegenwart von Damen am Gemächt, schaute sie an, dass sie sich ganz nackt vorkamen, spickte seine Rede mit Flüchen und war ein so unangenehmer Geselle, dass Sabina seine Gegenwart mied. Ausgerechnet der sollte nun für sie verantwortlich sein? Da traf sie die vielen kleinen Entscheidungen des Alltags lieber selbst.

Sie runzelte die Stirn. »Nimm deinen treuesten Gefolgsmann lieber mit. Ich wäre wesentlich beruhigter, wüsste ich ihn an deiner Seite.«

»Auf einmal bist du besorgt um mich, meine Liebe.« Er riss sie in die Arme und drückte ihr einen harten Kuss auf den Mund.

Längst hatte Sabina gelernt, dies nicht für einen verdrehten Ausbruch von Zuneigung zu halten, es kam ihm einzig und allein darauf an, seine Macht über sie zu demonstrieren. Telramund bekam stets, was er wollte, und ihr blieb nur übrig, ihn am nächsten Morgen vor den Ställen zu verabschieden. Herr Sigibert stand zwei Schritte hinter ihr und folgte ihr anschließend mit säuerlicher Miene ins Haus.

In der Tür drehte Sabina sich um, und er wäre beinahe gegen sie gestolpert. »Bleibt, wo Ihr wollt, aber mein Gemach betretet Ihr nicht und auch nicht das der Königinmutter. Vor Türen will ich Euch gleichfalls nicht herumlungern sehen.«

Eine Antwort wartete sie nicht ab.

KAPITEL L

Wenn ich mich entfernen darf, edler Herzog?«, fragte Margot huldvoll. Im Gegensatz zu ihrer Redeweise blitzte sie Lohengrin herausfordernd an.

»Ihr dürft Euch entfernen.« Lohengrin hätte am liebsten noch mit der Hand gewedelt, damit sie sich beeilte. Margots zur Schau gestellte Sinnlichkeit war ihm schon immer unheimlich gewesen. Elsa hätte ihr nicht verziehen und sie an den Hof zurückholen sollen. Sie war Telramunds Geschöpf – schon immer gewesen. Ob ihre kurze kinderlose Ehe daran etwas geändert hatte, bezweifelte er, aber Elsa war auf diesem Ohr taub.

Margot ließ ein glockenhelles Lachen ertönen, das einer jüngeren Frau besser gestanden hätte. Es bestätigte Lohengrins Meinung über ihre gottlose Gesinnung.

»Ihr habt mich nicht richtig verstanden«, gurrte sie. »Ich erhielt eine Nachricht von meiner Familie aus dem Bergengau. Meine Anwesenheit ist zu Hause vonnöten.«

»Ihr dürft Euch auch dorthin entfernen.«

»Zu gütig. Zur Taufe der kleinen Mathilda bin ich wieder zurück. Die will ich mir um nichts in der Welt entgehen lassen. Vorher verabschiede ich mich noch von der Herzogin.«

»Soll ich Euch zwei Panzerreiter mitgeben? Oder hat Euer Vater Bewaffnete zu Eurem Schutz geschickt?«

»Weder noch. Ein Knecht hat die Nachricht gebracht. Er wird als Begleitung vollkommen ausreichen, da Ihr in Brabant alles Gesindel vertrieben habt.«

Wieder traf ihn ein herausfordernder Blick, als machte sie sich über die Sicherheit auf Brabants Wegen lustig. Dabei hatten Elsa und er viel Mühe darauf verwendet, die Räuber- und Mörderbanden auszumerzen, damit jedermann sicher reisen konnte.

»Ich gebe der kleinen Mathilda einen Kuss von ihrem Papa. Sie ist so ein liebes Mädchen.« Damit rauschte Margot aus der Halle, in der sich um diese Zeit am Nachmittag niemand sonst aufhielt.

* * *

Die Hose aus grobem Stoff kratzte Telramund im Schritt, der Kittel aus dem gleichen Material zwischen den Schulterblättern. Wahrscheinlich hatte er sich mit der Kleidung auch Flöhe eingehandelt. Um seine Tarnung als Angehöriger der untersten Schicht perfekt zu machen, trug er über der Schulter eine abgenutzte Axt. Sie war zugleich seine einzige Waffe, und er fühlte sich nur gerade etwas besser als nackt. Sein Pferd, sein Schwert, seinen Schild, alles, was ihn als Edelmann kennzeichnete, hatte er an der Grenze zu Brabant zurückgelassen.

Seitdem war er zu Fuß unterwegs, auf den vertrauten Pfaden aus einem früheren Leben. Ein unter seiner Kleidung versteckter Beutel mit Münzen erinnerte als Einziges noch an seinen wahren Stand. Er versteckte sich in der Krone einer Eiche und beobachtete Freiherr Willibolds Gehöft.

Es war keineswegs ein stattliches Anwesen, trotzdem hätte er viel darum gegeben, mit dem alten Freiherrn in der Halle beim Bier zu sitzen und alte Jagdgeschichten auszutauschen. Er erinnerte sich daran, dass Herr Willibold ein leidenschaftlicher Jäger gewesen war.

Die Eintönigkeit auf seinem Beobachtungsposten wurde unterbrochen, als zwei junge dralle Mägde aus dem Tor kamen. Sie schleppten einen Korb Wäsche zwischen sich, lachten und schwatzten. Ihr Weg zum Fluss führte sie unter seinem Baum vorbei. Was von Weitem fröhlich wirkte, war in Wirklichkeit ein wüstes Geschimpfe.

»Immer müssen wir die stinkende Wäsche des alten Freiherrn waschen. Ich habe die Nase voll davon, dass immer alles vollgeschissen ist, weil der Alte den Kot nicht mehr halten kann. Soll sich doch sein knochiges Weib darum kümmern«, sagte die mit dicken, blonden Zöpfen.

Die Braunhaarige stimmte ihr zu. Ein entsprechender Geruch aus dem Wäschekorb stieg zu Telramund empor. Er hielt sich die Nase zu. Telramund war jedenfalls froh, als sie weitergingen und den Geruch mit sich nahmen. Er kratzte sich zwischen den Beinen und schwankte gefährlich im Geäst.

* * *

Ihr Vater war alt geworden. Ihn umgab der Geruch nach Greis und wurde davon überlagert, dass der Freiherr seine Ausscheidungen nicht mehr bei sich behalten konnte. Margot beugte sich über ihn und musste sich überwinden, einen Kuss auf die faltige Greisenhaut zu drücken. Hinterher musste sie sich zwingen, sich nicht über den Mund zu wischen.

»Was willst du, Mädchen?«, fragte Freiherr Willibold. Er hatte sie nie anders als Mädchen genannt. Ihren Schwestern erging es genauso, als hielt er es für überflüssig, sich die Namen seiner Töchter zu merken. »Hier gibt es für dich nichts zu holen. Dein Bruder wird meine Nachfolge antreten. Aber noch habe ich nicht vor, ins Gras zu beißen.«

Als Einziges hatte sein Verstand dem Verfall getrotzt. Der war scharf wie eh und je, und auch seine Augen blickten noch klar. Seine Rede klang verwaschen, weil er alle Zähne verloren hatte.

»Ihr habt mir eine Nachricht geschickt, dass ich herkommen soll.« Margot hatte sich und ihr Pferd auf dem Herritt nicht geschont. Tatsächlich hatte sie geglaubt, es ginge mit ihrem Vater zu Ende und er wolle sie vorher noch einmal sehen. Liebe herrschte nicht zwischen ihr und ihm, aber dieser Dienst konnte nie verweigert werden.

»Ich nicht.« Willibold rülpste, und eine Wolke schlechten Atems traf Margot. Diesmal wich sie zurück.

»Ekelst du dich vor deinem alten Vater? Mach dir keine Hoffnung, ich gebe nicht so schnell den Funken ab.« Der alte Mann bewegte sich auf seinem Lager, und Uringestank erfüllte die Kammer.

Margot unterdrückte ein Würgen. »Ich sehe, wie wohl Ihr seid. Vielleicht hat Mutter mir eine Nachricht geschickt.«

»Die doch nicht.«

»Ich frage sie selbst.« Margot floh regelrecht aus der Gegenwart ihres Vaters.

Die Mutter fand sie im Frauengemach, wo sie am Fenster saß und hinausschaute. Ihre Schultern waren nach vorne gesunken, und bei Margots Eintritt sah sie sich nicht um.

»Mama?«, fragte sie vorsichtig.

Immer noch drehte sich die Freiherrin nicht um, klopfte aber auf einen freien Platz neben sich. Margot setzte sich, lehnte sich leicht gegen die Schulter ihrer Mutter. Sie spürte deren Magerkeit durch das Kleid hindurch. Unter der Haube wirkte das graue Haar ihrer Mutter wie ein Vogelnest. Margot angelte nach einem Kamm und nahm ihrer Mutter den Kopfputz ab. Sie machte sich daran, das verknotete Haar zu entwirren.

»Lass doch«, wehrte die Freiherrin ab.

»Früher habt Ihr mein Haar gekämmt, jetzt erweise ich Euch diesen Dienst.«

Die alte Frau hielt still, und eine Weile war nichts weiter zu hören als das leise Geräusch, das ein Kamm im Haar verursachte.

»Was ist mit Vater los?«

»Er verfault von innen heraus. Du hast ihn ja gesehen. Ich bete jeden Tag, dass der Herr ein Einsehen hat und uns von seinen Leiden erlöst, aber wahrscheinlich will er ihn auch nicht bei sich haben. Wenn das so weitergeht, verlasse ich noch vor ihm diese Welt.« Es klang unendlich müde. In Margot regte sich ein zartes Gefühl für ihre Mutter. Sie drückte die andere kurz an sich. Es war eine für beide ungewohnte Geste.

»Habt Ihr mir eine Nachricht geschickt, dass ich kommen soll?« Sie nahm den Kamm wieder auf.

»Wieso sollte ich das tun?«

»Weil Ihr Hilfe braucht.«

»Mir kann niemand helfen.«

»Ihr seid doch keine alte Frau, wenn Ihr nur ein bisschen auf Euch acht gebt.« Der Herr würde ihr die Flunkerei verzeihen, hoffte Margot.

»Du musst mir nicht schmeicheln. Ich habe dir keine Nachricht geschickt, aber da du schon einmal da bist, kannst du auch bleiben.«

»Ein paar Tage auf jeden Fall.«

In erster Linie, weil sie herausfinden wollte, wer ihr diese Botschaft geschickt hatte.

KAPITEL LI

*M*argot!«, hörte sie hinter sich in einer Mischung aus Rufen und Wispern.

Sie führte ein Pferd am Zügel, streifte umher, um die Plätze ihrer Kindheit aufzusuchen, aber eigentlich wollte sie der dumpfen Enge des Hofes und der Krankheit ihres Vaters entfliehen. Bei dem Ruf schaute sie sich um, aber außer einem im Feld stehenden in Lumpen gekleideten Mann mit tief in die Stirn gezogenem Hut sah sie niemanden. Sie schlenderte weiter.

»Margot! Seid Ihr inzwischen blind geworden, dass Ihr mich nicht erkennt?«

Zum zweiten Mal schaute sie sich um. Der Feldarbeiter hatte sich aufgerichtet und ihr das Gesicht zugewendet. Der Kerl hatte hoffentlich nicht gewagt, sie anzusprechen, als wären sie seit Kindesbeinen an miteinander vertraut. Er nahm den Hut ab.

»Graf Telramund!«

Die Gefühle schlugen wie eine Welle über ihr zusammen. Zu Beginn seiner Verbannung hatte sie täglich an ihn gedacht und oft genug gegen Tränen ankämpfen müssen. Ihr erster Impuls war gewesen, wie Herr Sigibert mit ihm zu gehen. Ihr Vater hatte sich jedoch entschieden, Elsas Verzeihung zu suchen und seinen Besitz zu behalten. Für sie hatte er das Gleiche entschieden, sie musste sich Elsa zu Füßen werfen, wurde von ihr aufgehoben und auf beide Wangen geküsst. Die neue Herzogin zeigte sich großmütig. Für Graf Telramund hatte das nicht gegolten, seine Niederlage war vollkommen gewesen.

Der Zügel entglitt ihrer Hand. Sie sprang über den Entwässerungsgraben, der das Feld umgab, und rannte. Telramund breitete die Arme aus. Kaum hatte Margot sich an seine Brust geworfen, begriff sie, dass nun alles in ihrem Leben wieder am richtigen Platz war.

Viel zu schnell schob Telramund sie von sich und musterte sie. »Ihr seid älter geworden, Frau Margot.«

»Ich bin eine Witwe.« Sie warf das Haar zurück und reckte den Busen heraus.

»Oh.«

»Er gehört immer noch Euch.«

»Immer noch knackig.« Er kniff sie in die Brust, knetete ihr Fleisch, und seine Berührung schickte Feuerlanzen durch ihren Leib.

Auf einmal packte er sie und zog sie mit sich. Vor Schreck schrie Margot auf, ehe sie willig mitging. Der Aushub des Grabens umgab das Feld wie einen niedrigen Wall. Er war außerdem mit kniehohem Gras bewachsen, das sie vollständig verbarg.

Erst nach geraumer Weile richtete Margot sich wieder auf. Ihr Haar war zerrauft, die Lippen vom Küssen geschwollen, der Busen bloß und die Röcke um ihre Hüften zusammengeknüllt. Sie fühlte sich zufrieden wie seit Jahren nicht mehr, und an Telramunds trägem Gesichtsausdruck erkannte sie, dass es ihm ebenso ging. Er hielt die Augen geschlossen, und sie hatte Muße, ihn zu betrachten. An seinen Schläfen wurde das Haar silbern, was ihm sehr gut stand; Männer wurden mit dem Alter attraktiver und Frauen einfach nur älter.

»Wie seid Ihr hergekommen, Graf Telramund?«

Er schlug die Augen auf. »Nicht diesen Namen, oder wollt Ihr alles verderben? Ich bin hier der glücklose Friedrich auf der Suche nach einem Auskommen.«

Glückloser Friedrich. Sie musste an sich halten, um nicht laut herauszulachen. »Was wollt Ihr hier, glückloser Friedrich? Es war leichtsinnig von Euch, herzukommen.«

»Brabant.«

Sie zog die Augenbrauen hoch.

»Ihr glaubt doch nicht, ich lasse mich von meinem Ziel abbringen, weil ich einmal einen Rückschlag erlitten habe. Das spornt mich eher an.«

Eine alles vernichtende Niederlage traf es wohl besser, aber das behielt Margot für sich. »Es ist dreizehn Jahre her.«

»Und wenn es dreißig Jahre dauert, bis ich auf Brabants Thron sitze. Steht Ihr noch an meiner Seite?«

»Natürlich, glückloser Friedrich.«

Diese Antwort feierten sie auf gebührende Weise. Danach fühlte sich Margot angenehm wund zwischen den Beinen. Ein Gefühl, von dem sie gar nicht mehr gewusst hatte, wie sehr sie es all die Jahre vermisst hatte.

KAPITEL LII

*O*dilo beschäftigte sich damit, Löcher in die feuchten Sandbänke
zu graben, die die Schelde bei Ebbe freigab. Sobald sie eine bestimmte Tiefe erreicht hatten, begannen sie, sich mit Wasser zu fül-
len. Der kluge Tassilo hätte vielleicht erklären können, warum das
so war, aber er band mit seinem Vater und seinem älteren Bruder
aus langen Grashalmen Boote, um sie dann auf dem Fluss Richtung
Nordsee schwimmen zu lassen. Bei einem ersten Versuch hatten die
Wellen das Boot sofort unter Wasser gedrückt. Amaury war der Meinung gewesen, es sei zu klein, Tassilo hatte es als nicht fest genug gebunden angesehen. Nach einer erregten Diskussion bauten sie nun
an einem zweiten Boot.

Nur Edviga war da, um die Frage ihres jüngeren Bruders zu beant-
worten, wo das Wasser in den Löchern herkam. »Das ist Wasser aus
dem Fluss, das der Herr bei Ebbe dort versteckt«, bot sie als fromme
Erklärung an.

»Bei Ebbe ist das Wasser auf dem Meer und kommt bei Flut zurück, das weiß doch jeder«, widersprach Odilo. Mit einer Tonschale
versuchte er, es aus dem Loch zu schöpfen. Alles, was er oben wegnahm, floss von unten nach.

»Es ist auch in der Erde.« Edviga erhob sich neben dem Loch, an dem beide bisher gekniet hatten, und bahnte sich einen Weg über die Salzwiese dorthin, wo Elsa auf einer Decke saß und mit Mathilda spielte. Auf einer zweiten Decke, ein Stück entfernt, hatten es sich Mathildas Amme und Kuniberta bequem gemacht und waren bereit, sofort aufzuspringen, sollten ihre Dienste benötigt werden.

Elsa ließ einen kleinen Stoffball an einer Schnur vor Mathilda hin und her baumeln. Ihre jüngste Tochter griff danach und kreischte vor Vergnügen, wenn sie ihn erwischte. Sie war jetzt zwei Monate alt und Elsa überzeugt, es gelang ihr jetzt viel besser, den Ball zu erkennen, als in den ersten vier Wochen nach der Geburt. Edviga setzte sich neben ihre Mutter, und Elsa gab ihr die Schnur, damit sie mit ihrer kleinen Schwester spielte.

»Odilo ist dumm«, sagte die und schwang den Ball. »Obwohl immer wieder Wasser nachläuft, gibt er nicht auf, sondern will unbedingt sein Loch ausschöpfen. Wenn ich ihm sage, dass es nicht geht, wird er gemein.«

»Er ist erst fünf und versteht die Dinge noch nicht wie du. Du bist doch mein großes Mädchen.« Elsa strich ihrer Tochter über das lockige blonde Haar. »Vielleicht habt ihr beide recht. Das Wasser fließt aufs Meer hinaus und kommt von dort zurück, aber es ist auch in der Erde, weil auf dem Meer nicht Platz für all das Wasser ist. Unser Herr hat in seiner Weisheit viele Dinge so geregelt, dass sie nicht nur auf eine Art getan werden können. Lernst du fleißig deine Lektionen?« Für den Unterricht ihrer Tochter hatte Elsa Schwester Bertrada, eine Nonne aus einem Kloster in Leuven, an den Hof geholt. Bertrada war eine gelehrte Frau, die auch bei den Mahlzeiten aus der Bibel vortrug oder die Frauen mit frommen Geschichten in der Spinnstube unterhielt.

Edviga nickte. »Ich glaube, sie versteht nicht alles.«

»Wie kommst du darauf?«

Ihre Tochter biss sich auf die Unterlippe, als fürchtete sie, schon zu viel gesagt zu haben. Sie ließ den Ball auf Mathildas Brust sinken, wo die Kleine selig danach grapschte. Elsa wartete geduldig.

»Sie spricht von der Jungfrau Maria, die Jesus geboren hat, obwohl sie nicht mit Joseph verheiratet war. Ihr sprecht von der Mutter Maria, die Jesus' Mutter war, so wie Ihr meine seid. Nach Schwester Bertrada gibt es aber nur die Jungfrau, und nun kenne ich mich nicht mehr aus. Hatte der arme Jesus am Ende gar keine richtige Mutter?«

Himmel, worüber machte das Kind sich Gedanken. Elsa war nicht klar gewesen, welche Fragen sich aus dahingesagten Worten für Edviga ergaben. Sie durfte Schwester Bertrada nicht in ein schlechtes Licht rücken, sie wollte ihrer Tochter aber auch nicht die tiefere Wahrheit vorenthalten, die sie von Rhuna erfahren hatte.

»Jesus wurde von der Jungfrau Maria geboren, so steht es in der Heiligen Schrift, und das musst du Schwester Bertrada glauben. Nach seiner Geburt war Jesus ein Kind, klein und schutzlos wie Mathilda, und hat eine Mutter gebraucht, die sich um ihn kümmert und die ihn lieb hat. Deshalb spreche ich von der Mutter Maria, weil ich selbst Mutter bin und euch so lieb habe. Die beiden sind ein und dieselbe Frau, Spätzchen.« Elsa küsste ihre Tochter auf die Nasenspitze. Mathilda, die mit dem Stoffball in den Händen eingeschlafen war, streichelte sie die Wange.

»Außer Euch spricht niemand von der Mutter Maria, nur über die Jungfrau.« Edviga wollte der Sache auf den Grund gehen, so war sie schon immer gewesen.

»Ich bin mir ganz sicher, auf der Welt wird vieles gesprochen, was du nicht hörst, und darunter wird etliches über die Mutter Maria sein. Glaubst du nicht auch?«

Edviga legte einen Finger an ihre Nase und dachte ernsthaft eine Weile nach, ehe sie antwortete: »Ich denke, Ihr habt recht.«

»Ich bin froh, dass du das auch so siehst. Willst du nicht deinen Brüdern mit dem Grasboot helfen? Sie können bestimmt ein paar Hände gebrauchen, die mit Nadel und Faden so geschickt sind wie deine.«

Ihre Tochter sprang auf, als hätte sie nur auf diese Aufforderung gewartet. Odilo schien auch genug von der Erforschung der Löcher zu haben und schloss sich ihr an. Elsa lehnte sich zufrieden zurück und ließ sich die Sonne ins Gesicht scheinen.

Diesen Ausflug mit der ganzen Familie hatte sie sich gewünscht, seit sie das Wochenbett verlassen hatte. Mehr als zwei Dutzend Tage hatte es noch gedauert, bis die Vorbereitungen dafür abgeschlossen waren. Der Herzog und die Herzogin von Brabant konnten nicht einfach zwei Pferde satteln und davonreiten. Panzerreiter waren zuvor die Ufer der Schelde bis zur Mündung in die Nordsee abgeritten, damit sich dort kein Gesindel mehr herumtrieb. Auch jetzt begleitete sie ein halbes Dutzend dieser Ritter, aber sie hielten sich im Hintergrund, waren kaum zu entdecken, und Elsa konnte sich einbilden, die Frau eines einfachen Mannes zu sein, die mit ihm und den Kindern unterwegs war.

Antwerpen und seinen Hafen schützten Wachtürme am rechten und linken Scheldeufer. Beim Herannahen feindlicher Schiffe konnte zwischen ihnen ein Netz über den Fluss gespannt werden. Elsa überlegte, ob nicht noch weiter Richtung Nordsee ein oder zwei Paar Wachtürme gebaut werden sollten. In Brabant waren nicht die Ungarn das größte Problem, sondern die Piraten und Nordmänner, die über die Irische See kamen. Pläne für zusätzliche Wachtürme hatte es bereits unter ihrem Vater und Großvater gegeben, aber sie waren am

Geld gescheitert. Weder die Stadt Antwerpen noch die herzogliche Schatulle hatten die nötigen Mittel aufbringen können. Seit sie und Lohengrin über das Herzogtum herrschten, blühten der Handel – nicht nur über die Seehäfen – und das Handwerk, und in den Klöstern wurde ein Schatz an Wissen gehortet. Die Fertigung von Abschriften der Bibel und anderer gelehrter Werke florierte. Die Klöster konnten die Novizen kaum fassen.

Sie hatte sich einen Tag ledig von allen Pflichten gewünscht, und nun dachte sie freiwillig genau darüber nach. Elsa schüttelte über sich selbst den Kopf – es war wohl leichter, sich zu wünschen, einmal abzuschalten, als es tatsächlich zu tun. Sie nahm sich fest vor, ab jetzt bis zum Sonnenuntergang nur noch an angenehme Dinge zu denken.

KAPITEL LIII

ie kehrten erst kurz vor Sonnenuntergang nach Antwerpen zurück, und bis dahin hatte Elsa wirklich nicht mehr über ihre herzoglichen Pflichten nachgedacht. Die Amme und Kuniberta fuhren mit Mathilda in einem Wagen. In den Arm der Kinderfrau gekuschelt fuhr auch Odilo mit und schlief. Sein Pferdchen war hinten an den Wagen angebunden. Tassilo hielt die Augen auch nur noch mit Mühe auf, hatte aber auf jeden Fall reiten wollen.

Im Hof der Antwerpener Burg stand ein Wagen, den Elsa dort noch nie gesehen hatte. Lohengrin war genauso verwirrt wie sie. Eilig küssten sie die Kinder und schickten sie mit Kuniberta in den Wohnturm, damit sie sich den Schmutz des Tages abwuschen.

Aus der Schreibkanzlei kam Pater Clement, auf seinen Stock gestützt. In den letzten dreizehn Jahren hatte er das schon zuvor schüttere Haar vollends verloren, war noch hagerer geworden und schien um mehrere Handbreit geschrumpft. Er begrüßte das Herzogspaar, und Elsa hinderte ihn daran, sich vor ihnen zu verneigen. Obwohl er sich schon lange zur Ruhe hätten setzen können, stand er weiter der herzoglichen Kanzlei vor, und auf diese deutete er jetzt.

»Sie warten dort drin.«

»Wer denn?«, wollte Lohengrin wissen.

Ein grauhaariger Schopf wurde in der Tür der Kanzlei sichtbar, darunter ein Gesicht, das Elsa noch nie gesehen hatte.

»Zwei Mönche aus dem Kloster St. Gallen. Ich benötige sie nicht, mir genügen die beiden Schreiber, die Ihr mir bereits zugeteilt habt, obwohl ich nicht darum bat.«

»Ich weiß nichts von Mönchen, die ankommen sollten.« Lohengrin schüttelte den Kopf. »Du etwa, Liebes?«

Bei der Erwähnung des St. Galler Klosters fiel es Elsa wie Schuppen von den Augen. So schnell hatte sie nicht mit ihnen gerechnet. »Wir wollen hineingehen, sie begrüßen und ihnen ein Quartier für die Nacht zuweisen.«

»Also weißt du, was es mit ihnen auf sich hat?« Lohengrin faltete die Hände vor der Brust und schien nicht gewillt, die Neuankömmlinge zu begrüßen.

Er sah aus, als wäre er auf Krawall gebürstet, nachdem sie eben noch Hand in Hand in den Hof geritten waren. Seinen schnellen Stimmungsumschwung konnte sie sich nicht erklären, aber sie war auch nicht gewillt, eine Auseinandersetzung mitten auf dem Hof zu führen. »Lass sie uns begrüßen, wie es sich gehört. Egal, wer die Männer sind, um diese Tageszeit können wir niemandem die Gastfreundschaft verweigern.«

»Ich möchte doch zuerst erfahren, was es mit ihnen auf sich hat.«

Also wollte er stur bleiben. Elsa seufzte. »Ich habe an Abt Fulrad im Kloster St. Gallen geschrieben, ob er mir einen oder zwei Lehrer für die Jungen schicken kann. Eigentlich hatte ich eine kurze Antwort erwartet, aber er hat offenbar die Männer gleich hergeschickt.«

Die untergehende Sonne sandte ihre letzten Strahlen in den Hof, die Flammen auf Lohengrins Miene malten.

»Die Jungen haben Lehrer«, stieß er hervor. »Herr Lothar unterweist sie im Kampf und im Reiten. Er wird Amaury demnächst auch mit auf die Jagd nehmen. Gelegentlich erhalten sie auch von mir eine Lektion, sofern meine Pflichten als Herzog mir die Zeit dafür lassen.«

»Komm mit hinein und trinke einen Becher Wein. Oder wollen wir uns in aller Öffentlichkeit anschreien?« Elsa bemühte sich um einen ruhigen, sachlichen Ton, aber sie merkte selbst, dass es ihr nicht gelang. Lohengrins Ärger ließ sie nicht kalt, und die Erwähnung seiner herzoglichen Pflichten bei gleichzeitigem Schweigen über ihre herzogliche Stellung erzeugte auch bei ihr Unmut. Sie fasste ihren Mann am Arm und dirigierte ihn in die Halle und von dort aus in die herzoglichen Gemächer.

Mit eigener Hand schenkte sie ihm einen Becher Wein ein und sich auch. Sie tranken jedoch beide nicht.

»Die Jungen haben Lehrer, und bisher hat es ihnen auch an nichts gemangelt.«

»Ich denke an ihre geistige Bildung, nicht an ihre Fähigkeiten beim Reiten oder an den Waffen. Darin sind Herr Lothar und du ihnen ganz wunderbare Lehrer. Sie müssen aber auch Besonnenheit und Demut lernen. Schwester Bertrada ist eine gute Lehrerin für Edviga und wird es auch für Mathilda sein, aber die Unterrichtung der Jungen können wir ihr nicht anvertrauen. Ich will Pater Clement von dieser Pflicht entlasten. Er hat Brabant wirklich lange und treu gedient. Er will es nicht zugeben, aber ich sehe, wie seine Kräfte nachlassen.«

»Du denkst, einen Kampf gewinnt man nur mit roher Kraft? Dann bist du auf dem Holzweg«, eiferte sich Lohengrin. Er hatte offenbar nur die Hälfte ihrer Rede gehört. »Ohne Taktik, kluge Beobachtung des Gegners und Einteilung der Kräfte überstehst du keinen Kampf.«

»Ich stimme dir in allem zu«, suchte Elsa ihren Gatten zu beruhigen. »Genau das werden ihnen die St. Galler Mönche beibringen und Pater Clement entlasten. Mir liegt an ihrer Bildung so viel wie dir.«

»Ich sehe immer noch nicht, wo du in ihrer Erziehung einen Mangel ausgemacht haben willst«, wiederholte Lohengrin stur.

»Sie prügeln sich wie betrunkene Bauern in einer Schänke«, platzte Elsa heraus. »Sie müssen lernen, dass Gewalt nicht die Lösung, sondern das letzte Mittel ist.«

»König Heinrich hat die Ungarn einst mit Bibelzitaten besiegt?«

Ein Mann in dieser Stimmung war Argumenten nicht mehr zugänglich, wusste Elsa. Obwohl Lohengrin gottesfürchtig, klug, stark und rundherum liebenswert war, war auch er nicht frei von gefährlichen Stimmungen.

»Trink doch endlich etwas«, forderte sie ihn auf und nahm selbst einen Schluck Wein.

Er tat es ihr nach, stürzte aber den halben Becher hinunter. »Wann sollte ich von diesem Plan zum Wohle unserer Söhne erfahren?«

Der Wein hatte nicht geholfen, ihn aus seinem Ärger herauszulocken, und sich wie ein schmeichelndes Kätzchen anzuschmiegen, wie Margot es gekonnt hätte, lag Elsa nicht. Zudem fühlte sie sich diesem Alter entwachsen.

»Nachdem die Antwort aus St. Gallen eingetroffen wäre. Wir hätten immer noch das Für und Wider besprechen können.«

»Es vorher mit mir zu besprechen, ist dir nicht eingefallen? Ich bin immerhin der Vater und der Herzog von Brabant.«

»Ich bin ihre Mutter und die Herzogin. Himmel, Lohengrin, du tust gerade so, als hätte ich entschieden, die Jungen mit völlig unangemessenen Ehefrauen zu verheiraten. Ich machte mir einfach Sorgen, wie ich da Stunde um Stunde im Wochenbett lag mit nichts als meinen Gedanken zur Gesellschaft. Niemand kann sich so viel ausruhen, wie ich es deiner Meinung nach hätte tun sollen.« Elsa streckte ihm die Hand hin, aber er übersah die versöhnliche Geste.

»Brabant war bei dir in den besten Händen, darum musste ich mir im Wochenbett keine Gedanken machen.«

»Bis die geborene Herzogin wieder die Zügel in die Hand nimmt. Ich denke, ich verbringe den restlichen Abend in der Halle.«

»Lieber …« Was Elsa noch hatte sagen wollen, würde nur die Tür hören, Lohengrin hatte das Gemach verlassen.

KAPITEL LIV

Es blieb Elsa überlassen, die St. Galler Brüder zu begrüßen. Damit die Unhöflichkeit des Herzogs nicht offensichtlich wurde, ließ sie sich von Amaury begleiten. Bei ihrem Eintritt in die Schreibkanzlei verneigten sich die Brüder und Pater Clement. Die St. Galler Mönche waren zwei Männer unbestimmbaren Alters mit schütteren Haarkränzen. Der etwas Feistere erinnerte Elsa an den Hilfsgeistlichen Gudmund, an dem anderen entdeckte sie nichts Bemerkenswertes. Pater Clement stellte den Feisten als Bruder Zacharias und den Unspektakulären als Bruder Remigius vor.

Elsa begrüßte sie mit warmen Worten und hoffte, dass sie ehrlich erfreut und nicht angestrengt klang. Auch Amaury sagte, was sich gehörte.

»Brabants Erbe also. Dann seid Ihr einer der Buben, für deren Unterricht wir angefordert wurden«, sagte Bruder Remigius mit farbloser Stimme. »Kennt Ihr die Zehn Gebote und die Evangelien? Beherrscht Ihr die Psalmen und die lateinische Sprache?« Seine Fragen hatte der Bruder in eben dieser Sprache gestellt.

Amaury schaute verwirrt auf seine Mutter. Elsa war es nicht schwergefallen, den Bruder zu verstehen, aber sie war sich nicht sicher, ob es ihr schon mit zwölf Jahren gelungen wäre. Von Amaury wusste sie, dass seine Kenntnisse des Lateinischen dafür nicht ausreichten. Sie sprang ihm bei. »Pater Clement und ich haben die Jungen bisher unterrichtet.«

»Es ist wohl strengere Zucht vonnöten, als weibliche Hände sie bieten.« Wieder diese gesichtslose Stimme Bruder Remigius'. Elsa wusste jetzt schon, dass Amaury und Odilo sie für diese beiden Lehrer hassen würden.

»Wir sind gerade einmal angekommen. Morgen ist noch reichlich Zeit, unsere Zöglinge zu examinieren«, erklärte Bruder Zacharias mit einem gezierten Lachen.

Kaum hatten sie die Schreibkanzlei hinter sich gelassen, schob Amaury vorwurfsvoll die Unterlippe vor.

»Ihr hättet mir sagen sollen, dass ich eine Lateinprüfung ablegen muss, dann hätte Tassilo mir bei der Vorbereitung helfen können. Oder Ihr hättet besser ihn statt mich mitgenommen.«

»Amo«, nannte Elsa ihn bei dem Kosenamen aus Kindertagen. »Ich möchte, dass du alles weißt, was sich auf dieser Welt lernen lässt. Wissen ist der beste Ratgeber. Die beiden Brüder sind von weit her gekommen, um dich und die anderen Jungen in den Vormittagsstunden zu unterrichten.«

»Da reiten wir und üben uns an den Waffen.«

»Dann an den Nachmittagen.«

»Ich verstehe jetzt, warum Vater in der Halle sitzt mit einem Gesicht wie ein Gewitter. Darf ich gehen, Mutter?«

Elsa erlaubte es ihm. Sie fühlte sich selbst erschöpft.

Allein im herzoglichen Gemach konnte Elsa nicht in den Schlaf finden. Ihr ging vielmehr durch den Kopf, wie ein harmonisch an der Schelde verbrachter Tag so ein Ende nehmen konnte. Sie lag nun alleine hier, und Lohengrin ... war, wo immer er war ... Hätte sie etwas machen können, um das zu verhindern? Eigentlich nicht, dachte sie. Niemand konnte damit rechnen, dass die Mönche aus St. Gallen so schnell kommen würden. Für die Erziehung der Jungen waren sie ein Segen, davon war sie weiterhin überzeugt. Lohengrin würde das auch einsehen – sobald er gründlich darüber nachgedacht hatte. Sie hätte ihn aber wirklich vorher fragen sollen. So drehten sich ihre Gedanken hin und her.

Ein Geräusch an der Tür unterbrach den Kreis. Lohengrin kam herein und setzte sich zu ihr aufs Bett. Wie von selbst schlüpfte ihre Hand in seine.

»Ich habe mich dumm benommen, und das tut mir leid«, sagte er leise.

»Ich war auch nicht besser. Du hattest recht, dass ich mich vorher mit dir hätte besprechen sollen.«

»Ich hätte dir zugestimmt. Die Jungen wachsen wirklich wilder auf, als gut für sie ist. Worüber stritten wir eigentlich?« Lohengrin lachte auf, leise und lockend.

»Haben wir gestritten?« Elsa lachte ebenfalls und zog ihn neben sich aufs Bett. Ihre Hände fanden den Weg unter seine Kleidung. Er schob ihr Nachtgewand hoch.

KAPITEL LV

E s ist nicht mehr weit bis Antwerpen.«

»Das heißt?«

»Ihr solltet absteigen und Eure Rolle als glückloser Friedrich einnehmen.« Margot gluckste bei dieser Vorstellung.

»Hol Euch doch der Teufel … Weib.« Graf Telramund hatte bisher hinter ihr auf der Kruppe ihrer Stute gesessen. Nun rutschte er herunter. Das Pferd störte sich nicht daran, sondern ging ruhig weiter, als wäre nichts gewesen. Es zog Telramund einzig den Schweif durchs Gesicht, als wäre er eine Fliege, die es wegzuwedeln galt.

Der Plan sah vor, dass Margot an den Brabanter Hof zurückkehrte und wieder ihren Platz an Elsas Seite einnahm. Telramund sollte sich als Bauer Friedrich unter die einfachen Leute mischen und in der Nähe bleiben. Gemeinsam wollten sie einen Weg finden, Elsa und Lohengrin vom Thron zu stoßen. Margot wusste, dass Telramund auch drastische Mittel in Erwägung zog. Während der Belagerung Bredas hatte er ihr gestanden, dass er auf dem Hoftag im Jahr zuvor versucht hatte, Herzog Gottfried zu vergiften. Die gleiche Frau, die ihm das Gift verkauft hatte, hatte Elsa als Heilerin an das Bett ihres Vaters geholt. Die Alte hatte ihre Treulosigkeit mit dem Leben bezahlt, aber der Herzog war wieder gesund geworden. Margot hatte dieses Geständnis für einen Beweis ihrer Verbundenheit gehalten und war stolz auf diesen Vertrauensbeweis gewesen.

Während der Graf ihr hinterherging, wie es ein einfacher Mann bei einer hochgeborenen Frau getan hätte, überlegte sie, ob er auch jetzt wieder zu Gift greifen würde. Neben Elsa und Lohengrin müsste er sich auch an den Kindern vergreifen. Konnte sie das gutheißen?, fragte sich Margot. Oder wäre da eine Grenze überschritten?

Tassilo war ein Klugscheißer, der nur zu gern mit seinem Wissen protzte, und auch Edviga neigte zu Besserwisserei. Odilo konnte ein vorlauter Junge sein, und Amaury war manchmal übertrieben stolz auf seine herzogliche Geburt. Trotz allem waren sie Kinder. Gottes unschuldige Geschöpfe, und Margot fühlte einen Knoten im Magen bei dem Gedanken, dass die Würmchen sich in Krämpfen wanden, weil Gift in ihren Körpern wütete.

»Ihr müsst den Boden für mich bereiten.« Unbemerkt war Telramund zu ihr aufgeschlossen und schritt nun an ihrer Seite.

»Wie soll ich das machen?«

»Die Edlen Brabants müssen Elsa und Lohengrin vom Thron stoßen und mich als ihren Herzog ausrufen«, verlangte er. »Sie müssen erfahren, dass ich weiter bereit bin, den Platz einzunehmen, den sie mir vor dreizehn Jahren geben wollten.«

»Herzogin Elsa und Herzog Lohengrin«, Margot blickte spöttisch auf den Grafen hinunter, »herrschen weise und gerecht über Brabant. Es gibt inzwischen kaum noch Angriffe von Piraten auf die Küsten, nur wenige Missernten und Hungersnöte unter ihrer Herrschaft. Die Wege sind sicher geworden, Handel und Handwerk blühen.«

»Als ob das einen Edelmann kümmert. Ich will nicht wissen, was meinem Plan entgegensteht, sondern was wir tun können, um mich auf den Thron zu bringen.«

Margot sprach weiter, als hätte Telramund sie nicht unterbrochen. »Ihr werdet nicht viele Edelmänner finden, die Ihr zum Aufstand aufstacheln könnt. Oder es könnte sehr lange dauern. Außer ...«

»Was?«

»Eine Sache gibt es da.«

»Welche?«

»Es gibt seit Jahren Gerede. Mal mehr, mal weniger.« Sie genoss es, den Grafen in ihrer Hand zu halten, und dass er sich später dafür rächen würde, darauf freute sie sich jetzt schon.

»Was für Gerede?« Telramund packte ihren Fuß im Steigbügel, verdrehte ihn schmerzhaft.

Die gutmütige Stute schlug mit dem Kopf und gab ein Grunzen von sich. Margot riss ihren Fuß aus seinem Griff. »Ihr vergesst Euch, glückloser Friedrich.« Sie schüttelte erst ihren Rock zurecht, bevor sie weiterredete: »Herr Lohengrin schweigt nach so vielen Jahren immer noch über seine Herkunft, weil ihn sein Gelöbnis bindet. Darüber wird getuschelt. Ich gebe nichts darauf, aber manche sagen, er sei nicht von so hoher Geburt, wie es ein Herzog sein sollte. Das fällt auch auf den ältesten Sohn und Erben zurück.«

»Elsa?«

»Die gibt nichts darauf. Ich glaube, sie hört es nicht einmal mehr. Ich kann diese Gerüchte mit neuer Nahrung versorgen, bis Herr Lohengrin und vor allen Dingen der junge Amaury es nicht mehr überhören können. Die Herzogin hegt keinen Argwohn gegen mich, ich nehme sie dann beiseite und spreche ganz im Vertrauen mit ihr. Sie ist eine Mutter.«

»Was heißt das?«

»Sie hat Gefühle, von denen Ihr nicht einmal etwas ahnt.«

»Soweit ich weiß, seid Ihr auch keine Mutter.«

»Sie wird zur Brabanter Löwin, sobald es um das Wohl ihrer Kinder geht. Zweifel an Amaurys Abstammung bedrohen seinen Anspruch auf das Erbe …«

»… so lange sitzt sie immer noch auf dem Thron und dieser Lohengrin mit ihr. Egal, ob er nun von hoher oder niedriger Geburt ist«, grollte Telramund.

»Lasst mich nur machen, und Ihr werdet schneller Brabants Herzog sein, als wenn Ihr ein Heer sammelt und einen Feldzug beginnt. Da vorne sind Antwerpens Türme zu sehen, geht hinter mir, glückloser Friedrich, wie es sich für einen Menschen Eures Standes gehört.«

Margots Gefühle feierten ein Freudenfest, weil Telramund ohne Widerspruch gehorchte.

KAPITEL LVI

Elsa umarmte Margot zur Begrüßung. Diese vertraute Geste gab es seit Telramunds Fehde nicht mehr oft zwischen ihnen. Obwohl Elsa der anderen von Herzen verziehen hatte, ließ sich die frühere Freundschaft nicht wiederherstellen. Jetzt aber war sie wirklich froh über Margots Rückkehr, denn vor lauter Vorbereitungen für Mathildas Tauffest wusste sie gerade nicht, wo ihr der Kopf stand.

Als Margots beste Eigenschaft hatte schon immer gegolten, dass sie auch in unübersichtlichen Situationen stets wusste, was zu tun war. Und Elsa stand gerade in komplizierten Verhandlungen mit den Antwerpener Schankwirten über die Menge an Speisen und Getränken, die diese für das Tauffest vorrätig halten sollten, und welche Kosten dafür anfallen würden. Am Tag der Taufe sollten alle Menschen von nah und fern in den Schänken frei speisen und trinken dürfen. Die Forderungen der Wirte dafür grenzten an Wucher. Odilo war fünf Jahre zuvor im Peelland getauft worden, und da hatten sie das gleiche Fest zu wesentlich geringeren Kosten gegeben. Aber die Menge an Waren sei nicht leicht zu beschaffen, die Kosten gestiegen und … hieß es. Vom Lamento der Wirte klingelten Elsa die Ohren. Sie hatte mit der Hilfe von Pater Clements Schreiber so viele Listen verfasst und wieder verworfen, dass das Wachs auf den Schreibtafeln ganz dünn geworden war. Das Festmahl für die Edelleute in der Halle musste auch noch organisiert werden, sonst schmauste am Ende das Volk und die hohen Herren und ihre Edelfrauen saßen vor leeren Tellern.

Lohengrin war diesen Vorbereitungen entflohen und hielt Gericht im Valkengau. Elsa hätte gern mit ihm getauscht, aber er hätte alle Vorbereitungen Pater Clement und den Antwerpener Stadtvätern überlassen, und dann wäre das Fest entweder sehr klein ausgefallen oder Brabant wäre ruiniert gewesen. Trotz allem nahm Elsa sich die Zeit, Margot zu fragen, wie sie das elterliche Zuhause vorgefunden hatte. Sie versprach, deren kranken Vater in ihre Gebete einzuschließen.

»Wir alle beten, dass der Herr ihn bald zu sich holt. Besonders meine Mutter. Von ihm geht ein Gestank aus, der kaum auszuhalten ist, aber sie muss es klaglos ertragen. Ich könnte das nicht«, berichtete Margot mitleidlos.

»Wenigstens hast du ihn noch einmal gesehen und konntest dich verabschieden.«

»Von Abschied will der alte Herr nichts wissen, und der Allmächtige scheint es auch nicht eilig zu haben, ihn im Himmel zu begrüßen.«

»Es ist nicht recht, wenn du so redest, Margot.«

»Ich will keine Betroffenheit heucheln, wo ich sie nicht fühle. Mein Vater hat mir im Leben nicht viel Gutes getan. Er hat sich in dieser unseligen Fehde auf die falsche Seite geschlagen und mich gezwungen, es ihm nachzutun, danach hat er mir einen schäbigen Ehemann gesucht, den ich zum Glück bald wieder losgeworden bin. Es gibt nichts, wofür ich ihm dankbar sein muss.«

Wie viel sie von dieser Rede glauben sollte, wusste Elsa nicht. Margot neigte auch dazu, sich die Dinge zurechtzulegen, wie sie ihr passten. Sie hatte immer den Eindruck gehabt, die junge Margot hege eine Bewunderung für Graf Telramund und habe sich deshalb mit Freuden auf dessen Seite geschlagen.

»Lassen wir diese unerfreulichen Dinge, und du sagst mir lieber, wie ich dir bei den Vorbereitungen für das Tauffest der kleinen Mathilda helfen kann«, sprach Margot mit aufgesetzter Fröhlichkeit. »Ich bin glücklich für die Kleine, dass sie endlich in den Schoß der Christenheit aufgenommen wird. Natürlich verstehe ich auch, dass ein Fest für sie anderer Vorbereitungen bedarf als für ein Bauernkind. Also, was soll ich tun?«

»Pater Clement war immer bereit für eine Nottaufe, sollte sie notwendig werden. Sie hätte nicht ungetauft diese Welt verlassen. Nicht wie …«

»Ihr Zwilling hat diese Welt gar nicht erst betreten und sie deshalb auch nicht ungetauft verlassen. Denk nicht daran, das macht dich nur traurig.«

»Wie soll ich nicht an ihn denken?« Margots Worte entsprachen sicher nicht der offiziellen Meinung der Kirche, aber Elsa hatte sich Ähnliches schon selbst gesagt, um sich zu trösten. Sie hatte seine Seele dem Schutz der Mutter Maria anempfohlen, und das hatte ihr Trost geschenkt, denn dass eine Mutter die Seele eines armen Würmchens verstieß, dem nicht ein Atemzug gegönnt war, konnte sie sich nicht vorstellen.

»Du sollst nicht traurig sein seinetwegen. Er muss sich auf jeden Fall nicht mit den Widrigkeiten dieser Welt herumplagen. Anders als seine Schwester.«

»Mathilda muss nur einen Mucks von sich geben, und die Amme steht bereit, ihr die Brust zu geben. Sie erhält neue Windeln, wann immer die alten beschmutzt sind. Widrigkeiten sind für mich etwas anderes.«

»Ich kenne mich in Säuglingspflege nicht aus, aber daran lässt du es ihr bestimmt nicht fehlen.«

»Meinen Kindern fehlt es auch sonst an nichts.« Elsa wollte die freundliche Stimmung zwischen ihnen festhalten und lächelte. Innerlich fragte sie sich aber, worauf Margot hinauswollte.

»Das weiß ich doch«, sagte diese. »Du kannst auch gar nichts daran ändern.«

»Wovon redest du?«

Margot leckte sich die Lippen und sah aus, als würde sie ihre nächsten Worte jetzt schon bedauern. »Ich wollte nie diejenige sein, die es dir sagt, aber es gibt Gerede über die Abstammung deiner Kinder.«

Nicht das bitte, dachte Elsa und schloss die Augen, aber Margot redete unbarmherzig weiter: »Es heißt, dass sie vielleicht nicht von so vornehmem Geblüt sind, wie es sich für die Abkömmlinge eines herzoglichen Paars ziemt. Über dich spricht dabei niemand, deine Familie ist untadelig, aber Herzog Lohengrins …«

»Das hast du am Hof deines Vaters gehört? Die Krankheit muss sein Gemüt wirklich mehr vergiftet haben, als man es für möglich halten sollte«, fuhr Elsa auf. Hörte das niemals auf? Nach der Geburt jedes ihrer Kinder war ihr dergleichen zu Ohren gekommen. Das Gerede war auch jedes Mal wieder verstummt, aber dass nun Margot …

»Wenn ich es von meinem Vater gehört hätte, gäbe ich nichts darauf. Seine Seele ist fürwahr vergiftet. Es war leider nicht nur er.«

»Dein ältester Bruder?«

Gequält nickte Margot. »Und andere. Zwing mich nicht, Namen zu nennen. Ich kann es nicht mit meinem Gewissen vereinen, andere … Hoffentlich kommt es nicht den Kindern zu Ohren, besonders nicht Amaury … Du weißt am besten, wie du dem ein Ende bereiten kannst. Oder du hörst gar nicht erst auf eine dumme Witwe.« Margot blickte strahlend auf. »So, nun aber genug davon. Überlasse die Vorbereitung des Festmahls ruhig mir. Ich verspreche, dass es alles in den Schatten stellen wird, was Brabant je gesehen hat. Die kleine Mathilda wird wenigstens zwei Heiratsanträge erwachsener Männer bekommen.«

»Das kannst du nicht ernst meinen.«

»Natürlich nicht.«

Sie prusteten beide los, wie sie es als Kinder getan hatten.

KAPITEL LVII

Telramund grub seine Zähne in das grobe graue Brot und war darauf gefasst, auf ein Steinstückchen zu beißen, das beim Mahlen vom Mühlstein abgesplittert und ins Mehl geraten war. Dem ließe sich mit Sieben des Mehls begegnen, aber beim einfachen Volk hielt das keiner für nötig. Beim ersten Stein, auf den er als glückloser Friedrich gebissen hatte, war er vom Schmerz überrascht worden. Die anderen Burschen, mit denen er seit Tagen bei Antwerpen Bäume fällte, hatten gelacht und ihn vornehmes Männlein genannt, weil er vor Schmerz das Gesicht verzogen hatte. Seitdem wiesen sie ihm die schwerste Arbeit zu, und ständig hieß es, Friedrich hier, Friedrich da.

»Friedrich!«, hörte er den Vorarbeiter schon wieder rufen.

Wenn die Männer wüssten, mit wem sie es wirklich zu tun hatten … Wollte er seine Pläne nicht gefährden, durften sie es nicht erfahren, obwohl es ihn überall juckte, diese Dummköpfe auf ihre Plätze zu verweisen. Aber er stopfte sich den letzten Bissen Graubrot in den Mund, ergriff die neben ihm lehnende Axt und stand auf.

»Die Axt brauchst du nicht«, wies ihn der Vorarbeiter an. Die meisten seiner Zähne waren dem steinigen Graubrot zum Opfer gefallen. Er zeigte auf den Stapel Stämme, die bereits gefällt und vom

Geäst befreit waren. Es waren rund ein Dutzend, nicht viele für die Schinderei der letzten Tage.

»Die müssen zum Fluss und dann bis Antwerpen geflößt werden. Darum brauchst du dich nicht zu kümmern. Das machen Männer, die was davon verstehen.«

»Also was soll ich jetzt machen?«, fragte Telramund. Hoffnung, dass es sich um eine leichte Arbeit handeln würde, machte er sich nicht, und der Vorarbeiter hatte leider die Angewohnheit, keine klaren Anweisungen zu geben und sich über Nachfragen aufzuregen.

»Die Stämme zum Fluss bringen, natürlich. Depp.« Er tippte sich an die Stirn.

»Hast du ein Pferd?«

»Siehst du eines?«

»Ein paar Ochsen?«

»Der einzige Ochse hier bist du. Spann dich an und zieh. Du willst doch ein kräftiger Kerl sein. Vielleicht kriegst du auch ein Mädchen ab, wenn du dich gut schlägst.«

Der Vorarbeiter knallte Telramund ein Bündel Seile vor den Bauch und ging davon. Die Seile stellten sich nach dem Entwirren als Geschirr heraus. Er sollte sich wirklich wie ein Ochse anspannen und die Stämme zum Fluss ziehen. Bisher hatten ihn sein Geschick an den Waffen und die dabei erworbenen Kräfte bei den Holzfällerarbeiten geholfen, ob das jetzt noch galt, bezweifelte er.

Als glückloser Friedrich hatte er keine andere Wahl, als zu gehorchen, als Graf Telramund hätte er am liebsten den Vorarbeiter angespannt. Er legte sich die Riemen um die Schultern, das andere Ende befestigte er an dem Stamm, der ihm der leichteste schien. Oberhalb von Antwerpen war die Schelde ein träge dahinfließender Fluss, dessen Bett sich tief in die Landschaft eingegraben hatte. Erst nach der

Stadt in Richtung Nordsee wurde die Schelde breit, machten sich Ebbe und Flut bemerkbar und war sie für Frachtschiffe befahrbar.

Telramund stemmte sich ins Geschirr, aber der Stamm bewegte sich keinen Fingerbreit. Er versuchte es ein zweites Mal mit demselben Ergebnis.

»Du ausgemachter Idiot!« Der Vorarbeiter kam gelaufen. »So fällt dir das Ding nur auf die Füße und erschlägt dich, ehe die Sonne viel weitergewandert ist.«

Er zeigte Telramund, wie dieser den Stamm zunächst zur Seite und ein Stück vorziehen sollte, ehe er sich mit aller Kraft ins Geschirr legte. Zu zweit war es gar nicht einmal so schwer. Dann trat der Vorarbeiter zurück, und Telramund glaubte, seine Muskeln müssten reißen. Seine Beine zitterten, die Schultern fühlten sich an, als laste der ganze Wald auf ihnen.

»Zu zweit ginge es leichter«, keuchte Telramund. Er wusste selbst nicht, woher er die Luft zum Sprechen nahm.

»Du schaffst das, wenn du noch Reden schwingen kannst.«

Telramund kämpfte sich voran. In der Nähe der Schelde wurde der Weg abschüssig. Der Stamm geriet ins Rutschen, und er musste zusehen, ihn rechtzeitig loszubinden, um nicht in den Fluss gezogen zu werden. Von den erwarteten Flößern war niemand zu sehen. Das Flößen wäre nicht seine Aufgabe, hatte der Vorarbeiter erklärt, deshalb kümmerte er sich nicht weiter darum, er hatte noch einige Stämme vor sich.

Finstere Gedanken wälzend stapfte er zum Holzplatz zurück. Wie hatte er nur in diese Lage geraten können? Margot schlief zwischen seidenen Laken, während er im Schweiße seines Angesichts schuftete. Bei Vollmond, bei Neumond und in den Halbmondnächten wollte sie kommen und ihm von ihren Fortschritten berichten. Einmal hatten sie sich bisher unter den überhängenden Zweigen einer Weide getroffen.

Sie hatte nichts zu berichten gehabt, außer dass sie begonnen hatte, den Boden zu bereiten. Die Saat war wie erwartet aufgegangen und müsse nun wachsen. Bei ihrer Plapperei hatte er immer nur daran denken können, welche Plackerei ihm ab Sonnenaufgang wieder bevorstand. In vier Tagen war Vollmond. Er schleppte einen zweiten Stamm hinunter zum Fluss und wusste ganz sicher, dass er nicht die Kraft für alle hatte. Er würde es einfach nicht schaffen. Schweiß strömte über sein Gesicht, sein fadenscheiniger Kittel klebte ihm am Körper. Aus dem Fluss schöpfte er gierig Wasser, schüttete es sich auch ins Gesicht und über den Kopf.

Bei seiner Rückkehr auf den Holzplatz standen alle anderen Arbeiter neben den Stämmen und grinsten. Einer hielt ein Paar Pferde am Zügel. Telramumd betrachtete die Tiere und brauchte einen Augenblick, um zu begreifen: Der Vorarbeiter hatte ihn verarscht. Sie hatten Pferde für die schwere Arbeit. Die Plackerei wäre nicht nötig gewesen. Er ballte die Hände zu Fäusten.

Der Vorarbeiter grinste. Alle Neuen wurden auf diese Weise geprüft, und niemand hatte geglaubt, dass er zwei Stämme schaffen würde. Alle anderen waren bisher am ersten gescheitert.

Telramund wollte schimpfen und fluchen, schwieg aber, weil er immer noch keuchte wie ein altersschwacher Hund.

Margot sollte sich beeilen, sonst würde sie ihn kennenlernen. Er konnte immer noch ein Heer sammeln und in Brabant einfallen. Diesmal gab es keinen König Heinrich und keinen Prinz Thankmar mehr, um Elsa zu Hilfe zu kommen.

KAPITEL LVIII

Seit Margot die Planung des Festmahls für Brabants Edelleute übernommen hatte, fühlte Elsa sich nicht mehr, als wüchse ihr alles über den Kopf. Den Antwerpener Schankwirten trat sie mit neuer Kraft entgegen, und deren Forderungen wurden gleich weniger unverschämt. Es mochte aber auch daran gelegen haben, dass sie Amaury bat, bei den Verhandlungen zugegen zu sein. In Gegenwart eines Kindes hatten sie sich vielleicht zurückgehalten.

Amaury war alt genug, seine zukünftigen Pflichten als Herzog kennenzulernen. Die meisten Aufgaben eines Herrschers bestanden aus lästigem Kleinkram, bei dem sich erst zeigte, wie wichtig er war, wenn er liegen blieb. Amaury hatte bei den Verhandlungen aufmerksam zugehört und die Abordnung der Wirte kindlich ernst angeschaut, bis sie unter seinen Blicken unruhig mit den Füßen zu scharren begannen.

Nachdem die Wirte gegangen waren, bat Elsa ihren Sohn, noch einen Augenblick zu warten. Er nickte und faltete die Hände im Schoß.

»Es ist mir wichtig, dass du mir die Wahrheit sagst, Amaury.«

»Ja, Mutter.«

Das klang nicht vielversprechend, und Elsa ließ in Gedanken kurz die Frage zu, ob es allen Eltern mit halbwüchsigen Kindern so erging, dass sie in zwei verschiedenen Welten zu leben schienen.

»Ich meine wirklich die Wahrheit, nicht was du denkst, was ich hören will.«

»Über den Unterricht bei den beiden Brüdern aus St. Gallen?«, fragte Amaury.

Das hatte sie eigentlich nicht zum Thema machen wollen, aber weil ihr Sohn überhaupt etwas gesagt hatte, nickte sie.

»Mir wäre es lieber, und den anderen auch, wenn Bruder Zacharias und Bruder Remigius wieder gehen würden. Bis auf Tassilo vielleicht, ihm kann es nie trocken genug sein.«

»Anstrengen müsst ihr euch schon. Daran führt kein Weg vorbei.«

»Ich sollte die Wahrheit sagen, und das ist sie. Die größte Anstrengung ist es, nicht einzuschlafen. Wir kümmern uns vorher um unsere Pferde, üben uns kurz an den Waffen, dann muss einer von uns aus der Bibel lesen und die anderen hören zu. Bruder Remigius und Bruder Zacharias sprechen die ganze Zeit Latein und scheren sich nicht darum, dass nur Tassilo sie versteht. Sie lassen uns auf Wachstafeln aus der Bibel abschreiben, und die Buchstaben müssen gerade und streng wie Latten nebeneinanderstehen.« Amaury ließ den Satz ausklingen, dass klar war, er hätte noch mehr sagen können.

»Eine ordentliche Schrift ist eine Zier. Aber so schlimm sollte der Unterricht nicht sein. Meine eigenen Stunden mit Pater Clement waren immer sehr anregend, das wünsche ich mir auch für dich, deine Geschwister und die anderen Kinder am Hof. Es soll euch Spaß machen, etwas zu lernen. Ich rede mit den Brüdern und schaffe Abhilfe, das verspreche ich. Aber erst soll Mathilda getauft werden, so lange musst du dich gedulden. Schaffst du das?«

Amaury nickte erleichtert.

»Als unser Ältester wirst du der nächste Herzog von Brabant werden.« Elsa wechselte das Thema.

»Ihr wollt mich mit einer Fürstentochter verheiraten, die mehr als doppelt so alt ist wie ich?«

»Wie kommst du darauf?«

»Das machen doch Eltern mit ihren Kindern. Fürstensöhne müssen Fürstentöchter heiraten und die Macht mehren.«

»Redet ihr über so was?«

»Die anderen sagen, dass ich eine vornehme Frau heiraten muss, damit der Thron von Brabant mir gehört. Das sind aber alles alte und hässliche Weiber.« Amaury klang vorwurfsvoll und hatte die Unterlippe vorgeschoben.

»Deine Freunde kommen ja auf Ideen?« Elsa gestattete sich ein kurzes, unfrohes Lächeln. Das war genau, was sie befürchtet hatte. »Bin ich ein altes, hässliches Weib?«

»Ihr doch nicht. Es ist ja auch, weil Vater ... also eigentlich kein richtiger Herzog ist ... und ich also auch ... Deshalb werde ich wohl eine alte, hässliche Fürstentochter heiraten müssen.«

Diese Rede machte Elsa tief betroffen. Unbewusst hatte Amaury ihre schlimmsten Befürchtungen bestätigt und Margot vollkommen recht gehabt. Sie wollte ihren Ältesten an sich drücken, wie sie es getan hatte, als er jünger gewesen war, aber seit etwas mehr als zwei Jahren legte er keinen Wert mehr auf ihre Umarmungen.

»Du weißt, dass dein Vater ein Gelöbnis vor dem Allmächtigen abgelegt hat?« Sie und Lohengrin hatten mit den Kindern darüber gesprochen, seit sie alt genug waren, es zu verstehen.

»Das weiß ich.«

»Wir müssen es respektieren.«

»Aber es ist so schwer. Da gibt es ... wir haben ... vielleicht irgendwo eine ganze Familie, von der wir nichts wissen. Großeltern, Onkel und Tanten.«

»Ich weiß.« Elsa fühlte sich hilflos. »Bist du wütend deswegen? Wenn deine Freunde darüber spotten?«

»Manchmal.« Unwillkürlich hatte Amaury die Rechte zur Faust geballt. »Ich stelle mir auch vor, wie sie ist, diese unbekannte Familie. Wie sie heißen. Ob es da wohl einen Jungen in meinem Alter gibt, mit dem ich befreundet sein könnte? Ob Vater einen älteren Bruder hat, der ein Fürst in einem weit entfernten Land ist, und ob wir wohl mal hinreisen können?«

Bestimmt gibt es das alles, und so der Allmächtige will, wirst du diese Menschen eines Tages kennenlernen, beinahe hätte Elsa dies fest versprochen, aber gerade noch rechtzeitig fiel ihr ein, dass es nicht von ihrem Willen, sondern von Lohengrins abhing. Verdammter Schwur! Sie sollte es nicht denken, aber so war es nun einmal. Nicht nur sie, sondern auch die Kinder litten darunter. Wer weiß, was noch alles passiert wäre, wenn Margot sie nicht gewarnt hätte.

KAPITEL LIX

Der Vollmond ließ die Landschaft gespenstisch aussehen. Ängstliche Gemüter mochten sich vor einem im Wind wogenden Busch erschrecken, weil er einem Riesen mit ausgebreiteten Armen ähnelte. Birken wanden sich im Wind wie schlanke urzeitliche Göttinnen, die sich anschickten, einen Mann um den Verstand zu bringen. Im Nebel über dem Fluss tanzten Elfenkinder. Margot fehlte zum Glück das ängstliche Gemüt. Sie beugte sich dicht über den Hals ihres Pferdes und trieb es zu einem schnellen Trab. Sie war spät dran, der Tag war nur noch ein schmaler Strich am westlichen Horizont. Bei Vollmond wurden die Menschen seltsam und fanden nur schwer Ruhe. Die bevorstehende herzogliche Taufe tat noch ein Übriges dazu.

Die Weide bildete mit ihren bis zum Boden hängenden Ästen ein riesiges Zelt. Ohne die Gangart ihrer Stute zu verlangsamen, trieb sie sie durch die Zweige. Das Pferd blieb dahinter von selbst stehen. An einem kleinen Feuer erhob sich Telramund. Neben dem Vollmond war dies die einzige Lichtquelle.

Margot schwang sich aus dem Sattel. Der Graf dachte gar nicht daran, ihr zu helfen oder auch nur zu ihr zu kommen. Sie musste zu ihm gehen. Sie kannte es nicht anders von ihm.

»Ihr kommt spät«, sagte er statt einer Begrüßung.

»Die herzogliche Taufe macht die Leute verrückt. Ich konnte mich nicht früher fortschleichen. Die Herzogin wollte mit mir erörtern, wie viel Wildbret, Schlachtvieh, Mehl, Sahne und was weiß ich noch alles für die Festtafel in der Halle benötigt werden. Wie immer macht sie sich viel zu viele Gedanken um diese Dinge. Seid nur froh, dass Ihr sie nicht geheiratet habt, Ihr würdet darüber verrückt werden, edler Graf.« Den letzten Satz hatte sie spitz angefügt.

»Ich fälle Bäume, redet mir nicht von Herzoginnen.« Telramund schüttelte die Arme, und aus seinem Kittel rieselten Staub und Dreck zu Boden. »Treibt unsere Sache schnell voran, und wenn Ihr erst meine Herzogin seid, wird es Euch an nichts fehlen und Ihr müsst Euch nie wieder mit was auch immer plagen. Wir werden beide in Düften aus dem Orient baden.«

Margot verschluckte sich und musste husten. »Eure Herzogin?«, fragte sie ungläubig, als sie wieder in der Lage war, zu sprechen.

»Herzog Telramund und Herzogin Margot von Brabant. Wie klingt das?«

»Wunderbar. Ganz wunderbar.« Margot war überzeugt, einen begehrteren Heiratsantrag hatte vor ihr noch keine Frau bekommen. Sie flog Telramund um den Hals, mochte er auch ungewaschen, nach Schweiß, Holz und schlechtem Essen riechen – in diesem Moment war alles egal.

Telramund schob sie sofort von sich, freudige Gefühlswallungen waren ihm noch nie angenehm gewesen. Er schaute angeekelt auf sie hinunter. »Treibt unsere Sache voran, sonst bleibt es Wunschdenken. Mir sind die Hände gebunden, wenn ich vor König Ludwig nicht die Karten auf den Tisch lege und ein Heer von ihm erbitten will. Das er mir nicht ohne Zugeständnisse geben wird.«

»Euch kann niemand etwas abschlagen.«

»Der westfränkische König ist nicht irgendwer. Er wird wegen Brabant keinen Krieg mit dem König Otto riskieren. Ludwigs Vater war schon ein schwacher Herrscher, und mit ihm ist es noch schlimmer.«

»Er ist jung und kann sich bessern.«

»König Otto ist auch jung, aber aus einem ganz anderen Holz geschnitzt. Wie er mit der Rebellion seines Halbbruders Thankmar umgegangen ist ... Also wie steht unsere Sache in Brabant? Ist der Herzogsthron unser vor dem Ende des Sommers?« Telramund hatte Margot bei den Oberarmen gepackt und schüttelte sie.

»Die Saat ist bereitet und aufgegangen, nun muss die Pflanze wachsen.« Margot sprach abgehackt. »Es war nicht schwer, Zweifel in das Gemüt der Herzogin zu pflanzen.«

»Spar dir diese bäuerlichen Vergleiche. Wann kosten diese Zweifel die Gottfriediner den Thron?«

»Bald. Ich soll wirklich Eure Herzogin werden?«

»Ich kann mir niemanden vorstellen, mit dem ich besser in Brabant herrschen könnte.«

Sie nahmen die Hochzeitsnacht vorweg. Das Feuer war längst heruntergebrannt und die Morgendämmerung nicht mehr fern, als Margot sich auf den Rückweg nach Antwerpen machte und Telramund zu den Holzfällern zurückkehrte.

KAPITEL LX

ie kleine Mathilda verschwand fast in Frau Einhildas Händen, als die sie über das Taufbecken in der Antwerpener Basilika hielt. Sie war eine der sechs Patinnen und Paten der jüngsten Tochter des Brabanter Herzogshauses.

Für diesen besonderen Anlass hatte die streitbare Einhilda auf Harnisch und Stiefel verzichtet und trug ein reich besticktes dunkelblaues Kleid über einem hellen Untergewand. Statt eines Helms bedeckte ein luftiger Schleier ihr von ersten silbernen Strähnen durchzogenes braunes Haar. Sie sah sehr imposant aus. Elsas Aufmerksamkeit gehörte aber ihrer kleinen Tochter, die schläfrig in die Runde blinzelte und sich nur für ihr linkes Fäustchen interessierte, das in ihrem Mund steckte.

Als ranghöchster Kirchenvertreter würde der Kölner Erzbischof Wichfrid die Taufe vornehmen. Kurzfristig hatte er sein Kommen angekündigt. Er entstammte der Familie der Liudolfinger, war ein Neffe des verstorbenen Königs Heinrich und Großneffe des jetzigen ostfränkischen Königs Otto. Seine Anwesenheit unterstrich auf schöne Weise Brabants Bedeutung im Ostfrankenreich. Um die Bindung zwischen dem Brabanter Herzogshaus und dem Reich weiter zu stärken, hatte zudem König Ottos Gemahlin Edgitha eine Patenschaft übernommen. Sie war nicht selbst nach Antwerpen gereist, sondern hatte zwei Mönche als ihre Vertreter geschickt. Der ältere stand im Kreis der Paten und schien froh zu sein, die kleine Täuflingin nicht halten zu müssen. Der andere hielt sich bescheiden im Hintergrund und reckte den Hals, um ja nichts zu verpassen.

Nachdem Erzbischof Wichfrid sein Kommen zugesagt hatte, musste ihm auch das Taufsakrament anvertraut werden, darüber waren sich Elsa und Lohengrin sofort einig gewesen. Für Mathilda bedeutete das eine Ehre, die sie ihr Leben lang begleiten würde. Elsa war stolz und froh für die Kleine. Der Antwerpener Bischof hatte seine Zurücksetzung äußerlich mit gelassener Miene aufgenommen, aber Elsa wusste um seine Eitelkeit und dass er gekränkt war. Sie würde ihm eine Wohltat zukommen lassen müssen, um ihn zu versöhnen. Eine Lieferung Wildbret würde nicht ausreichen, es müsste schon ein silberner Leuchter oder ein Kruzifix sein. Das Sticken von Altartüchern hatte sie nach Tassilos Geburt aufgegeben, aber in Brabant war eine Bewegung vermögender Matronen und ihrer Töchter entstanden, die diese Aufgabe übernommen hatten. Sie wusste also die Kirchen im Regnum auf einem guten Weg.

Über dem Taufstein machte sich Erzbischof Wichfrid bereit. Er schöpfte etwas Wasser mit der hohlen Hand. »Ich taufe dich im Namen des Vaters, des Sohnes und des Heiligen Geistes ...« Bei jeder Nennung schöpfte er Wasser auf Mathildas Köpfchen. »... auf den Namen Mathilda ...«

Schon beim ersten Tropfen begann sie mit der ganzen Kraft ihrer kleinen Lunge zu brüllen. Die Paten fuhren zurück, und auch Erzbischof Wichfrid stockte kurz. Er verhaspelte sich sogar bei der langen Aufzählung ihrer Taufnamen, mit denen Mathilda der Fürsorge ihrer Ahnen aus dem Jenseits anvertraut wurde. Lohengrin hatte allen Vorschlägen Elsas zugestimmt, aber selbst niemanden benannt, deren Namen sie tragen sollte. Er hatte nicht unbedacht etwas über seine Sippe preisgegeben, wie Elsa im Stillen gehofft hatte.

Der Erzbischof schöpfte erneut Wasser auf Mathildas Haupt und fuhr mit der Aufzählung ihrer Namen fort. Mathilda schrie weiter und zappelte auf Frau Einhildas Arm. In der Basilika löste sich die Anspannung, die Anwesenden lächelten einander zu, tuschelten über das Glück des Herzogspaares. Elsa war ebenfalls erleichtert, und sie sah ihrem Mann an, dass es ihm ebenso erging. Es galt als gutes Zeichen, wenn ein Kind bei seiner Taufe kräftig brüllte, dann wurde es als gesund und stark angesehen, das für keine der vielen Krankheiten anfällig war, die Kinder so oft hinwegrafften. Blieb es stumm oder verschlief sogar seine Taufe, hielt der Volksmund es für von schwacher Natur, das einen strengen Winter möglicherweise nicht überlebte. Die Eltern wurden dann bedauert. Das war Aberglaube, den es nicht geben sollte, aber er war auch nicht auszumerzen.

Beim anschließenden Festmahl in der großen Antwerpener Halle – der gleichen, in der Telramund einst den Treueid verweigert hatte – saßen die Paten und die hohe Geistlichkeit neben den herzoglichen Eltern an der Ehrentafel. Die übrigen Gäste drängten sich an langen Tischen, das Volk feierte in den Straßen, und die Schankwirte machten das beste Geschäft des Jahres. Mathilda bekam von dem Fest zu ihren Ehren nichts mit, sondern schlief unter Kunibertas Obhut in der Kinderstube. Von ihren älteren Geschwistern nahmen nur Amaury und Edviga am Festmahl teil. Unter der Aufsicht ihrer Lehrer und mit der strengen Auflage, zu Bett zu gehen, sobald das Essen beendet war. Das daran anschließende Gelage sollten sie nicht miterleben.

An Elsas rechter Seite hatte Erzbischof Wichfrid Platz gefunden, links neben ihr saß Frau Einhilda. Sie aß und trank wie ein Mann und hielt nichts davon, vornehm zu tun und nur wie ein Spatz von den angebotenen Speisen zu kosten, um später hungrig zu Bett zu gehen. Das hatte sie unumwunden erklärt. An einem Ende der Halle trug ein Barde Verse vor, später sollte es noch einen Wettstreit geben, bei dem der Applaus über den Sieger entschied – fünf Sänger nahmen daran teil. In einer anderen Ecke unterhielt ein Jongleur die Menschen. Es herrschte unbeschreiblicher Lärm, der ein ernstes Gespräch unmöglich machte. Dennoch beugte sich Frau Einhilda vertraulich zu Elsa hinüber.

»Es gibt Gerede, daher wollte ich Euch warnen«, sagte sie mit vollem Mund.

Elsa verstand ungefähr die Hälfte und erriet den Rest. »Die Leute reden immer über etwas«, gab sie in das Ohr der anderen zurück.

Frau Einhilda lachte auf und riss einen mächtigen Bissen von einem Stück Schweinenacken ab. »Diesmal kann es für Euch gefährlich werden. Für Eure Kinder.«

Damit gewann sie Elsas Aufmerksamkeit.

»Mathildas Geburt und Taufe hat die Sache erneut ins Rollen gebracht. Es heißt wieder, dass mit der herzoglichen Abstammung Eurer Kinder etwas nicht zum Besten steht. Sie werden keine Ehepartner gleichen Standes finden. Verlobt sie bald, das wird dem Gerede den Wind aus den Segeln nehmen. Oder Euer Ehemann … aber das steht wohl nicht zu erwarten? Ich achte einen vor Gott abgelegten Eid, aber das tut jeder. Trotzdem dürfen die Belange der Menschen darüber nicht vergessen werden.«

»Sie sind noch Kinder«, wandte Elsa ein. Dass Lohengrin seinen Eid aufgeben würde, stand nicht zu erwarten. Darauf ging sie nicht weiter ein.

»Na und«, erwiderte Frau Einhilda. »Ich habe meinen Bengel verlobt, da war er nicht einmal so alt wie Amaury jetzt. Eine günstige Gelegenheit sollte man nie verstreichen lassen. In Franken, Sachsen oder Bayern werden sich doch Kinder finden, die für Amaury oder Edviga infrage kommen. Streckt Eure Fühler aus, wenn Ihr Brabant nicht in die Gefahr einer weiteren Fehde bringen wollt.« Sie wandte sich wieder ihrem Essen zu.

Elsa sagte nichts. Der Appetit war ihr gründlich vergangen. Erst Margot, jetzt Frau Einhilda. Deren Warnung konnte sie nicht in den Wind schlagen, das kämpferische Weib hatte immer treu an ihrer Seite gestanden und verfolgte bestimmt keine Hintergedanken.

»Schlagt das Gerede eines alten Weibes in den Wind«, sagte Frau Einhilda, der offenbar aufgefallen war, dass Elsa nur noch stumm auf ihren kaum angerührten Teller starrte.

»Ihr seid kein altes Weib, und ich achte Euren Rat nicht gering.«

»Nichts spricht gegen eine lange Verlobungszeit. Die Kinder sollen ja nicht heiraten, bevor sie nicht zu Mann und Frau gereift sind. Eine Verlobung würde allen zeigen, in welche Richtung Brabants Politik geht.«

»Habt Ihr auch mit anderen gesprochen?«

»Mit dem Herzog, meint Ihr? Das ist eine Sache unter Frauen, denen die Mutter Maria Weisheit schenken möge.«

»Ihr könnt mir wohl nicht sagen, wer dieses Gerede verantwortet?«

»Mit mir spricht keiner offen darüber, ich höre nur hier und da etwas.«

»Die Sippen der Ewouldinger und Mamlinger?«, riet Elsa.

»Mag sein.« Frau Einhilda drehte sich zu dem Mönch um, dem Vertreter der Königin, der auf ihrer anderen Seite saß, und begann ein Gespräch mit ihm.

Elsa kümmerte sich darum, Erzbischof Wichfrid zu unterhalten und ihm zu versichern, sich bester Gesundheit zu erfreuen. Er zeigte sich besorgt, weil sie so wenig aß. Sie gab sich Mühe, ein paar Bissen zu sich zu nehmen und den Kölner zu beruhigen. Es schien zu wirken, denn Wichfrid lächelte ihr väterlich zu, was erheiternd wirkte, da er nur wenige Jahre älter war als sie.

Sie versuchte, an ihm vorbei einen Blick auf ihren Mann zu erhaschen. Sie hörte nur sein Lachen und dass er sich angeregt unterhielt. Auf einmal schoss ihr ein Gedanke durch den Kopf, der ihr Angst machte.

Sie zupfte Frau Einhilda am Ärmel. »Wünscht sich jemand in Brabant Graf Telramund zurück?«, raunte sie in deren Ohr.

»Wieso der?«, gab die hünenhafte Frau kauend zurück.

»Hat er immer noch Anhänger?«

»Bestimmt. Es gibt immer jemanden, der am Althergebrachten festhalten will und nur die männliche Erbfolge akzeptiert. Vorzugsweise alte Männer denken so, aber niemand von Bedeutung will einen Verbannten in Euren Hallen sehen.«

Das beruhigte Elsa nur halb. Telramund hatte es schon immer verstanden, Männer um sich zu scharen und auf die Füße zu fallen. Aus Brabant mochte er verbannt sein, aber sie glaubte keinen Augenblick daran, dass er ein armer Schlucker geblieben war. Er war im westfränkischen Reich bestimmt schnell zu Ansehen und Reichtum gekommen.

KAPITEL LXI

*D*ie Männer traten großspurig auf, obwohl sie wie Handwerker gekleidet waren. Nur einer trug die vornehmen Gewänder eines Kaufherrn und sogar Pelz, obwohl die sommerlichen Temperaturen das eigentlich überflüssig machten. Mit einem Tuch wischte er sich immer wieder Schweiß aus dem Gesicht und von seinem kahlen Schädel.

Der Vornehme war wirklich ein Kaufmann und die anderen Männer Schiffbauer, die für ihn ein neues Schiff bauen sollten. Keinen Nachen, mit denen die Fischer auf den Flüssen unterwegs waren, sondern ein großes Schiff für den Seehandel und die Fahrt in die Reiche der Nordmänner, nach England oder die westfränkische Küste hinunter. Nicht dass es ihn sehr interessierte, aber nun wusste Telramund wenigstens, dass er sich seit Tagen schund, Holz für ein Schiff zu schlagen.

Die Schiffbauer waren gekommen, um das Holz zu begutachten und einen besonders geraden Stamm für den Mast auszusuchen. Der Kaufmann wollte wohl sehen, wohin sein Silber wanderte. Sie unterhielten sich mit dem Vorarbeiter. Telramund stand zwischen den anderen Arbeitern und war froh über die unverhoffte Pause.

In dem Gespräch ging es zunächst darum, dass dem Kaufmann

alles zu lange dauerte. Er hoffte, das Schiff könnte noch in diesem Monat auf Kiel gelegt und vor dem Winter zu Wasser gelassen werden. Der älteste Schiffbauer sah aus, als hätte er sich am liebsten an die Stirn getippt. Er beherrschte sich aber und erläuterte seinem Auftraggeber, dass es mindestens ein Jahr dauerte, ein gutes Schiff zu bauen, und dass er dies auch wisse und mit der Bauzeit einverstanden gewesen sei. Die anderen Schiffbauer nickten.

Der Kaufherr musste sich damit zufriedengeben und wandte sich ab. Unterdessen klopften die Schiffbauer gegen das Holz und besprachen sich. In die Stämme konnte niemand hineinsehen, aber sie schienen zufrieden mit dem Material. Mit dem Vorarbeiter tauschte sich der Kaufherr über Neuigkeiten aus, und da wusste der vornehme Herr von einer Hochzeit zu berichten.

Westfranken und Ostfranken hatten einander geheiratet. König Ludwig hatte die ostfränkische Prinzessin Gerberga zum Weib genommen. Eine Schwester König Ottos. Telramund spürte, wie er blass wurde. Sein schöner Plan, Brabant aus dem ostfränkischen Reich zu lösen und sich nach Westen zu orientieren, war damit zunichte. König Ludwig würde ihn jetzt nicht mehr gegen seinen neuen Schwager unterstützen. In Ostfranken hatte Otto bisher die Politik seines Vaters nahtlos fortgeführt und keines von dessen Urteilen aufgehoben.

Er musste sofort mit Margot sprechen. Diese dumme Henne hätte ihm das sagen müssen, statt von Pflanzen zu faseln.

Einer der anderen Arbeiter stieß ihm den Ellenbogen in die Seite. »Du siehst aus, als hättest du einen Geist gesehen, Friedrich.«

»Diese Hochzeit …«

»Was soll damit sein? Uns muss nicht kümmern, welche Weiber die hohen Herren in ihre Betten holen.«

»Verstehst du nicht, was das bedeutet?«, ereiferte sich Telramund.

»Du hörst dich an, als hättest du die Braut persönlich gekannt.«

»Oder den Bräutigam«, witzelte ein anderer Arbeiter.

Sie wussten nicht, wie nahe sie der Wahrheit kamen. Er konnte hier nicht länger bleiben, und mit Margot als einziger Verbündeter käme er nicht weiter. Er brauchte einflussreiche Freunde, ein Heer. Sabina konnte ihm immer noch einen Weg bereiten bei König Ludwigs Mutter Eadgifu. Aus der Nähe von Antwerpen stammte zum Glück die Sippe der Mamlinger, die in der Fehde an seiner Seite gefochten hatten. Sie hatten sich zwar Elsa zu Füßen geworfen und ihre Verzeihung erlangt, aber inzwischen stand der junge Herr Junius der Sippe vor, und der war bestimmt kein Freund der Herzogin. Nicht, nachdem er als Jüngling der Vergewaltigung bezichtigt worden war und sie die Verhandlung darüber zu einer absolut beschämenden Angelegenheit für ihn gemacht hatte, gleichwohl sie ihn dann freisprach.

Telramund tat, als müsste er austreten, und entfernte sich von den anderen. Kaum war er im Wald, ließ der die Axt fallen und nahm die Beine in die Hand.

KAPITEL LXII

*L*ohengrin sehnte sich nach seiner Frau. Er war nun annähernd vierzehn Tage von ihr getrennt gewesen, hatte in den umliegenden Gauen Gericht gehalten. Amaury hatte ihn begleitet und für einen Zwölfjährigen einen erstaunlichen Scharfsinn bewiesen, wenn er den streitenden Parteien Fragen stellte. Bei den Entscheidungen zeigte er ein Gespür für Gerechtigkeit, das er nur von seiner Mutter geerbt haben konnte. Lohengrin war stolz auf seinen Sohn. Er schaute auf Amaury, der auf seinem kleinen, schlanken Pferd neben ihm ritt und sehr gerade im Sattel saß.

Am Abend würden er und Elsa endlich wiedervereint sein, und er würde all ihre Sorgen wegküssen. Sie machte sich manchmal einfach zu viele Gedanken – um die Kinder, das Hauswesen, das Herzogtum, einfach um Gott und die Welt. Sie wusste es selbst, und manchmal konnte sie auch darüber lachen.

»Da vorne ist was.« Ritter Hadrad, einer seiner Begleiter, deutete mit der Hand in die Richtung.

Lohengrin strengte die Augen an, konnte jedoch nichts erkennen.

»Da fliegen Vögel auf, wofür kein großes Tier verantwortlich ist. Das ist ein Mensch«, erklärte der junge Ritter aus der herzoglichen Leibwache.

»Ihr habt scharfe Augen«, lobte Lohengrin, und der junge Mann sah stolz aus. Nachdem er darauf hingewiesen worden war, sah der Herzog es jetzt auch: Krähen flogen in Scharen auf und schimpften. Auch ein Eichelhäher war zu hören.

»Wer sich versteckt, kann nichts Gutes im Schilde führen. Sollen wir ihn aufstöbern, Herr?«

Lohengrin und Elsa hatten viel Mühe darauf verwendet, Brabants Straßen sicher zu machen, kein Reisender sollte sich verstecken müssen. Er hatte ein schlechtes Gefühl im Magen und gab deshalb die Erlaubnis, der Sache auf den Grund zu gehen.

»Ich komme mit«, sagte Amaury voller Eifer.

»Kommt nicht infrage!«, verbot Lohengrin scharf. Es würde noch früh genug die Zeit kommen, in der Amaury sich in Gefahr begeben musste und niemand da war, ihn davor zu bewahren. Er übersah Amaurys geknickte Miene und tat so, als hätte er nicht gehört, wie dieser murmelte, kein Kind mehr zu sein.

Eine Handvoll junger Ritter trieb die Pferde zum Galopp. Gleich darauf hörte Lohengrin einen Schrei, und dann stolperte ein Bauer aus dem Gebüsch heraus. Die Ritter trieben ihn auf den Herzog zu, sie schlugen ihn mit den flachen Schwertseiten auf den Rücken. Schließlich stand er mit gesenktem Kopf vor Lohengrin.

»Das ist der Kerl, der sich verstecken wollte«, erklärte Hadrad.

Der Bauer war ungefähr in Lohengrins Alter, schien unbewaffnet und sah nicht gefährlich aus. Aber er hatte sich nicht verneigt und schaute so konzentriert zu Boden, dass er gerade deshalb verdächtig wirkte.

Amaury wollte sein Pferd antreiben und auf den Fremden zureiten. Offenbar ärgerte auch er sich über das freche Verhalten, aber Lohengrin hielt dessen Pferd am Zügel zurück. Der Bauer hatte etwas Undurchsichtiges an sich, und er wollte seinen Sohn aus allen Schwierigkeiten heraushalten. Er ritt selbst vor.

»Verneige dich vor deinem Fürsten.«

Der Bauer kam dem nach.

»Wie ist dein Name?«

»Friedrich.«

Die Stimme berührte einen Erinnerungszipfel in Lohengrin, aber er bekam ihn nicht richtig zu fassen. »Warum hast du dich vor uns verborgen?«, fragte er weiter.

»Ihr seid viele, edler Herr. Ich dagegen war ganz allein und erkannte Euch nicht. Wenn Ihr erlaubt, gehe ich meiner Wege und behellige Euch nicht weiter bei Eurem Tun.«

»Wohin führt dich dein Weg?«

»Hierhin und dorthin. Ich habe mein Heim verloren, und seitdem ziehe ich umher, wohin mich meine Füße tragen.«

Die ganze Zeit schaute der Bauer zu Boden, als hindere ihn eine Deformation seines Halses daran, den Kopf zu heben. Seine Stimme zerrte weiter an Lohengrins Erinnerungen.

»Schau mich an, wenn ich mit dir rede«, verlangte er und verlieh seiner Forderung Nachdruck, indem er Friedrich mit der Spitze seiner Reitpeitsche vor die Brust tippte.

Langsam hob der Bauer den Kopf. In seinem Gesicht wucherte der Bart, das Haar war verfilzt, und um die Augen, aus denen Lohengrin blanker Hass entgegenschlug, hatten sich die Jahre eingegraben.

Plötzlich lichtete sich der Nebel in seinem Gedächtnis, und trotz der zerlumpten Kleidung bestand für den Herzog kein Zweifel, dass er den Verräter Telramund vor sich hatte. Die Peitsche fiel zu Boden, und seine Hand fuhr zum Schwertgriff.

»Telramund!«

Der Name sorgte dafür, dass die anderen Brabanter Ritter zu den Waffen griffen. Telramund fand sich einem Wald aus Schwertspitzen gegenüber. Soweit es unter seinem Bart zu erkennen war, lächelte er spöttisch.

»Mit mir habt Ihr wohl nicht gerechnet, Herzog Lohengrin.«

»Ihr seid zeit Eures Lebens aus Brabant verbannt und vogelfrei. An Eurem Aufzug ist zu sehen, dass die Zeit nicht gerade wohl mit Euch umgegangen ist.«

»Das ist nur eine Verkleidung. Ich bin längst wieder ein angesehener Mann.«

»In Brabant nicht. Bei wem habt Ihr Euch eingeschmeichelt? Bei dem Westfranken Ludwig wahrscheinlich«, beantwortete Lohengrin seine Frage gleich selbst.

»Er weiß einen Mann mit meinen Qualitäten zu schätzen.«

»Soll ich ihn für Euch töten, mein Herzog?«, fragte Hadrad.

Telramund breitete die Arme aus. »Nur zu. Lasst von Euren Männern erledigen, was Ihr selbst nicht fertigbrachtet. Wir standen uns schon einmal gegenüber, und seht her, ich lebe noch.« Er schaute die Brabanter der Reihe nach herausfordernd an.

Gegen seinen Willen musste Lohengrin den Mut des früheren Grafen bewundern. Oder war es Wahnsinn, der ihm gegenüberstand? »Hofft Ihr auf Gnade in Brabant? Die wird es hier für Euch nicht geben.«

»Brabant ist mein. Immer gewesen. Ein Graf Telramund lässt nicht ab von dem, was ihm zusteht.«

Der Mann war vollkommen verrückt.

Lohengrin stieg vom Pferd. Das Schwert zum Schlag bereit, trat er vor Telramund.

»Wollt Ihr jetzt beenden, was Ihr damals nicht fertigbrachtet?«

»Ich töte keinen Unbewaffneten. Nicht einmal Euch. Gebt ihm ein Schwert.«

Niemand rührte sich.

KAPITEL LXIII

*L*eise und unmelodisch sang Kuniberta für Mathilda. Es hörte sich an wie zusammenhanglose Silben, einzig Mathildas Taufgelöbnis aus dem einundneunzigsten Psalm war deutlich herauszuhören. Mathilda gefiel es. Die beiden saßen auf einer Decke im Küchengarten, in dem es nach Kräutern duftete und Insekten von Blüte zu Blüte schwirrten. Die Sonne hatte ihren höchsten Stand überschritten, die Schatten wurden länger.

Elsa hatte auf einer Bank Platz genommen, beobachtete die beiden und genoss die Sonnenwärme auf dem Gesicht. Sie hatte den ganzen Morgen damit zugebracht, sich die wechselseitigen Klagen zweier seit Generationen verfeindeter Bauernfamilien über ein steiniges Stück Land anzuhören. Jeder behauptete, es gehöre seiner Sippe, habe ihr schon immer gehört und der jeweils andere habe es sich rechtswidrig angeeignet. Trotz aller Bemühungen war es ihr nicht gelungen, aus den Streithähnen herauszubringen, wer das steinige Land in den letzten Jahren genutzt hatte. Von einer Teilung hatten beide nichts wissen wollen. Nun fühlte sie sich erschöpft und massierte ihre Nasenwurzel gegen den heraufziehenden Kopfschmerz.

Unregelmäßige Schritte auf dem Kiesweg verrieten das Herannahen einer weiteren Person. Sie musste nicht aufschauen, um zu wissen, wer da kam. Die Geräusche eines Gehstockes und die hinkenden Schritte gehörten zu Pater Clement. Ein Stöhnen entfuhr dem alten Geistlichen, als er sich neben Elsa auf der Bank niederließ. Seinem Greisentum und seiner hohen Stellung war es geschuldet, dass er sich dies ohne jede Zeremonie der Herzogin gegenüber erlauben durfte.

Es dauerte mehrere Atemzüge, bis Pater Clement in der Lage war zu sprechen: »Ich bitte um Verzeihung, edle Herzogin. Ich wollte nicht stören, aber hiervon solltet Ihr erfahren.«

»Wovon?« Sie erkannte ein Schreiben in der Hand des Geistlichen.

»Dies ist ein Angebot.«

Elsa zog die Augenbrauen hoch.

»Für Amaury oder ein anderes Eurer Kinder. Der Graf aus dem Bodegau, sein Großvater war in die Babenberger Fehde verwickelt – nicht auf der richtigen Seite, wenn Ihr mich fragt –, bietet seine Kinder für eine Verbindung mit dem geschätzten Haus von Brabant an. Sein ältester Sohn würde sich glücklich schätzen, das edle Fräulein Edviga heimzuführen. Er beschreibt ihn als einen tapferen Herrn von zwanzig Jahren, der sich auch noch einige Zeit gedulden wird, bis seine Braut das passende Alter erreicht hat. Er habe aber auch liebreizende Töchter, um sie mit Herrn Tassilo oder Herrn Odilo zu verloben. Ganz wie es den edlen Eltern beliebt.«

Elsa konnte nicht länger an sich halten und lachte laut heraus. Kuniberta unterbrach ihren Gesang und flüsterte stattdessen Mathilda ins Ohr. Von Bodegau hatte die Herzogin noch nie gehört, aber vermutlich …

»Sachsen?«, stieß sie unter Lachen hervor.

»Das Angebot ist völlig indiskutabel für jedes Eurer Kinder. Ein sächsisches Grafengeschlecht ist auch nicht annähernd das, was Ihr für sie erwarten dürft.« Pater Clement spitzte empört die Lippen.

»Ist Frau Einhilda von den Guntolfingern in dem Schreiben erwähnt?«

»Das ist in der Tat merkwürdig, aber der Sachse beruft sich auf sie.«

Elsa nahm den Brief an sich, um selbst zu lesen, was ihr so großzügig angeboten wurde. Graf Godehard von der Bode schien tatsächlich Kinder im Dutzend zu haben, die sich alle vorzüglich für eine Ehe eigneten und unter denen gerne ausgewählt werden dürfe. Die treue Frau Einhilda hatte augenscheinlich keine Zeit verloren, ihrem Vorschlag vom Tauffest Taten folgen zu lassen.

»Kuniberta, was denkst du, in wie vielen Jahren die kleine Mathilda heiraten sollte?«, fragte Elsa immer noch kichernd die Kinderfrau.

Kuniberta sah erschrocken auf und zögerte mit der Antwort. »Dreizehn oder vierzehn Jahre sollten noch vergehen«, meinte sie schließlich.

»Wir haben ein Angebot bekommen, unter den Söhnen eines Grafen einen Ehemann für sie zu wählen. Was sagst du dazu?«

»Eine Meinung steht mir nicht zu, aber wenn Ihr es für richtig haltet, sie in frühen Jahren zu verloben …«

»Ich werde in zwei oder drei Monaten eine höfliche Ablehnung schreiben und ein Geschenk mitschicken.«

Pater Clement seufzte. »Ihr müsst das nicht machen.«

»Nicht einmal einen unbedeutenden sächsischen Grafen dürfen wir vor den Kopf stoßen und sein Angebot unbeantwortet lassen. Das ist der Preis dafür, dass wir zum ostfränkischen Reich gehören.« Aber er war nicht sehr hoch, das sah Elsa inzwischen anders als in früheren Jahren. »Mit dem Geschenk zeigen wir an, dass wir sein Angebot zu schätzen wissen, obwohl wir es ablehnen.«

»Ich meinte, Ihr müsst nicht selbst antworten, ich kann Euch als Vorsteher Eurer Schreibkanzlei diese Aufgabe abnehmen.«

Entgegen den Gepflogenheiten unter den meisten Herrschenden schrieb Elsa Botschaften häufig selbst, weil sie es konnte und weil es ihr Freude bereitete, ihren Geist an Geschriebenem zu wetzen. »Ihr müsst Euch auch nicht damit plagen, dafür haben wir Pater Zacharias und Pater Remigius.« Elsa hatte den Unterricht für die Jungen inzwischen so geregelt, dass den beiden Mönchen Aufgaben in der Schreibkanzlei und bei den täglichen Messen übertragen werden konnten. Sie hatte sich darüber mit Lohengrin ausgetauscht, und er hatte sofort zugestimmt, die Unterrichtszeit für die Jungen zu kürzen und ihnen mehr Zeit für Waffenübungen einzuräumen. Zusätzlich übten sich alle in freier Rede dreimal in der Woche unter Pater Clements Aufsicht. Tassilo überflügelte darin regelmäßig alle anderen.

»Wenn Ihr einen Krieg riskieren wollt, lasst es diese ungebildeten Schmierfinken aus St. Gallen tun. Sie können abschreiben, was ich ihnen vorgebe, aber mehr auch nicht.« Im Gegensatz zu Elsa und inzwischen auch Lohengrin war Pater Clement der Meinung, die St. Galler sollten wieder dahin gehen, wo sie hergekommen waren. Er selbst könne den Unterricht der herzoglichen Kinder übernehmen, obwohl er bei jedem Atemzug keuchte.

Elsa schluckte herunter, was sie hatte sagen wollen, um Pater Clement nicht zu verärgern. Bei ihm musste sie diplomatischer sein als auf jedem Hoftag.

»Mit ein wenig Hilfe von Euch könnten sie es schaffen und dabei noch etwas lernen«, sagte sie deshalb. »Der Herzog und ich möchten, dass Ihr Euch nicht mehr so viel aufbürdet. Ihr sollt nicht über Eure Kräfte hinausgehen.«

»Der Herr hat mich an diesen Platz gestellt.« Pater Clement schob stur die Unterlippe vor.

»Der Herr hat nichts davon gesagt, dass Ihr Euch aufreiben sollt. Wir wollen auf Euren Rat nicht verzichten, aber Euer Leben erleichtern. Denkt wenigstens darüber nach. Wir versprachen Euch einige Dörfer, die Euch ein gutes Auskommen garantieren oder die Ihr einem Kloster überschreiben könnt, damit es Euch aufnimmt. Dazu stehen der Herzog und ich weiterhin.«

»Durch wen wollt Ihr mich ersetzen? In der Schreibstube oder in der Messe? Seit Jahren nehme ich Euch und Eurer Familie die Beichte ab. Wem wollt Ihr die Geheimnisse Brabants anvertrauen?«

»Niemand kann Euch ersetzen, wir können nur versuchen, andere bestmöglich auf die Aufgaben in der Schreibkanzlei und als unser Berater vorzubereiten. Der Beichtvater … sehr schwierig. Ihr wollt Euer Feld doch wohlbestellt zurücklassen?«

»Ich habe nicht vor, diese Welt so bald zu verlassen.« Der Pater verschluckte sich beim Sprechen und begann zu husten. Der Anfall schüttelte seinen mageren Leib, verdunkelte seine Gesichtsfarbe. Er konnte gar nicht wieder zur Ruhe kommen.

»Pater?«, fragte Elsa besorgt.

Kuniberta rannte mit Mathilda auf dem Arm davon und kehrte kurz darauf mit einem Becher Wasser zurück. Mit einer leichten Verbeugung hielt sie Pater Clement das Getränk hin. Er wollte danach greifen, aber seine Hand zitterte zu stark, und Elsa musste ihm helfen. Die Hälfte des Wassers schwappte daneben, aber etwas geriet auch zwischen seine Lippen. Endlich ebbte der Hustenanfall ab.

»Jedes Mal verspüre ich eine gotterbärmliche Angst um Euch, deshalb möchte ich, dass Ihr kürzertretet.« Elsa ergriff seine greise Hand und öffnete ihre Sinne weit für die inneren Vorgänge seines Körpers. Bisher hatte sie sich an ihr selbst auferlegtes Versprechen gehalten und sich vor ihm verschlossen. Er war ein Mann Gottes, da gehörte es sich nicht, ihn mit einer heidnischen Fähigkeit auszuforschen. Diesmal verstieß sie dagegen, aber einige Paternoster konnten diese Schuld tilgen.

Der Lebensfaden des Paters war dünn und an den Rändern ausgefranst, wie es bei einem so alten Mann zu erwarten war, aber er trug nicht den Tod in sich.

KAPITEL LXIV

Gebt ihm ein Schwert!«, wiederholte Lohengrin. »Und einen Schild.«

Nach einem bleischweren Augenblick flog beides vor Telramunds Füße. Der rührte sich nicht.

»Nehmt an. Der Tod in einem Zweikampf ist mehr, als Ihr verdient. Oder seid Ihr vollends zum Strauchdieb geworden und habt alle Regeln unter Edelleuten vergessen?«

»Bestimmt nicht.« Telramund machte immer noch keine Anstalten, die Waffen aufzunehmen. »Schaut mich an und dann Euch. Ihr tragt Stiefel, während ich mich mit Löchern in den Sohlen abfinden muss.«

Wortlos trat Lohengrin seine Stiefel von den Füßen. Er legte auch seinen Umhang ab und mühte sich aus dem Brustharnisch. Auch die wattierte Jacke darunter landete auf der Erde, bis er barfuß und im Hemd dastand. Da endlich hob Telramund Schwert und Schild auf.

»Vater!«

Die Angst war Amaurys Stimme anzuhören, und sie schnitt Lohengrin ins Herz. Ein Zwölfjähriger sollte das nicht mit ansehen müssen. Daran war jedoch nichts mehr zu ändern. Über den Rand des Schildes hinweg fixierte er seinen Gegner. Er wollte Telramund den ersten Angriff überlassen, dann wäre es Notwehr, ihn zu töten.

Der ehemalige Graf schien ähnliche Gedanken zu hegen. Er prüfte zwar die Güte seines Schwertes und dessen Balance, ließ sich aber nicht zu einem Angriff verleiten. Sie umkreisten einander. Steinchen piksten Lohengrin in die nackten Fußsohlen, und ihm fehlte der feste Halt in den Stiefeln.

»Vater!«, rief Amaury wieder.

»Ruhig, Sohn«, antwortete Lohengrin und widerstand der Versuchung, sich nach ihm umzusehen. »Der Mann darf unbehelligt gehen, wenn er mich im Zweikampf besiegt. Niemand wird ihm ein Haar krümmen«, bestimmte er.

»Es ist immer gut, sein Haus wohlbestellt zurückzulassen«, kommentierte Telramund.

»Diese Weisheit hättet Ihr lieber selbst beherzigt.«

»Weil wir uns dann nicht gegenüberstehen würden?«

Es ging darum, wer als Erster die Nerven verlor und angriff. Lohengrin war fest entschlossen, sich nicht provozieren zu lassen. Die Sorge um Amaury machte es nicht leicht. Hoffentlich tat der Junge nichts Unüberlegtes. Hoffentlich hielten ihn die anderen zurück.

Lohengrin achtete darauf, die Sonne im Rücken zu behalten, damit er nicht geblendet wurde. Telramund versuchte dasselbe, war aber im Nachteil, da er schon in die Sonne schauen musste.

»Fangen wir doch endlich an«, sagte der ehemalige Graf.

»Ich bin bereit.«

»Euer Sohn scheint mir ein aufgeweckter Junge zu sein.«

»Lasst ihn aus dem Spiel«

»Und er ist in Sorge um Euch.«

»Weil er Euch nicht kennt, sonst wüsste er, dass das nicht nötig ist.«

Die letzte Silbe war noch nicht verklungen, da sprang Telramund vor. Das war endlich die eine Äußerung zu viel gewesen. Lohengrin beschränkte sich darauf, die Schläge abzuwehren und sich mit dem Schild zu decken. Ihm wurde schnell klar, dass Telramund keine Paraden und Finten verlernt, aber das Leben in dieser Verkleidung seiner Ausdauer und Beinarbeit nicht gutgetan hatte.

Lohengrin wich aus, tänzelte herum, bis er seine Chance kommen sah, dann knallte er Telramund die Kante des Schilds gegen das Kinn und trieb die Schwertklinge in dessen Bauch. Ein zweiter Streich ging in den Hals. Blut spritzte.

»Vater!«, rief Amaury wieder.

Lohengrin hörte ein Geräusch, das er nicht zuordnen konnte. Von Telramund kam es nicht. Der war zusammengesackt und rührte sich nicht mehr. Nur die Blutlache unter ihm wurde größer. Lohengrin zog sein Schwert zurück. Es hatte sich in der Halswirbelsäule verfangen und ließ sich nicht leicht befreien. Als er es endlich gelöst hatte und sich umdrehte, saß niemand mehr auf Amaurys Pferd. Auf den meisten anderen auch nicht.

Die Männer knieten auf der Erde und sahen besorgt auf jemanden herab, der dort lag. Lohengrin drängte sich zwischen sie.

Es war Amaury, leichenblass. Gerade schlug er die Augen auf.

»Junge.« Lohengrin legte ihm eine Hand an die Wange. Die hinterließ dort einen blutigen Abdruck.

»Vater, was ist mit Euch? Ihr seid verletzt?«

»Das ist nicht mein Blut. Nicht ein Tropfen.«

»Es ist so viel«, sagte Amaury matt und stützte sich auf einen Ellenbogen. Dabei hielt er Abstand zu seinem Vater.

»Was ist mit dir?« Lohengrin bemerkte, dass sein Sohn ihn kaum anschauen konnte.

»Mir war auf einmal komisch. Dann weiß ich nichts mehr.«

»Kann wohl kein Blut sehen, der Junge.«

Lohengrin fixierte den Sprecher wütend, und der verstummte. »Er ist zwölf, da sollte er so etwas gar nicht erleben müssen.« An Amaury gewandt: »Das wird schon wieder. Kannst du aufstehen?«

Die fürsorglich ausgestreckte väterliche Hand übersah Amaury, als er auf die Füße kam. Er war immer noch blass, konnte sich aber auf den Beinen halten. Mit ihm war alles in Ordnung, die Ereignisse waren nur etwas viel für sein junges Gemüt gewesen. Lohengrin fühlte sich selbst aufgekratzt, zugleich erschöpft und etwas komisch. Er säuberte sein blutiges Schwert im Gras.

Amaury trat zu dem am Boden liegenden Telramund und blickte auf ihn herunter.

»Ist er tot?«, fragte er.

Schnell stellte sich Lohengrin neben ihn und fasste ihn an den Schultern. »Das kann niemand überleben. Schau besser nicht hin.«

»Es blutet immer noch.« Amaury wurde noch blasser und übergab sich.

Lohengrin hielt ihm den Kopf und wischte ihm hinterher mit einem Hemdärmel den Mund ab. Der Junge sah weiter hohlwangig aus. Entschlossen führte er ihn von dem Gefallenen fort. Sie mussten nach Antwerpen zurück, und Amaury musste sich ausruhen. Vielleicht brauchte er einen heißen Ziegel im Bett und etwas Warmes zu essen und zu trinken.

Um den Toten konnten sie sich jetzt nicht kümmern, sie zogen ihn nur vom Weg herunter, bedeckten ihn mit Zweigen und beschwerten diese mit Steinen.

KAPITEL LXV

lle liefen auf dem Hof zusammen. Als Erste natürlich Elsa. Ihr folgten Margot und auch Kuniberta. Der Anblick des blutüberströmten Lohengrin und ihres blassen Sohnes, der vor Herrn Lothar im Sattel saß, während sein eigenes Pferd reiterlos geführt wurde, erschütterte die Herzogin, als würde ihr der Boden unter den Füßen weggezogen. Beide schienen ihr unverletzt, aber trotzdem musste etwas geschehen sein. Sie drängte sich an die Seite ihres Kindes.

Margot behielt den Überblick und ordnete an, dass ein Bad bereitet wurde. Für Amaury sollte auch ein Becher Würzbier heiß gemacht und eine Suppe bereitet werden.

»Das ist nicht mein Blut«, erklärte Lohengrin noch im Sattel sitzend. »Amaury ist auch nichts weiter passiert, als dass ihm schlecht geworden ist.«

Elsa half ihrem Sohn von Herrn Lothars Pferd herunter. Es war ihm sichtlich unangenehm, vor allen Leuten wie ein Fünfjähriger behandelt zu werden, aber Elsa konnte nicht anders – als ihn abzutasten, um sich zu überzeugen, dass er keinen ernsthaften Schaden erlitten hatte. Bevor sie vor aller Augen die Arme um ihn schlingen konnte, trat Amaury aus ihrer Reichweite. Er schwankte wie ein

Schilfrohr im Wind, aber Elsa widerstand der Versuchung, ihn erneut an sich zu ziehen.

»Es ist gut, Mutter. Mir fehlt nichts«, sagte er steif.

»Wurdet ihr angegriffen?«, fragte sie in die Menge.

»Ich musste eine Sache bereinigen.« Lohengrin war abgesessen und berichtete von seinem Zweikampf mit dem ehemaligen Grafen Telramund und dass er nicht erneut Gnade vor Recht hatte ergehen lassen.

Elsa fühlte eine Schwäche nach ihr greifen, aber sie fing sich schnell wieder. Sie war die Herzogin von Brabant und durfte sich nicht gehenlassen. Anders dagegen Margot, die beide Hände vor den Mund presste, als wollte sie einen Schrei unterdrücken, und sich nur mit Mühe auf den Beinen hielt. Sie musste sich an einer Wand abstützen und sah aus, als hätte sie dem Teufel persönlich ins Antlitz geblickt. In der allgemeinen Geschäftigkeit auf dem Hof – Pferde wurden in den Stall geführt, die Rückkehrer schnallten ihre Schwertgehänge ab, manche küssten ihre Ehefrauen, andere hatten es verstanden, sich mit Bier zu versorgen – achtete niemand auf sie. Elsa maß ihrer merkwürdigen Reaktion keine weitere Bedeutung bei.

Lohengrin und Amaury stiegen gemeinsam in den Badezuber, dessen Zubereitung Margot angeordnet hatte. Das Wasser dampfte. Elsa überließ es nicht einer Magd, die beiden zu waschen, sondern reichte ihnen selbst die Seife. Amaury schrubbte sich den blutigen Abdruck vom Gesicht, als wollte er auch noch die Haut herunterholen. Elsa musste ihm Seife und Schwamm wegnehmen.

Nach dem Bad trank Amaury ein paar Schlucke heißes Würzbier, verweigerte aber die Suppe und bat um Erlaubnis, zu Bett gehen zu dürfen. Elsa gewährte sie ihm. Das letzte Mal hatte Amaury in der

Nacht ein Fieber bekommen, als er so früh zu Bett gegangen war. Kuniberta schlief bei den Kindern, und wenn in der Nacht etwas mit ihnen sein sollte, wusste sie sie bei der Magd in guten Händen.

Sie selbst saß mit Lohengrin in der gemeinsamen Schlafstube. Er zusammengesunken auf einem Stuhl, sie auf dem Bett. Der Zweikampf mit Telramund war auch an ihm nicht spurlos vorübergegangen, obwohl er äußerlich unversehrt war. Nach dem ersten Mal hatten sie einander ihre Liebe gestanden, einen vorsichtigen Kuss getauscht. Sie hatte seine Wunden versorgt, und beide hatten sie vor einer strahlenden Zukunft gestanden. Dreizehn Jahre später hockte Telramunds Tod wie ein Alp zwischen ihnen.

Es fiel Elsa schwer, ihren Mann so zu sehen.

»Lieber«, sagte sie leise.

»Der Junge hätte das nicht sehen sollen. Das war kein Anblick für einen Zwölfjährigen. Trotzdem darf er als Sohn eines Herzogs beim Anblick von Blut nicht die Fassung verlieren«, antwortete Lohengrin genauso leise.

»Darüber machst du dir Sorgen, dass er als Sohn des Herzogs ...?«

»Der Verräter Telramund wird nicht der einzige Tote bleiben, den er in seinem Leben zu Gesicht bekommt. Er wird Getreue und Feinde sterben sehen. Männer werden ihr Blut für ihn vergießen, er wird sein eigenes Blut vergießen.«

»Er ist zwölf, wie du eben selbst sagtest.« Elsa flüsterte immer noch, aber sie war aufgebracht.

»Er ist ohnmächtig geworden und vom Pferd gefallen. Du hättest sehen sollen, wie er mich anstarrte wegen der paar Blutspritzer auf meinem Hemd.«

»Du sahst aus, als hättest du es in Blut gewaschen.«

»Trotzdem bleibt es dabei, dass unser ältester Sohn und Erbe sich mehr abhärten muss. Die Ritter werden ihm nicht folgen, wenn er sich bei einer Schlacht vor Angst in die Hose macht«, sagte Lohengrin düster. »Es wäre wirklich das Beste für Amaury, er ginge an einen anderen Hof, wo man ihm freundlich, aber auch streng begegnet. Ein gelehrter Hof wie der des Königs von Burgund, wo keine Gefahr besteht, dass seine geistigen Gaben verkümmern. Das scheint dir ja überaus wichtig.«

»Ein Jahr. Du gestandest mir ein Jahr zu«, erinnerte Elsa ihren Mann.

»Hast du schon darüber nachgedacht?«

»Nein!« Elsa schüttelte den Kopf. »Nicht abschließend.« Sie hatte oft versucht, sich vorzustellen, Amaury würde mit einer Eskorte vom Hof reiten, während sie zurückblieb und winkte. Sie würde ihn nicht mehr täglich sehen, sondern nur noch alle paar Monate von ihm hören. Allein der Gedanke schmerzte. Daran konnte eine Mutter sich nicht gewöhnen. Heilige Maria, es geht nicht, ich kann es nicht ertragen, dachte sie auch jetzt.

»Die Situation ist verändert. Du kannst nicht wollen, dass unser Sohn diffamiert wird, weil wir bei seiner Erziehung etwas versäumten.«

»Das will ich nicht.« Lohengrin verstand wieder einmal nichts, und Elsa wollte auf etwas einschlagen. Sie bezähmte sich jedoch, da sie wusste, bei ihrem Mann erreichte sie mit Wut nichts. Am Ende heulte sie noch. Sie holte tief Luft. »Wir haben nichts versäumt. Du hast mir selbst gesagt, dass eine Schlacht bei einigen Menschen das Beste und bei anderen das Schlechteste zutage fördert. Es macht ihm nichts aus, wenn Schweine geschlachtet werden, er rührt sogar das Blut.« Ihr Argument war zerbrechlich wie ein gläserner Weinpokal.

»Im Krieg geht es nicht ums Schweineschlachten. Der Kampf muss in einem Herzog das Beste hervorbringen, wenn das Heer ihm folgen soll. Amaury muss lernen, den Anblick von Blut zu ertragen, seines, deines, meines, des von Freund und Feind. Man wird ihn einen Feigling nennen, wenn er beim nächsten Blutspritzer wieder in Ohnmacht fällt.« Lohengrins Worten war seine Erregung ebenfalls anzumerken.

»Niemand nennt unseren Sohn einen Feigling.« Die Vorstellung war für Elsa absurd.

»Nicht, wenn ich es verhindern kann.« Lohengrin sagte es entschlossen.

»Was geschieht mit Telramunds Leiche?« Sie wollte nicht länger darüber nachdenken, was es für Brabant bedeutete, wenn Amaury wirklich nicht so mutig war, wie sein Name vermuten ließ. Nach der Geburt hatte er so laut geschrien und mit seinen kleinen Fäusten in die Luft geboxt, dass es Elsa ganz natürlich erschienen war, ihm einen Namen zu geben, der tapferer Herrscher, der Tapfere oder auch der Tüchtige bedeutete. Lohengrin war einverstanden gewesen.

»Wir haben sie im Gebüsch versteckt und mit Steinen beschwert. Wegen Amaurys Zustand hielt ich es nicht für angebracht, den Toten mitzunehmen. Der Anblick hätte ihn sonst noch weiter verstört.«

Da war wieder der rücksichtsvolle Lohengrin, wie sie ihn liebte und wie sie ihn die meiste Zeit erlebte. Elsa strich ihm kurz über den Handrücken.

»Wir können sie nicht dort lassen«, entschied sie. »Er war trotz allem ein Christenmensch und verdient ein anständiges Begräbnis.«

Lohengrin nickte.

»Amaury braucht nur ein wenig Zeit.«

Erneut nickte Lohengrin.

KAPITEL LXVI

*E*s war hier.« Lohengrin schaute sich ratlos um.

Auf dem Weg, wo Telramund zu Tode gekommen war, war die eingetrocknete Blutlache deutlich zu erkennen. Tiere hatten sich daran zu schaffen gemacht, Vogelspuren führten quer hindurch, ein Fuchs hatte Pfotenabdrücke hinterlassen.

Deutlich war auch die Schleifspur zu sehen, die der Leichnam hinterlassen hatte, als sie ihn unter die Büsche legten. Die Zweige lagen noch da und auch einige von den Steinen, mit denen der tote Körper beschwert gewesen war. Von dem fehlte jedoch jede Spur.

Elsa betrachtete die Stelle, an der Telramund gestorben war. Sie sollte eigentlich erleichtert sein, aber sie spürte nur eine große Leere, als wäre ein Teil aus ihrem Inneren herausgerissen worden. Sie hatte es sich nicht nehmen lassen, am Morgen mit Lohengrin, einer Handvoll Ritter und einem Wagen herzukommen, um Telramunds toten Körper zu bergen. Amaury hatte ebenfalls darauf bestanden, mitzukommen. Er wollte die Scharte vom Vortag wieder auswetzen und hielt sich bisher tapfer.

Es wäre hier gewesen, bestätigten auch die Ritter, die beim Zweikampf dabei gewesen waren.

»War er am Ende gar nicht tot?«, fragte Elsa.

»Ein Stich in den Bauch, einer in den Hals, der ihn fast enthauptet hätte, eine riesige Menge Blut – der Mann kann nur tot gewesen sein«, erklärte Amaury mannhaft. Er saß sehr gerade im Sattel, und seine Unterlippe zitterte, aber er wandte nicht den Blick von dem Blut auf dem Weg ab.

Elsa war stolz und zugleich besorgt um ihn. Sollte sie auch nur das geringste Anzeichen bemerken, dass es zu viel für ihn wurde, würde sie nicht zögern, mit ihm nach Antwerpen zurückzukehren.

»Er wäre nicht weit gekommen, selbst wenn seine Wunden ihn nicht gleich umgebracht hätten«, stimmte Lohengrin seinem Sohn zu. »Mehr als ein Funken Leben kann nicht mehr in ihm gewesen sein. Wir müssten ihn sehen.«

»Ein Tier?« Das war die einzige andere Möglichkeit, die Elsa noch einfiel.

»Was für Tiere sollten das sein, die einen ganzen Menschen wegtragen, ohne eine Spur zu hinterlassen?« Lohengrin zuckte mit den Schultern.

»Bären«, schlug einer der Ritter grinsend vor.

»Nur, dass in Brabant seit Jahrhunderten keiner gesehen wurde«, antwortete ein anderer.

Der Zeitraum war vielleicht zu großzügig bemessen, aber tatsächlich war seit langer Zeit kein Bär mehr in Brabant gesehen worden. Wölfe kamen nicht infrage, und der Fuchs, dessen Spuren sie gesehen hatten … das war genauso unmöglich.

»Ein Tier kann es nicht gewesen sein«, beantwortete sie ihre eigene Frage.

»Wenn es nicht ein Vogelgreif gewesen war, stehen wir vor einem Rätsel.« Wieder grinste der Ritter.

»Was ist ein Vogelgreif?«, wollte Amaury wissen.

»Ein Fabelwesen mit Kopf und Hals eines Raubvogels. Er soll groß genug sein, um einen Menschen in seinen Klauen wegtragen zu können. Niemand hat diesen Vogel je gesehen, das ist nur eine Geschichte.« Lohengrin stupste seinen Sohn kameradschaftlich gegen den Oberschenkel, und die beiden grinsten sich an.

Danach kam er an Elsas Seite und sagte leise: »Das war ein Mensch. Jemand hat die Leiche fortgenommen.«

»Wer macht denn so etwas?«

»Frau Margot.«

»Herr im Himmel, nein. Wieso denkst du das?«

»Bei der Nachricht von Telramunds Tod ist sie beinahe zusammengebrochen. Niemand hat so stark darauf reagiert wie sie. Als hätte sie vom Tod eines geliebten Menschen erfahren. Gestern maß ich dem keine Bedeutung bei, aber wenn ich jetzt darüber nachdenke …«

»Das ist …« Kompletter Unsinn, hatte Elsa sagen wollen, aber war es das wirklich? Margot hatte schon immer ein Faible für Telramund gehabt, der Graf war in ihren Augen ein Mann ohne einen Fehler gewesen. Konnte mehr dahintergesteckt haben als die Schwärmerei einer jungen Frau?

»Hast du Frau Margot gestern Abend oder heute Morgen gesehen?«, fragte Lohengrin in ihre Gedanken hinein.

Sie hatte die Freundin nicht gesehen, wenn Elsa es recht bedachte.

* * *

Sie hatte nur ein Pferd aus den herzoglichen Ställen nehmen können. Eine dunkelbraune Stute, die einen nervösen Eindruck machte. Ein schneller Galopp hätte ihr sicher gutgetan, und unter gewöhnlichen Umständen wäre Margot nur zu gern über die Salzwiesen Richtung

Nordsee geprescht und hätte ihr Kleid und ihr langes Haar flattern lassen. Sie liebte das Gefühl von Freiheit.

Das verband sie mit Elsa.

Mehr gab es nicht mehr zwischen ihnen. Die Zeit und die Umstände hatten alles andere getötet. Die Stute warf den Kopf hoch und schnaubte. Mit dem Hinterteil wich sie zur Seite aus, Margot umklammerte die Zügel fester. Verwesungsgeruch umwaberte sie und machte das Pferd nervös. Er ging von dem länglichen Bündel aus, das in Laken gewickelt quer über den Sattel geschnallt war. Deshalb ritt Margot auch nicht, sondern führte das Pferd am Zügel.

Als der Herzog berichtet hatte, wie er Telramund … Sie konnte den Gedanken nicht einmal zu Ende bringen, es schmerzte zu sehr. Sie hatten seinen toten Körper einfach liegen lassen, mit Zweigen abgedeckt und mit Steinen beschwert – selbst Tiere wurden besser behandelt.

Sie war jedenfalls noch in der Nacht aufgebrochen und hatte den toten Körper geborgen, ihn gewaschen, in Tücher eingeschlagen und ihn zu einem Versteck gebracht, um dort die Totenwache für Graf Telramund zu halten. Im Morgengrauen hatte sie sich auf den Weg gemacht, Fuß vor Fuß gesetzt. Innerlich war sie wie tot. Sie war weitergegangen, auch wenn die Kraft sie zu verlassen drohte. Sie war auf dem Weg zu den Ländereien ihrer Sippe, um Telramund dort anständig zu begraben. Das war der letzte und einzige Dienst, den sie ihm noch erweisen konnte. Tränen strömten über ihr Gesicht, und alle, die sie fortwischte, wurden sofort durch neue ersetzt.

Sie hatte versagt und Schuld auf sich geladen. Den Tod des einzigen Menschen, der ihr je etwas bedeutet hatte. Nun war es an ihr, zu Ende zu bringen, was sie und der Graf begonnen hatten. Lohengrin musste aus Brabant verschwinden. Elsa auch. Amaury war noch ein

Kind und ein schwacher Charakter, mit ihm gäbe es keine Schwierig-keiten. Niemand würde einen Zwölfjährigen auf dem Thron dulden. Sie wäre dann die Herzogin, das hatte Telramund ihr versprochen. Sie würde Brabant in seinem Sinne regieren und in seinem Namen.

KAPITEL LXVII

*L*ohengrin ließ seine Hand über die heiße, geschwollene Fessel seines Streithengstes gleiten. Nach seinem Zweikampf mit Graf Telramund und während der Suche nach seiner Leiche war noch alles in Ordnung gewesen. Seitdem war noch eine Nacht vergangen. Die Hengste hatten den Tag auf der Koppel verbracht, und beim Zurückbringen in den Stall hatte der arme Bursche auf einmal gelahmt.

»Bist du getreten und gebissen worden, du Armer?«, fragte er leise das Pferd.

Die Jungen, die die Pferde tagsüber bewachten, schworen Stein und Bein, es wäre nichts vorgefallen. Wirklich nichts. Alle Pferde hätten friedlich gegrast. Lohengrin hatte an seinem Hengst auch keine anderen Spuren entdeckt. Das Pferd wies keine anderen Verletzungen auf. Bis auf die heiße Fessel.

Lohengrin hob den Huf hoch und untersuchte das Horn. Sorgfältig kratzte er mit einem Haken den Schmutz herunter. In einer Ecke, zwischen Strahl und Hufwand geklemmt, blitzte etwas auf. Es war nicht groß, aber es schien scharfkantig zu sein. Lohengrin runzelte die Stirn. Der Haken war zu groß, um etwas auszurichten, und der Hengst zuckte. Er gab einen dumpfen Laut von sich.

»Das tut dir weh?«, sagte der Herzog leise und zog sein Messer.

»Du musst jetzt ganz stillhalten«, wies er das Pferd an und packte den Huf fester.

Mit dem Messer konnte er den verklemmten Gegenstand lösen, und er fiel heraus. Es war ein spitzer Stein, den Lohengrin gleich darauf zwischen seinen Fingern drehte. »Der hat dich gequält. Kein Wunder, wenn du damit lahm gehst.« Er klopfte dem Hengst den Hals. »Ein paar Tage Schonung, und du springst wieder herum wie ein Einjähriger. Ich werde veranlassen, dass dir jemand einen Umschlag mit heißem Brei macht. Hitze lässt sich mit Hitze bekämpfen.«

Er meinte den Brei, der den Knechten und Mägden zweimal am Tag serviert wurde. Grob gemahlenes Getreide wurde mit Milch zu einer Grütze verkocht. Zur Verbesserung des Geschmacks dienten Trockenobst, Zwiebeln oder Kohl und an besonderen Tagen auch Räucherfleisch oder Fisch. Die Pampe eignete sich gleichermaßen dazu, entzündete Gelenke zu heilen.

Vorsichtig ließ Lohengrin den Huf zu Boden gleiten. Er richtete sich auf. Herr Junius von den Mamlingern hatte mit einem zweiten Mann den Stall betreten. Den zweiten Mann sah Lohengrin nur von hinten, aber er glaubte, einen Freiherrn aus der gleichen Sippe zu erkennen. Sie standen bei einem jungen Fuchshengst, den er erst im Frühjahr einem sächsischen Pferdehändler abgekauft hatte. Ein vielversprechendes Pferd, das er einem Ritter für treue Dienste zu schenken gedachte.

»Ein vielversprechendes Pferd«, sagte auch Herr Junius. »Vom ältesten Sohn des Herzogs lässt sich das nicht sagen.«

Herr Junius hatte leise gesprochen, und Lohengrin musste die Ohren spitzen. Der Pferdeleib verdeckte ihn. Er biss die Zähne aufeinander, es gefiel ihm nicht, zu lauschen. Die Sünde der Neugier – gleichzeitig konnte er nicht anders. Machte er sich jetzt bemerkbar, wäre es für alle peinlich. Er hätte die Männer mit einem Lächeln im Gesicht gleich begrüßen und ihnen ein Gespräch über Pferde aufdrängen müssen.

»Was meinst du?«, fragte der andere.

»Der Bursche ist vom Pferd gefallen, weil er ein bisschen Blut sehen musste.«

»An den Anblick von Blut kann er sich gewöhnen.«

»Es bleibt aber bestehen, dass niemand seine Abstammung kennt. Unser Herzog Lohengrin hat keinen Namen, keine Sippe. Er hat nichts anderes geschafft, als den edlen Grafen Telramund im Zweikampf zu besiegen«, erklärte Junius. »So einen dulden wir seit dreizehn Jahren auf dem Thron.«

»König Heinrich hat ihn als Herzog bestätigt.«

»König Heinrich lebt nicht mehr. Der Herzog kann der Sohn eines Kaufmannes oder gar eines Bauern sein.«

Beide verstummten einen Augenblick. Unter dem Pferdebauch hindurch konnte Lohengrin beobachten, wie es Herrn Junius bei der Vorstellung einer niedrigen Geburt schüttelte.

»Seit dreizehn Jahren sitzt dieser Mann auf dem Thron, und die Welt weiß nichts über ihn.«

Der andere Mann drehte sich so, dass Lohengrin sein Profil erkennen konnte. Es war kein Mamlinger, sondern ein Ritter aus dem Valkengau. Graf Lothar hatte ihn an den Hof geschickt, ihn als einen fähigen und treuen Mann beschrieben. Sein Name war Hadrad.

Der grinste jetzt. »Sein Name ist Lohengrin. Dreizehn Jahre lang hat das gereicht.«

»Jetzt reicht es mir nicht mehr. Es reicht nicht, dass die Kinder der edlen Frau Elsa und eines Herrn Lohengrin die Treue der Mamlinger verlangen können.«

»Ihr redet, als wären der Herzog und die Herzogin schon gestorben.«

»Niemand kennt seine vom Herrgott zugemessene Zeit auf Erden. Sie kann morgen enden oder noch Jahrzehnte dauern. Eure, meine, die des Herzogs oder der Herzogin. Wer soll dann in Brabant herrschen?«

»Der junge Amaury. Er wäre nicht das erste Kind auf dem Thron.« Der Ritter grinste immer noch.

Lohengrin wurde immer heißer. Die beiden müssten nur ein paar Schritte weiter in den Stall hineinkommen, und er wäre entdeckt. Sein Streithengst schien den Ernst der Lage zu erkennen und verhielt sich ruhig. Kein Schnauben und Trampeln, das die Aufmerksamkeit der Männer erregen könnte.

»Niemand folgt einem kindlichen Herzog, dessen edle Abstammung zweifelhaft ist. Der Vater hat sich entschieden, die Kinder müssen damit leben.«

»Herr Amaury kann sich den Respekt der Brabanter Edlen erkämpfen. Auch das ist schon vorgekommen.«

»Niemand erkämpft sich Respekt, der beim ersten Blutstropfen in Ohnmacht fällt. Ich muss wissen, wo der Valkengau steht.« Herr Junius klang drängend.

»Auf der Seite des Rechts. Welche immer das ist.« Der junge Ritter aus dem Valkengau verneigte sich und verließ den Stall.

Kurz darauf folgte der Mamlinger. Lohengrin richtete sich auf. Seine Knie schmerzten. Er taumelte und musste sich am Pferderücken abstützen. Seine Schwäche rührte aber nicht nur daher, dass er in unbequemer Haltung ausharrte, mehr beruhte sie auf dem Gehörten.

Die Mamlinger waren eine mächtige Sippe, und Elsa hatte viel Mühe darauf verwendet, sich mit ihnen auszusöhnen. Und nun das … Er durfte Amaury nicht ein Herzogtum hinterlassen, das die Edlen als leichte Beute ansahen. Was er dagegen tun konnte, musste er tun, und wenn es noch so schmerzhaft war. Lohengrin schloss für einen Moment die Augen.

KAPITEL LXVIII

*D*er Verräter kommt mir nicht auf den Friedhof. Schlimm genug, dass Vater damals seine Partei ergriffen hat«, polterte der rotblonde Mann, dessen Haut mit Sommersprossen übersät war. Margots ältester Bruder, mit Namen ebenfalls Willibold, der jüngere Willibold.

Seine junge Frau, fast noch ein Kind und hochschwanger, stand neben ihm und nickte eifrig zu seinen Worten. Sie schaute zu ihm auf, als wäre er der Herrgott persönlich, dachte Margot böse. Laut sagte sie: »Das hat Vater zu entscheiden, nicht du.«

»Wenn du eine vernünftige Antwort aus ihm herausbekommst, folge ich sofort.« Der jüngere Willibold grinste anzüglich.

Da lag der Hase im Pfeffer. Der alte Freiherr lebte zwar noch und stank noch schlimmer als bei Margots letztem Besuch vor acht Wochen, aber er sabberte und lallte nur noch, als wäre er wieder zum Kleinkind geworden. Von ihm war keine Antwort zu erwarten. Ihr Bruder führte sich auf, als wäre er schon der Herr auf dem Hof. Von der Mutter war keine Hilfe zu erwarten, die harrte neben ihrem Mann aus, als wäre ihr das als Buße auferlegt worden.

In einer tiefen Stelle ihrer Seele hatte Margot geahnt, dass Graf Telramund in ihrem elterlichen Haus nicht mehr willkommen war, auch nicht sein toter Körper. Sie war deshalb in der Morgendämmerung gekommen, hungrig und mit schmerzenden Füßen, aber umso entschlossener. Sie war gleich zu dem Geviert zwischen uralten Eichen gegangen, wo die Ewouldinger seit Generationen zur letzten Ruhe gebettet wurden. Steinkreuze mit verwitterten Inschriften ragten krumm aus der Erde. Die jüngeren standen nahe des Eingangs. Margot konnte die Inschriften nicht lesen, ihr fehlte Elsas Gelehrsamkeit. Sie konnte nur mühsam ein paar Worte buchstabieren, trotzdem wusste sie, dass das neueste Kreuz ihrem jüngsten Bruder Ingolf gehörte, der nicht einmal einen Monat alt geworden und vor zwanzig Jahren in ihren Armen gestorben war. Sie hatte krampfhaft in eine andere Richtung geblickt und ihre Stute zu einer freien Ecke geführt.

Dort löste sie Telramunds Körper vom Sattel und ließ ihn sanft zu Boden gleiten. Das war zumindest ihr Plan gewesen. In Wirklichkeit plumpste die Leiche in einer Wolke von Verwesungsgestank zu Boden. Es verursachte ein Geräusch, als wäre der Leib in den Laken aufgeplatzt. Geräusch und Gestank hatten Margot zum Würgen gebracht. Die nervöse Stute war aus dem Stand über die kniehohe Umrandung des Gräberfeldes gesprungen und davongaloppiert.

Margot hatte sich nicht weiter darum gekümmert, sondern begonnen, das Grab auszuheben. Sie atmete nur flach und presste die Lippen fest aufeinander, um sich nicht zu übergeben. Das Graben war mühsam, weil sie nicht daran gedacht hatte, eine Schaufel mitzubringen. Sie lockerte die Erde mit einem Stock und hob sie mit den Händen aus dem Loch.

Das war kaum zwei Handbreit tief, als ihr Bruder auftauchte. Ihre Stute hatte ihn hergelockt, denn als das fremde Pferd in den Hof galoppiert kam, hatte er sich auf die Suche nach dem Reiter gemacht.

Der Geruch und die Größe der Grube hatten ihm ohne Erklärung verraten, weswegen Margot gekommen war. Er hatte auch nicht lange gebraucht, Telramunds Namen aus ihr herauszubekommen, und es rundheraus abgelehnt, ihn auf dem Familienfriedhof aufzunehmen. Den auf dem Gräberfeld begonnenen Streit hatten sie in der Halle fortgesetzt.

Margot spürte einen Zorn in sich, wie sie ihn das letzte Mal vor Jahren auf ihren verstorbenen Mann gefühlt hatte. Sie wollte schreien, auf etwas einschlagen und sehen, wie es unter ihren Händen zerbrach. Ihren Bruder Willibold würde sie damit nicht beeindrucken.

»Du brauchst nicht zu überlegen, wie du mich doch noch rumkriegen kannst. Das verfängt bei mir nicht. Pack deine stinkende Leiche und verschwinde.«

»Du kannst einem Verstorbenen nicht ein christliches Begräbnis verweigern. Damit bringst du deine eigene Seele in Gefahr.« Margot war froh, dass ihr dieses Argument eingefallen war.

»Ich verweigere deinem Grafen nichts. Suche dir einen Priester und begrabe ihn, wo immer du willst, aber nicht auf dem Land der Ewouldinger. Du hast ein eigenes Landgut, das Erbe deines Mannes.«

»Das ist zu weit weg von Antwerpen. Ich kann nicht wochenlang mit einer Leiche unterwegs sein.«

»Es ist deine Sache, wie du dich dieser Aufgabe entledigst. Du bist mir immer willkommen, aber dein Graf nicht.«

Gegen den Bruder kam sie nicht an, deshalb kehrte sie dem Landsitz ihrer Sippe den Rücken, führte wieder ihre Stute am Zügel, auf deren Rücken wieder Telramunds toter Körper festgebunden war. Diesmal hatte sie daran gedacht, eine Schaufel mitzunehmen.

KAPITEL LXIX

*L*ass uns zusammen ans Meer reiten. Nur wir beide. Keine Kinder, keine Wachen. Wir tun so, als wären wir nicht mehr als ein Mann mit seiner Frau.«

Diesem Vorschlag ihres Mannes stimmte Elsa sofort zu. Zum Umkleiden nahm sie sich keine Zeit, sondern ließ sich nur einen Umhang aus schwerem, gewalktem Wollstoff bringen. Kurze Zeit später betrat sie den Hof, wo Lohengrin bereits mit den gesattelten Pferden wartete.

Er hielt die Pferde selbst. Es waren auch keine Reiter der herzoglichen Leibwache zu sehen. Nur sie beide, bedeutete also wirklich nur sie beide.

»Was soll passieren? Bei dem Wind wird kaum jemand unterwegs sein, der nicht muss, und der wird eilen, schnell wieder ins Warme zu kommen. Nur uns stört es nicht, einmal richtig durchgepustet zu werden.« Lohengrin zwinkerte ihr zu und half ihr in den Sattel.

Und er behielt recht: Elsa gefiel es seit jeher, sich einen kräftigen Wind ins Gesicht wehen zu lassen. Der Herzog teilte diese Vorliebe mit ihr. In zügigem Trab ritten sie vom Hof, Lohengrin hinter ihr. Sobald die Pferde ihre Muskeln aufgewärmt hatten, ließen sie einen Galopp über die Salzwiesen zu.

Sie passierten die Stelle, wo Antwerpener Bootsbauer ein neues Schiff auf Kiel gelegt hatten. Die Spanten ragten wie ein löchriges Gebiss in die Höhe, dazwischen wimmelten die Arbeiter wie Ameisen umher. Elsa hielt aber nicht an, wie sie es für gewöhnlich getan hätte, um das Schiff zu bestaunen und ein paar Worte mit den Männern zu wechseln.

Sie kamen auch dort vorüber, wo die neuen Wachtürme gebaut werden sollten, um die Schelde gegen herannahende Feinde zu sperren und die Antwerpener zu warnen. Dahinter war bereits das Meer zu erahnen. Die Luft roch nach dem salzigen Wasser. Elsa lockerte die Zügel, und die Galoppsprünge wurden sofort raumgreifender. Lohengrins Hengst holte auf, und sie sah das geliebte Gesicht ihres Mannes neben sich. Er konzentrierte sich ganz auf den schnellen Ritt.

Die Salzwiesen endeten jäh, und da gerade Ebbe war, erstreckte sich dahinter die weite Fläche des Watts. Gelegentlich hatte Elsa sich darüber Gedanken gemacht, ob Brabant mit den Salzwiesen endete oder ob noch das Watt dazugehörte. Müßige Gedanken, denn das Meer überspülte das Watt zweimal am Tag und kümmerte sich nicht um Brabant. Am ehesten gehörte das Watt wohl dem Meer. An diesem Tag kamen derlei Gedanken nicht auf; sie genoss den Wind, der ihr Gesicht kühlte, an ihren Haaren und ihrem Umhang zerrte.

Sie waren nach den Schiffbauern niemandem mehr begegnet. Am Horizont zeigte sich kein Segel, und im Watt suchte niemand nach Treibgut. Es wäre jedoch ein lohnender Tag gewesen, denn ohne langes Suchen entdeckte sie mehrere schwarz verfärbte Baumstämme, die das Meer angespült hatte. Der jahrelange Kontakt mit dem Salzwasser hatte dem Holz diese Farbe verliehen, außerdem wurde es unverwüstlich, wenn es getrocknet und von Algen befreit war. Bau- und

Schnitzmeister oder auch Zimmerleute und Tischmacher zahlten gutes Geld für solches Holz.

Der Wind hatte Lohengrins Gesicht gerötet, und sie befürchtete, ihres sähe nicht anders aus. Sie parierten die Pferde zum Schritt durch und ließen sie ihren Weg über das Watt selbst suchen.

»Lass und ein paar Schritte gehen«, schlug Lohengrin vor.

Auf Elsas Nicken hin saß er ab und half ihr aus dem Sattel. Die Pferde überließen sie sich selbst. Elsas Stute war darauf trainiert, auf einen Pfiff hin zu ihrer Herrin zu kommen. Der Hengst würde einfach folgen. Die beiden machten sich auf in die Salzwiesen, um sich an dem harten, schmackhaften Gras gütlich zu tun. Elsa und Lohengrin schritten nebeneinander über das Watt, sie hakte sich bei ihrem Mann unter.

Gerade wollte Elsa ihm sagen, wie froh sie über seinen Vorschlag war und wie sehr sie die windige Zeit mit ihm am Meer genoss, als er sich räusperte.

»Ich habe in den letzten Tagen viel nachgedacht. Vor allen Dingen über die Kinder und über Brabant. Aber auch über uns und dass du recht hattest.«

»Womit?«

»Zuerst machte es niemandem etwas aus, alle waren froh gewesen, dass diese unselige Fehde beendet war, ohne das ganze Herzogtum zu verheeren.«

»Die Menschen waren auch froh über ihr schönes Herzogspaar und dass Herzog Gottfrieds Tochter einen guten Ehemann gefunden hatte, mit dessen Tapferkeit sich niemand messen konnte.« So hatte Elsa es damals von Kuniberta gehört.

»Sie redeten sicher nur über die schöne Herzogin.« Lohengrin küsste sie bei diesen Worten auf die Schläfe. »Ich will darüber sprechen, dass mein Gelöbnis damals keine Rolle spielte, inzwischen aber Probleme für unsere Kinder daraus entstehen. Am größten werden sie für Amaury sein, wenn er nach uns die Herrschaft über Brabant antritt.«

Elsa wollte die friedliche Stimmung zwischen ihnen bewahren und sagte deshalb nichts.

»Ich kann mein Gelöbnis nicht brechen, aber es gibt doch einen Weg. Für das Wohl unserer Kinder und Brabant bin ich bereit, ihn zu gehen.«

Er fing an, ihr diesen Weg zu erklären. Elsas Herz machte zu Beginn einen Sprung der Freude, war es doch genau, was sie sich wünschte. Lohengrins wahrer Name und seine edle Abstammung blieben nicht länger in seiner Brust verborgen.

Aber ihr Wunsch hatte einen Preis. Einen hohen Preis. Als dessen Bedeutung ihr bewusst wurde, blieb von der Freude nur ein Häufchen schwarzer Asche.

»Nein!« Sie schüttelte den Kopf. »Nein, Lohengrin!«

»Es muss sein.«

»Nein!«

»Elsa.« Er blieb stehen, legte die Arme und den Umhang um sie.

Sie fühlte sich eingehüllt in seine Wärme, stützte das Kinn auf Lohengrins Brust ab und schaute zu ihm auf. »Nein, nein«, wiederholte sie stur.

»Für die Kinder, Elsa, und für Brabant.« Lohengrin küsste die Tränen auf ihren Wangen und Wimpern fort.

Bisher war ihr gar nicht bewusst gewesen, dass sie weinte. »Brabant kann mir gestohlen bleiben«, stieß sie hervor.

»Das kann nicht dein Ernst sein. Du bist seine Herzogin und hast alles riskiert, damit das Herzogtum blüht und gedeiht. Du kannst das nicht wegwerfen für eine Laune, die sich Gattenliebe nennt. Steht nicht die Mutterliebe darüber?«

Tief in ihrem Verstand wusste Elsa, dass Lohengrin recht hatte, aber ihr Herz war nicht bereit, es zu akzeptieren. Dem Gerede im Herzogtum konnten sie nicht tatenlos zusehen, aber sie konnten ihm auch nichts entgegensetzen, solange Lohengrin sich nicht offenbarte. Sie durfte ihr privates Glück nicht an die erste Stelle setzen, dazu hatte Pater Clement sie nicht erzogen. Es entsprach auch nicht dem Vorbild, das ihr Vater ihr geboten hatte.

»Hättest du nichts anderes geloben können?«

»Meine Schuld wiegt schwer, die Strafe für mein Versagen muss angemessen sein, Liebste. Ich habe mir keine Hintertür offen gelassen, und mit dem Herrgott können wir nicht handeln, wenn wir nicht den Teufel versuchen wollen. Du musst die Entscheidung nicht jetzt treffen, denke in Ruhe darüber nach.«

»Das kann ich nicht. Ich kann und will mich nicht Tag und Nacht damit quälen. Die Entscheidung muss jetzt fallen.«

Der Wind hatte zugenommen und zerrte an ihren Umhängen. Außerdem hatte die Flut eingesetzt. Die Priele liefen voll, das Wasser war seit ihrer Ankunft ein gutes Stück näher gekommen. Sie hatten wahrscheinlich nicht mehr viel Zeit. Noch schwerer drückte die Verantwortung auf ihre Schultern.

»Du bist Brabants Herzogin, du musst das Regnum für Amaury sichern.«

»Du bist sein Herzog und mein Ehemann, und du darfst uns beide ebenso wenig im Stich lassen.«

»Angeheiratet.«

Sie hörte die Bitterkeit in diesen Worten. Das Wasser war wieder ein Stück näher gekommen.

»Die Kinder brauchen ihren Vater. Besonders die Buben«, sagte sie das Erste, was ihr in den Sinn kam.

»Viele Kinder müssen ohne den Vater auskommen. Auch oder gerade unter den Edelgeborenen. Lass Amaury an einem anderen Hof erziehen, und es wird ihm nur guttun, sich dort bewähren zu müssen. Tassilo wird in einem Kloster am glücklichsten werden, und Odilo ist noch ein rechter Wildfang, über seine Zukunft lässt sich noch gar nichts sagen. Elsa, das Wasser kommt immer näher, wir können hier nicht mehr lange stehen bleiben.«

In stummer Übereinkunft gingen sie beide davon aus, dass die Entscheidung gefallen sein musste, wenn die Flut heran war. Elsa beobachtete das Meer; der Priel vor ihnen füllte sich Fingerbreit um Fingerbreit.

Sie konnte es nicht. Lohengrin war die Liebe ihres Lebens. Aber für die Kinder … und das Wasser stieg immer höher.

»Wir machen es«, flüsterte Elsa. Wollte sie zumindest, aber es kam nur ein Krächzen aus ihrer Kehle. Sie nickte.

Lohengrin blickte forschend auf sie hinunter. »Soll das deine Zustimmung sein?«

Wieder nickte sie – und fühlte, wie er sie fest in seine Arme zog. Sie barg das Gesicht an seiner Brust, sog tief seinen männlichen Duft ein, als wäre es bereits das letzte Mal.

Eine erste Welle leckte über ihren Schuh. Sie war kalt. Elsa und Lohengrin fuhren auseinander, als hätte ein Blitz zwischen ihnen eingeschlagen.

»Wir müssen weg«, rief der Herzog.

Hand in Hand rannten sie in Richtung der Salzwiesen. Die Flut folgte ihnen gleichmütig. Endlich erreichten sie die Wiese und blieben keuchend stehen. Die Salzwiesen waren nur noch von einem Netz kleiner Rinnsale durchzogen, die sich bei Flut mit salzigem Meerwasser füllten, daher kam auch ihr Name. Zwischen diesen schmalen Wasserläufen war das Land trocken, darauf wuchs das nahrhafte Salzgras. Die Pferde labten sich daran in einiger Entfernung und hatten die Kruppen in den Wind gedreht. Sie ließen sich widerstandslos einfangen.

KAPITEL LXX

*M*argots Vater war gestorben, und ihr Bruder, der jüngere Willibold, führte nun die Sippe der Ewouldinger. Er hatte nicht gezögert, gemeinsam mit seiner Ehefrau das Brabanter Herzogspaar aufzusuchen. Margot hatte er zu diesem Zweck auch an seine Seite befohlen. Gemeinsam mit Amaury nahmen Elsa und Lohengrin seinen Treueschwur entgegen. Sie überließen es ihrem Sohn, die rituelle Formel zu sprechen, mit der der Schwur angenommen wurde. Elsa und Lohengrin bekräftigten ihn. Es war allgemein üblich, den Erben auf diese Weise an seine zukünftigen Aufgaben heranzuführen. Der jüngere Herr Willibold erhob sich und verließ die Halle rückwärtsgehend.

Margot blieb am Hof zurück. In ihren Augen brannte etwas, das Elsa früher dort nie gesehen hatte. Sie hielt es für Trauer um den Vater, obwohl Margot betonte, ihrem alten Herrn keine Träne nachzuweinen. Eine derartig vorgeschobene Gefühllosigkeit passte genau zu ihr.

Obwohl Elsa genügend eigene Sorgen zu bewältigen hatte, machte sie sich doch bewusst, in welch verzweifelte Lage Margot durch den Tod ihres Vaters geraten war. Da ihre Ehe kinderlos blieb, war das Erbe ihres Mannes nach seinem Tod an seinen nächstjüngeren Bruder gefallen. Margot war leer ausgegangen. Ihr blieb nur ihre Mitgift, die nach dem Ende der Ehe an sie zurückgefallen war. Ein Dorf, ein bescheidenes Landgut – das hatte Elsa ihr als Mitgift gegeben, um ihr zu zeigen, dass sie ihr wahrhaftig vergeben hatte.

Nun war Margot vieles, aber keine Bäuerin. Sie hatte ihren Besitz verpachtet. Die Pacht war ihre einzige Einkunft und vorne und hinten nicht ausreichend, ihr das Leben zu ermöglichen, das ihr durch ihre Geburt zustand. Der jüngere Herr Willibold war ihr nicht zugetan, von ihm hatte sie keine Hilfe zu erwarten. Bei seiner Verabschiedung hatte er daran keinen Zweifel gelassen. Elsa hatte es zufällig mit angehört.

Über ihren Sorgen durfte sie die Freundin nicht vergessen. Das wäre nicht christlich und würde der Mutter Maria gewiss nicht gefallen. In der Spinnstube setzte sie sich daher zu Margot. Die spann nicht, eigentlich hatte sie es noch nie getan; für diese weiblichen Tätigkeiten fehlte ihr jeder Sinn. Elsa legte ihr einen Arm um die Schultern.

Sofort wehrte Margot diese Freundschaftsgeste ab und rückte von Elsa weg.

»Ich werde immer dafür sorgen, dass es dir an nichts fehlt. Am Brabanter Hof wird immer Platz für dich sein. Ich will nicht, dass du dich vor der Zukunft ängstigst.«

»Bist du gekommen, um mir Brosamen anzubieten?«

»Um dir etwas Gesellschaft zu leisten. Ich sehe doch, dass es dir nicht gut geht.«

»Ich kann dich nicht daran hindern, dich in deiner Spinnstube aufzuhalten.« Es klang böse, wo Elsa Traurigkeit erwartet hatte. Sie war erschrocken.

»Was habe ich dir getan?«

»Du bist meiner Sippe nicht wohlgesonnen.«

»Das stimmt nicht.«

»Oder warum nimmst du den Ewouldingern das Land?«, wütete Margot weiter, als hätte Elsa gar nichts gesagt. »Ein Eid vor einem Kind gilt nicht, also können wir nicht länger sicher sein, noch die Herren auf unserem Land zu sein. Unsere Nachbarn reiben sich schon die Hände. Als Erstes treiben sie ihr Vieh auf unsere Weiden, vielleicht haben sie es schon getan. Sie werden Heu von unserem Gras machen, unsere Felder nehmen. Willibold ist zu naiv, um das nicht zu sehen.«

»Was redest du da?«, fuhr Elsa auf. Allmählich hatte sie der Gedanke beschlichen, Margots Gedanken funktionierten nicht mehr, wie sie sollten. Als würde etwas ihr Inneres zerfressen.

»Amaury hat den Eid angenommen.«

»Lohengrin und ich haben ihn bekräftigt. Damit ist alles rechtens.«

»Nichts ist es. Du bist von edler Abstammung, aber Amaury? Wer weiß schon, aus welchem Loch Herr Lohengrin gekrochen ist. Mit einem solchen Vater kann dein Sohn nicht Herzog werden. Niemand wird ihm folgen.«

»Du weißt, dass das alles nicht stimmt.«

»Das reden die Leute. Du nennst dich meine Freundin, und ich habe dir geglaubt. Als wir Kinder waren und lange Jahre danach noch. Ich war so stolz darauf, in deiner Nähe sein zu dürfen, und ich habe so sehr gehofft, du würdest einen Ehemann für mich suchen, als ich in das heiratsfähige Alter kam. Mir eine Mitgift geben, damit ein edler, freundlicher Ritter mich zum Weib nimmt.«

Margot redete wirr, daran bestand für Elsa kein Zweifel mehr. Es hatte wohl auch keinen Zweck, ihr zu erklären, dass sie ihr eine Mitgift gegeben und einen Ehemann gesucht hatte. Die Ehe war zu kurz und zu unglücklich gewesen.

»Margot, ich lasse dir ein Glas Wein bringen, und dann brauchst du Ruhe, um deine Gedanken zu sammeln. Du wirst selbst erkennen, dass es nichts als Unfug ist. Ich lasse dich allein.« Elsa sprach streng, ließ keinen Widerspruch zu und verließ die Spinnstube.

In verwirrter Rede steckte meist ein Körnchen Wahrheit, wusste Elsa und war jetzt doch froh, gemeinsam mit Lohengrin einen Entschluss gefasst zu haben. So schwer es ihr auch fiel, als Mutter musste das Wohl ihrer Kinder an erster Stelle stehen. Das war ihre Pflicht vor Gott, der Mutter Maria und den Menschen. Das Herz lag ihr trotzdem schwer wie ein Lehmklumpen in der Brust.

Kaum hatte Elsa die Spinnstube verlassen, stieg ein Lachen Margots Kehle hinauf. Sie unterdrückte es, bis sie sicher war, dass Elsa zu weit entfernt war, um es draußen noch zu hören. Danach legte sie ihrer Heiterkeit keine Zügel mehr an.

Elsa war ein Schaf, schon immer gewesen. Der Herzog war nicht besser. Da hatten sich die Richtigen gefunden und einander geheiratet. Graf Telramund hätte sich nach einer Woche mit Herzog Gottfrieds Tochter gelangweilt – nicht einmal so lange, ein paar Tage hätten gereicht. Danach wäre sie da gewesen, ihm zu geben, was er brauchte. Das Lachen wurde abrupt von Tränen abgelöst, die ihre Wangen hinunterliefen. Sie machte keinen Versuch, sie aufzuhalten.

Ein Glas Rotwein wurde von einer Magd gebracht. Die ältere Frau huschte sofort wieder hinaus, nachdem sie das Glas neben Margot abgestellt hatte. Es war ein schwerer mit Zimt versetzter Wein aus dem Süden des Westfrankenreiches, wie Margot nach dem ersten vorsichtigen Schluck feststellte. Sie liebte diesen Wein und stürzte den Inhalt des Glases auf einmal herunter. Sofort wurde ihr Kopf leichter.

Es war klar gewesen, dass Elsa an nichts anderes denken konnte, als dass sie um ihren Vater trauerte. Dem alten Sack weinte sie keine Träne hinterher, und sie war sich sicher, dass es in ihrer Familie auch sonst niemand tat. Ihre Mutter am wenigsten, und ihr Bruder, der junge Willibold, konnte nun endlich schalten und walten, wie es ihm beliebte, und sich mit seinem Weib in der Bäuerlichkeit einrichten, nach der sie beide strebten. In seiner Naivität war ihrem Bruder nicht einmal aufgefallen, dass die Entgegennahme seines Eides nicht den Regeln entsprechend erfolgt war. Aber Margot hatte es gesehen und andere auch.

Mochte Elsa reden, wie sie wollte, Amaury konnte ebenso gut der Sohn eines Fürsten wie der eines Bauern sein. An so jemanden konnte ein Edelmann sich nicht mit einem Eid binden. Da könnten die Bauern untereinander gleich anfangen, sich Eide zu schwören und ihre Grundherren zu hintergehen. Bei diesem Gedanken stieg wieder das Lachen in ihrer Kehle auf. Diesmal unterdrückte sie es. Sie war ja keine Irre, denen man haltloses Kichern und Gackern unterstellte.

Brabant hielt nur wegen Elsa zusammen. Weil sie Herzog Gottfrieds Tochter war und die Edlen sich an seine segensreiche Herrschaft erinnerten. Ein Herzog Lohengrin, über dessen Herkunft niemand etwas wusste, bedeutete auch keinem etwas. Sie selbst hatte dafür gesorgt, dass es so blieb, hatte hier und da ein Wort an der richtigen Stelle fallenlassen über Brabants Bauernherzog. Überall war sie auf willige Ohren gestoßen.

»Bauernherzog«, sie flüsterte das Wort vor sich hin. Niemand wollte einen niedrig Geborenen an der Spitze des Regnums. Sie setzte Telramunds Werk fort, auch wenn er nie mehr Herzog von Brabant werden würde und sie auch nicht mehr seine Herzogin. Der

Schmerz überfiel sie jäh, und sie krümmte sich wie unter einem Peitschenhieb zusammen.

Ihr war egal, was aus Brabant wurde. Je mehr Unruhe entstand, desto besser gefiel es ihr. Wenn Lohengrin seine Abstammung offenbarte und behauptete, ein Edeling zu sein, würde sie dafür sorgen, dass ihm niemand glaubte. Er konnte gar nichts anderes als ein Hochstapler sein.

Sie könnte Brabant an die Nordmänner verraten oder an irische Gesetzlose, die immer wieder vom Meer her einfielen. Margot lächelte in sich hinein.

KAPITEL LXXI

*D*er Weihnachtstag des Jahres 939 würde auf einen Dienstag fallen. Raureif bedeckte seit Wochen das Land, gelegentlich fiel auch Schnee. Jedoch nie genug, um alles mit einer weißen Decke zu überziehen. Seit einer Woche hielten sich Lohengrin und Elsa wieder in Antwerpen auf. Zuvor waren sie durch Brabant gereist, hatten Abgaben entgegengenommen und Streitigkeiten geschlichtet.

In kalten Nächten hatten sie sich aneinandergeklammert und sich leidenschaftlich geliebt. Überdeutlich war Elsa bewusst geworden, dass sie dies alles zum letzten Mal taten. An Lohengrins heiligem Ernst erkannte sie, dass es ihm genauso erging. Sie hatten Orte aufgesucht, die eine besondere Bedeutung für sie hatten – wie die Stelle an der Aa, wo Lohengrin sie aus dem Fluss gerettet und sie einander zum ersten Mal begegnet waren. Loeven, wo Amaury zur Welt gekommen war, und Brussel, wo er in seinem ersten Lebensjahr an einem Fieber so schwer erkrankte, dass sie um sein Leben fürchteten. Elsa war damals bereits mit Edviga schwanger gewesen und hatte nicht bei ihm sein können, um das Ungeborene nicht zu gefährden. Tag und Nacht hatten Lohengrin und Kuniberta an seinem Bett gewacht, Gebete gesprochen, ihm Wadenwickel gemacht und seine

Brust mit Kamillenessenz eingerieben. Es war für alle eine schlimme Zeit gewesen.

Sie hatten den schönen und den schlimmen Erinnerungen nachgespürt, und beide wussten, dass sie für den Rest ihres Lebens davon zehren mussten.

Antwerpen hatte in dieser Zeit unter Amaurys und Pater Clements Obhut gestanden. Das Weihnachtsmahl hatte wie immer Margot zu verantworten, und es ließ keine Wünsche offen: Wildbret, Käse, Soßen, Fische, eingelegte Gemüse, weiße und dunkle Brote, Dörrobst und schrumpelige Äpfel aus dem Herbst, Wein, Bier, Milch und Most.

Außer an diesem einen Nachmittag in der Spinnstube hatte Elsa die Freundin auch nicht mehr von wirren Gedanken beherrscht erlebt. Sie ging inzwischen davon aus, dass Margot einfach einen schlechten Tag gehabt hatte. Jetzt wirkte sie so heiter, wie Elsa sie kannte.

Die Kinder waren alle wohlauf, und die nun über ein halbes Jahr alte Mathilda drehte sich ohne Hilfe auf den Bauch und hob den Hintern in die Höhe. In den paar Wochen, in denen Elsa sie nicht gesehen hatte, hatte sie sich sehr verändert. Bei so kleinen Kindern ging das schnell.

Edviga kam mit einer Liste zu ihr, auf der alles Leinen verzeichnet war, mit dem die Tische bedeckt werden sollten. Sie hatte eine sorgenvolle Miene aufgesetzt.

»Was gibt es, Liebes?«, fragte Elsa und hätte ihre älteste Tochter gerne in den Arm genommen, aber Edviga wurde langsam erwachsen und hielt es nur noch für peinlich, von ihren Eltern geherzt zu werden.

»Ich habe das Leinen für die Tische kontrolliert und Flecken auf einigen Teilen gefunden, die sich nicht rauswaschen lassen«, erklärte Edviga mit großem Ernst.

»Das ist sicher nicht so schlimm«, antwortete Elsa beschwichtigend. »Wir haben die Tischtücher bei Mathildas Taufe benutzt, und da werden auch schon Flecken da gewesen und einige neue hinzugekommen sein. Wir stellen Teller und Schüsseln drauf, damit niemand sie sieht.«

Edviga sah nicht überzeugt aus. Wer sie einmal zur Frau bekam, konnte sich glücklich schätzen. Elsa kannte kein anderes Mädchen, das mit elf Jahren derart gewissenhaft war. Mutterliebe ließ ihr Herz anschwellen.

»Ich bat Frau Margot darum, in der Stadt neues Leinenzeug zu kaufen, aber sie weigerte sich, weil dafür kein Geld da wäre.«

»Frau Margot weiß das nicht genau. Es ist Geld da. Sie hätte nur zu Pater Clement gehen müssen.« Weil Edviga weiter bedrückt aussah, fügte Elsa hinzu: »Für das nächste große Fest an Ostern kaufen wir beide neues, strahlendes Leinen. Du darfst es aussuchen, und ich trage danach den Packen.«

Nicht einmal diese Aussicht stimmte Edviga froh.

»Das wird ein Spaß werden«, versuchte Elsa es weiter.

»Ich brauche mir gar keine Mühe zu geben, weil ich keine gute Partie machen und nie einem großen Haushalt vorstehen werde.«

»Wie kommst du darauf, Spätzchen? Hat das Frau Margot gesagt?« Es war genug damit, hörte Margot nicht auf, Gift zu verspritzen, musste sie den Hof verlassen. Als Erstes würde Elsa dafür sorgen, dass sie sich von den Kindern fernhielt.

»Frau Margot war es nicht.« Edviga verschränkte ihre Arme vor der Brust und machte deutlich, dass sie nichts weiter sagen würde.

Elsa wollte ihre Tochter nicht weiter in Bedrängnis bringen. Sie umarmte sie jetzt doch. »Mit dir ist alles in Ordnung, Spätzchen. Als deine Mutter muss ich das wissen. Für Ostern kaufen wir neues Leinen, aber zunächst feiern wir Weihnachten.«

Das Festmahl am Weihnachtsabend ging zu Ende, aber Elsa und Lohengrin hatten ihre Teller kaum angerührt. Dafür hielten sie einander unter dem Tisch an den Händen, und auch ihre Knie berührten sich. Der Barde in der Halle trug einen Gesang über den Heiligen Gral vor. Eine feinsinnige Variante über die Suche danach durch den tugendhaften Ritter Parzival, als dessen Sohn Giantôt, Ritter vom Schwan, galt. Herr Giantôt wurde als Hüter des Grals, Beschützer der Witwen und Waisen und Kämpfer gegen die Ungerechtigkeit besungen. Elsa fiel es schwer, zuzuhören, deshalb konnte sie nicht mit Sicherheit sagen, ob in der Ballade des Schwanenritters der Gral gefunden worden war oder nicht.

Sie warf einen Blick auf ihre Kinder. Bis auf Mathilda, die in der Obhut ihrer Amme schlief, saßen sie alle an der hohen Tafel. Odilo fielen fast die Augen zu. Er hatte nie zuvor an einem Festmahl teilgenommen, trotzdem war die Müdigkeit dabei, über seine Aufregung zu siegen. Tassilo lauschte dem Barden und sah drein, als habe er alles schon ein Dutzend Mal gehört.

Amaury und Edviga hörten aufmerksam zu, wie es von ihnen nicht anders zu erwarten war. Das Mädchen hielt sich sehr gerade. Elsa hoffte für sie, sie habe den Kummer über das fleckige Leinen vergessen. Von Amaury sah Elsa nur eine braune Kappe und seine Nasenspitze, Edviga verdeckte den Rest.

Der Barde verstummte.

Lohengrin drückte ihre Hand, und Elsa atmete tief ein. Sie stand auf, ehe der Barde mit dem nächsten Gesang beginnen konnte. Sofort verstummten alle Gespräche in der Halle. Alle Blicke richteten sich auf die Herzogin.

Sie stand nicht zum ersten Mal im Zentrum der Aufmerksamkeit, aber gewöhnt hatte sie sich daran nie, und genießen tat sie es erst recht nicht. An diesem Abend kamen ihr die Blicke besonders neugierig vor.

»Geliebter Gatte …«, begann sie.

»Ein Trinkspruch, ein Trinkspruch«, rief jemand aus einer hinteren Ecke und schlug einen Becher auf den Tisch.

Noch mehr Flecken, die Edviga Verdruss bereiten würden, kam es Elsa in den Sinn. Sie richtete einen scharfen Blick dorthin, wo sie den vorwitzigen Sprecher vermutete. Er sollte sie nicht noch einmal unterbrechen.

»Geliebter Gatte«, wiederholte sie. »Viele Jahre schwieg ich und würde es auch weiter tun, wenn nicht das Wohl unserer Kinder im Raum stünde. Ich muss in ihrem Interesse handeln.«

»Elsa.« Lohengrin saß noch an seinem Platz und schaute zu ihr auf.

Sein edles Gesicht wirkte gefasst wie immer. Es konnte nicht sein, dass jemand mit seinen reinen Gesichtszügen nicht von edler Abstammung war. Das musste jeder sehen. Elsa zögerte.

»Mutter unserer Kinder, Herzogin von Brabant«, ermunterte er sie.

»Wir kennen dich als Lohengrin, aber wir alle wissen, dass du dir diesen Namen selbst gegeben hast. Für unsere Kinder frage ich dich nach dem Namen, auf den deine Eltern dich taufen ließen. Ich frage dich nach dem Namen deines Vaters und dem Ort deiner Geburt.« Elsa musste sich an der Tischplatte festhalten. Ihre Beine fühlten sich knochenlos an.

Lohengrin stand nun auch auf und schüttelte den Kopf. »Vor Gott, dem Herrn, gelobte ich, meinen Namen und den meiner Sippe abzulegen. Ich nannte mich Lohengrin, ein Name ist so gut wie der andere. Meinen Wert bewies ich durch Taten.«

Lohengrin setzte sich wieder. Von seinem Platz schaute Odilo sie mit schreckgeweiteten Augen an. Er sah aus, als wäre er gerade aufgewacht. Tassilo hatte das Kinn in die Hand gestützt, als warte er auf etwas, von dem er nicht genau wusste, was es war. Sie machte sich verrückt, wenn sie ihre Gedanken weiter schweifen ließ, rief Elsa sich zur Ordnung.

»Mit dieser Antwort kann ich mich im Interesse unserer Kinder nicht zufriedengeben.« Ihre Stimme drang bis in den letzten Winkel der Halle. »Geliebter Gatte, ich frage dich erneut nach deinem Taufnamen, dem Namen deines Vaters und dem Ort deiner Geburt.«

Die Stille in der Halle war mit Händen zu greifen.

»Die zweite Frage«, flüsterte Tassilo, aber weil es so ruhig war, kam es Elsa vor, als hätte er geschrien.

»Meinen Wert messe ich an Taten, nicht an Namen. Ein vor Gott abgelegtes Gelöbnis werde ich nicht brechen.«

Elsa fühlte keine Kraft mehr in sich. Sie taumelte, und als sie nach der Tischplatte greifen wollte, fasste ihre Hand ins Leere.

»Herrin!« Jemand stützte sie.

Lohengrin konnte es nicht sein. Er stand neben ihr und starrte auf seinen kaum angerührten Teller.

Tassilo sprang auf und hing sich an ihren anderen Arm. »Nicht, Mutter. Das dürft Ihr nicht.«

Amaury und Edviga unterstützten ihren Bruder. An ihrer anderen Seite erkannte sie jetzt Herrn Lothar. Ihren treuen Kämpfer. Er war aus dem Valkengau, zu dessen Graf sie ihn ernannt hatte, angereist.

Er schüttelte seinen Kopf. »Nicht, Frau Herzogin. Ihr gefährdet alles, was Ihr bisher erreicht habt.«

»Ich gefährde es, wenn ich schweige«, gab sie kaum hörbar zurück.

Sie nahm ihre Kräfte zusammen und griff nach einem Weinbecher auf dem Tisch. Ihre Kehle fühlte sich trocken an, dass sie kaum noch Luft bekam. Der Becher wurde ihr in die Hand gedrückt. Sie nahm einen Schluck – unverdünnter, schwerer Rotwein. Danach strich sie den Kindern über die Köpfe und flüsterte ihnen zu, sie sollten sich wieder auf ihre Plätze setzen und keine Angst haben, es würde alles gut werden. Nachdem auch Lohengrin genickt hatte, gehorchten sie zögernd.

»Ich gebe mich mit dieser Antwort abermals nicht zufrieden«, verkündete Elsa lauthals.

»Die dritte Frage«, raunten die Edlen an den langen Tischen einander zu. Alles wussten, was es bedeutete, wenn eine Frage zum dritten Mal gestellt wurde.

Elsa klebte immer noch die Zunge am Gaumen, und sie verspürte Durst auf mehr Wein. Gleichzeitig fürchtete sie, betrunken zu werden, wenn sie mehr davon zu sich nahm. Dabei brauchte sie einen klaren Kopf.

»Mein Gemahl, ich frage dich erneut nach deinem Namen. Der Name, auf den du getauft wurdest. Ich frage dich nach dem Namen deines Vaters und dem Ort deiner Geburt, nach deiner Familie und dem Wappen, das sie führt. Antworte mir im Namen des Herrn.«

Sie wagte es nicht, auf Lohengrin zu schauen. Odilo kam an ihre Seite. Er ergriff ihre Hand und schmiegte sich an ihr Bein. Mit seinen fünf Jahren verstand er nicht, was vor sich ging, aber er spürte die Anspannung seiner Eltern, die ihm Angst machte. Elsa drückte ihn beschützend an sich.

»Du hast mich gefragt, Frau. Drei Mal hast du mich gefragt, dass ich dir nun antworten muss und nichts anderes als die Wahrheit sagen kann.« Auch Lohengrins Stimme drang bis in die letzten Winkel der Halle. »Ich heiße nicht Lohengrin mit Taufnamen, und ich stamme auch nicht aus Lothringen.«

Er brach ab. Auf die Gäste in der Halle musste es wirken, als suche er nach einem Ausweg, um der Antwort zu entgehen. Elsa blickte in die Gesichter der am nächsten sitzenden Edlen und ihrer Frauen sowie der hohen Brabanter Geistlichkeit. Von ausdruckslosen bis zu gespannten, gierigen und fassungslosen Mienen war alles darunter.

»Ich gelobte vor Gott, unserem Herrn, meinen Namen und mein Wappen geheim zu halten und nur noch den Namen Lohengrin zu nutzen, aber wenn ich drei Mal gefragt werde, bin ich verpflichtet, die Wahrheit zu enthüllen.« Er atmete tief ein, ehe er weitersprach: »So wisse denn, geliebtes Weib, dass ich auf den Namen Giantôt getauft wurde. Mein Vater ist der Gralsritter Parzival. Gleich ihm bin ich einer der Gralshüter, und das Wappen auf meinem Schild ...« Lohengrin trat zurück und langte unter den Teppich, der die Wand hinter der hohen Tafel schmückte.

Er holte einen Schild hervor: schwarz und wappenlos, wie Elsa ihn nicht anders kannte. An den Schlaufen hielt er ihn vor seine Mitte, als wollte er jemand abwehren. Statt mit schwarzer Farbe war der Schild mit einem dunklen Stoff überzogen.

Parzival, Gralshüter – in Elsas Kopf drehten sich die Gedanken, und sie sorgte sich vor dem, was noch kommen mochte. Sie und Lohengrin hatten die dreimalige Frage und die Inszenierung beim Weihnachtsmahl verabredet, aber was der Herzog enthüllen würde, hatte sie vorher nicht gewusst.

Lohengrin – Giantôt, verbesserte sie sich in Gedanken, griff mit der freien Rechten nach dem Stoff auf dem Schild und riss ihn mit einem Ruck herunter.

Ein Schwan kam zum Vorschein.

Der Ritter vom Schwan!

Der Ritter aus den Balladen und Legenden. Von dem die Barden sangen und dem die jungen Edelmänner nacheiferten. Irgendwo in der Halle kreischte eine Frau, als fiele sie in Ohnmacht. Für einen Moment dachte Elsa, es wäre Margot gewesen. Aber das konnte nicht sein, Margot fiel nicht in Ohnmacht.

Elsa hielt immer noch ihren jüngsten Sohn im Arm, der sich Schutz suchend in ihre Röcke drückte, bis ihr auffiel, dass Giantôt nicht mehr da war. Sie hob Odilo hoch, winkte den anderen Kindern und stürmte aus der Halle. Hinter ihr ertönte ein ohrenbetäubendes Getöse, als die Edelinge ihre Becher auf die Tischplatten schlugen, weil ihr Herzog ein Gralshüter war. Sie ließen Herzog Giantôt hochleben.

KAPITEL LXXII

An der Pforte auf der Rückseite des Antwerpener Herzogssitzes machte sie eine Bewegung aus. Dorthin wandte Elsa sich. Sie hörte die Schritte der Kinder hinter sich, dann überholten Amaury und Tassilo sie auf flinken Beinen.

»Vater!«, riefen die Buben im Chor.

Es war wirklich Giantôt, der mit seinem Pferd bei der Pforte stand. Er war in einen dicken Umhang gehüllt, auch das Pferd trug unter dem Sattel eine Decke, die den ganzen Leib schützte. Am Sattel hing auch der Schild, zeigte offen den Schwan. Die Jungen betrachteten ihn ehrfürchtig. Edviga schien nicht zu wissen, was sie machen sollte, und Odilo barg sein Gesicht an Elsas Schulter.

»Verabschiede dich wenigstens von den Kindern«, bat Elsa. Sie stellte Odilo auf die Füße. Sofort kam bei Edviga die große Schwester zum Vorschein, und sie nahm ihn bei der Hand.

Elsa entfernte sich ein paar Schritte. Das Herz lag ihr schwer wie ein Mühlstein in der Brust, sie zitterte vor Kälte, gleichzeitig waren ihre Hände schweißfeucht. Sie mochte nicht hinschauen, wie Giantôt sich hinkniete, ein Kind nach dem anderen umarmte und mit ihnen redete. Sie hörte niemanden weinen, und es war auch nicht zu verstehen, was sie sagten. Schließlich verneigten sich die älteren steif, und nach einem Moment des Zögerns tat Odilo es ihnen nach. Edviga hielt ihn immer noch an der Hand.

Schließlich gingen die Kinder zurück zum Wohnhaus. Keines blickte sich noch einmal zum Vater um. Sie wirkten wie eine kleine traurige Prozession. Ein Schluchzer drängte in Elsas Kehle nach oben. Sie biss die Zähne zusammen, dass die Kiefer schmerzten, um nicht in haltloses Weinen auszubrechen.

Unterdessen hatte Giantôt die Pforte geöffnet und wollte seinen Hengst hindurchführen.

»Warte!«, schrie sie und rannte auf ihn zu.

Er hielt inne. »Elsa, mach es uns nicht noch schwerer. Es war schon schlimm genug, dass du die Kinder hergebracht hast. Sie hätten das nicht durchmachen sollen.«

»Kein Kind sollte durchmachen müssen, dass der Vater ohne Abschied geht. Sie sind vollkommen verstört.«

»Bitte, Elsa, geh wieder in die Halle zurück, ehe du in der Kälte krank wirst. Eine kranke Mutter können die Kinder wirklich nicht gebrauchen. Gerade jetzt sind sie auf ihre Mutter angewiesen.«

Er wollte ihr eine Hand an die Wange legen, aber Elsa wich zurück. Sie konnte den Gedanken nicht ertragen, zum letzten Mal seine Berührung zu spüren, gleichzeitig sehnte sie sich danach wie nie zuvor.

Giantôts Streithengst schnaubte unwillig und warf den Kopf in die Höhe.

»Ich muss aufbrechen, Elsa. Eigentlich dürfte ich schon nicht mehr hier sein.«

»Wir können … du wirst mich doch wissen lassen … Nach einiger Zeit … wir können …« Elsa wollte so viel sagen und verhaspelte sich vollkommen.

»Wir werden uns nicht wiedersehen. Es ist ausgeschlossen, Gras über die Sache wachsen zu lassen und uns dann heimlich zu treffen. Wir können nicht handeln mit Gott.« Er fasste die Zügel seines Hengstes fester und wandte sich der Pforte zu.

Sie überwand ihre Starre und warf sich in seine Arme. Giantôt umfing sie, küsste sie auf die Stirn und schob sie von sich.

»Du bleibst Brabants Herzogin, kümmere dich um alles, baue die Wachtürme an der Schelde und helfe Amaury, ein würdiger nächster Herzog zu werden. Ich bin stolz auf meine Familie.«

Diesmal schritt Giantôt durch die Pforte und ließ sich nicht mehr aufhalten. Draußen saß er auf und trabte davon. Die Dunkelheit verschluckte seine Gestalt, und es waren nur noch die Trabtritte zu hören. Die Arme um sich geschlungen starrte Elsa noch eine Zeit lang in die Dunkelheit. Der Abschied hatte noch nicht einmal eine Stunde gedauert, aber ihr ganzes Leben verändert. Als sie im Watt diesen Plan verabredet hatten, hatte sie es sich schlimm vorgestellt, aber es war nichts im Vergleich zu dem gewesen, was sie jetzt fühlte. Sie wollte sich am liebsten auf dem Boden zusammenrollen und nie wieder aufstehen.

Ein letzter Rest ihres Verstandes schien noch zu funktionieren und verhinderte das. Er brachte sie auch dazu, zurück zum Wohnturm zu gehen.

Aus der Halle waren Musik und Gelächter zu hören. Immer wieder brachte jemand einen Toast auf den Herzog und die Herzogin von Brabant aus. Elsa kümmerte sich nicht darum. Sie hätte es nicht ertragen, sich unter die Feiernden zu mischen. Müde öffnete sie die schwere Eingangstür und stieg im Inneren die Treppe zu den Schlafgemächern im zweiten Stock empor. Sie schaute nach den Kindern.

Gemeinsam mit Kuniberta schliefen sie alle eng aneinandergeschmiegt in dem Bett, das sich sonst die Jungen teilten. Wenigstens sie hatten Ruhe gefunden.

In Elsas Kammer stand Margot mit dem Rücken zur Tür und betrachtete den geschlossenen Fensterladen. Sie drehte sich auch bei Elsas Eintreten nicht um. Zwei Kohlebecken verbreiteten Wärme, und Elsa konnte nicht widerstehen, an eines heranzutreten und ihre Hände über die Glut zu halten. Wahrscheinlich hatte Margot sie hereinbringen lassen. Die Wärme brachte ihre Hände zum Kribbeln, kroch ihre Arme hinauf.

Endlich drehte Margot sich um. Sie trug noch das gleiche Kleid wie beim Festmahl, und auf der Brust prangte ein großer Fleck, als hätte ihr jemand Rotwein ins Gesicht geschüttet.

»Bist du von allen guten Geistern verlassen?«, fuhr Margot sie an. »Fragst Herrn Lohengrin dreimal nach seinem Namen, damit er wahrheitsgemäß antworten musste.«

»Giantôt. Er heißt Giantôt.«

»Jetzt ist er weg, und in der Halle lassen sie den Herzog hochleben.«

Elsa setzte sich neben dem Kohlebecken aufs Bett. Es war peinlich, wie sehr ihr Körper nach Wärme lechzte und über ihre Gefühle triumphierte. Jahre zuvor hätte sie Margot an ihre Seite gebeten, sie hätten sich gegenseitig die Flechten gelöst und die Haare gekämmt, sich gegenseitig aus den Kleidern geholfen und all die Dinge füreinander getan, die Freundinnen taten. Jetzt wünschte sie sich nur, dass Margot sie allein ließ.

»Was ist mit deinem Kleid passiert?«

»Rotwein. Als du die dritte Frage gestellt hast, ist mir das Glas aus der Hand gerutscht. Vor Schreck.«

415

»Eigentlich müsstest du froh sein. War es nicht deine Rede, dass die verborgene Herkunft meines Mannes den Werdegang meiner Kinder behindere, dass Amaury nie als Herzog anerkannt werden würde? An seiner vornehmen Abstammung besteht ja nun kein Zweifel mehr.«

»Aber doch nicht so«, rief Margot aus. »Du stehst alleine da und kannst dich nicht einmal neu verheiraten, weil Herr Lohengrin vor Gott und den Menschen immer noch dein Mann ist.«

»Giantôt«, verbesserte Elsa müde.

»Du machst mich wahnsinnig.«

Elsa verstand Margot immer weniger und wollte nur noch, dass sie endlich ging. »Er hätte niemals seinen vor Gott geschworenen Eid gebrochen.«

»Aber der Schwanenritter, der Mann aus den Legenden. Über ihn werden Verse gesungen. Das ist doch kein Mensch aus Fleisch und Blut.«

»Es gibt auch wahre Legenden. Du hast die Edelinge in der Halle gehört. Sie haben keine Zweifel. Das Gift der Nachrede wirkt nicht mehr.«

»Du hast diese Gestalt aus den Legenden gehen lassen.«

»Was wirfst du mir eigentlich vor? Ich verstehe dich nicht mehr.«

»Ich verstehe es auch nicht, aber ich bin wahnsinnig wütend. Sie werden deine Vorräte an Wein und Bier vernichten und morgen mit schweren Köpfen auf ihre Landgüter zurückkehren. Sie werden überlegen, wie sie der Herzogin, die jetzt ganz alleine mit ihrem halbwüchsigen Sohn und Erben dasteht, was am Zeuge flicken können.«

»Nachdem sie mich und den Herzog ein ums andere Mal haben hochleben lassen?« Elsa schüttelte den Kopf.

»Du wirst es noch merken und an mich denken.« Nach dieser Aussage rauschte Margot hinaus.

Elsa ließ sich auf das Bett zurückfallen. Ihrem Körper war inzwischen wieder warm, aber ihr Herz fühlte sich kalt und steinhart an. Giantôt war jetzt allein in der Kälte und der Dunkelheit. Sie zog die Beine an den Leib und eine Pelzdecke über sich. Endlich flossen die Tränen.

Warum hatten sie nicht noch einen letzten Kuss getauscht? Sich nicht noch einmal umarmt? Damit sie für den Rest ihres Lebens davon zehren könnte.

KAPITEL LXXIII

Ɍn den Tagen nach Weihnachten fehlte der Herzog überall. Bei Tisch und auf dem Hof – es waren hunderterlei Kleinigkeiten, die Elsa noch nie aufgefallen waren, weil Giantôt sich darum gekümmert hatte. Nun kamen die Menschen damit zu ihr. So schickten die Antwerpener Stadtväter eine Abordnung, weil es ein Feuer gegeben hatte, dem etliche Häuser zum Opfer gefallen waren, sie fragten, ob sie in den herzoglichen Wäldern Holz für neue Häuser schlagen dürften. Elsa sah die Notwendigkeit ein, hatte aber keine Ahnung, wie viele Bäume für ein Haus benötigt wurden und wo sie gefällt werden konnten. Sie schickte zwei ältere Ritter der Leibwache und Bruder Remigius mit den Stadtvätern in die Wälder und hoffte, dass sie nicht betrogen wurde. Ein sächsischer Pferdehändler kam und bot zweijährige Hengste zu horrenden Preisen an, wie es Elsa schien. Sie schickte ihn unverrichteter Dinge fort und erfuhr vom Aufseher über die herzoglichen Stallungen, dass Giantôt dem Mann jedes Jahr einige Pferde abgekauft hatte und sie zu Streithengsten ausbilden ließ.

Die Kinder wollten natürlich wissen, wohin der Vater geritten sei und wann er zurückkäme. Ihr erster Gedanke war, sie mit Ausflüchten abzuspeisen, die Wahrheit erschien ihr zu grausam. Den Kindern gegenüber und sich selbst auch. Zuletzt entschied sie sich für die Wahrheit, die Kinder hatten sie verdient. Sie mussten erfahren, dass ihr Vater nicht mehr zurückkam. Sie nahmen es gefasst auf. Amaury stellte viele Fragen nach Brabants Zukunft, weil es nun keinen Herzog mehr gab, der mit der Herzogin zusammen regierte.

»Mama muss alles alleine machen. Wie soll es sonst gehen?«, sagte Edviga, und ihr Ton zeigte an, dass sie ihren Bruder für einen Dummkopf hielt.

»Wir helfen ihr«, bot der kleine Odilo an.

»Was willst du Zwerg schon machen?«

»Ich achte darauf, meine Sachen nicht schmutzig zu machen und zu zerreißen, damit Mama keine Arbeit damit hat«, erklärte Odilo gewichtig.

Kuniberta kümmerte sich um die Kleidung der Kinder, aber niemand wies Odilo darauf hin. Stattdessen bot Edviga an, die Aufgaben im herzoglichen Haushalt zu übernehmen, und vielleicht könne Frau Margot sie dabei unterstützen. Die wollte Elsa lieber nicht mehr in der Nähe ihrer Kinder sehen, aber sie drückte ihre Tochter gerührt an sich und versprach, ihr all die lästigen kleinen Dinge des Haushalts zu überlassen. Und aus dem Hintergrund ein Auge darauf zu halten.

Tassilo wollte noch fleißiger lernen, um bald in der Schreibkanzlei zu arbeiten. Auch dafür drückte Elsa ihn. Ihr Ältester entzog sich einer Umarmung, nachdem auch er Fleiß im Unterricht und Hilfe bei allen herzoglichen Regierungsgeschäften versprochen hatte.

»Mit euch muss ich mir um Brabant keine Sorgen machen«, antwortete Elsa. »Aber ihr sollt auch noch Kinder sein und durch die Gänge und Hallen toben und nicht eure Fröhlichkeit unter Pflichten begraben.« Sie war stolz auf ihre Kinder, aber es fühlte sich auch an, als wären aus ihnen über Nacht junge Erwachsene geworden.

Zu allem anderen kam noch hinzu, dass Schnee in dicken Flocken vom Himmel fiel und alles wie mit einem weißen Betttuch zudeckte. In anderen Jahren wären Kinder aus dem Gesinde und Edle – Jungen wie Mädchen – vor die Burg gerannt und hätten sich eine Schneeballschlacht geliefert, bis sie nass, durchgefroren und erschöpft gewesen wären. Der Herzog hatte nie gezögert, sich unter sie zu mischen und selbst wieder zum Kind zu werden. Hinterher hatte es für alle in der Halle trockene Kleidung, heiße Getränke und Suppe gegeben. In diesen Tagen verspürte niemand Lust auf eine Schneeballschlacht.

Der Schnee hinderte auch den sächsischen Pferdehändler mit seinen zweijährigen Hengsten daran, die Burg zu verlassen. Er ging mit seiner schlechten Laune allen auf die Nerven. Am Ende erlaubte Elsa, dass Amaury sich einen Hengst aussuchte, der in einigen Jahren sein erstes Streitross werden sollte. Das stimmte den Händler versöhnlich.

* * *

Margot kniete auf dem kalten Boden in der ihr zugewiesenen Kammer. Sie war Besseres gewohnt als dieses nur als Loch zu bezeichnende Gemach. Nur gerade ein Bett, eine Truhe für Kleider und ein Kruzifix an der Wand hatten darin Platz. Es spielte keine Rolle mehr. Kaum noch etwas spielte eine Rolle.

Den Fensterladen hatte Margot weit geöffnet, damit ihre Gedanken frei fliegen konnten und nicht eingesperrt waren. Gegen die Kälte hatte sie sich in einen Fellumhang gehüllt, der schon bessere Tage gesehen hatte. Trotzdem handelte es sich bei ihm um das kostbarste Kleidungsstück, das sie ihr Eigen nannte. Graf Telramund hatte es ihr einst geschenkt. Vor vielen Jahren war das gewesen, und die Zeit war nicht gnädig mit dem Umhang umgegangen. Trotz achtsamer Pflege sah er räudig aus.

»Telramund«, flüsterte sie. »Wir müssen schnell sein, wenn unser Plan Erfolg haben soll. Herr Lohengrin ist weg, aber jetzt sind alle von seiner edlen Abstammung überzeugt. Sohn eines Gralsritters, Gralshüter. Elsa steht trotzdem alleine da mit einem Stall voller Kinder. Keines davon ist würdig, Brabants nächster Herzog zu werden. Niemand ist so würdig wie Ihr. Amaury ist ein feiger Hund und spottet der Bedeutung seines Namens Hohn. Ich kann ihn zu meinem Geschöpf machen. Wir müssen nur noch Elsa loswerden, dann steht Eurem Herzogtum Brabant nichts mehr im Weg. Ich bitte Euch, edler Herr Telramund, sprecht zu mir. Sagt mir, was ich tun soll, damit ich nicht in die Irre laufe.«

Sie krallte die Hände in den Umhang, roch daran und meinte immer noch eine Spur seines Duftes wahrzunehmen. Sie und Telramund hatten sich viele Male auf diesem Umhang geliebt. Margot war durchaus klar, dass Telramund nicht mehr auf die übliche Weise Brabants Herzog werden konnte. Sie war nicht verwirrt, auch wenn Elsa das zu glauben schien, aber was wusste die schon.

Herzog würde Amaury sein und sie hinter ihm stehen und ihn lenken, dass er seine Herrschaft ausübte, wie Telramund es getan hätte. Es wäre dann so, als herrschte er selbst. Das war der letzte Dienst, den sie Graf Telramund noch erweisen konnte. Sie war fest entschlossen. Mehr konnte kein Mann von einer Frau erwarten.

Sie lauschte dem kalten Wind, der vor dem Fenster vorbeifegte und einige Schneeflocken hereinwirbelte. Sie legten sich feucht und kühl auf Margots Gesicht. Wie sich früher Telramunds Finger daraufgelegt hatten, wie seine Lippen ihre berührt hatten.

Oft hatte sie vor dem Fenster gekniet und auf Graf Telramunds Stimme gelauscht. Eigentlich jeden Abend, seit der Herzog vor mehr als zwei Monaten fortgegangen war. Meistens hatte sie nichts im Wind gehört, so viel Ehrlichkeit gestand Margot sich ein. Ein einziges Mal säuselte eine Stimme im Wind, rief ihren Namen. Mehr hatte sie nicht verstehen können, und dieses eine Wort auch nur, weil sie sehr konzentriert gelauscht hatte.

»Sprecht mit mir! Bitte! Billigt Ihr meinen Plan? Einen Herzog Telramund kann es in Brabant nicht mehr geben, aber Ihr werdet durch mich und Amaury herrschen. Ich werde alles so ordnen, als würdet Ihr den Thron innehaben.« Margot verstummte und lauschte dem Wind.

Bis sie ein Geräusch hinter sich vernahm, das sie den Kopf wenden ließ. In der halb offenen Tür stand Tassilo und starrte sie mit weit aufgerissenen Augen an. Wieso stand die Tür offen? Margot war sich sicher, sie geschlossen zu haben.

»Was sprecht Ihr über meinen Bruder?«

Wie lange stand das Kind schon da? Und was hatte es gehört? Margit kam auf die Füße. Einen Augenblick lang wurde ihr bei der schnellen Bewegung schwarz vor Augen, oder es war das Entsetzen, weil der Junge sie erwischt hatte.

Sie wirbelte auf Tassilo zu. Der schwere Umhang bauschte sich hinter ihr. Bevor der Junge zurückweichen konnte, hatte sie ihn erreicht. Sie riss ihn um und begrub ihn unter sich. Der Umhang dämpfte seinen Schrei. Noch im Fallen stieß Margot die Tür mit einem Fuß zu. Keuchend lag sie auf dem Boden. Unter ihr rührte sich Tassilo nicht.

Sie richtete sich auf und betrachtete den Jungen. Seine Augen waren geschlossen, und er lag seltsam verrenkt da. Er war doch nicht …? Sie hielt ihre Hand über seinen Mund und die Nase und spürte einen

Hauch. Sie entdeckte einen Blutfleck unter seinem Kopf – beim Fallen musste er sich am Bettrahmen gestoßen haben. An der Kante entdeckte sie ebenfalls Blut. Margot hob Tassilos Kopf an und fand eine Wunde. Sie erschien ihr weder groß noch gefährlich. Noch während sie herumtastete, schlug der Junge die Augen auf.

Sein Blick irrte verwirrt durch den Raum, blieb schließlich auf ihrem Gesicht haften. Margot musste schnell eine Entscheidung treffen. Bei Odilo hätte sie so tun können, als wäre alles ein Spiel und sie teilten nun ein Geheimnis, der neunmalkluge Tassilo ließe sich mit so etwas nicht abspeisen. Als er den Mund zum Sprechen öffnete, stopfte sie ihm einen Strumpf hinein, der auf dem Bett gelegen hatte. Mit dem zweiten band sie seine Handgelenke zusammen. Sein Blick verriet Fassungslosigkeit und Furcht.

Gewalt gegen ein Kind anzuwenden fiel Margot schwerer, als sie von sich selbst gedacht hätte. Wäre es nicht für Telramund gewesen … Sie überwand sich und schlang das Bettlaken um Tassilo, wickelte ihn darin ein wie in einen Kokon. Er begann zu zappeln, und sie hörte ihn auch dumpfe Laute ausstoßen. Entschlossen wickelte Margot ihn fester in den Stoff.

In ihrer Kammer konnte er nicht bleiben. Wenn Elsa ihn hier fand … diesmal würde sie Margot nicht mehr verzeihen. Tassilo wurde schwer, und unter dem Umhang war er nicht leicht zu verbergen. Er bewegte sich immer noch und stieß dumpfe Laute aus. Margot schlug ihn mit der Faust dorthin, wo sie seine Schulter vermutete. Danach war Tassilo still.

Der Gang vor der Kammer bot sich dunkel und leer dar. Margot rannte auf die Treppe zu und hinunter. Augenblicke später verließ sie den Wohnturm, ohne jemandem zu begegnen. Der Schnee der letzten Wochen war im Hof zu braunem Matsch zertreten und verbarg ihre Spuren. Sie verließ die Burg durch die gleiche Pforte wie vor einigen Wochen Lohengrin.

Die Sonne war längst untergegangen, aber der Schnee strahlte etwas Helligkeit aus. Er würde aber auch ihre Spuren verraten, wenn sie nicht achtgab. Zum Glück hatte an diesem Tag jemand die Pforte vor ihr benutzt und eine Spur in den Schnee getreten. Margot trat in die gleichen Stapfen. Die Schritte waren größer als ihre, und sie hatte gehörige Mühe, ihnen zu folgen, zumal Tassilo in ihren Armen immer schwerer wurde. Er begann wieder, sich zu bewegen.

»Halte dich ruhig«, zischte Margot ihm zu. »Oder ich lasse dich einfach im Schnee liegen, damit du erfrierst. Bei dieser Kälte bist du tot, bevor dich überhaupt jemand vermisst.« Sie kannte Tassilo seit seiner Geburt, aber für Telramund würde sie es fertigbringen und ihn im Schnee zurücklassen.

Die Spur führte in einem Bogen um die Burg herum Richtung Antwerpen. Bald kreuzte sie sich mit anderen, die scheinbar ziellos durch den Schnee verliefen. Margot folgte ihr nicht länger, sondern schlug sich seitlich in den Wald. Derselbe Wald, in dem Graf Telramund im Sommer unter Holzfällern gearbeitet hatte. Das Holzfällerlager hatte aus mehreren primitiven Hütten bestanden. Zuerst erreichte sie aber die Weide, unter deren überhängenden Zweigen sie und Telramund sich getroffen hatten. Sie durfte nicht daran denken. Das Lager war zu Pferd einen Spazierritt weit entfernt gewesen, aber zu Fuß und mit Tassilo im Arm schien es ihr fraglich, es bis dorthin zu schaffen. Die Hütten waren im Winter unbewohnt, und ein anderes Versteck fiel ihr nicht ein.

Tassilo wurde ihr zu schwer, und sie ließ ihn zu Boden gleiten. Er hatte sich zuletzt nicht mehr gerührt. Margot stand über ihm und schüttelte ihre Arme. Der Junge versuchte, sich aus dem Laken zu befreien, und dann erschien sein Kopf. Die Haare waren an einer Stelle blutverklebt.

Margot wickelte ihn vollends aus und zog ihn auf die Füße. »Du wirst vor mir hergehen. Setze artig einen Fuß vor den anderen. Da geht es lang.« Sie zeigte die Richtung an.

Im Sommer war ein schmaler Pfad zwischen den Bäumen erkennbar gewesen, jetzt sah alles gleich aus, aber sie kannte den Weg in ihrem Herzen. Tassilo zog sich den Strumpf aus dem Mund und spuckte aus.

»Wieso habt Ihr mich hergebracht, Frau Margot? Was habt Ihr mit mir vor?«

»Du sollst gehen und nicht reden.« Sie versetzte ihm einen Stoß.

Er ging in die angegebene Richtung. Margot folgte. Sie trug das zusammengeknüllte Laken.

»Mir ist kalt«, klagte Tassilo nach einer Weile.

Sie legte ihm das Laken um die Schultern.

»Meine Füße sind auch kalt«, hieß es weiter.

»Ich stopfe dir wieder etwas in den Mund, wenn du nicht endlich ruhig bist.« Ihre eigenen Füße waren auch kalt und ihre Schuhe nicht für eine Wanderung durch den verschneiten Wald geeignet.

Irgendwann wurden Tassilos Schritte kleiner, bis er stehen blieb. »Ich kann nicht mehr weiter.«

»Du musst.« Sie band seine Hände los, nahm ihn unter ihren Umhang und schob ihn vorwärts. Ihr war selbst kalt, und sie fühlte sich erschöpft.

»Wohin bringt Ihr mich?«

»Dahin, wo es warm ist.«

»Ich will zu meiner Mama.«

»Wenn du vernünftig bist und deine Mama auch, passiert dir

425

nichts. Alle halten dich für einen klugen Jungen, also benimm dich auch so.«

»Ich weiß nicht, ob ich so klug bin, wie alle behaupten.«

Auf jeden Fall musste er das letzte Wort haben, dachte Margot.

KAPITEL LXXIV

*E*dviga, schau nach, wo dein Bruder mit Frau Margot bleibt«, sagte Elsa. Sie ging in der Spinnstube auf und ab und wusste nicht, ob sie ärgerlich oder besorgt sein sollte. Es sah Tassilo nicht ähnlich, einen Auftrag nicht gewissenhaft auszuführen.

Edviga lief gleich los. Amaury stand ebenfalls auf und folgte ihr. Er entwickelte in letzter Zeit den Drang, seine Geschwister zu beschützen. Er wurde erwachsen.

Elsa hatte sich entschlossen, dass Margot den Hof verlassen müsse. Ihr Versprechen konnte sie nicht länger einhalten, nicht wenn sie deshalb ihre Familie in Gefahr brachte. Margots Verhalten schürte in ihr den Verdacht, sie steckte hinter den Gerüchten über Giantôts angeblich niedrige Abstammung. Dieses Gerede hatte ihn letztendlich vertrieben. Beweisen konnte Elsa nichts davon und Margot nicht des Verrats anklagen. In ihrer Nähe wollte sie die frühere Freundin aber auch nicht mehr haben. Sie sollte den Hof verlassen und fortan auf ihrem Landgut leben. Der Pächter war bereits ins Peelland übergesiedelt, wo er ab sofort eines ihrer eigenen Güter bewirtschaften würde. Bei sparsamer Lebensweise litte Margot keine Not.

Um ihr das zu sagen, hatte sie Tassilo ausgeschickt, Margot herzuholen, und jede Verzögerung ärgerte sie, weil ihr das Gespräch nicht leichtfallen würde. Lange Zeit waren sie ihren Lebensweg gemeinsam gegangen, dass es Elsa vorkam, als risse sie ein Stück ihres Leibes heraus. Erst hatte Simona sie verlassen und nun auch Margot. Nach der Fehde gegen Graf Telramund hatte sie der Freundin aufrichtig verziehen. Es war nicht Margots Schuld gewesen, es hatte an Telramund gelegen – da hatte es etwas zwischen ihnen gegeben, das Elsa nicht vollständig verstand. Sie wusste aber, dass es Margot ihres freien Willens beraubt hatte, und offenbar hatte nicht einmal Telramunds Tod sie heilen können.

Eilige Schritte vor der Spinnstube zeigten die Rückkehr der Kinder an.

»In der Kammer war niemand«, sagte Amaury, kaum dass er die Stube betreten hatte.

»Die Fensterläden standen offen, und auf dem Boden lag Schnee«, ergänzte Edviga empört.

»Tassilo war auch nicht da?«

»Von ihm und Frau Margot keine Spur«, bekräftigte Amaury.

Das konnte nicht sein. Tassilo war gewissenhaft. Er wäre zurückgekommen, wenn er Frau Margot nicht fand. Er hätte nicht getrödelt. Elsa eilte hin, um selbst nachzusehen, die Kinder folgten ihr.

Es war niemand in der Kammer und auf dem Boden vor dem Fenster ein feuchter Fleck.

»Ich habe die Läden geschlossen«, sagte Edviga. »Es kamen Wind und Schnee rein.«

»Das hast du richtig gemacht.« Elsa schaute sich um. Im Halbdunkel war nicht viel zu erkennen, aber ihr fiel nichts Verdächtiges auf. Sie stützte sich auf dem Bettrand ab. Ihre Hand berührte etwas … Rasch zog sie sie wieder fort, das klebrige Gefühl auf der Haut blieb.

»Amaury, sei so gut und hole mir ein Licht«, bat sie.

Der Junge huschte hinaus und kam gleich darauf mit einem Tran-
lämpchen zurück. Er hielt es neben den Bettrand. Elsa wischte ihre
Hand am Rock ab und beugte sich näher heran. Am Holz haftete
etwas. Das meiste war eingetrocknet, aber eine feuchte Stelle gab es
noch.

»Das ist Blut. Ich bin mir ganz sicher«, stellte Amaury fest.

Margots Blut? Aber wenn sie sich verletzt hatte, wo war sie? Und
wieso war Tassilo mit ihr verschwunden?

»Wenn sie Tassilo geschlagen hat?«, fragte Edviga.

»Wäre kein Blut am Bett«, widersprach Amaury.

»Wir müssen sie in der gesamten Burg suchen«, bestimmte Elsa.
Sie hatte ein schlechtes Gefühl. Furcht um ihren Sohn krallte nach
ihrem Herzen. Margot war unberechenbar.

Sie lief durch die Burg, die Kinder im Schlepptau. Bald beteiligten
sich auch Knechte und Mägde an der Suche, kehrten das Unterste zu-
oberst. Die Nacht war vollkommen hereingebrochen, und die Fackeln
der Suchenden geisterten durch die Dunkelheit.

Im Hof hielt Elsa erschöpft inne. Wo konnten sie noch suchen? An
den meisten Stellen hatten sie bereits zweimal geschaut.

Am Tor entstand Unruhe.

Tassilo! Margot!

Die Wachen ließen jemanden herein, der ein Pferd am Zügel
führte. Das Tier ließ erschöpft den Kopf hängen. Die Gestalt am Zügel war unter einem langen Umhang nicht richtig zu erkennen.

* * *

Ihm war kalt, obwohl er sich das Bettlaken in mehreren Lagen um
den Leib gewickelt hatte. Er lag auf etwas, das wohl einmal ein Stroh-

sack gewesen war, jetzt waren nur noch vergammelte Reste davon übrig. Gegen die Feuchtigkeit des Bodens lag eine Lage Äste darunter. Sie waren selbst dem Zerfall nahe und drückten Tassilo überall.

Es war dunkel in der Hütte, in die Frau Margot ihn gestoßen hatte. Er hatte noch gehört, wie sie von außen die Tür verrammelte. Sie hatte das letzte Tageslicht ausgesperrt, da es kein Fenster gab. Er stand auf und tastete in der Dunkelheit herum, bis er die Tür gefunden hatte.

Wie er vermutet hatte, ließ sie sich nicht öffnen. Er lehnte seine Stirn gegen das raue Holz, hörte sein Herz schlagen. Was würde Amaury tun, um sich aus dieser Lage zu befreien? Ihm wurde bewusst, dass ihm alles angeeignete Wissen jetzt nichts nützte.

Sein Kopf schmerzte höllisch, eigentlich schon die ganze Zeit, nur war er bisher zu abgelenkt gewesen, um sich darum zu kümmern. Er tastete nach der Wunde am Hinterkopf und stieß auf verklebte Haare. Der Geruch von Blut erreichte seine Nase. Er hatte sich den Kopf am Bettkasten in Frau Margots Kammer angeschlagen. Wenn er sich daran erinnerte, konnte es nicht schlimm gewesen sein. Es hieß immer, wenn man sich schlimm am Kopf verletzte, vergaß man alles. Er wusste noch alles …

Wäre ihm nur nicht so kalt, dann könnte er sich vielleicht etwas ausdenken, um aus dieser Hütte zu entkommen. Und ein Licht entzünden. Er würde beinahe seine Seele geben für ein Licht. Allein im Dunkeln hatte er sich noch nie wohlgefühlt. Gerade musste er achtgeben, dass er nicht anfing zu heulen wie ein Mädchen.

Wo war Frau Margot hingegangen? Warum hatte sie ihn überhaupt mitgenommen? Er hätte nichts verraten, wenn sie es von ihm verlangt hätte. Eigentlich hatte er auch gar nichts gesehen, außer dass sie am offenen Fenster gekniet und komische Sachen gesagt hatte. Wenn sie nun nicht mehr zurückkam, ihn in der Dunkelheit alleine ließ, ohne Essen, ohne Trinken? Der Gedanke war so schlimm, dass er doch fast anfing zu heulen.

Tassilo trommelte mit seinen Fäusten gegen die Tür – der Schmerz lenkte ihn vom Weinen ab. Schließlich warf er sich dagegen. Ihm fuhr eine Pein durch die Schulter wie eine Feuerlanze, was er nicht erwartet hatte. Sein älterer Bruder würde nicht verzweifelt an der Tür stehen, sondern hätte längst im Raum umhergetastet, ob sich nicht etwas Brauchbares finden ließ, und wenn es nur ein Knüppel war, um Frau Margot niederzuschlagen, sobald sie zurückkam. Tassilo war sich ziemlich sicher, dass er nicht in der Lage wäre, einen anderen Menschen mit einem Stock zu schlagen. Bisher hatte er nicht einmal ein Pferd geschlagen.

Einfach abwarten konnte er auch nicht. Frau Margot war ihm seltsam vorgekommen, ihr war nicht zu trauen, und er wusste nicht einmal, wann sie zurückkam. Außerdem würde sich seine Mutter Sorgen machen, und all ihrem Kummer, weil Vater nicht mehr da war, wollte er nicht weiteren hinzufügen. Tassilo trat gegen die Tür, aber was immer von außen dagegengeklemmt war und sie verkeilte, hielt.

Er tastete sich an den Wänden entlang, trat und schlug gegen das Holz. Wenn nur nicht sein Kopf so schmerzen würde, könnte er sich vielleicht einen besseren Fluchtplan überlegen, als an Frau Margot vorbeizurennen, sobald sie zurückkam und die Tür öffnete.

KAPITEL LXXV

*D*ie Gestalt schlug die Kapuze zurück. Zum Vorschein kam langes Haar, und als sie sich umdrehte und Licht auf ihr Gesicht fiel, erkannte Elsa eine Frau, von der sie lange nichts mehr gehört und die sie noch länger nicht gesehen hatte. Die sie nicht erwartet hätte.

»Simona!« Elsa lief auf die Freundin zu. Schloss sie in die Arme.

Simona war älter geworden. Erste graue Strähnen durchzogen ihr Haar, um ihre Mundwinkel hatten sich tiefe Falten eingegraben, und feinere Linien umrahmten ihre Augen. Sie war mager unter dem Umhang, die Schultern fühlten sich so knochig an, als lägen sie blank. Und müde sah sie aus. Elsa wusste natürlich, dass der Graf von Kleve Simonas Heirat mit Herrn Reimo nicht erlaubt, sondern sie wie geplant in die Reichsabtei Herford geschickt hatte, damit sie für das Heil des Grafengeschlechts im Jenseits betete. Das war im Jahr 927 gewesen, als die Abtei wiederaufgebaut wurde, nachdem sie im Jahr zuvor von den Ungarn zerstört worden war. Simona trug aber keine Nonnentracht, sondern ein einfaches braunes Kleid, als wäre sie das Weib eines Handwerkers oder Krämers.

Wo kommst du her? Wie geht es dir? Die Fragen schwirrten durch Elsas Gedanken. Als Freundin und Gastgeberin müsste sie Simona ins Warme geleiten, ihr ein heißes Getränk bringen und warmes Wasser zum Waschen. Sie müsste mit ihr über die Reise plaudern und den Grund ihres Besuches. Gerade hatte sie dafür gar keinen Sinn.

»Was hast du?«, fragte Simona und löste sich aus Elsas Arm.

»Ich freue mich, dich zu sehen, aber es kommt so unerwartet.«

»Ich kenne dich, das ist nicht der Grund. Du siehst völlig verstört aus.«

»Es ist nichts«, wehrte Elsa ab.

»Freundinnen sind da, einander zu helfen. Ich sehe doch, dass du was hast.«

Elsa sträubte sich nicht länger, sondern berichtete in knappen Worten von Tassilos und Margots Verschwinden, dem Blut auf dem Bett und dass sie die ganze Burg nach den beiden abgesucht hätten.

»Ist Herr Lohengrin nicht da? Oder auf der Suche nach den beiden?«, fragte Simona.

Da war ja noch mehr, was die Freundin nicht wusste. Auch davon berichtete Elsa kurz und knapp.

Simona schüttelte den Kopf. »Das sieht Margot gar nicht ähnlich, solche gehässigen Dinge weiterzutratschen. Oder sie muss sich sehr verändert haben.«

»Sie hat sich verändert. Der Witwenstand bekam ihr nicht.«

»Da war auch immer etwas zwischen ihr und Graf Telramund. Seine Verbannung wird ihr nicht gutgetan haben. Er war ihr goldener Ritter, der in ihren Augen nichts falsch machen konnte.«

»Da war sie die Einzige«, bemerkte Elsa trocken. »Warum bist du hier? Ein Auftrag des Klosters?«

Simona schüttelte den Kopf. »Das ist jetzt nicht wichtig, wir müssen zuerst deinen Sohn finden.«

»Du bist erschöpft von der Reise, ich lasse dir ein Bad bereiten und ein heißes Getränk. Später ...«

»Kommt nicht infrage, ich begleite dich.« Simona ließ nichts anderes gelten. Sie zog die Augenbrauen zusammen. »Wenn ich es recht überlege, sah ich auf meinem Ritt hierher kurz vor Antwerpen eine Person. Etwas an ihr kam mir bekannt vor. Ihr Gang, ihre Gestalt ...? Aber es war nur eine Person, ein Kind war auf keinen Fall dabei.«

»Findest du die Stelle wieder?«

»Ich glaube nicht. Es war schon fast dunkel, und im Schnee sieht alles gleich aus. Tut mir leid«, gab Simona zu. »Es war im Wald, und es könnte Margot gewesen sein, eigentlich bin ich mir fast sicher. Sie hat mich nicht gesehen, aber sie tat sehr verstohlen.«

»Wir müssen Tassilo suchen, auch wenn die Wälder riesig sind.«

»Ich komme mit. Du musst mir nur ein frisches Pferd geben, dann bin ich bereit.«

KAPITEL LXXVI

*D*ie Einwohner Antwerpens lagen in tiefem Schlaf, selbst die Schänken hatten fast alle geschlossen. Das halbe Dutzend Ritter, die Elsa und Simona begleiteten, klopften unbarmherzig an die Türen, stöberten durch die Häuser. Margot und Tassilo fanden sie nicht. Mit jedem durchsuchten Haus wurde Elsa mutloser. Tassilo war immer das ihrer Kinder gewesen, dessen Lebensweg klar vorgezeichnet schien, um den sie und Giantôt sich keine Sorgen machen mussten. Sie hatten sich auch immer am wenigsten um ihn gekümmert, und nun … Ein ersticktes Schluchzen entstieg ihrer Kehle. Simona ritt neben ihr und drückte Elsas um die Zügel verkrampfte Rechte.

»Wir finden ihn«, sagte sie beruhigend.

»Niemand hat ihn gesehen. In Antwerpen leben Hunderte Menschen, wie können zwei Personen verschwinden, ohne dass jemand etwas bemerkt? Tassilo ist nicht irgendein Bauernkind«, erwiderte Elsa anklagend.

»Wir suchen weiter nach ihm.« Simona drückte wieder tröstend Elsas Hand. »Gibt es keine Fischer, die außerhalb der Stadt wohnen, keine Einsiedlerhöfe in der Nähe? Wir durchkämmen die Wälder, bis wir ihn gefunden haben. Sobald es wieder hell wird, werden wir alle Antwerpener auffordern, uns zu helfen.«

»In den Wäldern finden wir ihn nie. Alle Antwerpener reichen nicht aus, dort jemanden zu finden, der verborgen bleiben will«, sagte ein hochgewachsener Ritter namens Halbard. Rotblonde Locken umgaben seinen Kopf wie ein Strahlenkranz.

»Nicht in der Nacht«, stimmte Hauptmann Balduin zu.

»Auch nicht bei Tag. Die Wälder sind riesig.«

»Sagt das nicht.« Simona schoss einen strengen Blick auf Halbard ab. »Wir werden das Kind finden.«

»Es ist aber wahr«, widersprach der rotblonde Ritter stur. »Der Junge übersteht keine Nacht allein im Wald.«

»Noch ein Wort ...«, drohte Simona. »Er ist nicht allein, Margot ist bei ihm. Sie wird sich um ihn kümmern.«

Im Stillen gab Elsa Halbard recht, und ihr Herz zog sich schmerzhaft zusammen. Tassilos Chancen standen bei diesem Wetter nicht gut. Er war behütet aufgewachsen und nicht vertraut mit den Rauheiten des Lebens.

Ein Aufschrei und ein Geräusch, als wurde jemand geschlagen, unterbrachen ihre düsteren Gedanken. Eine in Lumpen gekleidete Gestalt wurde in ihre Mitte gestoßen, fiel auf die Knie und blieb im Schnee liegen. Ein weiterer Ritter der Leibwache stellte sich breitbeinig hinter sie.

»Der versteckte sich vor uns, und dann wollte er fliehen«, erklärte er.

Die Lumpengestalt war weder Tassilo noch Margot. Es handelte sich um einen Mann, dessen Alter unmöglich zu schätzen war. Den Kopf bedeckten nur noch wenige Haare. Das war ein Bettler, der die Nacht im Freien verbringen musste und den sie aufgestöbert hatten. Hauptmann Balduin fragte den Mann barsch nach einer Frau und einem Jungen, die zusammen die Stadt verlassen hätten.

Der Lumpenmann schüttelte den Kopf und murmelte etwas, das niemand verstand.

»Du musst sie gesehen haben.«

Das Kopfschütteln wurde heftiger. »Nein, nein«, wimmerte er. »Sehe niemanden, niemand sieht mich.«

»Wir sahen dich. Du kniest vor deiner Herzogin, eine Lüge wird dich teuer zu stehen kommen«, kam es von Ritter Balduin. Er blickte drohend auf den Bettler herunter.

»Sehe nicht.« Der Mann kauerte sich so eng zusammen, wie sein ausgemergelter Leib es zuließ.

Elsa wollte ihn gehen lassen, hatte aber die Rechnung ohne Simona gemacht. »Kennst du die Wälder? Weißt du, wo man sich da verstecken kann?«

»Überall«, tönte es aus den Lumpen heraus.

»Wo können sich eine Frau und ein Kind verstecken?«

»Auch überall.«

»Gibt es Häuser im Wald? Vielleicht auch solche, die nur im Sommer bewohnt sind?«

»Holzfällerlager.«

»Weißt du, wo das ist?«

»Gehe da nicht hin. Böse Männer.«

»Sind im Winter auch Männer da und fällen Bäume?«

»Böse Männer. Bei der Schelde, andere Seite.« Der Lumpenmann rollte sich zusammen und begann zu wimmern.

»Ich weiß, wo das ist«, sagte Halbard. »Da gibt es ein paar Unterstände. Primitive Hütten, halten Wind und Kälte nicht ab. Im Winter ist da niemand.«

»Bringt uns hin«, verlangte Elsa. Die Hütten bedeuteten ein Versteck, und Margot konnte sie kennen. Sie hatten bei einem Ausritt im

Spätsommer mit Bootsbauern gesprochen, und die hatten von einem Lager im Wald erzählt, oberhalb von Antwerpen, wo die Männer lebten, die das Holz für die Schiffe lieferten.

Niemand widersprach ihr.

* * *

Trotz des Pelzumhangs fror Margot. Zudem hing er schwer über ihren Schultern und zusätzlich ein Stoffbeutel, der prall gefüllt war. Oben schauten Äste heraus. Eigentlich wollte sie am liebsten in die Burg zurückkehren, sich ins Bett legen, und am nächsten Morgen wäre alles wieder wie früher.

Nur hatte sie Tassilo in einer Hütte im Holzfällerlager eingesperrt, und irgendwie musste sie damit fertigwerden. Sie konnte ihn dort nicht einfach dem sicheren Tod überlassen, deshalb hatte sie Essen besorgt, Dünnbier in einem Lederschlauch, ein Talglicht und Holz für ein Feuer hatte sie auch gesammelt.

Sie erreichte die Holzfällerhütte, bei der alles unversehrt aussah. Außer ihren eigenen Spuren entdeckte sie keine. Der starke Ast, den sie vor die Tür geklemmt hatte, stand an seinem Platz. Ein zarter Junge wie Tassilo schaffte es nicht, sich von innen gegen die Tür zu werfen und ihn wegzustoßen. Margot trat ihn beiseite und öffnete die Tür, die in steifen Lederangeln knirschte. Halb erwartete sie, dass dahinter ein verängstigter Junge ins Freie taumeln würde, aber nichts geschah.

»Tassilo?«, fragte sie in die Dunkelheit.

Keine Antwort.

»Ich bringe dir etwas zu essen, Feuerholz und ein Licht.«

Wieder keine Antwort. Schlief der Bengel den Schlaf der Gerechten? Margot ließ den Beutel zu Boden gleiten, suchte darin nach dem

Licht und Feuersteinen. Sie musste die Steine mehrmals gegeneinanderschlagen, bis ein Funken den Docht des Talglichts entzündete.

Eine kleine Flamme wuchs in die Höhe. Margot schwenkte sie in alle Richtungen, und sie zeigte in schonungsloser Deutlichkeit, dass sich niemand mehr in der Hütte aufhielt. Dafür entdeckte sie an der hinteren Wand ein paar unten abgebrochene Bretter. Die Lücke war groß genug, dass ein Kind sich hindurchzwängen konnte.

Ein Geräusch hinter ihr ließ sie zusammenzucken.

KAPITEL LXXVII

*D*as ist das Holzfällerlager«, sagte Halbard und zeigte nach vorne, wo sich ein paar Hütten gegen den hellen Schnee abhoben.

Jemand eilte durch den Schnee auf eine dieser Hütten zu. Die Gestalt schien einen langen Umhang zu tragen, der über den Schnee schleifte, und einen Beutel auf dem Rücken. Jetzt hatte sie die Hütte erreicht, blieb davor stehen und sah sich um. Es war Margot, daran bestand kein Zweifel. Elsa, Simona und die Ritter in ihrer Begleitung standen zwischen den Bäumen, aber Margot bemerkte sie offenbar nicht. Sie öffnete die Tür und suchte dann in ihrem Beutel herum.

Balduin flüsterte mit seinen Männern, und sie verteilten sich rings um die schäbige Behausung. Elsa und Simona folgten dem Hauptmann, als er auf die Tür zuhielt. Er hielt einen Spieß in seiner Hand.

»Ich will nicht, dass jemand getötet wird«, raunte Elsa ihm zu. »Wir nehmen Frau Margot in Gewahrsam und befragen sie.«

Falls Tassilo in der Hütte war, wollte sie auch nicht, dass ihr neunjähriger Sohn mit ansehen musste, wie jemand getötet wurde. Am liebsten hätte sie nach ihm gerufen, wäre an allen anderen vorbei in die elende Behausung gestürmt, um ihn in die Arme zu schließen. Sie durfte es nicht, das wusste sie. Die Gestalt bei der Tür musste nicht Margot sein, es konnte sich um einen Gesetzlosen handeln, der nicht zögern würde, von seinem schartigen Schwert Gebrauch zu machen. Es war für Elsa fast nicht auszuhalten.

Die Gestalt rief etwas in die Hütte hinein, das nicht zu verstehen war. Dann flammte ein Licht auf.

Diesen Moment nutzte Balduin für seinen Angriff. Die anderen Ritter folgten ihm. Es gab ein kurzes Gerangel in der Hütte, einen Schrei. Der hörte sich an, als hätte ihn Margot ausgestoßen. Einen Augenblick herrschte Ruhe, bis jemand aus der Tür herausgestoßen wurde. Etwas war über dessen Kopf gezogen und mit einem Strick um die Leibesmitte festgebunden. Die Gestalt stolperte und fiel in den Schnee. Halbard hielt das Licht in der Hand.

»Tassilo!« Für Elsa gab es kein Halten mehr.

»Euer Sohn ist nicht da drin, aber in der Rückwand gibt es ein Loch«, unterrichtete Balduin sie, und seiner Stimme war das Bemühen anzuhören, ruhig zu klingen. Er stieß die vor ihm liegende Gestalt mit dem Fuß an. »Das ist Frau Margot von den Ewouldingern, die ihrer Sippe keine Ehre macht.«

Unter der Verhüllung kam ein dumpfer Laut hervor.

Elsa betrat die Hütte. Sie musste sich selbst überzeugen. Es roch nach Schimmel und Muff, und sie benötigte kein Licht, um zu erkennen, dass Tassilo nicht da war. Sie sah auch das Loch in der Rückwand.

Simona sagte von der anderen Seite: »Hier sind Spuren im Schnee, aber wir brauchen mehr Licht.«

»Tassilo ist erst neun Jahre alt«, klagte Elsa. Es kam ihr vor, als hätte sie ein Stück ihrer Seele verloren.

Vor der Hütte wurde die Gefangene aus dem Überwurf herausgeschält, sie war an Händen und Füßen gefesselt. Margot schaute stur nach unten. Sie trug einen räudigen Pelzumhang, den Elsa gelegentlich an ihr gesehen hatte und der ihr kostbar war, obwohl er eigentlich verbrannt gehörte.

»Was hast du mit Tassilo gemacht?«, fuhr sie die frühere Freundin an. In diesem Moment wusste sie, dass sie Margot nie wieder trauen würde, dass es ein Fehler gewesen war, es je zu tun. Alle freundlichen Gefühle für Margot waren verschwunden, als hätten sie nie existiert.

Die wandte Elsa ihr immer noch schönes Gesicht zu. »Nichts habe ich gemacht. Er ist nicht da.«

»Wo hast du ihn hingebracht?«

»Ich habe Essen für ihn geholt und Feuerholz und Trinken. Er ist mir einfach abgehauen. Du hast doch das Loch gesehen.«

»Warum hast du ihn hergebracht?«

Darauf antwortete Margot nicht.

»Ich will wissen, warum du ihn hergebracht hast!«, schrie Elsa sie an. »Er ist ein kleiner Junge und hat dir vertraut. Du kennst ihn seit seiner Geburt.«

Elsa wollte sich auf die Gefesselte stürzen, wurde aber von Hauptmann Balduin zurückgehalten. »Herrin, vergeht Euch nicht an der. Sie ist es nicht wert. Wenn der junge Herr Tassilo ihr weggelaufen ist, weiß sie auch nichts weiter. Alles andere kann sie später gestehen. Zuerst müssen wir Euren Sohn finden.«

Der Hauptmann hatte recht, und Elsa verkrampfte beschämt die Hände ineinander. Sie war nahe daran gewesen, sich auf Margot zu stürzen wie eine Furie aus den Geschichten der heidnischen Griechen über ihre Götter. Jetzt war Tassilo das Wichtigste. Ein neunjähriger Junge nachts allein im Wald. Er trug nicht einmal warme Sachen.

»Du wirst mir alles gestehen. Auf Vergebung darfst du nicht mehr hoffen.«

»Du wirst deinem Grafen Telramund in die Hölle folgen«, fügte Simona hinzu.

KAPITEL LXXVIII

Eine Spur kleiner Fußtritte führte auf der Rückseite von der Hütte weg. Im Schein einer Fackel war sie deutlich zu erkennen. Bis sie mit den zahlreichen Spuren eines Wildwechsels verschmolz. Der Schnee war zu Matsch zertrampelt. Die Ritter, die regelmäßig auf die Jagd ritten, wussten, in welche Richtung der Wildwechsel nach Antwerpen führte. Tassilo wusste dies bestimmt nicht, er war noch viel zu jung, um auf die Jagd zu reiten. Im Gegensatz zu Amaury hatte er bisher auch keinerlei Neigung dazu erkennen lassen. Ihr Ältester wollte bereits als Achtjähriger mit den Männern auf die Jagd reiten und hatte bei seinem Vater um Erlaubnis gebettelt. Giantôt jagte ja selbst nicht, und er hatte es Amaury auch nicht erlaubt, bevor er nicht zwölf Jahre alt geworden war, also erst in diesem Jahr.

Tassilo war nicht wie sein Bruder oder die anderen Jungen, die zur Erziehung am Brabanter Hof weilten. Er fühlte sich am wohlsten mit tintenfleckigen Fingern.

»Der junge Herr Tassilo wird auf dem Wildwechsel weitergegangen sein«, unterbrach Hauptmann Balduin ihre Gedanken. »Sollen wir uns aufteilen und in beiden Richtungen suchen?«

Sie bildeten zwei Gruppen und verabredeten, sich bei Sonnenaufgang wieder im Holzfällerlager zu treffen. Längst vorher hätten sie Tassilo gefunden, und dann wäre ihr kleiner Liebling in Sicherheit, davon war Elsa überzeugt. Er musste müde sein und frieren und hungrig sein, weit war er bestimmt nicht gegangen. Elsa machte sich mit Hauptmann Balduin und zwei weiteren Rittern auf den Weg Richtung Küste und Antwerpen; Simona ritt mit den anderen tiefer in die Wälder hinein.

Wie verabredet trafen sie bei Sonnenaufgang im Holzfällerlager wieder aufeinander. Tassilo war nicht bei ihnen. Keine der Gruppen hatte eine Spur von ihm entdeckt. Die Ritter zuckten hilflos mit den Schultern. Der Junge war nicht auf dem Wildwechsel und nicht in der Nähe gewesen. Für Elsa stürzte eine Welt zusammen.

»Wir suchen so lange weiter, bis wir ihn gefunden haben«, versuchte Simona sie zu trösten.

»Wieso ist er nicht …?« Elsa versagte die Stimme. Sie war Brabants Herzogin, auch in Situationen, in denen sie sich am liebsten verkriechen und wie ein waidwundes Tier zusammenrollen würde. Das war ihr immer schwergefallen, Giantôt hatte sich damit deutlich leichter getan.

Hauptmann Balduin schüttelte den Kopf. »Die Pferde können nicht mehr weiter, und wir brauchen auch eine Pause.«

»Wie könnt Ihr das sagen«, brauste Simona auf. »Wir werden mit Tassilo nach Antwerpen zurückkehren, etwas anderes solltet Ihr nicht einmal denken.«

»Die Pferde können trotzdem nicht mehr weiter.«

»Wir geben nicht auf.«

Sie einigten sich darauf, dass einer der Männer mit den erschöpften Pferden nach Antwerpen aufbrach und mit frischen zurückkehren sollte, während die anderen bei den Hütten warteten. Sie brachten ein Feuer in Gang und zehrten von Margots Proviant.

Simona sah müde aus, wie sie an einem Kanten Brot knabberte. So müde, dass Elsa sich schämte, sie dieser Belastung ausgesetzt zu haben. Hauptmann Balduin und seine Ritter griffen herzhaft zu, ehe sie sich auf der blanken Erde ausstreckten. Bald darauf erfüllte ihr gleichmäßiger Atem den Raum. Elsa brachte keinen Bissen herunter und war überzeugt, auch nicht schlafen zu können, obwohl es sicher mehrere Stunden dauerte, bis die frischen Pferde eintrafen. Simona schien es ähnlich zu gehen. Sie setzte sich neben die Freundin.

»Fang bloß nicht wieder davon an, mir einreden zu wollen, ich müsse nicht dabei sein. Ich lasse dich mit diesem Kummer nicht allein«, platzte Simona heraus.

Elsa hatte genau so etwas sagen wollen, deshalb drückte sie die Freundin an sich. »Du hast mir noch gar nichts darüber erzählt, warum du gekommen bist. Hat dein Kloster dich mit einer Nachricht nach Brabant geschickt?«, fragte sie stattdessen.

»In das Kloster gehe ich nie wieder zurück. Da war es nicht zum Aushalten. Ich musste da weg«, erklärte Simona kauend.

»Das tut mir leid. Ich dachte, du wärst im Kloster zur Ruhe gekommen. Was ist passiert?«

»Ruhe gibt es da nur für Tote«, antwortete Simona bitter. »In keiner Nacht bekommen die Nonnen mehr als drei oder vier Stunden Schlaf. Dann läutet schon wieder die Glocke für das erste Gebet des Tages. Wir liegen stundenlang auf den Knien. Nur wer vor Krankheit oder Schwäche gar nicht aus dem Bett kommt, bleibt davon verschont. Ich erlebte, wie fromme Schwestern im Gebet das Bewusstsein verloren.« Simona wischte sich eine Träne aus dem Augenwinkel.

»Oh, du Liebe.« Elsa drückte die Freundin fester an sich.

»Meine Familie hatte kein Erbarmen mit mir. Sie wollten mir nicht einmal erlauben, in ein anderes Kloster zu gehen. Es musste Herford sein. Ich hätte einem neuen Kloster für meine Aufnahme wieder eine Pfründe übereignen müssen. Die hat meine Familie mir verweigert.«

»O Simona.« Dann fiel Elsa auf, dass sie nicht immer nur dasselbe sagen konnte, schnell fügte sie noch an: »Wenn ich etwas für dich tun kann, musst du es nur sagen. Ich kann dir mit Gold und Silber unter die Arme greifen. Das sollte deine Aufnahme in ein anderes Kloster auch ermöglichen.«

»Ich gehe nie wieder in ein Kloster zurück.« Simona schluckte den letzten Bissen Brot hinunter und schüttelte heftig den Kopf.

»In einer anderen …«

»Nein! Muss ich noch einen Tag als Nonne leben, sterbe ich lieber.«

»Was sagt deine Familie dazu?«

»Sie wissen es nicht. Ich bin nicht in Kleve gewesen. Dort würde man mich als Erstes suchen. Mein Vater hätte mich ohne Umweg wieder nach Herford zurückgeschickt. Was er einmal entschieden hat, davon rückt er nie wieder ab. Das habe ich ja schon erlebt.«

Herr Reimo aus der Nähe von Helmste, dachte Elsa. Von dieser Verbindung hatte der Graf von Kleve nichts wissen wollen, seiner Tochter jeglichen Umgang mit dem Freiherrn verboten und Simona bis zu ihrer Aufnahme im Kloster Herford nicht mehr aus dem Haus gelassen. Auch Elsa hatte sie in dieser Zeit nicht besuchen dürfen. Ein Brief wurde ihr ungeöffnet zurückgebracht.

»Und Herr Reimo?« Sie wusste, dass Simona nie aufgehört hatte, ihn zu lieben. Vor der Trennung hatten sie einander ewige Treue versprochen.

»Dieser wankelmütige Geselle, und das ist noch freundlich ausgedrückt.« Simona zog die Nase hoch. »Ich war als Erstes bei ihm. Er hatte versprochen, auf mich zu warten. Nicht einmal ein Jahr hielt er

447

es aus und war bereits zum zweiten Mal verheiratet. Dazu ein Stall voller Kinder, du kannst es dir nicht vorstellen. Er war nicht einmal peinlich berührt, als ich vor ihm stand. Tat so, als wäre zwischen uns nicht mehr gewesen, als dass unsere Familien sich kennen. Die kennen sich gerade nicht, wir dafür umso besser. Mit dem bin ich fertig.«

»O Simona, ich kann gar nicht sagen, wie leid mir das alles für dich tut. Ich hätte dir so sehr das gleiche Glück gegönnt, wie ich es erfuhr.«

»Ich wusste keinen anderen Ort, wo ich hingehen könnte. Deshalb bin ich gekommen.«

Ganz alleine. Bei ihrem letzten gefährlichen Ritt hatte Simona wenigstens zwei Begleiter gehabt. Diesen langen Ritt von Herford nach Antwerpen hatte sie ganz alleine hinter sich gebracht.

»Zuerst trug ich noch mein Nonnenhabit. Davor hatten alle Respekt. Nach der Abfuhr durch Reimo ... Ich verkaufte die Kluft und besorgte mir dieses Kleid.«

KAPITEL LXXIX

*N*atürlich konnte Simona bleiben. Das war keine Frage. Brabant war ihre Heimat geblieben. Elsa wollte es gerade sagen, als Herr Halbard, der nach frischen Pferden geschickt worden war, im Galopp in das Lager sprengte. Ein Wagnis im Schnee und bei schlechter Sicht. Er führte ein halbes Dutzend reiterlose Pferde mit sich.

»Er ist wieder da!«, rief er, während er sein Pferd durchparierte. »In Antwerpen. Und völlig unversehrt. Ich bin so schnell wie möglich gekommen.«

Tassilo! Elsas Herz schlug schneller. Ihr kleiner Sohn war in Sicherheit, und sie stand im Wald, während sie bei ihm sein sollte. Binnen Augenblicken brachen sie auf. Während des eiligen Rittes ließ Elsa sich berichten, dass Tassilo bei seiner Flucht auf einen Wilderer gestoßen war. Der hatte ihn zur Burg zurückgebracht und sich dort widerstandslos festsetzen lassen. Er wartete nun auf das herzogliche Urteil über ihn.

»Ich kann doch nicht den Mann verurteilen, der mir meinen Sohn zurückgebracht hat«, widersprach Elsa.

»Die Männer konnten ihn nicht gehen lassen. Nicht einen Wilderer«, sagte Halbard.

Damit hatte er recht, für Gerechtigkeit zu sorgen war ihre Aufgabe. Sie wollte wissen, wie es Tassilo ergangen war.

»Ich habe ihn nicht gesehen, er schlief. Die Kinderfrau wachte über ihn. Ich sprach kurz mit ihr, und sie versicherte mir, mit ihm wäre alles in Ordnung.«

Elsa hätte vor Dankbarkeit alle umarmen mögen. Wie groß ihre Angst um Tassilo gewesen war, wurde ihr erst jetzt bewusst, wo sie von ihr abgefallen war. Sie und Simona lächelten sich an.

Margot war hingerichtet worden. Mit zwei Schlägen hatte ihr Hauptmann Balduin den Kopf vom Rumpf getrennt. Den Mann, der weder irische Piraten noch andere Gefahren fürchtete, war es hart angekommen, eine Edelfrau zu richten. Elsa hatte sich zwingen müssen, der Vollstreckung ihres Urteils beizuwohnen, weder den Blick abzuwenden noch die Augen zu schließen.

Ihren Kindern hatte sie den Anblick von Margots rollendem Kopf erspart, obwohl Amaury protestiert hatte. Er wäre seit dem Weggang des Vaters der Mann im Haus und kein Kind mehr. Er müsste sich jetzt um alles kümmern, was zuvor Vaters Aufgaben gewesen waren. Er war eifrig wie ein Hundewelpe, aber Elsa blieb streng wie dessen Herr.

Das Urteil hatte Margot mit stoischer Ruhe aufgenommen, aber als es zum Richtplatz ging, schrie und kreischte sie, bespuckte die sie bewachenden Ritter und wollte weglaufen. Da aber ihre Füße locker gefesselt waren, damit sie langsam gehen konnte, erreichte sie nur, dass sie in den Dreck flog. Alle Gebete verweigerte sie, hatte auch nicht beichten wollen, und ihre Seele schmorte nun auf ewig neben der des Verräters Telramund in der Hölle.

Obwohl Elsa erleichtert sein sollte, diese schlimmsten Feinde Brabants ausgemerzt zu haben, fühlte sie sich bedrückt. Im Gerichtsverfahren war die ganze Wahrheit ans Licht gekommen, schonungslos und triumphierend hatte Margot ihre und Telramunds Liebe eingestanden. Sie hatte ihre finsteren Pläne für Brabant offenbart, von denen sie auch nach Telramunds Tod nicht hatte lassen wollen. Unklar war geblieben, was sie mit Tassilo geplant hatte. Das hatte sie wahrscheinlich selbst nicht genau gewusst. Ihre Rede vor Gericht war teilweise wirr gewesen, und Elsa hatte große Mühe gehabt, einen Sinn darin zu sehen.

Jahrelang hatten Margot und Telramund alle getäuscht. Angefangen bei Herzog Gottfried und Pater Clement. Sie hatte Margot für eine Freundin gehalten, dabei war die nie etwas anderes als eine Schlange an Brabants Busen gewesen. Alle Freundlichkeit nur geheuchelt. Hätte Elsa wirklich eingewilligt, Telramunds Weib zu werden, wäre ihr wohl kein langes Leben beschieden gewesen. Margot hätte vor nichts zurückgeschreckt, um Brabants Herzogin zu werden. Vielleicht hätte ihre Bosheit sogar Telramund überrascht. Diese Gedanken ließen Elsa frieren, dagegen halfen kein Kohlebecken und auch kein wärmender Umhang.

Für Brabant war es ein Segen, dass diese beiden nicht mehr unter den Lebenden weilten, persönlich betrachtete Elsa es als eine Niederlage, weil sie sich so lange hatte täuschen lassen. Sie konnte nicht umhin, sich zu fragen, wer sie sonst noch hinterging. Mehr denn je wünschte sie sich Giantôt an ihre Seite.

Ihre geheimnisvolle Gabe, die sie den Tod ihres Vaters Wochen vor seinem Ableben hatte spüren lassen, deretwegen sie gewusst hatte, dass einer der Zwillinge nicht lebend das Licht der Welt erblicken würde, dass Amaury nach seiner rätselhaften Ohnmacht keinen Schaden davongetragen und Tassilo die Nacht im Wald gut überstanden hatte, nützte ihr bei Verrätern nichts. Margots Seele war ihr stets stark und unverwüstlich vorgekommen, und bei Graf Telramund hatte sie es vermieden, ihm nah genug zu kommen, um etwas zu spüren.

Nun musste sie ihre ganze Energie darauf richten, Brabant eine gerechte Herzogin zu sein und Amaurys Erbe zu sichern. Darauf musste sie ihre Zukunft aufbauen, statt sich wegen der Liebe zu einem Mann zu grämen, der ein Gelöbnis über seine Pflichten als Ehemann und Vater stellte. Das war ungerecht, Elsa wusste das. An Giantôts Stelle hätte sie nicht anders gehandelt – nicht anders handeln können. Diese Gedanken halfen ihr, alles leichter zu ertragen, ihre Rolle als Brabants Herzogin tagsüber auszufüllen. In stillen nächtlichen Stunden vermisste sie Giantôt schmerzhaft und weinte oft genug in ihre Kissen.

EPILOG

Über Brabant war der Frühling hereingebrochen, der Schnee längst geschmolzen, und das erste zarte Grün überzog die Landschaft. Über ein Jahr war Giantôt schon fort. Elsa hatte zwei ihrer Ritter ausgeschickt, um nach seinem Verbleib zu forschen. Sie hatte schließlich nicht versprochen, nicht nach ihm zu suchen. Am liebsten wäre sie selbst ausgezogen, aber ihre Pflichten als Herzogin von Brabant ließen das nicht zu. Der mittlerweile vierzehnjährige Amaury gab sich große Mühe, aber bei vielem brauchte er ihren Rat, zumal Pater Clement im Herbst des vorigen Jahres diese Welt verlassen hatte, nachdem er zuvor monatelang krank gewesen war und das Bett nicht mehr verlassen konnte. Die Menschen, die ihren Vater noch gekannt hatten und wussten, wie es in ihrem Herzen aussah, wurden weniger.

Die beiden Ritter hatten im Westfrankenreich, im maurischen Spanien und in England gesucht, aber keine Spur von Giantôt gefunden. Es war, als hätte es ihn nie gegeben. Wären da nicht ihre fünf Kinder, Elsa könnte glauben, sie liebte keinen Mann aus Fleisch und Blut, sondern eine Legende. Tagelang hatte sie gebraucht, um sich von dieser Enttäuschung zu erholen. Sie wollte doch nur wissen, ob er ein Auskommen gefunden hatte, wie es einem Mann seines Standes zukam.

Irische Piraten waren über das Meer gekommen, kaum dass im letzten Jahr die Frühjahrsstürme nachgelassen hatten. Es war die erste schwere Prüfung für Elsa nach Giantôts Weggang gewesen. Graf Lothar aus dem Valkengau führte ihre Truppen an, und Frau Einhildas Beispiel folgend zog Elsa mit ihnen aus. Amaury begleitete sie ebenfalls.

Weder sie noch der Junge ritten in die Schlacht, sondern blieben in sicherer Entfernung. Aber ihre Anwesenheit beflügelte den Mut der Brabanter. Sie jagten die Iren ins Meer zurück, verbrannten ein halbes Dutzend ihrer Schiffe und eroberten zwei weitere. Die überlebenden Piraten wurden in die Sklaverei verkauft. Elsa verhärtete ihr Herz gegen dieses Schicksal. Sie musste der Welt Stärke zeigen, damit Brabants Grenzen sicher blieben. Amaury war nach dem Kampf blass um die Nase gewesen, aber beim Anblick des vielen Blutes nicht in Ohnmacht gefallen. Er spendete den Verwundeten Trost und feierte mit den Männern, trank Wein, bis ihm der Kopf auf die Tischplatte sank. Elsa hatte ihn nicht daran gehindert, diese Erfahrung gehörte dazu, dass aus einem Jungen ein Mann wurde.

Die Iren hatten sich danach nicht mehr an Brabants Küsten blicken lassen, und Elsa wusste, dass sie die Feuerprobe als Herzogin bestanden hatte. Dagegen war das Weihnachtsfest kaum zu ertragen gewesen. Es hatte in Strömen geregnet, kein Barde den Weg zu ihnen gefunden, und die Feiernden in der Halle wussten nicht, ob sie fröhlich sein durften, hatten sich lieber nur leise unterhalten. Elsa war gar nicht danach zumute gewesen, mit jemandem ein Wort zu wechseln. Am fröhlichsten war die kleine Mathilda gewesen, die sich wahrscheinlich gar nicht an ihren Vater erinnern konnte. Als es für sie Zeit wurde, zu Bett zu gehen, hatte Elsa gemeinsam mit ihr das Festmahl verlassen. Die folgenden Wintermonate waren ruhig gewesen und hatten Elsa Zeit gegeben, über ihre eigene Zukunft nachzudenken und darüber, was sie Brabant noch hinterlassen wollte außer sicheren Grenzen.

Den Winter hatte der Hof in Breda verbracht und würde in einigen Wochen ins Peelland aufbrechen. An diesem Tag hatte Elsa die Burg verlassen. Sie wurde dabei von ihren Töchtern Mathilda und Edviga begleitet. Die zweijährige Mathilda lief auf strammen Beinen, und es gefiel ihr nicht mehr, getragen zu werden. Wurde sie müde, wollte sie sich hinsetzen, und es sollte dann niemand weitergehen, bis sie sich ausgeruht hatte. Neben den beiden Mädchen begleitete sie Sabina von Tours. Eine kleine, etwas rundliche Frau, die nach dem Überfall der Iren in Brabant aufgetaucht war und verzweifelt gewirkt hatte. Ihren Ehemann hatte sie bei einem Zweikampf verloren, und weil die Ehe kinderlos geblieben war, gab es keinen Erben, der ihr ein Auskommen sicherte. Der Besitz ihres Mannes war an den westfränkischen König zurückgefallen. Elsa war sofort bereit gewesen, sie aufzunehmen. Sabina von Tours wirkte wie eine vornehme Dame mit guten Manieren, die eine Bereicherung des Brabanter Hofes darstellte.

Es hatte ein paar Tage gedauert, bis sie erfuhr, dass der bei einem Zweikampf getötete Ehemann niemand anderer als der Verräter Telramund gewesen war. Elsa brachte es nicht übers Herz, Sabina wieder wegzuschicken. Das erwies sich im Nachhinein als ein Glücksfall: Zwar bewies Sabina nur wenig praktischen Hausverstand und liebte ihre Bequemlichkeit über alles, aber sie konnte mit wenigen Worten jeden Bediensteten in seine Schranken weisen und war eine angenehme Gesellschafterin.

Sabina ging ein paar Schritte hinter ihr und trug schwer an einem Korb. Edviga hüpfte übermütig herum, dass ihre Zöpfe flogen, und

Mathilda machte es ihr nach. Sie war mehrfach hingeplumpst und hatte Schmutzflecken am Rock und im Gesicht.

»Wohin gehen wir?«, wollte Edviga wissen.

»Du wirst es gleich sehen.«

»Hätten wir nicht besser Herrn Halbard mitnehmen sollen?« Dieser Ritter war Edviga vor Kurzem nachgejagt, als ihr Pferdchen durchgegangen war, und hatte sie sicher zurückgebracht. Seitdem war er ihr Held, und sie wollte ihn überall dabeihaben.

»Diesmal werden wir ihn nicht brauchen.«

Sie erreichten eine kleine, sonnenbeschienene Lichtung, die Elsa von Gestrüpp und Farn hatte befreien lassen. In der Mitte stand auf einem Steinsockel eine hölzerne Figur. Bei ihrem Herannahen flog eine Elster auf. Die Hinterlassenschaften der Vögel zierten Kopf und Schultern der Figur.

»Oh«, machte Edviga. »Wir hätten Bürsten und Tücher mitbringen sollen, um sie zu säubern.«

»Darauf kommt es nicht an.«

Sabina von Tours setzte den Korb ab und rieb sich erleichtert die Arme und Handgelenke. An den Schläfen klebte ihr das Haar schweißfeucht auf der Haut. Nicht einmal die kleine Mathilda wirkte so angestrengt. Die Figur stand mit dem Rücken zu ihnen, und Elsa führte ihre Tochter auf deren Vorderseite. Seufzend nahm Sabina den Korb wieder auf und folgte ihnen.

»Das ist ja eine Frau«, sagte Edviga erstaunt. »Mit einem Kind.«

Sie standen vor der Statue einer Frau mit einem kleinen Kind auf dem Arm, das sie in einen Zipfel ihres Umhangs gewickelt hatte und auf das sie liebevoll hinunterblickte. Der Wilderer, der Tassilo bei seiner Flucht durch den Wald gefunden und nach Antwerpen zurückgebracht hatte, hatte sie geschaffen. Für seine Wilderei musste er bestraft werden, aber weil er Tassilo gerettet hatte, wollte Elsa ihn gleichzeitig auf einen gottesfürchtigen Pfad zurückführen, damit er in Zukunft seinen Lebensunterhalt ohne Straftaten bestreiten konnte. Sie verurteilte ihn dazu, drei Jahre für sie zu arbeiten, ohne weiteren Lohn zu erhalten als zwei Mahlzeiten am Tag und einmal im Jahr einen neuen Kittel und ein Paar neue Schuhe.

Der Mann mit Namen Richmod nahm sein Urteil dankbar an. Er war Kuhhirte gewesen, bevor sein Grundherr ihn davonjagte, weil er einen Käselaib gestohlen haben sollte. Danach war er ziellos umhergestreift und hatte sich von den Früchten des Waldes ernährt. Im Winter wusste er sich keinen anderen Rat, als sein Glück mit der Fallenstellerei zu versuchen. In den langen Stunden mit seiner Kuhherde hatte er sich das Schnitzen beigebracht. Meistens Heiligenfiguren von der Größe einer Hand, oder Pferde und andere Tiere, die er als Spielzeug für Kinder verkaufte. Elsa hatte ihm wieder Rinder anvertraut und er wieder begonnen, kleine Figuren zu schnitzen.

Sein Geschick sprach sich bis zu Elsa herum, die Richmod einen Stamm anvertraute und ihm genau erklärte, was sie sich vorstellte. Diese Statue war das Ergebnis.

»Wo sind denn Joseph und die Heiligen Drei Könige?«, fragte Edviga weiter. »Ochs und Esel fehlen auch, und das Jesuskind muss doch in einer Krippe liegen.«

Ihre Tochter kannte das Evangelium des Lukas.

»Das ist die Mutter Maria, von der ich dir schon erzählt habe. Sie ist die Spenderin allen Lebens und hält ihr Kind im Arm. Hier geht es nur um sie, deshalb sind Joseph und die Heiligen Drei Könige nicht da.«

Mathilda zeigte keine Scheu und war auf den Sockel der Statue geklettert. Sie reckte ihre Arme nach dem Gesicht des Kindes. Sabina trat hinter sie und passte auf, dass sie nicht herunterfiel.

»Die Priester würden das nicht gutheißen«, sagte die Westfränkin. »Mir gefällt jedoch der Gedanke, Frauen als die Spenderinnen des Lebens zu ehren. Wir müssen die Kinder austragen, die Schmerzen der Geburt erleiden und mit der Gefahr leben, dabei zu sterben. Die Männer haben nur ihren Spaß.«

Sabina hatte sofort erfasst, worauf es Elsa ankam, es hörte sich aber merkwürdig an, was sie über Kinder und Geburten sagte, da sie dieses Risiko nie auf sich genommen hatte. Das fiel auch Edviga auf.

»Ihr habt gar keine Kinder.«

»Der Herr hat mir keine zugemessen. Ich sprach aber nicht von mir, sondern von allen Frauen. Von deiner Mutter etwa, und du wirst auch einmal Mutter werden, wenn du verheiratet bist.«

»Die Jungfrau Maria hat unseren Herrn Jesus geboren«, sagte Edviga nachdenklich.

»Eine Frau, die ein Kind geboren hat, ist eine Mutter. Sie ist eine Spenderin des Lebens. Das ist unsere Kraft, und wir Frauen sollten das nie vergessen. Sie macht uns stark. Wir können über eine Burg herrschen und über ein Herzogtum und können alles lernen, was wir wollen.«

»Auch Latein?«, erkundigte sich Edviga.

»Auch Latein. Alles was Tassilo weiß, kannst du auch lernen.«

Edviga schüttelte sich. Elsa verkniff sich mit Mühe ein Lächeln.

»Die Mutter Maria schenkt allen Menschen Kraft, aber besonders hat sie uns Frauen in ihr Herz geschlossen. Erinnerst du dich an unser Gespräch auf dem Ausflug?«

»An die Schelde, als Papa noch dabei war?«

»Genau. Ich möchte, dass wir Frauen und Töchter uns an unsere Stärke erinnern. Dafür habe ich diese Statue hier aufstellen lassen. Weitere werden an anderen Orten folgen. Frauen können sich an diesen Orten treffen, miteinander essen und Freundschaften schließen. Unterschiede zwischen Arm und Reich sollen aufgehoben sein, vor der Mutter Maria sind wir alle gleich. Stell etwas von dem guten Essen, das wir mitgebracht haben, auf den Sockel. An dem Rest wollen wir uns laben und daran denken, wie Frauen früher zusammengesessen und gemeinsam das Brot gebrochen haben.«

»Der weite Weg hat mich hungrig gemacht«, war von Sabina zu hören. »Ich würde sehr gerne das Brot brechen.« Sie nahm das Tuch vom Korb und inspizierte den Inhalt.

Elsa hatte Brot, Früchte, Käse, kaltes Fleisch und süße Kuchen einpacken lassen. Es gab Milch in einer Tonflasche und Wein in einer anderen.

»Das Essen einfach auf den Sockel stellen?«, fragte Edviga ungläubig.

»Genau das. Wir teilen es mit der Mutter.«

»Tiere werden es holen. Füchse, Rehe und Hasen.«

»Sie sind auch Gottes Geschöpfe.«

Davon ließ Edviga sich überzeugen. Gemeinsam packten sie den Korb aus, stellten einen Teil davon auf den Sockel zu Füßen der Statue und labten sich an dem Rest. Mathilda lutschte mit ihren wenigen Zähnen an einem Stück Käse und trank von der Milch. Sabina vergaß alle Vornehmheit, saß auf der Erde und langte tüchtig zu. Edviga probierte aus ihrem Becher den verdünnten Wein und verzog das Gesicht. Aus einem Baum am Waldrand heraus beäugte sie eine Elster. Die Mutter Maria schaute gütig auf sie herunter.

Elsa fühlte eine tiefe Ruhe in sich. Sie hatte das Richtige getan, erst Brabant gegen seine Feinde verteidigt und dann der Mutter Maria gegeben, was ihr zustand. Rhuna wäre zufrieden mit ihr.

Und zum Schluss

Über »Lohengrin, den Ritter vom Schwan« wurde schon viel geschrieben und wahrscheinlich noch mehr erzählt. Von mittelalterlichen Versepen bis zu Richard Wagners Oper. Der Held ist immer Lohengrin, der edle Ritter, und Elsa die Jungfrau. Für mich ist es andersherum. Elsa hat ein Herzogtum zu erringen und zu verteidigen. Nicht einmal der eigene Vater traut ihr zu, Brabants Herzogin zu sein, und drängt sie zur Ehe mit einem ungeliebten Mann. Ihre Geschichte wollte ich erzählen.

Ich danke dem Aufbau Verlag, dass er mir die Möglichkeit gibt, Elsa in die Welt hinauszuschicken. Und meiner Lektorin Anne Scholz, durch deren behutsame Arbeit der Text deutlich an Qualität gewonnen hat. Mein Dank gilt auch allen anderen, die mich mit hilfreichen Tipps, besonders Literaturtipps, versorgt haben, mich auf Widersprüche und Lücken im Text hingewiesen haben, denen ich mein Leid klagen durfte, wenn ich nicht weiterwusste. Die mich mit leckeren Mahlzeiten versorgten und mich vom Schreibtisch weglockten, bevor ich ganz und gar im frühen Mittelalter versank. Ganz besonders danke ich meiner Testleserin Theresa, die seit vielen Jahren meine rohen Texte liest und mit ihrer Meinung nicht hinter dem Berg hält. Und meinem Mann Detlef, ohne ihn ist alles nichts.

Und ich danke meinen Leserinnen und Lesern, dass sie meine Romane mögen.

Dresden, im Januar 2024

Julie Peters
Die Kriegerin – Tochter der Amazonen
Roman
443 Seiten. Broschur
ISBN 978-3-7466-4047-1
Auch als E-Book lieferbar

Sie liebt einen griechischen Gott, doch ihre Bestimmung ist die Freiheit

Otrere lernt als Amazone schon früh, zu kämpfen und zu reiten. Nach dem Tod ihres Vaters wird sie Herrscherin über die Skythen. Sie strebt danach, die freiheitliche Lebensweise ihres Volks zu bewahren – vor allem gegen die archaische Männerwelt der Griechen. Otreres Ideale werden auf eine harte Probe gestellt, als sie dem griechischen Gott Ares begegnet. Entgegen besserem Wissen lässt sie sich auf ihn ein, da er ein friedliches Miteinander beider Völker verspricht. Doch dann steht sie vor der größten Herausforderung im Leben einer Frau …
Der große Saga-Auftakt über die aufregendste Kriegerinnen-Dynastie der griechischen Mythologie

Regelmäßige Informationen erhalten Sie über unseren Newsletter.
Jetzt anmelden unter: www.aufbau-verlage.de/newsletter

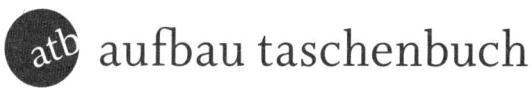